COLEÇÃO GIRA

A língua portuguesa não é uma pátria, é um universo que guarda as mais variadas expressões. E foi para reunir esses modos de usar e criar através do português que surgiu a Coleção Gira, dedicada às escritas contemporâneas em nosso idioma em terras não brasileiras.

CURADORIA DE REGINALDO PUJOL FILHO

DE ANA MARGARIDA DE CARVALHO
Não se pode morar nos olhos de um gato
O gesto que fazemos para proteger a cabeça

Edição apoiada pela Direção-Geral do Livro, dos Arquivos e das Bibliotecas / Portugal

Não se pode morar nos olhos de um gato

2ª IMPRESSÃO

PORTO ALEGRE • SÃO PAULO
2024

ADVERTÊNCIAS

1. Lamentavelmente não comparecerá neste livro qualquer tipo de felino, e aqueles que se intrometeram entre as linhas, contra a vontade da autora, são pardos, quase vultos, irrelevantes para a história, passos mansos e insonorizados, de cujas patas não chega a despontar garra.

2. Nenhum animal foi maltratado durante a escrita deste romance.

"Queixa-te coxa-te desnalga-te desalma-te
Não se pode morar nos olhos de um gato"
ALEXANDRE O'NEILL, *Poema do desamor*

"Tentemos então ver a coisa ao contrário
do ponto de vista de quem não chegou
pois se eu fosse um preto chamado Zé Mário
Eu não era quem eu sou"
JOSÉ MÁRIO BRANCO, *Canto dos torna-viagem*

"É muito raro, mas às vezes acontece."
JOÃO MANSO-PINHEIRO, QUATRO ANOS

Capítulo primeiro, em jeito de concluindo

E se já vão mortos porque temem o naufrágio?

Olhem, que vos digo eu, a iludível providência na queda de um pardal. Ou de outro pássaro qualquer. O céu que se abate debaixo dos nossos pés, tumulto impávido, que vos digo eu, mulher de pau invertida, ao mar arremessada. Olhem os meus peitos rasos de donzela por entre um rasgão nas vestes, molho de trapos insuflados, Ofélia louca e desgrenhada, as minhas pernas de idosa, ao alto, encardidas dos séculos e do unto baboso dos dedos de tantos homens, que as percorreram lascivos de devoção, que aqui largaram as marcas abertas de pus e sangue, a deixar um lastro de fel por minhas coxas acima, olhem, que vos digo eu, o último olhar lânguido que lhes deita um moribundo...

Ai, dona fea, fostes-vos queixar que vos nunca louvo em meu cantar...

Olhem as minhas pernas de santa de pau embarcada, polidas por plaina diligente,

insistente,

que nunca nenhum homem as conseguiu apartar, firmes, profanadas apenas pelos bichos que se enterram e consomem, valho-lhes mais a eles, velha, sandia e carunchosa, do que aos penitentes que me rogam louvores e preces, a

remoerem queixumes mal anoitecidos debaixo de línguas pútridas,
    indecentes.
Bebam daí a vossa sorte, pelas sete dores de Maria, pelas sete vagas do mar. Que cada um sabe de si, negra morte vos surpreenda. E cedo morram na forca, aqueles a quem o mar não cerra a boca. Olhem, que vos digo eu. Me levam as águas e é de meu grado. E que abocanhe o peixe aquilo que vê, já os meus pecados se dissolverão. E nem ao Senhor eu peço conselho. Aqui no mar não é o seu reino. Olhem agora, vos digo eu, que não poderia haver melhor. Liberto-me das vossas manhas, purifico-me das vossas mazelas, apaziguo-me dos vossos pesares, dos vossos escarros de raiva, dos vossos vómitos de vilania, dos vossos enjoos de embarcadiços, que sempre clamam pela santa, Nossa Senhora de Todas as Angústias, quando o céu vos cai aos pés,
    ora pro nobis.
Deixem-me agora os ouvidos prenhes de lamúrias vãs, que não vos posso acudir, piratas, bucaneiros, flibusteiros, negreiros, remelentos, entronchados, que não há barca que aguente males tão torpes no mundo, ide-vos e me desamparades, cornudos, fideputas, samicas de cagamerdeiros, má rabugem que vos dê...
    Dade-m'alvíssaras...
Que o mar é rude e grosso, mas leve para a madeira. Mulher tronco não o receia, que vos digo eu, que o loarei toda a vida. E vede como vos quero loar,
    ó mar.
O seu sopro já me liberta a cabeleira, costurada por caridosos dedos, de fios entrançados de cabelo de índia, arrancado o escalpe, a moça ainda viva, estuprada por mais de vinte, deixada de rojo num charco de sangue, sémen e lama, na retina

da exânime nativa ainda aprisionado o pasmo daquele bando que lhe assomou ao caminho, pálidos seres com bocarras que borbulhavam palavras e cuspo e muitas mãos peludas, aranhas tenebrosas a percorrerem-lhe o corpo, convulso...

Já não têm que beber, já não têm que tragar, sobe, sobe marujinho àquela gávea real.

Famintos andam os homens do porão, a enterrar os dentes nos próprios braços ou na carne de outro braço que a boca alcance, membros empeçonhados dos ferros que os agrilhoam, tementes andam os que empunham os chicotes, que se sente o clamor a rugir lá de baixo, a crescer, a rebentar, lava humana em espasmos de clamor, a revolver-se sobre si própria, a agitar-se debaixo dos nossos pés, sem encontrar saída, e que nenhuma crosta pode conter. Olhem, que vos digo eu. Que mal é este na barca, pior cem anos do que a peste. Dez dias sem lhe dar o vento, no pavor da calmaria, a água dos tonéis a minguar. Leva-se a santa para a proa, atada ali a gretar, nem um fio do meu cabelo o vento fará levantar. Uma missa de almas, o grande criador do universo nos dê bom vento. Tende piedade de nós. Sancta, Mater, Virgo e Regina! Que o tédio é pegajoso como visgo das flores amarelas de Mato Grosso do Sul, terra de índios kaiowás.

Ide-vos e me desamparades!

Pois, pois, que vos digo eu, a grande linha não se há de passar. Passará, não passará, põe-se o navio em silêncio de claustro de trapistas. A nau alterosa de castelos, de velas recolhidas, murchas como mamas de anciã, parece um tripé desamparado de um pintor há muito desprovido de inspiração. Não saem os passageiros das cabines, remete-se o capelão ao seu recato, que já não lhe sobram mandos, não se escuta o grito dos oficiais, nem o salmonear dos marujos, nem o sibilar do vento no mastro e na cordoalha. Apenas o

estalar do navio e o fragor dos cativos, como tosse seca que se torna cavernosa,
>tormentosa,
>revoltosa,
que a todo o momento pode soltar a expectoração que nos vai ultrajar a todos. Já a sinto, num rumorejar de entranhas que se puxa e cospe. Escura e glutinosa como o rancor. Que bom solo é este, as pranchas do convés, para germinar o ódio. Cada gota de suor é uma semente de asco, cada gota de sangue de escravo flagelado é cultivo de abominação, cada gota de lágrima de grumete amedrontado é adubo de malevolência. E eu já vejo as raízes de peçonha que se alastram até ao casco e o matagal daninho de repulsas que floresce, lustroso, entre as frestas rangentes de cada tábua. Que triste desventura, que mal é este que a muitos toca, que já vou como minhoca que puseram a secar? Até a mim, feita de pau, me tremem as carnes de ver a aflição alheia a enroscar-se no navio, o encontro das nuvens negras para a tempestade perfeita, o torvelinho de mil gatos pardos,
>eriçados,
>emaranhados,
num tumulto de garras afiadas que não se olha nem ouve, apenas agoura.
Triste de quem não cega em ver. Andam todos com o credo na boca, ferve-lhes o sangue negro em ebulições que o demo há de beber...
>Que má hora vos paristes, mãe da filha do ruim!
Nas tempestades temem-se as vagas traiçoeiras, as ventanias rijas, todas as forças de mil braços de um só corpo a aguentar os cabos irados. Na acalmia os homens temem-se uns aos outros, a fome de um reflete-se no olhar do do lado, desconfia-se, desviam-se os assuntos, calam-se os intentos,

engolem-se os suspiros, bebe-se em seco... Olhem ainda agora, vos digo eu, pequenas movimentações, passos cautelosos, congeminações ciciosas. Doridas vão as queixadas de sugar couro seco. Não há comida, encolhe-se a ração, os marinheiros mastigam o ar, procuram peixe,

    o pão do mar,

usam como isco as suas próprias fezes, invejam a mistela enviada lá para baixo, dada aos escravos do porão. Há três cavalos a bordo, valem mais do que toda a carga, é zeloso o capitão inglês, mais depressa mandaria borda fora todos os cativos clandestinos que só lhe trazem pesares e inquietações, do que estes três animais de puro-sangue. Render-lhe-ão bom dinheiro, assim que um seu compatriota lhes puser arreios, dezassete libras esterlinas nos bolsos, e assenta praça, a última viagem, lança âncora em terras sem areias nem sal, uma índia para companhia e há de voltar a sua casa de costas para tanto mar,

    tanto mar

de aziagos, pelejas e tormentas. Isto digo-vos eu, que lhe escutei os pensamentos enquanto ele fazia que orava, aos meus pés ajoelhado. Com um olho na santa, dois dedos no peito em sinal da cruz, e a ideia na índia que meu cabelo lhe faz lembrar.

Tem-nos, aos três cavalos, luzidios, alimentados a feno e palha, que não lhes falte nada, escovados com água do mar, à sombra de telheiro de lona, guardados por um moço de estrebaria que, de tanto dormir com eles, já cheira como eles e relincha quando fala. Os cavalos raspam os cascos no sobrado, de tédio e inação. Não os quer o capitão passeados pelo convés, como no início da viagem, notou a cobiça nos olhos e a fome nos dentes dos marinheiros. E o rapaz... queime-me o Senhor os bicos das mamas se nunca lhe dei proteção nas minhas preces, deformado como uma praga, estúpido como uma leguminosa, que eu, de tantos anos embarcada, de tanto escutar brados de homens do mar, também em mim criei superstição. Quem vê o mar não o conhece, olha e sente-o, só não o pode saber. Ele tem obscuros mistérios, medonhos intentos, que não quereis desvendar. Porque é sempre renovado e em novas formas se apresenta, ora se revolve como monstro eriçado de picos e corcovados, ora se amaina em funesta planície e navegamos num olho de homem morto, na horizontal, distendido e sem viço. Um mar seco de deserto. Tórrido presságio. Por isso, digo-vos eu, não o desafieis.

    E tu, tem-te, ó moço,
a deixar um travo a estrume sempre que passa e a roçar a corcunda para se coçar nas amuradas, como um cão tinhoso, e com a cara tão picada de bexigas que parece o mar quando chove.
Aos homens complica-lhes os nervos o intruso, nem passageiro nem oficial, nem marinheiro nem prior, nem escravo nem capataz, peça sobeja em tabuleiro flutuante. A mim não me puxa a compaixão, estou do lado deles, homens ruins de gengivas rotas, sou eu a mulher que têm durante as travessias, mulher incompleta e de pau, a quem entregam todos os terrores,
    todos os clamores,
a quem acendem velas e renovam promessas. Sou eu que sei dos seus últimos cuidados, quando perdem um pé neste mundo e entram com o segundo num outro. Homens rudes, que arregaçam as mangas e mostram as cicatrizes, as tatuagens, corpos martirizados, tornam-se outra vez tenros, iniciais, limpos e pequeninos e chamam pela mãe. Ninguém, só eu, os consegue ouvir na transição. E se do mar abalam, mortificados de tantas fadigas, padecimentos, disenterias e

pestilências, procuram-me na igreja, impregnam-me de beijos e incensos e ficam à porta, homens de madeira, como eu, de pele curtida e cara de paisagem inóspita, à esmola, de pé.

Porque ninguém tem compaixão por homens sentados.

Não te aliviarei as feridas, ó moço malparido, quando vieres até mim, esfregar essa excrescência de carnes e ossos no meu altar. Não esqueças que mar também é espelho. E a ele podes ofender.

Revolve-lhe as profundezas, ele cometerá loucura.

E o oceano é demasiado imenso para de um só se vingar. Pena um, penam todos, que o mar não é de pinçar penitentes, que importância pensas que tens tu, ó moço?

Mais disto não te podereis gabar, que se meu faço bom cantar.

Pobres dos cavalinhos, não são assuntos da minha competência, que a mim bem me basta ser santa de homens, bem melhor valera ter noutros meu patrocínio, que pressintam como eu e não se possam queixar. A mim deixaram-me a boca muda, lábios cerrados num sorriso cor de damasco, inerte e complacente, a eles açaimados de palavras, que disso não têm culpa os freios e as embocaduras. Desassossegam-se no estábulo improvisado, galinhas alvoroçadas com raposa nas redondezas, já tinham também os cavalos lido a fome nos olhos dos marinheiros. Nunca mostreis um copo de água a um afogado, nem uma corda a um enforcado, que vos digo eu. Nem o couro fresco a quem o acabou de provar crestado. Já foi o moço apanhado, manietado de pés e pulsos, vejo daqui o que pressinto, e ainda nem ele atinou com o que lhe aconteceu, são sombras que se movem na noite, e não homens, que de navalha veloz retalham um dos animais, o que estava mais a jeito. Esgueiram-se, ágeis como só as sombras sabem ser, decepam a cauda e duas orelhas, e um ainda volta atrás para ir buscar mais uma talhada do lombo. Desperta o moço num alvoroço, o olho vesgo intumescido, desorienta-se, a corcunda desequilibra-o, cai outra vez, que as pernas arqueadas não são do balanço do mar, mas de os bichos montar. E lá trepa aos aposentos, de vela à frente a alumiar, lamentoso, com menos dor do que medo, dar parte do sucedido ao capitão. Fizera bem em ter mais medo, o capitão logo ali lhe arreia, que prestança lhe tem o medonho guardador de cavalos se não cumpre a única tarefa a que foi destinado? Já vai de luzerna apreciar os estragos, seguido de dois oficiais e do passageiro de cabelos de açúcar mascavado que logo sugere, perante a agonia do animal, manco de duas orelhas, de uma cauda e ainda de um naco de carne no lombo, a morte por misericórdia. Ele, eu bem o sei, o peso da morte lenta de um animal lhe traz a consciência enlutada. Parece sensata a sugestão, já não tem nenhum valor e sangra tanto que nem sobreviverá ao dia seguinte. Está intransigente o capitão, vejo-lhe a vingança nos olhos e não é verde como a inveja, nem vermelha como a raiva, mas roxa, como o pano de cobrir o cálice, que já vem transbordando de sangue coagulado. E quase se atira ao venerável passageiro, que com tanta contenção se lhe vinha dirigindo a viagem inteira. Para não lhe afinfar um sopapo, descarrega outra vez no moço, duplamente curvado, ao peso da corcunda e da pancada.

Ninguém sai dali, está visto, amanhã, ao raiar do dia, ele mesmo se encarregará de encontrar os culpados, tratantes, canibais, vão pagar caro, que gentes selvagens só se aquietam com selvajarias, e a santa, Nossa Senhora de Todas as Angústias,
sou eu,
vai abençoar.
Tenho de acudir às raposas que me encomendaram o suces-

so da empreitada e agora ao dono das galinhas que espera de mim a justiça, também se pode chamar retaliação, é uma questão de perspectiva. E quem me dera a mim livrarem-me da auréola. O raio da tempestade não foi criado para alumiar, mas para atiçar. Que Deus é este que ninguém entende?
  Se os deuses não dormem, porque os sonham os homens? Quem nasceu para rastejar nunca poderá voar. E eu, do meu sorriso de beatitude, compadecido, só me apetece abrir as pernas de cigarra velha, talhadas em madeira de larício, desbragar o manto, escarrapachar-me no alto do mastro, pelourinho desta barca do cornudo que ousa singrar o peito paciente do mar, e dali lançar impropérios, com a cabeleira índia solta, a gritar à Lua, que é o sol das estátuas nuas, indecorosas. Antrecosto de carrapato, excomungados nas erguejas, per caguem no sapato caganitas de coelha, filhos da grande aleivosa...
  Vossa mulher é tinhosa e há de parir um sapo chantado no guardanapo.
Vai um século que ando nisto, ai os meus filhinhos quem nos há de ajudar, ai a minha pobre mãe que não a tem quem a possa auxiliar, ai que me arde o coto, levem-me o braço, salve-me o resto, salve-me o corpo, salve-me a alma, rogai por nós, nós vos bendizemos e vos agradecemos por todas as graças que nos concedestes...
A todos vos levo nos meus ouvidos.
Aos negros lá de baixo, apertados, suados, que pensam que já vão mortos, embalados noutro mundo, suspenso num olho de defunto, e se se esquecem do susto e do pavor é porque a fome e a sede lhes fazem lembrar que a vida é obrigação. Condenados à vida num túmulo navegante. Soubessem eles a graça que lhes é concedida, não se pode duas vezes morrer, resgatados das brenhas das etiópias, a sorte de contactarem

com a civilização e a salvação eterna. Não é miséria nem cativeiro, é milagre!

Ámen.

Aos homens cá de cima, que rogam por vento e investigam sinais de brisa nos meus cabelos à proa. Ao capitão que mastiga a raiva de noite, num ranger de trituradora durante o sono, e a cada viagem vão mais moídos os dentes, rasteiros às gengivas. Ao passageiro, o homem de cabelos de açúcar mascavado, que fala baixinho, escuto-lhe os rumores de uma dor sem fundo, vem até aqui o eco das pedras que ele vai largando nos abismos soturnos que carrega em si, a velhice passou-lhe do coração para o rosto, vejo-o de rugas tão vincadas pela culpa que lhe acrescentam dez ou vinte aos anos que tem. À rapariga que viaja também com uma dor interior, que já troca os dias pelas noites, de dia anoitece, de noite amanhece, desfalecida pelos cheiros fétidos, pelo tédio e pela saudade que lhe desdobra o peito e lhe consome os pensamentos a toda a hora, um chão carcomido pelo bicho-carpinteiro, sem descanso. Se a calcam com força, ela desfaz-se, sobra dela a poeira dos ossos, como um dejeto de hiena, seco e branco das presas que mastigou até ao esqueleto. Parece um pássaro deixado ficar para trás pelo bando que migrou. Adormece quando calha, com cartas nas mãos translúcidas, tão débeis, tão húmidas, e resguarda uma palidez de espuma suja, fechada dias a fio na cabina, que metade da tripulação nunca lhe põe a vista em cima, porque ela sai, e só eu o sei, quando não escuta rumor e pensa o navio adormecido, pés descalços, desloca a sua leveza até à amurada, lança ao mar folhas escritas em letra miudinha, debruça-se a contemplar o papel a empapar-se, a caligrafia a dissolver-se, até o luar se desinteressar pela correspondência ensopada e começar a iluminar outras partes, as franjas do seu xaile, os filamentos, quase penugem, já não cabelos, no seu pescoço, que se soltam, tão finos, que o rolo e os ganchos nunca conseguiram domesticar, os seus tornozelos lívidos. Nisto quem repara é o passageiro, que a vem espreitar, a suster a respiração, com a cumplicidade da noite, que o luar nele não clareia nem nunca abrilhantará coisa alguma, condenado a vulto, mesmo nas noites sem breu. Quer falar-lhe, a voz jamais lhe sairá. A timidez fecunda a tibieza. Nunca hão de chegar à fala, e duas pessoas em silêncio dão sempre muito que dizer.

Dai-me, senhora, as vossas paciências...
E ainda há a mãe dela, mulher aduna, sempre com a aflição nas saias e o credo nos lábios chupados de sofreguidão. Os passos que retorquem no sobrado, acelerados, a querer saber, a apelar ao capitão, solicita, requer, ordena, tem uma espécie de séquito, que a escolta, de trás para diante, eles é que parecem as ondas ausentes. O capelão que lhe ampara os receios, vacilantes, e lhe aplaca a alma,

ora pro nobis,

e a ama negra que lhe amamenta e carrega o filho, criança adorada, loura e rosada, mimada em desvelos pela mãe desassossegada, que o atavia em atilhos e rendados, lhe enrola o dedo nos caracolinhos, que me reza a mim não sei quantas ave-marias, não vá o menino, que já gatinha, fugir-lhe da alcofa e cair-lhe do barco, não vá a criança tão esguia sumir-se entre as grades do porão e ser devorada viva pelas centenas de braços lá de baixo, que ondulam, sargaços sombrios, não vá o catraio engalfinhar as perninhas, tão tenras, roliças, nos cabos ensebados dos marinheiros e joguem borda fora o anjinho com os desperdícios e outras imundícies. Má raça do barco, vem cheio de moléstias. E saem-lhe da boca impropérios, alfinetadas, desabafos, que o capelão vem emoldurando de orações, temeroso de que eles me cheguem a mim,

padroeira do navio, já que não sou salva-vidas, em caso de naufrágio, destinaram-me, porém, a poupar as almas. Não é de pouca monta o contrato. Não brinqueis com o fogo quando a madeira é que vos sustenta, incauta gente esta... E a mulher faz que sim, pede a bênção, senhor padre, mas não, não aguenta tanta podridão, queixa-se, lamenta-se, volta a benzer-se, e o rumor dos lá de baixo, e o cheiro, que não há vento que o desvie das nossas narinas, maldita travessia, aziaga calmaria, mar de belzebu, capitão alambazado, que só tem olhos para os cavalos, animais do demo, só puxam o demónio, perdão, senhor padre, a sua bênção três vezes e mais uma para o menino, que a filha a leva perdida, já bebeu a sua sorte de taça envenenada, o menino...
O menino é luz dos olhos, Deus mo guarde e proteja, que nesta barca de perdição parece urna, a julgar pelo fedor que já se me agarra aos cabelos, das pontas das tranças ao couro cabeludo, e ao menino, e à ama, vaca sebenta, carapinha eriçada, que o teu leite o sacie e o faça medrar, em terra te mando açoitar, vais ver que não perdes pela demora, uma vergastada por todos os olhares de esguelha que me lançaste, ó preta velha, que dos teus mamilos só sangue vai brotar. Que, por ora, o teu leite não amargue ao menino, desses peitos pendidos até à cintura, espremidos com as mãos rechonchudas que lhes espetam as unhinhas na carne...

O meu menino é d'oiro, d'oiro é o meu menino, Hei'de
Entregá-lo ós anjos, p'ra lembrar qu'é pequenino.
Olhem, que vos digo eu, a mulher sempre a agoirar, a ameaçar a preta que carrega a sua riqueza de menino. Como todos maldizem o barco nauseabundo que a todos carrega. Como todos amaldiçoam o mar que a todos sustenta e o mais que pudera tragar... Imprudentes, gente desacautelada, que tanta peçonha, inveja, ódio, avidez e culpa vai no ar, que não pode

uma pobre santa de pau e cabelo de índia caucionar. Olhem, que vos digo eu, que daqui da proa antevejo todos os vossos olhares oblíquos, os vossos desejos lascivos, os vossos âmagos tormentos. Só eu sei como os marinheiros contêm o desdém por aquela branca imprevidente que lhes dá ordens, os pontapeia à passagem, quando de gatas esfregam as tábuas, e blasfema e maldiz a tripulação. Traz o azar ensarilhado nas saias, rosnam os homens que a evitam, desviam o olhar, preferem detê-lo na preta que vai atrás, cheia de carnes, abre o decote, mostrando os rubicundos outeiros das mamas, como as romãs do poeta que também andou, diz-se, embarcado e desventurado. Peitaça de fora, a alimentar o fedelho, sorte tem esse, atabafado em tão repolhudo colo, duas vezes embalado. Uma pelo mar, outra pela ama, que todos cobiçam e ela bem o sabe, rebola as ancas, altiva, e exibe a dentuça branca. A alguns, mas nunca aos mesmos, para lhes agitar os sonos a todos, e daí a nada anda a tripulação inteira a suspirar. E a patroa a zelar pela nutrição do crianço, que funga e rabuja enfastiado quando a mãe o segura, está melhor instalado no outro colo, que naquele só encontra ossos e folhos que lhe comicham o nariz. E a mãe insiste em dormir com a sua riqueza de gente na cama, assim engana-se a aflição, livra os sonhos de todos os sustos, de o perder, de alguma onda o levar, de algum monstro marinho o engolir, de os humanos raivosos o devorarem, liberta-se a criança mal sente a pressão do braço materno a afrouxar, deixa-se escorregar até ao chão, onde está a ama, e nos seus peitos se aninha e suga. Como dantes procedia o pai, que se escapava dos lençóis da mulher para se deitar na esteira com a preta, faz agora o pequeno. E a ama, precavida, faz, também ela, como é hábito, pressente o acordar da mulher branca e vai pôr-lhe, com todas as cautelas, a criança adormecida entre

os braços, como lhe trazia o marido, arrastado, e embriagado, para a cama de casal...
Ai, a iniludível providência da queda de um pássaro, qualquer que ele seja, que vos digo eu, nesta barca, peleja de tigres. Maior afronta levam os tementes a Deus, que pela calada o traem e desafiam. Olhai para o capataz e o criado, que fazem que me rezam, e ajoelham, tudo encenação, tudo forjado, parelha de pantomineiros, que vos digo eu, das suas línguas de trapos saem ladainhas incompreensíveis, até por mim, que aprendi os falares de tantos mundos. O bruto faz que é poeta,
    rimas imperfeitas, deselegantes, faz rimar o capitão inglês com última vez, juncais com abissais, o homem que veio da terra e do chicote e traz notícias de leviatãs apodrecidos, entre os limos, a sua impoética infância,
o criado apenas mexe os lábios, a disfarçar. A dupla inseparável renuncia à santa, pela calada, na sua união ganham a força plural, não desguarnecem as costas, quando um se afasta, o outro fica de atalaia, sempre de chicote pronto. E descem lá abaixo, ao fundo do porão, e patinham nas fezes e na urina e no sangue que, misturados com a água do mar infiltrada, criam uma espécie de lagoa fétida, charco empeçonhado, onde viajam as criaturas sem Deus, amontoadas, imundas, algumas tão martirizadas que já vão mortas e se corrompem, e ninguém dá conta. Ou dá, mas antes viajar preso a um morto do que a um vivo, que esperneia, guincha e te ambiciona a ração. Melhor ter ao teu lado, te digo eu, um morto, estar agrilhoado a um ser inerte e em decomposição que não te tolhe os movimentos e não te rouba a tua parcela de sopro e não te faça suar suor alheio ou embaciar de respirares que não são teus, sonhar sonhos que também te não pertencem.
    Os mortos ao menos não sonham, são sonhados.

Ocupam menos espaço. Olhem, que vos digo eu, lá em baixo, assediados por faunas repelentes, onde nem a luz e o ar ousam penetrar, a água já dá pelos tornozelos, os escravos vão deitados, amontoados, tão macerados dos líquidos inquinados, do roçar constante dos corpos, de esfregar as costas nuas pelas farpas da madeira, entranhadas na carne, que levam atrás a pele assada, alguma tão esfolada, como que arrancada pelo chicote. Descem o capataz e o ajudante, juntos, lá abaixo a depositar o que sobra, gotas de caldo gordurento, farinha de milho crua e painço, em algumas goelas abertas, parecem pássaros mutantes, disformes, em pantanoso ninho. Já não chega para todos. E fazer estalar o chicote, de um lado para outro, para impor o terror,
    como se ainda fosse preciso.
À saída, um menino solta-se de sua mãe, que quase não dá acordo de si, e ainda assim estica os braços, como asas desvalidas, e dos olhos semiabertos, revirados, já não se veem as pupilas, só um branco amarelado de cega a definhar. Não que o menino renuncie à mãe morrente, é o instinto de sobrevivência a falar, e o mar de membros, tentáculos desfalecidos, sargaços oscilantes, que o erguem e levam até às pernas do criado, compreendem, a ele ou ao seu instinto, isto são coisas que não sabe uma santa, como eu, avaliar. Agarra-se às suas pernas, com dedos de ventosas, de polvo pequenino. E o criado enxota-o, esperneia um bocado sem grande convicção, sente-lhe o peso de pardal,
    o céu dos pardais é no convés,
    estúpido!
pele e osso, detém-se nos olhos do miúdo, uma cara só de olhos, esses bem vivos, e puxa-os, aos olhos, para fora do porão. O capataz protesta e ameaça, também sem grande convicção, que mais alarmado anda com as baixas na mer-

cadoria, e com o nível de água que não para de subir. Quer informar o capitão, dar-lhe conta da situação,
    calamitosa,
mas é homem de poucas falas, preza demasiado as palavras, seus murmúrios e infinitas combinações. A sua função é fazer estalar o chicote e acomodar o maior número de escravos possível, deitados, tão juntos que só encontram posição de lado, peças humanas encaixadas no porão, já andou com embarcações em que se afogava metade dos escravos em água que dava pelos joelhos, e chegavam ao destino só despojos, tão pútridos e infestados que o barco ficava abandonado, era mais caro limpar, até as ondas o devorarem, a ele, aos restos dos corpos, tudo o mar leva e lava, o pus e as infecções pegajosas, camada orgânica embutida nas madeiras do porão, tão pestilentas que outras embarcações lhe sentem o cheiro a milhas, se o vento soprar a favor. Fica para sempre na memória dos homens. Mesmo na das santas, pobre de mim, que acumulo tão tenebrosos espetáculos, vexações inextinguíveis, décadas a testemunhar tamanhos tormentos que se me cortam a cabeça sai sangue, de jorro. A minha memória é uma vala comum. Uma água pouco benta que, se a revolverem com a mão, fica avermelhada. Santa sou, mulher mal-amada,
    ressabiada,
só se lembram de mim na aflição. E o capataz, que vai com a atenção na imperícia do piloto, no pouco tento, pouco resguardo, na calafetagem feita à pressa, poupada na bolsa dos contratadores, a observar, sem ver, o criado encantado com o pretinho dos olhos que resgatou lá de baixo, leva-o para um canto, longe do alcance da tripulação, tenta mantê-lo de pé, as pernas estão-lhe bambas como duas antenas de lula, limpa-o com um trapo enxugado, com desvelos maternais,

passa uma pasta de biscoito por ele mesmo mastigado para a sua boquita seca, e o miúdo lá vai engolindo, o criado afaga-o, faz-lhe festas, bate palmas desajeitado, tenta forçá-lo a sorrir, aparta as beiçolas num esgar, a criança não reconhece a linguagem dos músculos da face, ainda não aprendeu a rir. Nunca ninguém, nem mesmo a mãe, houvera sorrido para ele. E, por mais que o bizarro homenzinho lhe desvie a carita, ela fixa-se em mim, estica o braço descarnado na minha direção, que lhe valho eu, criatura amaldiçoada pela servidão eterna, cria renegada de Caim, condenada a penar pelo mundo, a carregar para sempre a negritude ruim? Antes tivesse ficado no túmulo lá de baixo, que não posso eu apiedar-me de quem não tem alma, e do outro lado dos olhos só existem brumas, turbilhões de vontades sem sentido. Não sois vós que penais, tão-somente metade do que sois, porque são eles meio homens, meio coisa nenhuma, sem alma um ser humano está só cheio de vísceras, ossos, órgãos gelatinosos e sangue. Sois um aglomerado de carnes. Enquanto eu sou aglomerado de eflúvios, só alma sem corpo. Entre a carne e a madeira, os brancos escolhem a madeira, pois, pois, que vos digo eu, que tantas vezes assisti a dezenas de escravos, homens, mulheres e crianças de rojo, atados uns aos outros, lançados para o mar, só para aliviar a carga do navio.

Cria o corvo, tirar-te-á um olho.

E, de súbito, tudo conflui para a primorosa tormenta. Sem qualquer nuvem no céu, que é para que Deus veja bem todas as ignomínias que aqui se vão passar, olhem, que vos digo eu, mulher de pau, que leva túmulos na cabeça e todos os porões escuros de todas as almas. Antes cortesã, de interiores milhares de vezes devassados, de dignidade infectada pelos sémenes misturados de tantos machos, do que santa de navio, a

receber derramamentos imundos, ralo para onde convergem os sonhos corruptos, fossa de esgoto de índoles míseras, cloaca nauseabunda, refugo de latrinas. O capitão suspendeu a ração dos marinheiros, está a cozinha aferrolhada, um oficial a guardar. Meio quartilho de água diária a cada um. Junto à proa, diante de mim, se há de o desconsolado banquete montar. As iguarias que restam trazidas para a mesa, debaixo dos olhos e dos narizes dos marinheiros obrigados a perfilarem-se, a assistirem à refeição. Estão aqui também o capataz e o criado esquisito com o pretinho ao colo, que adormece a cabeça de olhos abertos no seu ombro. E o moço da estrebaria, que ainda chora pelo cavalo decepado e limpa o ranho de véspera com a manga da camisa. Toda esta corte triste e famélica a presidir ao repasto alheio, até a tripa fartar. Trazem para a mesa queijos, carne de ave salgada, nozes, arroz bafiento e muito vinho. O capitão faz questão de que todos sejam servidos com abundância, para regalo dos comensais e delícia dos seus gostos. A mulher, com aquele olhar de armar ciladas e de fulminar traições, abana-se com o calor, amaldiçoa esta ideia de manjarem ali à torreira, com aqueles olhares esgazeados em redor, e o da santa fixo,
    a sorrir de beatitude.
Ou de depravação, pensa ela de mim, que bem a escuto eu, santa de cabelo índio, fêmea de tantos homens, tocada por mil dedos, acariciadas as vestes, as pernas, os cabelos sem me fazer rogada. Eu sou toda vossa, despedaçai-me, provai-me, saciai-vos de mim, lambuzai-me com vossos descuidos e impertinências, os que já morreram e ainda não o sabem, os que estão guardados para grandes suplícios e não os provaram. Tendes alegria nos padecimentos e sofrimento nos desejos, eu sou quem vos há de ressuscitar na lembrança das preces dos vindouros, dar luz às mais recônditas das vossas

façanhas, e pode ser que alguém, em silêncio, desperte meus desejos que dormem alvoroçados. Que vos digo eu, nesta soledade de séculos, que a mim própria peço ardências e que caia, um dia, onde nem eu própria tropecei. Aí, sim, com a minha autoridade de ofício, darei as minhas graças particulares aos céus. Leio-lhe o pensamento, à mulher, enquanto de minha fronte ela se alambaza por duas ou três com medo de que lhe falte, reparte com avidez uma perna de capão com o filho, outro naco para a filha, diáfana criatura, destituída de apetites, olha o prato, absorta da realidade, faz que come, deixa cair metade do arroz no caminho entre o esmalte e a boca, e assim se queda, muda, ninguém repara, só o passageiro, constrangido com a situação, não sabe como intervir, falta-lhe tato, coragem, convicção ou vontade, falta-lhe isto tudo junto. Um tímido. E a timidez é o adubo da cobardia.

Tam depressa, ó delicada alva pomba, pera onde is?...
O capitão tenta encetar conversas, mas elas mal se levantam, morrem numa espuma inútil, como uma onda ridícula. Só se escuta o bater dos talheres nas malgas, que no silêncio se amplia e arrepia, e, como que trazido desde as funduras do mar, um silvo, pungente e asmático que se extingue para recomeçar mais adiante, vindo do cavalo que o capitão não deixou abater. Ai, que vos digo eu, os estômagos dos homens sabem falar, clamam por mim nesta hora de martírio e são vozes sinistras como eu nunca ouvi, que vos digo eu, são brados soturnos, roncos das almas, com tanta malquerença que avantajará a minha acumulada, não tanto pela comida que lhes falta, e que exubera na mesa, mas pelo ódio que não podem consumar. Alguns afagam os punhais, entalados nos calções como para os apaziguar, o mesmo se faz a um cão raivoso que se quer amansar. E, diante da santa, proclama e promete o capitão que não sairão dali, nem será levantada a

privação de mantimentos e água, enquanto não aparecerem os culpados de retalharem o cavalo, isto vos juro, que vá a barca ao fundo, com todos os vossos corpos esfalfados de fome, mirrados de sede, se não me entregarem os tratantes. Passam-se horas, tantas horas diante de mim, os marinheiros de cabeça baixa, a ouvirem os sonoros mastigares, bocas abertas a mostrar a comida revolvida de saliva e vinho, estão rebentados de calor, a bebida dos outros azeda-lhes a glote, não sei se de mim esperam um milagre ou que feche os olhos, maneira de falar, bem entendido, para não lhes testemunhar o rancor, e a execração não chegue, por meu intermédio, mais depressa lá acima. Pensam eles, que, coitados, confiam na minha não delação. A salvação já só vos pode estar no chorar e no perdoar...

Homens do mar são rijos, feitos da mesma fibra dos cabos que suportam as inclemências do sol e das tempestades. O capitão estende a refeição o mais que pode, levanta-se e, em voz ferozmente mansa, exige a denúncia dos responsáveis, leva-lhe um pedaço de carne cozinhada junto à cara de cada um, despeja-lhes o vinho no chão, que se infiltra, purpurino, entre os sulcos sequiosos das tábuas, e os marinheiros não mexem um nervo na face, nem para evitar que o suor lhes escorra para os olhos, têm-nos todos, aos nervos, retesados, nos punhos, atrás das costas, que bem os vejo eu, braços de madeira seca, como a minha. Qualquer lapso de tempo é medido em gotas de suor, em solavancos no estômago, e o sobrado do navio, aqueles pulmões pútridos a expectorar, a expectorar, também eles sentem o cheiro da comida, despertam dos seus torpores, e o chão debaixo daqueles pés descalços a vibrar, um batimento cardíaco coletivo, que engrossa, incha e retumba de clamor. E o convés, pele de tambor, lateja, expira e inspira, numa pulsação galopante. Ninguém dá

conta, só eu, ao menos pudesse agora ter a graça de um sinal da Tua existência para que eu própria acreditasse na minha e assim os conseguisse avisar, levantar o sobrolho, franquear estes meus lábios sempre cerrados de muda devoção, abanar agora o mindinho, agarrado aos restantes dedos, barbatana vã, uma mão sobre a outra pousada, como se me cumprimentasse a mim mesma... Maldita lenha que me tolhe, e prende, me sufoca de invalidez. Ninguém nunca me pode escutar. De mim só podem esperar alívios e absolvições. Reside aí toda a minha vanidade. O capitão arrima ameaças, antes assim, pensam os homens, enquanto vigora o verbo descansam os ameaçados. O sangue corre-lhes nas veias veloz, atiçado, bombeado por um coração
    aviltado.
Os seus corpos não são corpos, ai, que vos digo eu, são cabides de ódio e má fortuna. Que quem está por tudo, já por nada está. Ninguém responde, a mulher dá sinais de inquietação,
    cadela do tinhoso das profundezas,
que o capitão saberá de navios, monções, marés e seus enigmas, mas de governar serviçais percebe ela. Que muitas vezes os criados lhe foram à despensa, que quem comeu as partes do cavalo há de estar de estômago apaziguado, ela conhece bem os hálitos da fome. E propõe-se a cheirar um a um os sopros das bocas roazes dos marinheiros...
    Gente que ladra e come calhaus, não há de a ela escapar. Assente o capitão nesta afronta, homens do mar a serem inspecionados nos seus particulares por uma mulher forasteira, que protege o adunco nariz com um lencinho perfumado, depois da baforada que cada um lhe lança. De que servem, eu vos digo, as cóleras dos ventos e dos mares, as impassibilidades das calmarias, se os homens conseguem fazer tempestades mais tenebrosas dentro de uma casca de noz, buraco

de Deus esquecido? A mulher arrepende-se da empreitada, vêm-lhe cheiros de macho ao nariz, faz que tosse, que não aguenta, abana-se, simula que desmaia, torna a abanar-se, benze-se na minha direção. E um marinheiro jovem, um mais atrevidote, lança-lhe um dichote, uma graçola esfrangalhada de pouco tino. Escangalha-se a formatura, agarram-se à barriga os homens de tanto rir, e na galhofa quase que entram o capelão e os oficiais, travados de imediato pelo olhar irado do capitão, que esperava melhor ocasião para ferrar. Range os dentes e aponta logo o dedo ao rapazola, já sentado no chão, perdido de riso, regalado com o efeito que provocou nos camaradas. Paga este por todos, os que comeram e não comeram os esbulhos de cavalo. Manda logo um oficial que lhe amarre um cabo à cintura, fica o rapaz petrificado, sabe o que o aguarda, a ascendência inglesa do capitão não lhe despigmentou só as barbas ruivas, também se lhe ficou nas práticas corretivas, o rapazote lança-me olhares de súplica, um milagre pela sua vida, com tão mais futuro do que passado. Sou de pau, rapaz, nestes séculos não produzi milagres nem feitiços, só orações irrespondidas, tomara eu, que primeiro a mim me salvava, santa estéril e seca, mulher sem menstruação, e até as lágrimas que me veem na face é cera que o capelão me vem pôr, a derreterem ao sol para impressionar venerações renitentes. Estás entregue à tua sorte, rapazola. E o velho pai interpõe-se entre o filho e o capitão, que o castigue antes a ele, que o rapaz não tem juízo, que ele próprio lhe dará sova tal que nunca mais num navio se terá de pé. Está irredutível o capitão. O moço será lançado ao mar, há de mergulhar por baixo do navio, com três marinheiros a puxar. Se os pulmões rebentarem a meio, fica feita a prova do seu pecado. Que não, não pode um rapaz, de tão pouca idade, por toda a tripulação pagar. O rapaz não fala,

emudece, entrega aos outros o seu destino, que será aquático, salgado e cheio de limos. Se ele morrer, morrem todos os homens no navio, e é tão grande o mar que todos acolhe na mesma jazida. E quem detém depois, pergunto eu, tantos corpos vazios a vadiarem pelo navio? E o coro das carpideiras viúvas? Culpado punido é exemplo, inocente condenado é insulto. Mantém-se intransigente o capitão. Por momentos quase cedeu, as palavras titubeantes do passageiro, a minha sombra derramada sobre a mesa, o capelão vê na minha silhueta recortada a breu um sinal de mau presságio, tenta apelar ao bom senso, ao bom coração, ao bom sucesso da viagem, qualquer coisa de bom que ainda reste na sua compaixão. Ergue-se no transe o silvo lamurioso do cavalo mutilado. E o coração do homem aperta-se numa fresta de olho de gato, que se esguia num tracinho vertical quando há excesso de luz e de raiva, acendalha de fogueiras. O capitão não tem como indulgenciar. Range os dentes, desbastado vício. Atire-se o rapaz ao oceano. Este lança-se ao pai a chorar, mas é para mim ímpia figura à proa, o seu olhar de moço. Instala-se um silêncio tão exato, que se o perturbam abre-se nele fissura. Com o primeiro estremeção de pinto desajeitado estala a drástica perfeição do invólucro...
Os sons do cabo a riçar nos nós, bem apertados em torno da cintura do rapaz, que despe a camisa e tem os olhos presos no convés. Não está a rezar, posso garanti-lo, passa-lhe pela cabeça o cheiro de um certo laranjal, em Lisboa, e a mãe, mulher desfeita de desditosas saudades, com o homem e todos os filhos embarcados, ficaram-lhe filhas e netos, que só neles e no seu sustento ocupa o pensar, à noite vem-lhe à lembrança o mais novo que também entregou ao mar, menino sadio, bonito como uma rapariga, que nunca conseguiu segurar, foi-se às naus, já não lhe sobram lágrimas nem pre-

ces para por ele pedir. Secou-se-lhe o útero, secaram-se-lhe as lágrimas...
De quando em vez, as gargalhadinhas encaracoladas do bebé, provocado pela ama, que lhe tira e recolhe um brinquedo e depois fá-lo surgir atrás das costas, na palma da outra mão, debaixo das suas saias... Tão alheados, ambos, daquela desalmada situação, parece que o sofrimento dos outros não os atinge, não captam as ondas de tensão, parece que já vão noutro barco, em direção a outras e distantes paragens, e aquele momento não lhes pertence...

Hei'de Entregá-lo ós anjos, p'ra lembrar qu'é pequenino.
O rapaz já saltou, terá de mergulhar e nadar desde a quilha até ao bojo, quando sentir o fundo da embarcação, lá onde se concentram as algas, as cracas,

oportunistas viajantes,

e as trevas, dar um toque rápido no cabo que o sustenta, é altura de os companheiros no convés puxarem com quanta força tiverem, para que não se extinga o ar nos pulmões do supliciado. Quando se despiu dos seus andrajos, para a água não o fazer pesar, notou-se-lhe o peito branco esquálido, ainda imberbe, só osso e músculo, pele macia de menino, que a inclemência do sol ainda não alcançou tisnar. A rapariga despega os olhos da mesa, atenta no tronco do rapaz, há algo que a faz despertar, nem eu, que sou santa, consigo adivinhar. O passageiro também repara neste curto intervalo da abstração da rapariga. Tenta perceber-lhe os olhos. Tudo demasiado célere, logo torna a baixar as pálpebras e a esfregar com as unhas as próprias mãos, em gestos repetitivos e que ao passageiro, ao longo da viagem, tanto transtornam de aflição. Queria apertar-lhe as mãos, dar-lhe algum consolo, algum arrimo, suportar as suas penas, tolhem-se-lhe sempre os movimentos, sempre mais ousados os pensamentos do que as ações.

Dai-me, senhora, as vossas paciências...

O puxão do rapaz no cabo foi lesto, diabo do moço, vai esgueirar-se e ainda leva para contar, a tripulação anima-se, os homens começam a puxar de uma ponta à outra do convés, o pai sangra das mãos de tanta força que as traz enroladas nos cabos, nem dá conta, anima-se com a rapidez com que é puxado o seu moço, agora debaixo dos seus pés, a suster a respiração, no breu de um navio estagnado, em convívio forçado com líquenes e moluscos que se lhe pegam ao casco. Ele é esguio como uma escuna, há de singrar as águas, transpor este obstáculo, porventura o mais funesto da sua vida,

ou da sua morte, tudo dependerá do desfecho.

Se bem que transpor não é o termo certo, que vai ele a submergir o obstáculo. E, neste impasse semântico, para de deslizar o cabo de vida do rapaz, os homens puxam num desespero, o passageiro e os oficiais todos acorrem a ajudar, gritam de dor e esforço, leva esfaceladas as mãos o pai e alma já se vai deslaçando, o seu moço, urra de esforço e de raiva, e de tanto puxar algo cede, algo se desbloqueia, a corda e a esperança tornam a correr naquele navio. Todos se precipitam até à amurada na esperança de ver a cara estouvada do rapaz, circula outra vez o ânimo, um vento que não é alísio, e que até o capitão alenta, e a confiança voga naquele navio. Todos correm pela amurada para a fé de ver o rapaz. Nisto aviva-se-lhes o espírito, como há muitas semanas não se sentia por ali, urna flutuante, olhem, que vos digo eu. O passageiro é o primeiro a desabeirar-se, a morte lê-se-lhe no rosto, nas rugas precoces, mapa de calvários e provações que nos podem guiar pelo seu passado torpe, isto se houvera alguém interessado na sina do homem, que nem a mim que sou santa me pode importar. Ele conhece bem todas as

configurações do finamento, e o rapaz vem puxado, de face tombada, tão infeliz a sua figura pingada, tronco torcido, e um braço do avesso, meio despegado do tronco, o tal que se deve ter atravancado numa tábua solta debaixo de água e o prendeu à morte. Estendido no convés, é alinhado pelos marinheiros que lhe compõem os ossos e o pai que tenta em vão fechar-lhe os olhos pasmados de tão abertos. Nunca em vida o pai lhe reparara nuns olhos tão transparentes, ainda alerta, de ver debaixo de água. Levam um tom alaranjado, reflexos do sol que se põe num relâmpejo, como costuma acontecer nas imediações do Equador. Eu sei que são do laranjal de Lisboa, o seu último pensamento que lhe deixa manchados os olhos, tão doces lembranças que o suco não se deixa salgar. E debaixo de água se não pode chorar.
Está seco o pai como o útero da mulher que aquele filho gerou, também não solta lágrimas, parece que nem as mãos se deixam molhar quando manipula e amortalha o cadáver encharcado. O capelão dá-lhe o sinal da cruz, todos o imitam, o capitão também, está cabisbaixo, sente o peso da censura de todo o navio sobre o lombo e há uma pontada que lhe atravessa a caixa torácica e fere o coração. Uma dor fininha, aguda, que perfura, encontra atalhos para atingir os nervos mais internos, talvez lhe chamem arrependimento, isto vos digo eu. Queria recolher-se no seu gabinete, delegar os comandos a outro oficial, já os demónios todos se encontram na ombreira, a quererem entrar, sabe que não pode dar parte de fraco, era o mesmo que abrir uma fresta da porta, que lhe metem um pé a franquear. E fica antes naquele vício de mortificar os próprios dentes, a ranger. A mortalha cola-se ao corpo húmido, quase desabastecido de volume, distinguem-se os contornos finos do rosto do rapaz, as saliências das costelas, o declive afundado de órgãos já espapaçados e flácidos por dentro.

O silêncio agora é espesso, nuvens de chumbo condensadas sobre o navio, está irrespirável, o passageiro tem a sensação de que a linha de água subiu, como se lhe pudesse tocar se esticasse o braço. A rapariga começa numa ladainha cantada, numa voz de anjo, estridência pendente e demorada. Canta como sinos que repenicam. Ninguém lhe presta atenção, só o passageiro fica suspenso da sua voz, que lhe parece sensual e pura, quase de outro mundo, qualquer coisa vibra dentro dela, que não só as cordas vocais. O corpo do rapaz é lançado ao mar, sem vento nem correntes fica a flutuar, a embater contra as paredes do navio, como uma assombração. O criado do capataz está assustado, vai a fugir, a esconder-se, agarrado ao seu pretinho, com uma mão a suster-lhe a cabeça, a protegê-lo, não sabe bem de quê, apenas pressente.

O céu dos pardais, estúpido.

Tem o sobressalto prévio dos animais antes do terramoto. E a mulher que quis tirar o comando ao capitão, tira-o agora também do padre amedrontado e, como se convocasse ali, daquele altar errante, todas as fúrias do mundo, excomunga a santa que sou, grita que pus enguiço na jornada, que tenho demónio no meu corpo de pau e cabeleira indígena, e é tal a ira da mulher contra mim que quase me convenço da acusação. Ela mesma me há de pegar de pernas para o ar, perante o arrepio do capelão e de todos os homens do navio, que se ajoelham, e murmuram, é para eles o fim do mundo ver a sua santa assim ultrajada, virada do avesso, pelos pés enforcada, com as vestes e o manto a descobrirem as partes que não tenho, e a cobrirem-me a cabeça, digo-vos eu, agora atabafada, não vejo, nada posso relatar. Apenas o que ouço, o burburinho dos homens, alguns choram, clamam e, de quando em quando, o leve toque de cortiça do cadáver do rapaz a embater contra o casco.

Tum-tum...

E os bramidos sortílegos da mulher que arrebatou a cruz ao prior sem fazer caso dos seus protestos mansos, mais embeiçado vai ele pela senhora e o seu adorável nariz adunco do que por mim, mulher de pau velho e carunchoso, é desleal a concorrência.

Por todos os séculos dos séculos, ámen, exulta ela. Todos os vendavais se alevantem. O diabo vai arrebentar quem a inveja te botou e o corpo te danou.

Sapo, sapão, aranha, aranhão

Calda, caldeirinha eu te corto com esta cruzinha. Vai-te daqui. Que os sete raios do Sol e os sete raios da Lua vão atrás de ti. Para onde não haja pão nem vinho, nem bafo de menino. Leva-te e esconjura-te para as outras bandas das águas do mar, para onde não oiças galos e galinhas a cantar, nem sinos a tocar.

Eu te esconjuro, santa raivosa!

Eu te esconjuro, mar parado!

Eu te esconjuro, vento amuado!

Eu te esconjuro, batel malvado!

Eu te esconjuro, negreiro conspurcado! Eu te esconjuro, marido meu, que nos haveis embarcado neste veleiro sem curar do porão que leva escravos clandestinos, o escarro do mundo! Eu te esconjuro, minha filha, que transportas o mal e a todos arrastas!

De toda a parte desta barca sejas esconjurada!

Eu te esconjuro da proa, do convés, do porão, da barriga de jejum dos homens, das costas laceradas dos escravos, dos lombinhos esquartejados do cavalo, dos novelos retintos da carapinha da ama, das cadeiras dançantes do embalo, da enlutada sina da minha filha, do cadáver à deriva que bate no barco, das pernas recurvas dos marinheiros! De toda a parte deste navio sejas esconjurada. Para as outras bandas das ondas sejas lançada para que neste barco não tenhas entrada!

O mal que a mim desejais em vós recairá, santa amaldiçoada, maus olhos não nos vejam. Na hora da minha morte, chamai-me, e contas ajustaremos. Fortuna é mulher parideira, o enguiço é santa mestiça num harém de homens, com a ajuda do santíssimo sacramento,

fugidia é a preguiça e no domingo vai à missa.

Que os sete raios da Lua te persigam até às partes mais cavadas do inferno!

Herpes alvarinhas, negro, negrinho, negrão, negral, maldita, amaldiçoada, excomungada. Galinha que pare bacorinhos, porca que dá pintos. Por Deus serás enforcada e pelos pés enlaçada, até o vento virar. Senão em caixa serás fechada, como se fecharam as chagas de Jesus Cristo nos braços de sua mãe. Tu te feches e tu te sares pelo incomensurável poder dos céus, eu te corto das pernas, eu te corto da cabeça, eu te corto do rabo, eu te corto das conjunturas do corpo.

Se és sapo, eu te mato.

Se és rã, eu te arrebento.

Se és cobrío, vai para o teu rio.

Se és aranha aranhão, cobra cobrão, sapo sapão...

Os males coxos desta criatura se vão,

Para que neste navio não fique mal nem dor.

E neste arrazoado cansou-se a mulher ofegante, já só lhe ouço o bafo arquejo, ámen, chegam-lhe um vaso de água, deve ser o capelão que dela cuida, dedos palpitantes de paixão não assumida, ela espalha tachas de bico para cima em meu redor, para desincentivar os pés descalços dos homens de me livrarem deste enxovalho, escuto os seus trémulos passos até à cabine. Já não as risadinhas do menino, adormecido, como de costume, a sugar as tetas da ama, só os

meus homens estão agora comigo. Rezam-me louvores de temor e piedade, como se de todos já fosse viúva. Homens do mar têm superstição, a imagem sinistra de uma santa virada de pernas para o alto é abominação, já anteveem a morte, a tempestade, o fim... Puxam-me pelas bermas do vestido, acocorados, como gorilas que ousam a medo tocar no desconhecido que lhes amanheceu na selva. E o capataz vem interromper este transe coletivo de lamúria, os escravos lá de baixo, o nível de água a subir no porão, ninguém lhe dá ouvidos, nem eu, que desta barca fiquei irresponsabilizada. Santa inimputável, de castigo, com as vergonhas à mostra, valei-me agora, meu Deus, olhai a minha reputação, que com os decoros e as aparências sempre vos tendes mostrado tão escrupuloso, inclemente nos vossos sermões. Que sempre Vos compadecestes por quem pena mais,
   por quem paga mais.
Não ouço a voz do pai do rapaz, porque não ora por mim, como os restantes? Porque não roçais vossos dedos brutos e rijos, ó pai, órfão de filho, pelas minhas sedas? Não me enjeiteis, não vos desafeiçoeis de mim, encarecidamente vos peço, ó homens, vos rogo piedade de minhas chagas, partilhai as minhas dores, que eu vos perdoo todos os vossos agravos, por reverência a Deus, que morro de paixão e de solidão neste abandono invertido e vou já de maneira que tudo me parece o avesso do avesso de um sonho. Aqui jaz, em tal lonjura, santa virada ao contrário, espantalho das regateiras, que morreu corda e viveu louca...
Depois não sei como sucedeu... desta minha penumbra pálida, entre o vestido bordado branco, herdado de brasileira velha que pereceu virgem e solteira e só do leito finado deixou ir, avara, as vestes nupciais que toda a vida guardara numa esperança estéril, na condição de que fossem entregues

à igreja, para roupa de santa, e não cobrissem corpo de galdéria assanhada, que teria aquilo que ela nunca teve. No início, o rol vinha com o manto núbil, de gaze de Meknés, bordado com pérolas, largas fitas de seda, ornado de diamantes. Muito ataviaram os pais no enxoval de filha única, mais penaram as costureiras de dedos picados e olhos macerados de tanto bordarem subtilezas, desfeitas a seguir por capricho de donzela, muitos candidatos desdenhados por não terem o brilho que combinava com tais finuras e pedrarias. Muitos pretendentes desprezou a herdeira, lá em Ouro Preto, que tão lustroso pé não servia em chinelo de levantar o pó das estradas. Até que, um dia, deixaram os homens de lhe fazer fila à porta, nem lhe deitavam o olho quando se debruçava na janela. Esperou ela, desesperaram os pais, mandaram vir de fora candidatos atraídos com riquezas e a mina da família. Negava-se a filha, enxofrada com a humilhação, havia de esperar que lhe chegasse homem digno da sua condição, já cansados e velhos os pais de tanta consumição, afinal foram eles que lhe ensinaram desde pequena estas teimas de fidalguia, intercedeu uma tia monja, que não lhe explicou as coisas da vida, falou-lhe antes do tempo castigador do viço e de uma conspícua flor que vivia no ventre e que acabava por murchar. Mas a palavra lúcida arrelia, a palavra petulante alicia, e vence. Morreram-lhe os pais, restou a donzela de mão estendida à espera de quem a tomasse e a levasse a atravessar a rua. Ficou-se a mão suspensa, como se a acenar a um desfile que há muito já passou, a encarquilhar-se e a cobrir-se de rugas, de sardas e de um emaranhado de veias salientes. Diz-se que quando morreu ainda levava a mão alçada, sempre a atender quem a escolhesse, uma garra ressequida,
    pata de galinha velha cozida,
    a vagar em canja arrefecida.

O véu de nubente a cheirar a cânfora passou a cobrir cabeça de santa, tal como ditou a velha virgem nas suas últimas vontades, logo se esfiapou nos inaugurais sopros de tempestade, catado que estava, pelos marinheiros e capelões, de todas as pérolas e pedrarias lá dos âmagos de Ouro Preto...
Fiquei santa desapossada de manto como a outra de noivo e descendência, de cabelo de índia descoberto, agora nestes apuros, em súbita cegueira interior, debaixo de espessas saias, a escutar uma saraivada de passos, corridas, gritos, urros, sussurros, os desalmados lá de baixo, o estalar do chicote, feras à solta, os gritos agudos das únicas três mulheres a bordo, o relinchar dos cavalos, as ordens dos oficiais, rosnam, grasnam, o ranger de dentes do capitão, não identifico as bárbaras criaturas, apenas a ferocidade gutural, não imaginava que os homens eram capazes de tão bestial restrugido. Parecem um mar, um outro, este, sim, amotinado, a revolver as vísceras em vómitos de ódio e esganações. Não sei quem persegue, quem é acossado, quem tomba, quem é levantado, acautelai-vos, não encurraleis nunca os encarniçados, deixai-lhes sempre um canal de fuga, resquícios de esperança, tudo deita a perder quem nada tem a perder, olhem, que vos digo eu,
de coração tão hemorrágico como o da virgem.
O estrépito das armas, a lâmina a penetrar nas carnes, ruído flácido quando se enterra no abdómen e outras tripas esponjosas ou mais áspero quando roça nos ossos, se encrava entre as costelas e profana o coração. O fino piar dos pulmões perfurados, como uma chaleira ao lume. Corpos a cair borda fora, o som da água a crescer no porão e a invadir a coberta, as bombas ronceiras meio entupidas que não dão vazão, o crepitar das chamas, o clamor insuportável da nave a estalar, as madeiras a quebrarem-se num rangido de meter dó, o estrondo do mastro que tomba, o tronco que continha

a seiva daquela embarcação a entornar-se no mar, dilui-se o sangue, o pus, os fluidos, os óleos, os vinhos, os corpos, as cinzas, só as madeiras ficam à tona, a arderem até ao encontro com a água...

Alija! Alija, tudo ao mar!
Depois, uma lassidão tingida de espanto. Um momento de imperceptível duração, num silêncio estático. Como a rolha que tapa a garrafa do turbilhão. De novo, o restolhar de ânsias, o resfolegar do pânico, do sufoco, da brasa.
Acudam-me, ó homens, por tudo o que há de mais sagrado na vida, pela vossa vida vos peço a minha, não deixeis que o fogo me leve, a mim, levai tudo, a bolsa, os anéis, os dedos, mas salvai a santa, por amor do amor que ela vos tem, e prece mais desesperada não na consigo inventar, no ardor do apuro. E, no meio do clamor, do fragor, da vozearia, dos arquejares dos afogados, intercepto uma oração num rogo rouco, manso e longínquo.
É a mãe do rapaz da estrebaria, o tal da corcunda, que me vem o filho encomendar. Tão pequenino, tão fragilzinho, olhos de coruja sempre veem cisnes nos seus descendentes. Que me reza por ele a mim, seu mais precioso tesouro, a luz dos seus dias, que nunca o quis embarcado, menino único da sua mãe, que lhe importava a corcunda nas costas que os outros escarneciam, para ela eram asas de anjo a crescer, ali encubadas, numa amálgama de carne, ossos e penas, até ao dia em que se desenclavinhariam, perante o assombro da aldeia que houvera mangado dele, e se abririam para o céu, como os que ela via na igreja, e só a ela, à mãe, dirigia um adeus, com a mãozinha abençoada, os outros haviam de implorar por perdão e de engolir a blasfémia.

Velai, senhora, pelo meu anjinho, o ser mais precioso, menino da sua mãe, que chegava a casa a reter as lágrimas

dentro dos olhos, de tanta pedrada e gáudio da criançada, debruçavam-se as lágrimas às janelas da vista, e voltavam para trás, e só saíam em rios de desgosto nos braços, esponjas maternas, que os acolhia, com um sorriso de confiança nas graças daquele menino-anjo e lhe afagava o inchaço saliente, saco de asas encarquilhadas ainda por despontar. Velai por ele, anjinho na terra, que não sabe nadar, só os cavalinhos amansar, porque os animais adivinhavam que, debaixo da pele, estava o casulo das asas, e amainavam as fúrias e os coices, doce menino, anjo inocente, dai-lhe, senhora, tempo para voar...
E eu que não cuidei mais do moço da estrebaria, ninguém mais atentou nele, o corcunda que fungava, o medonho bexigoso, nariz semeado de pontos negros. Está há muito debaixo de água, atirado com um pé de cabra amarrado aos tornozelos para à tona não mais voltar. Foi o pai do rapaz afogado que lhe jogou a mão ao gasganete, deve ter gritado, estrebuchado, ninguém lhe acudiu, moço por moço, e antes um mal já conhecido do que um bem não experimentado.

O infortúnio estava-lhe prometido, isso vos digo eu, mas quem vai esperanças a uma mãe negar? Ela que sempre julgou o seu aleijado mais do que matéria, mais do que um corpo pesado que cai, agora jaz frio e ainda mais deformado, inchado, vilipendiado por peixes e gastrópodes marinhos, a corcunda já não lhe amarga, não nasceram asas, não lhe acrescentaram nada ao corpo, para além da barra de ferro, osso extra, também pertença do esqueleto. Afinal, sempre transformou o peso em leveza, voou ao contrário e já se deve ver por baixo de si mesmo, entre os destroços e os objetos do navio acidentado, que lhe vão tombando em redor, como uma chuva extravagante. Entre eles, pequeninas

tachas refulgem, brilhantes, provocadoras, também caem com o seu orgulhoso bico virado para cima...
Daí a nada, outros corpos irão fazer-lhe companhia, mutilados da refrega, com as peles despegadas, empoladas do incêndio, a carne viva efervesce com o sal, as feridas deixam um lastro vertical vermelho, sanguinolento, antes de se diluir no soberano azul, com a ânsia nos dedos das mãos,

    os afogados inteiriçam os dedos, esticados, a quererem sempre alcançar algo que não está lá. Como garra alçada de uma eterna nubente, pé de perua morta...
E a nossa morte é, também ela, cheia de começos e finais. A santa quase, a mulher nunca e enquanto isto vou sendo. Que já caridosa mão se apoderou de mim, libertada do navio em labaredas, lançada à água, de cabeça para baixo, vejo enfim o oceano por dentro, as chamas ajudam a alumiar o manto espesso, distingo pernas humanas em desesperados pinchos, umas brancas, outras negras, outras mais sincopadas de cavalo, que quase vão ao fundo de tantos homens agarrados às caudas, às crinas, como carraças, o tumulto a perturbar a calmaria estupefacta. E todas as pernas, por igual, grotescas na tentativa de manterem as cabeças à tona, entre aniquilamentos vários...
E os homens, uns na aflição do engasgo, outros dando urros para garantirem a ordem e procurarem dilatar a vida. Trabalham em construir uma jangada, enquanto as águas engolem metade do nosso azarado batel, quebrado em dois, nas suas mais escuras entranhas. Faltam as forças a uns por feridos, faltam a outros por queimados, faltam a outros por sufoco, faltam a outros por falência e resignação. Estes são os que rezam amontoados, em tão lastimosos prantos, pedem e assim se atordoam e se deixam ir, encomendados a Outra proteção...

Se queres aprender a orar, entra no mar!
Há os que se juntam lestos na construção do bote, com fé em que a sua diligência se converta em ingresso na precária embarcação, que mais de quinze não pode conter, e já vão prometidos os lugares para o capitão, os passageiros, o piloto, o capelão, o capataz e os oficiais. Marinheiros são minhoca para anzol. Enquanto houver um fio de esperança, e tábuas para martelar, renovam-se os irrigados ânimos, atropelam-se na bulha, armados de chuços, cacheiras, paus e facas, tantos agarrados à lancha, a carpinteirar o seu sustento, numa azáfama obstinada e insana, esmurram-se, trepam por cima uns dos outros na ânsia de serem os primeiros a cumprir as ordens atabalhoadas dos oficiais, escoriam as mãos nos cabos, em perícias e nós. A inexplicável destreza à beira da sepultura. É a última chamada para a vida, que as para a morte pingam a cada instante...
Mete-se de permeio a obscuridade da noite, deita-se a lancha ao mar. Iluminados pelos despojos ainda ardentes do navio, os oficiais fazem de amarra de segurança, amparam-se, resguardam o bote improvisado da afoiteza dos marujos de má morte,
    tantos homens a um barco,
enxotam os que nadam até àquele emaranhado de madeiras com os remos, alguns de lanhos na cabeça, a sangrar, ainda se tentam abeirar.
    Não são tempos para clemências, não são tempos para obediências, mas para o coiro salvar.
Escaramuças engasgadas, aquáticos bulícios, quem não teve primado na vida não pode esperá-lo na morte. E não será o peso na carteira que vos fará ir ao fundo. A mulher e a filha são encaminhadas aos tropeções para a jangada. A mãe agarrada ao filho com um braço de terror, o outro braço de

avidez segura uma pequena arca de joias e pertences. A rapariga, em quase suspensão, vai largando os haveres que a mãe lhe passou para as mãos, semeados pelo sobrado do navio que se inclina e já os despeja no incomensurável abismo. Na hora da travessia, de varar em braços para o instável destroço de tábuas, a mãe hesita e entrega o bebé ao colo da ama, que as segue, com uma tranquilidade letal, de quem já antecipa o fim, e abdica, se já neste mundo nunca encontrou espaço para uma serviçal, ainda por cima negra, resta-lhe aguardar pelo outro que, dizem, tem mais infinitude...
Os homens disputam o barco, é um ajuntamento, muitos foram os que o construíram à pressa, têm antiguidade de posto. E não irão abandoná-lo tão cedo. Parecem formigas ao assalto de um cadáver de pássaro, só o largam quando o esqueleto fica branco, despojado de todo o género de carne, fibra ou pele. Até não restar osso sobre osso. Ou tábua sobre tábua. Atentai, homens, que já lá estão as mulheres, o capelão, o passageiro, o capataz, o criado com o pretinho ao colo... Porque desperdiçais o último momento nessa esperança caprichosa de insensata salvação? Puxam de armas os oficiais na refrega, dispersam o cardume de náufragos, empurram-nos borda fora quando eles rastejam humildes e imploram, ajoelhados, tão trémulos quanto a jangada, atingem-nos com tiros de mosquete se chegam irados, com modos de ocupação, desenclavinham-lhes os dedos à facada,

de cada cutilada um profundo gilvaz e, quando Deus quer, uma amputação,

se eles apenas logram um amparo para o braço esgotado de tanto nadar. A senhora está numa berma tomada pelo desespero, ainda não parou de gritar, de acenar, de implorar a todos os oficiais e marinheiros que vão e vêm até ao navio recolher mais vitualhas, ninguém lhe presta atenção, puxam por ela, para que o seu alvoroço não desequilibre a embarcação, prendem-na com cabos às tábuas, como, aliás, todos se atam. O capelão faz-se múmia enrolada, entaipado pela cintura, tantas voltas deu em torno de si e do bote. Faz mais fé nos nós do que nas rezas. O passageiro, depois de se atar, repara que a rapariga não tomou as mesmas precauções, transida de medo, encharcada e paralisada, senta-se abraçada aos joelhos. Ele tenta agarrá-la, desajeitado, as pernas tolhidas pelo nó. Esbraceja, insiste, puxa-a pela ponta do vestido, ela oferece resistência, grita num tom estrídulo, quase irreal, e começa a tentar rasgar as saias que o prendem àquele homem mal-encarado. Faltam-lhe as forças, logo lhe vem um instinto de sobrevivência tão mal direcionado, e desata a roer aquela ponta do vestido, com uns dentinhos de infância...

Nisto, um braço negro ergue-se para cima da lancha. Alvoroça-se a rapariga, grita aterrado o capelão, esquece-se, por momentos, a mulher do seu desespero privado, empinam-se os oficiais como fazem as mulas quando, no caminho, veem jararaca, deslarga-se o criado do menino, indisciplinam-se os náufragos daquele amontoado de tábuas e todos os esforços se unem para, em conjunto, lutarem contra tamanho atrevimento do cativo. O único que do seu fito não se liberta é o passageiro, que aproveita a distração da rapariga, aterrada com a aparição do braço negro, para lhe prender a corda a um pé. Do navio alguns atiram coisas a ver se acertam no escravo; das bermas, o capataz e o criado golpeiam aquele braço invasor. Melhor morrer afogado no peito do que desrespeitado pela ameaça na alma, lívida. Ao fim de muitos golpes e ainda mais injúrias, o braço começa a ceder e, quando desaparece nas águas, todos mantêm a união na vitória, dão vivas, batem palmas. Todos, menos o passageiro e a rapariga, que nunca se extasia, nem na alegria nem na tristeza...

O capitão, no meio do burburinho cheio de apelos e súplicas, dá ordem para cortarem as amarras que ainda prendem o bote ao navio meio submerso. Na angústia do último aperto, os marinheiros jogam-se-lhe aos pés, rojam-se no chão, a ver se cai por ali alguma clemência. O capitão limita-se a ranger os dentes, impassível, e a dar biqueiradas nos que lhe atravancam os passos. É nesta altura que os homens começam a esganiçar-se pelas mães, olhem, que vos digo eu. Quando galga para o bote, que vai com metade dos homens que pode salvar, irrompe-lhe um marujo velho ao caminho. É o pai do rapaz supliciado, vem, com a cara desfigurada pelo ódio e ensanguentada pelos remos castigadores dos oficiais, cobrar as derradeiras dívidas. Que nestas horas se pagam com a vida. A última vez em que ambos foram avistados. A eles e aos planos de aposentadoria, a última estampa que lhes jaz no pensar, outrora irado, agora centrados, ambos, na mesma paisagem. Só que uma leva uma mulher índia e coqueiros, outra uma mulher vestida de negro e um certo laranjal...

A passageira é toda ela um grito, uma enorme boca aberta, grita sem cessar, baldados os esforços de enternecer os homens com as suas lágrimas, revolve os braços atados, tenta libertar-se em espasmos de pavor, ninguém liga, ou repara, ou cuida das suas palavras. Só eu, nesta aridez revolta e ondulada, a entendo. Clama pelo filho, convoca todos os santos, eu também vou na multidão de intimados em auxílio do menino, pede a todos os homens, com promessas de mil entregas, que lhe vão buscar a criança, serena, carinha grave, sem sinal de perturbação ao colo da ama, que permanece de pé no navio que se afunda, de olhar fixo no bote que se salva.

E a mãe julga ter-lhe visto um esgar, um princípio de sorriso na boca inerte. Depois desapareceram atrás de uma onda, ela e o menino, enquanto a barca se afastava para escapar ao redemoinho do afundamento do navio. E levou com ela a derradeira vingança. Quem chora por último também chora com mais sentir...

Hei'de Entregá-lo ós anjos, p'ra lembrar qu'é pequenino. Olhem, que vos digo eu. Disputada por umas quantas mãos, esfiapam-me o vestido, desandai daqui, bando de naufragados, raça de desesperados, como ousais de mim vos servir como boia comum, que sou tábua, é justo, mas não da vossa salvação,

pelas almas dos capachos, pelas tripas dos atuns...
Agora é cada um por si, e eu por mim, que vos digo eu. Enfim, me liberto das vossas mãos sôfregas, que se afundam, depois de muito chapinhar, com tanta abundância de gestos e espalhafatos, morrer é coisa de nada, basta deixar-vos ir, de mansinho, é preciso saber deixar-se ir, não foi isso que vos ensinou o messias, nosso senhor Jesus Cristo, poderoso seja?...

Se alguém te bater numa face, oferece a outra.
Porque duvidais Dele na hora da vossa morte? Porque não reservastes alguma dignidade para o final? Ao fim ao cabo, todos vós caminhastes na mesma e inexorável direção, desde o vosso primeiro vagido, a reclamação inicial e autêntica contra a rajada fria com que haveis a todos inaugurado os pulmões.

Quem de novo não morre, de velho não escapa.
Olhem, que vos digo eu, a morte sempre vos vigiou a vida. Aceitai o vosso destino, ó desaustinados, como outrora o haveis aceitado, resignai-vos, miserável raça de condenados, burlescos pigmeus, que a poderosa fortuna com suas tena-

zes irrefutáveis já não desfaz o que esteve a fazer. Morrer afogado não é morte ruim, das melhores que testemunhei a bordo, preferível às pestes que vos rebentam por dentro, vos formam bubões nas virilhas tão grandes como maçãs que a pele não aguenta suster e vos dissolvem as veias numa papa linfática e purulenta. Melhor do que morrer dependurado, corpo a baloiçar, e garganta esganada lentamente, do alto de um mastro, até a língua se abandonar no mais macabro encontro com o ombro. Melhor do que morrer queimado, as peles carbonizadas, a despegarem-se às camadas, até os gritos se ensarilharem no fumo que sai da própria carne negra, se engasgarem e se finarem retorcidos sobre si mesmos, aranhas pernilongas, que quando levam sapatada se enroscam num pontinho embrulhado, cientes da insignificância da sua vida, e ainda mais da ridicularia da sua morte. Resignai-vos perante aquele que é imenso e tão vigoroso, ó infelizes. Se fordes humildes, se não vos debaterdes com o vosso destino, o mar devolve-vos a gentileza, olhem, que vos digo eu, que embalada vou, sem oferecer resistência aos seus redemoinhos e aos seus caprichos. Não tendes aqui quem se oponha aos desígnios do mar. Deixai agora que ele vos entre pela garganta sem alvoroços, vos percorra a traqueia, vos inunde o tórax de água salgada até ele quase estalar. E se inchem os brônquios, os bronquíolos e os alvéolos a já não caberem dentro no peito e fazerem saltar as costelas. E aí já estais num sono de chumbo, e aí já ides de tal modo que tudo vos parecerá triunfante e luminoso, e a água a continuar a sua inexorável incursão pelas veias bambas até dar clemência ao coração. De tanto se alvoroçar, de tanto palpitar por coisa nenhuma, desiste de bater, suavemente. Há lá morte mais bonita e diluída, olhai o lirismo do momento, as vossas células a acolherem a água, anfitriões do mar, de regresso ao estado líquido do ventre da mãe, até se fundirem todos os cuspos e as correntes sanguíneas e as do mar seguirem no mesmo rumo e até um dia calcetarem os fundos dos mares com vossos polidos e anónimos ossos...

Ah, bom Deus! Quão grande é a Vossa infinita providência. Ámen.

Capítulo seguinte

⌣ . ⌣

O sonho dos condenados (três minutos antes de acordarem)

Quando eu comecei a pôr vulto no mundo, já ele estava escangalhado assim, baloiçante e instável, como uma cadeira coxa. Não era agora o mais malfadado filho do meu pai que iria meter-se a carpinteirá-lo melhor. Isto sonhava o náufrago que estava a dizer, e ao tempo que soltava palavra media o tom afectado, e insuportavelmente pretensioso, como se redigisse uma composição nos tempos da escola, nos modos e nos termos com que se dirigia a uma multidão de meninos pretos, magríssimos, só olhos na cara, e eles inquiriam-no e culpavam-no, e pulavam por todo o lado, aos pinchos, aparições súbitas, debaixo da cama, de trás de um quadro, na ombreira da porta, calcando insolentes a mancha sanguinolenta,

cuidado, não pisem o escaravelho negro de sangue morto, as pálpebras imóveis desdenhavam do solo sagrado, multiplicavam-se, puxavam-no com as mãos brandas pelas calças e pelas abas do casaco. Muitas mãos leves fazem um dedo de lenhador. Ele recuava, deixava-se encurralar, confinado a um canto húmido do quarto, que cedia, madeira dissolvente, areia molhada, debaixo dos pés, os meninos a brotarem pela assoalhada numa sucessão inquebrantável, a darem-lhe toques abruptos, ferroadas de abelha.

Sempre cabe a ira numa formiga,
e a Nunzio soou-lhe familiar esta expressão, já com um grau de sufoco que o impedia de oxigenar o cérebro e raciocinar com nexo. Os olhos de pretinho agrediam-no, alvo de fisgas da molecada,
por favor, na cabeça não,
e eles tomavam-lhe o espaço, esgotavam-lhe o ar, assaltavam-lhe o entendimento... Tentava tossir para depois aspirar uma golfada de ar, o corpo não lhe obedecia e, na urgência da aflição, deixou-se urinar, as calças a escurecerem, molhado até à cintura, perante o riso sarcástico do pai, que convidava toda a gente da fazenda, irmãos, vizinhos, escravos, serviçais, a velha cadela descadeirada, a juntarem-se à faustosa troça. Nunzio queria levantar-se, fugir, livrar-se do enxovalho, mas as gargalhadas atordoavam-no com um estampido embrulhado, ora vinha, ora ia numa cadência musical, como uma batucada, e enquanto a casquinada tardava, folgava o amor-próprio, logo o submergiam de galhofa, o pai mantinha-o preso ao chão, a prensar-lhe roupas com a prepotência da bota de montar. E a urina a aquecer-lhe as calças, ao contrário, a começar nos pés até à linha da cintura. Para disfarçar, de modo que o pai não reparasse, aproveitou a sua magreza e, numa contorção rápida, esgueirou-se da camisa e tentou escapar de rastos, a cabeça a arder-lhe com a fricção no soalho, se ao menos estivesse de pé poderia cair,
e assim cair em si.
A posição horizontal só o atrapalhava e arranhava, via-se na pedra agreste de castigar a roupa, de tanto ser esfregado pelas diligentes mãos de dona Benedita, solícita vizinha que lavava a roupa e cuidava do gaiato do viúvo, primores de pretendente, com o passar dos anos esmorecia a esperança e o esmero, e tantas vezes o pequeno Nunzio ia vestido para

o tanque, ela esfregava-lhe os fundilhos dos calções e os joelhos encardidos de uma só vez, em economia de tarefas, sem uma palavra, em gestos maquinais, e o moleque muito quieto, já na ciência do ritual, na antecipação da mão que o empurrava para o fundo, entre lençóis, ceroulas e a roupa interior da família inteira, e o chocalhava pelos cabelos debaixo de água, se estrebuchasse muito, era tácita a apneia prolongada,
    castigo silencioso e molhado,
bem ciente do ardor se abrisse os olhos na água lívida de sabão. A mulher vizinha, lavadeira oferecida, punha-o a secar, à torreira, com as roupas encharcadas no corpo, atado a uma estaca com uma corda que lhe passava pelas axilas, para não se tingir de terra, a sentir a condensação a libertar-se e a humidade a entranhar-se-lhe até aos ossos. Mais tarde, lá aparecia a dona Benedita ataviada, a apanhar a roupa do estendal e a apalpar os braços do pequeno, a avaliar da humidade, a dar esticões na sua camisa para desfazer os vincos, e apresentava-o ao pai, ao fim do dia, no portão da roça, de mão dada, entregue pessoalmente ao domicílio, a roupa num tabuleiro amparado na anca e o miúdo a cheirar a sabão, com o cabelo cor de açúcar mascavado penteado para trás, composto com o cuspo da asseada senhora, que aviava a limpeza do corpo e do invólucro de uma assentada. Vinha-lhe com o nariz sempre pelado pelo sol e de pele assada entre as pernas, o que lhe dava um andar trémulo, ridículo, notado pelo pai, que lamentava aquele filho tardio, raquítico, que lhe levara a mulher no parto com quarenta anos de idade e dez filhos criados.
    Mais dera ter-se salvado a haste que o fruto.
E dona Benedita assentia,
    reveses do destino,

o miúdo saíra-lhe de ruim criação, mas que ela dava conta do recado, ele que não se apoquentasse, que estava ali para toda a serventia do senhor capitão, não só da higiene do filho adiado, ela e a senhora sua esposa,
    que a terra lhe seja leve,
eram como irmãs, tudo confiavam uma à outra, e já nem os seus desejos de macho precisava de adivinhar,
    sabia-os de cor,
e arreganhava atrevida a beiçola manca de incisivos, o capitão, esquecido do garoto, já vagueava os olhos por outras mulatas, por outros quadris, por outras paisagens mais aprazíveis do que as gengivas despidas da dona Benedita.
E agora, ao filho tornado adulto, acontecia-lhe o que ele sempre temera em sonhos, uma conspiração silenciosa e improvável, os pretinhos que lhe davam ferroadas, a dona Benedita que o afogava na água do tanque e lhe submergia a cabeça, a pedra de esfregar roupa que lhe arranhava o corpo, o enxovalho público das suas incontinências e o pai que lhe tolhia os movimentos, com as botas de massacrar os solos, a cada passada o capim vergado não ousava verdejar, e ele ia deixando trilhos de aridez e de erva vencida.
    Até as rosas do jardim,
herança materna, o injuriavam com os seus garridos provocadores, se uma murchava, logo outro botão se apresentava de sentinela, como uma hidra de Lerna, por cada cabeça decepada, uma nova nascida, eterna recapitulação daquela má hora em que o sangue da parturiente embebia todos os lençóis que lhe iam renovando, colocados sob as ancas flácidas, até que se infiltrava insinuante, numa torrente insaciável, a empapar o colchão de palha e se impregnava já nas tábuas do chão, por baixo da cama, deixando exangue a mulher, o bebé jogado de lado, ainda de cordão umbilical pendente, e

uma marca em forma de escaravelho, negro e macabro, absorvida pelos nós da madeira, que o pai sempre cuidou que nenhuma esfregona lhe matizasse os contornos, para perpetuar a marca da morte como um santuário.

Só quando o sangue se torna negro pode ser relíquia.
Ele, enquanto feto, exigia o direito à luz. Disso ainda não sabia a missa a metade, quanto mais o início. Bastava-lhe o primordial e definitivo argumento, que ainda ninguém conseguira desmentir,

foi assim porque foi assim.

O trem da recriminação já estava em andamento, e Nunzio viveu naquela casa como um passageiro clandestino, à espera da hora em que o lançassem pela janela, predestinado a não ter bilhete válido para permanecer na vida. Até o nome levou de empréstimo, e assim era-lhe o estigma lembrado a cada chamamento, a abreviatura de Annunziata, a mãe, que de italiano só tinha o batismo e uma fome entranhada até aos ossos, que acompanhava gerações como se fosse já do convívio íntimo da família. E por isso viram-na os pais, aportados no Brasil, a trazer na bagagem a mesma sina, a mesma fome, por muito bem entregue, ainda moça, feiota e sem graça, a um capitão português agraciado com o título, o estatuto e terras na Baía por ter dado uns quantos tiros nos revoltosos do Nordeste, e se ele era pródigo em relatar em que combates havia pelejado.

Tudo papo furado.

Todos lhe conheciam o ofício de capitão do mato aposentado, caçador de escravo fugido. Ao canto da adega, Nunzio ainda encontrou muitas calcetas, uma argola com anilha de ferro, para prender com uma corrente do pescoço à perna, e mordaças de flandres, que afivelavam às caras dos escravos mortificados.

Uma vez escondido nessa sombra, como em muitas costumava andar, remexeu nos velhos artefactos de tortura do pai, cheios de ferrugem e verdete, e reparou que alguns vinham com cabelos e pedaços de pele seca agarrados. Ouvira contar que o pai na juventude se apaixonara por uma escrava, supliciada por ser bela, desejada pelos homens, invejada pelas mulheres. Ao pai, não lhe fora difícil encontrá-la, à fugitiva, um par de horas depois de a dona dar o alerta, o faro da sua cadela levou-o ao coiteiro, na vila, não muito longe da fazenda. Um comerciante de artigos de armarinho, caixeiro-viajante, ainda de barba rala, dela se apiedou, vê-la de olhos pisados, que os andrajos que a cobriam não lhe tiravam o porte de rainha, tão bonita que as mulheres da casa não suportavam tê-la por perto e humilhavam-na com tarefas fedorentas, obrigavam-na a dormir na capoeira das galinhas, para que arrastasse atrás de si, preso nos fios do vestido, o cheiro do excremento das galinhas, e foram tantas as idas e vindas, trocas e novos produtos para a patroa da fazenda, que deu para planearem a fuga, sem muita dificuldade, ela escondida num dos baús da mercadoria, na carroça a caminho da cidade, e um cheiro de imundície de galinha a vagar pelo caminho, a denunciar-lhe a evasão. Quando o seu pai e a cadela irromperam pelo quarto da pensão adentro, o comerciante ainda ficou mais assustado do que a escrava, que a vida dela já não admitia mais estremecimentos. Aquele inútil de manaias, impressionado com a serenidade brutal do capitão do mato, com os apetrechos que ele trazia ao ombro e à cintura, acompanhado de um cão que se babava de antecipação, e só aguardava instruções do dono para ferrar o dente. O raptor escudou-se atrás da escrava, que ela é que o tinha seduzido,

a endemoninhada, caca de galinha,

que a podia levar de volta, era um favor que lhe fazia,
 a execranda,
que não a queria para nada, fora um ato impensado,
 releve, releve,
que logo à noite a ia devolver à força, nem que fosse na ponta da chibata... Nunzio bem podia imaginar a cena, aquela imperturbabilidade do pai de gelar ossos, nem tinha precisão de falar, ainda menos de ameaçar. Bastava-lhe deixar-se estar e aguardar o efeito que a sua presença provocava. E há dias em que um homem para e na balança da sua vida não consegue pesar nem mais um grama, nem mais uma lágrima de preta.
 Foi aquele.
Deu um pontapé na cadela, que se ficou a ganir baixinho a um canto, humilhada menos pela dor, mais pela deslealdade do dono, antevira uma cena ardorosa, um dente canino, ou mesmo os dois, enterrados em carne viva, abanar um pouco a cabeça, o prazer de romper o músculo, sentir o estralejar do osso, sangue de homem,
 branco ou preto, homem ou mulher,
tanto lhe dava, na realidade, sabia ao mesmo, a dissolver-se-lhe na saliva, e agora este desfecho que não cabia nos planos.
 Quão imprevisíveis podem ser os humanos,
que falta de sentido da progressão dramática da narrativa. Seres imaturos, caprichosos, havia que lhes dar o desconto e entreter-se a coçar uma orelha com a pata de trás. Que é sempre o que os cães fazem para disfarçar a sagacidade, nos momentos decisivos, em vez de se lastimarem das dores, importunam-se com uma picada de pulga,
 estúpidos dos cães, os pulguentos.
O capitão surdo às demandas do cobarde,
 fedelho imberbe,

que julgava que podia fazer de herói, pôr as mãos, as suas, em escrava cobiçada, de costas para ele, desembaraçava-se dos artefactos de captura, as correntes, as argolas, o chicote, que faziam estrondo no chão. E o desgraçado, tremeliques nos joelhos, a mostrar cumplicidade, a querer ser cooperante, a dar safanões na escrava impávida, uma nódoa de sangue a crescer-lhe abaixo da cintura, no tecido imundo e desbotado do vestido. Um aborto espontâneo, avaliou o capitão, já tinha assistido a outros casos, em que escravas prenhes capturadas deixavam esvair-se-lhes o medo pelo útero. Reparou-lhe também na fundura, carregada de muito sofrimento, dos seus olhos de onda, que com certeza tinham prendido tantos machos e feito dela a sua perdição. Agarrou o caixeiro-viajante, que balbuciava cobardias e espalhava notas e moedas pelo chão, a tentar comprar a sua benevolência, e largou-o,
    ao trouxa,
seminu, pela janela. A escrava fazia-lhe concorrência na pose de imperturbabilidade, encarava-o agora, a assumir o seu destino com dignidade. Outras, por essa altura, já se jogavam no chão, roçavam-se-lhe nas botas, esforçavam-se por tentá-lo com favores sexuais, ou contorciam-se com dores abdominais. O capitão rondou-lhe o corpo, estudou-lhe a constituição, habituado que estava a julgar dentes e músculos de escravos fugidos. Ardia em febre, não tardava desmaiaria, era preciso que o útero fechasse para estancar a hemorragia. Agarrou nela pela cintura, alombou-a por cima do ombro, e ela deixou-se transportar como uma galinha, dessas com as quais convivia, que, de patas amarradas, se deixam manipular pelas asas e se ficam, vencidas, em cima da mesa da cozinha, o sobressalto todo concentrado nos olhos postos na faca que repousa por ali, antes de se ir cravar no pescoço.

Cavalgou o capitão para longe, à escrava que se chamava Anastácia pareceu-lhe uma noite inteira. Foi apenas o tempo de chegar ao morro, três horas a galope, com a cadela estourada sempre atrás, negociar o silêncio com algumas das bugigangas deixadas pelo comerciante, arranjar um barraco e deitá-la na esteira, com os seus olhos de onda esmorecidos, pupilas vagueantes, sempre abertos, como o condenado à morte que perante o pelotão de fuzilamento dispensa a venda e olha os canos das espingardas a adivinhar de qual deles sai a primeira bala direta ao coração. Na cavalgada, o sangue morno dela aquecia-lhe as coxas. Dizem que o amor deles começou assim, neste contacto tão íntimo e sanguíneo. Não podia correr bem.

    Bateu um chocalho dentro do peito,
foi desta forma que ele se explicaria diante o juiz.
Um batalhão de escravas velhas, esquecidas e discretas, fizeram-lhe rezas, revezas, unguentos e caldos de cascas de ovo migadas. O capitão financiava e cuidava para que ninguém os denunciasse, cometia o maior delito, arriscava a prisão, um linchamento público, odiado pelos negros, desprezado pelos brancos, a quem prestava o trabalho sujo. Passava horas fechado no barraco, a escutar, entre as frinchas da madeira, ruídos estranhos, movimentações suspeitas. E o pior é que Anastácia não lhe facilitava a vida. Dizia que se ia embora, que o homem que lhe calhara a mantinha presa como no galinheiro, recusava-se a comer, atirava às paredes os restos de comida, que escorria

    já fedendo, apodrecida,
e matava-o lentamente com seus olhos de onda. E ele falava, olha lá, não vai fazer besteira, você é carta marcada, quer dar um basta nas nossas vidas. E ela que lhe fugia, quando ele se distraía e se deixava deitado em gloriosas exaustões. O

capitão saía correndo desembestado atrás dela, lhe chamava sua danada, pegava-a de volta para o barraco, sempre com jeito de amaciar cada pedrada que ela lançava em seu peito, trepando nas suas ancas, como uma criança enjeitada. Lhe pedia para desamarrar o rosto, amor, e tirar a poeira desses olhos de onda que a ele o embalavam, não penses mais não, bota panos quentes na tua raiva. Mas Anastácia queria mais e mais, queria ser mulher, a sua mulher, queria ser liberta, queria a vingança, queria a sua dignidade, poder sair na rua, e levantarem para ela o chapéu os homens, e dar risadas bem alto das senhoras que a seviciavam, e mostrar a todo o mundo que era bem mais mulher do que muitas donas. E ele, sem saber como se equilibrar no muro onde se encontrava, os amigos o avisavam, mulher é raiz no pé da gente, e ele largava no mundo em busca de escravo fugido, que continuava sendo seu sustento, e deixava-a presa com uma corda no tornozelo, e quando chegava encontrava a casa revirada, a corda roída, a pele da perna esfolada da fúria de se esfregar, e ela comendo sabão em pó, dizendo que se matava. E ele prometia que conseguiria a alforria, mãe do céu, recolhe essa dor, guarda teu rancor,

    amor.

E aí Anastácia virava terramoto, preferia sangrar de vez a ficar cutucando ferida. Antes ser besta danada do que jogada no lixo. O capitão e Anastácia botaram falatório no morro, se xingando, com fúria, o dia inteiro, se amando, com fúria, a noite inteira. O capitão não sabia como dar sumidouro à sua situação. Melhor seria, aconselhou o juiz, entregá-la aos seus donos, prescindindo do resgate, como prova de boa vontade e arrependimento. E ele que fosse correndo atrás de escravo, se metesse até no quilombo mais traiçoeiro, em Palmares, se preciso fosse, na Serra da Barriga, em tudo quanto eram

matagais e opicuns, arriscasse a pele, arrepelasse couro e cabelo, para pagar a liberdade dela, que escrava tão bela, bom molejo na carroceria, não seria dose pouca, não. E quando ele entrou no barraco vinha com olhos cravados, como costura de botão. Ela viu-o preparar os arreios, com a funesta suspeita de que seriam para ela. Chamou-lhe de tudo,
    tinhoso, filho da puta, traidor, sangrento, nunca-visto, desejou-lhe de tudo,
    sarna, coceira, bosta, merda, doença venérea, lepra, morfeia...
Ele permanecia inalterável a amarrar-lhe os pulsos com uma serenidade de defunto. Amarrou definitivo, mas suave, de forma a não macerar os braços que tanto acariciara, com os insultos a rasarem-lhe o chapéu que não tirou, pois estava ali investido de funções. Quando ele pegou na calceta, Anastácia quebrou, se ajoelhou, se curvou, implorou e dos seus olhos de onda transbordou. Eles vão me partir e me secar, me encher, me dissecar, me esvaziar, me torcer, me esticar, me arrebentar, me doer, me chutar, me humilhar, me estragar, me espremer, me torturar, me meter verme por todo o meu orifício até me roerem por dentro, vão me murchar, me envelhecer... Josefo (era esse o nome do capitão), não faz isso comigo, onde estão suas juras, seu umbigo no meu, sua pena, seu dó, seu amor? Eu sou sua mulher, para quê precisa de mim depois de torta, aleijada, pestilenta, com cheiro de caca de galinha agarrado em meus peitos e meus cabelos? E ele com olhos de botão costurado, calma amor,
    as águas estão rolando.
E quando a deixou na fazenda, e a entregou aos patrões, com muito tato e submissão, com juras e combinação de que a viria buscar, que não lhe tocassem, que seria sua mulher, eles disseram que sim, os olhos dos donos e das donas não eram

de botão pregado, mas de entranha puxada para fora. Josefo foi até ao fim do mundo, andou nos cafundós do mato, carregou escravo, vivo e mais ou menos vivo, dois cavalos lhe ficaram na estrada, de veias estouradas do esforço, a cadela já ia na terceira geração. Ele demorou demais. Quando reuniu o montante, soube que Anastácia já estava morta e enterrada. Não havia em quem se vingar, ninguém lhe tinha tocado, tal como ficara tratado. Morrera de gangrena, com o colar de ferro, que ninguém se dera ao trabalho de remover, a calceta que ele mesmo tinha colocado, grudada às carnes da garganta.
Josefo entrou no primeiro boteco, se enfardou de cachaça, batia o copo despejado no balcão,
    mais e mais,
como quem faz uma lavagem ao estômago depois de uma intoxicação. Mais e mais. Ele queria que o álcool empurrasse cá para fora, de arrastão, até que o seu sangue deixasse de ser vermelho, diluído na bebida destilada, uma enxurrada que leva tudo à frente, as lembranças dela, o cheiro dela, a pele dela. E a culpa, a culpa,
    a culpa.
E pedia mais, sempre mais. Foram precisas muitas garrafas para fazer todo aquele corpo tão pesado, a abarrotar de tralha e arrependimento, novelos escuros de chumbo, de remorso e desgosto, enfim, cair. Inanimado. O dono do boteco teve de pedir ajuda para que outros dois o arrastassem dali para fora. Não é que desse má fama ao seu estabelecimento, muitos corpos jaziam por ali, entornados de vinho, amolecidos, cambaios e a soltar incongruências. Um capitão do mato atrai confusão, inimigos, rixas e vinganças. Por isso Josefo acordou no meio da rua. Levou a mão às botas e o enchumaço do dinheiro continuava lá. Levou a mão ao coração e a sua amargura continuava lá. A corroer, a abrir canais fininhos e

fissuras, internos labirintos, como um caruncho na alma, que a mastigava e abria grutas fundas, túneis, abismos por onde se despenhavam todas as suas forças. E a sobriedade ainda tornava mais insuportável ouvir dentro de si as larvas a eclodirem e começarem naquele apetite insaciável, uma espécie de motor interior de triturar, que corroía e se agigantava, até ele não aguentar mais, o ruído era tão forte que não o deixava pensar nem raciocinar, nem seguir a direito pela rua. Várias portas se lhe foram fechando pelo caminho, entrou na única que estava sempre aberta, noite e dia, na hora da sesta e da missa. Instalou-se num bordel, e as garrafas vazias iam rolando por baixo da cama, à medida que as mulheres iam rolando por cima. Semanas nisto e, se lhe vinha um acesso de sobriedade, lá lhe chegava o barulho tão fundo do batalhão de caruncho que continuava a mastigá-lo por dentro. O ruído enlouquecia-o, tinha de resolver o assunto rapidamente, soltava mais uma nota da bota e mandava vir mais vinho, mais mulheres, os carunchos lá se apaziguavam nos seus escavares e lhe garantiam uns momentos de trégua. As mulheres acautelavam para que nada lhe faltasse, era um hóspede lucrativo aquele, para além de que lhes não suscitava grande ocupação. Como um gato cego, tolerado pela gerência porque inofensivo, não provocava danos na despensa nem nos estofos. Quando lhe vinha a lucidez, temiam-lhe os olhos de botão costurado, e apressavam-se, antes que se tornasse violento, a servir-lhe todo o tipo de destilados mais reles de garapa, de melaço de cana. E até guaraná, ópio, quina, ipecacuanha, tudo o que o pudesse reconciliar e manter tranquilo, que também elas sem a anestesia da embriaguez não seguravam a vida. Até que uma manhã, tão cedo que ainda estava o ar expurgado de todos os vícios que um dia pode conter, Josefo acordou com uma lucidez de moribundo. Tinha sonhado com medusas transparentes, seres marinhos que nunca vira, apenas supunha. Empurrou os corpos de mulheres adormecidas da cama, sentiu pela primeira vez o cheiro delas, cheiro de suor de machos, de muitas vésperas acumuladas, sentiu náuseas, o lençol nauseabundo, enxovalhado, cheio de manchas e equimoses, como se tivesse sofrido as mais terríveis crueldades. Um nojo fatal tomou conta dele, mais forte do que os carunchos que tentavam vencer aquele duelo, ruminando ainda com mais fragor. Foi a repugnância que o salvou, cansou-se da sujidade, ansiava pelo asseio da manhã, sair lá para fora, calçado nas suas botas.

Apalpou o enchumaço das notas e ainda lá estava, embora mais decrescido; sentiu o coração e era um balde despejado. Talvez não tivesse sido mesmo o nojo que o salvou. Ele não era homem de ficar feito barco encalhado num lodo a deixar--se apodrecer. Quando saltou da cama, os seus olhos encontraram os da cadela, que o seguira sempre, sem ele dar conta, depois das correrias na caça dos escravos, até ao passo sonolento e ziguezagueante dos bares e do bordel. Nunca a vira tão luzidia e amansada, habitualmente estava coberta de pó das estradas, eriçada da fúria, com cicatrizes das brigas com outras fêmeas, crostas no focinho cobertas de moscas, peladas de ataques de sarna, pontas das orelhas ratadas por carrapatos, costelas evidenciadas... As mulheres deviam ter presumido que ela também fazia parte da bagagem do capitão, e acomodaram-na ali, entre os veludos de reposteiros rançosos e corpetes fora de moda, jogados a um canto. Cuidaram dela, botaram nome sensual, puseram laçarote de rendas de liga nas orelhas. E o animal adoçicou-se, entre tanta indolência, tanto gemido, tanto ardor, tanta voz feminina, tanta cama oscilante, que lhe afagava o lombo, quando ela passava por baixo... Tanto que a própria, até aí arisca a contactos de

proximidade, olhando aquela devassidão e troca de fluidos o tempo todo, aceitou macho pela primeira vez, um cãozito enxotado, cujo rabo entre as pernas já tornava mais feitio do que defeito, e que rondava na zona, à cata de sobras e de caixotes tombados, fugindo das pedradas dos garotos e das ciladas que lhe armavam as carroças e as patas dos cavalos. E um dia apareceu-lhe aquele mastim, que ora se chamava
    Lulu ou Divine ou Fanny,
consoante a inspiração do mulherio. O triplo do tamanho, um colosso, musculado e bem nutrido, com uma estranha franja de rendas a pender-lhe entre as orelhas. O pobre animal, habituado a evitar conflitos, logo empreendeu a fuga, o rabo mais enfiado do que nunca, que o poltrão do outro lado da rua parecia fitá-lo com alguma insistência. A cadela em três lances de corrida logo o alcançou, encurralou-o,
    fazia questão.
Não se sabe como se arranjaram, tal era a desproporção de tamanhos, certo é que a cadela andou meses mais dengosa do que nunca, perdeu por completo o hábito de arreganhar o dente na presença de algum cliente menos pacífico, e quando, nessa manhã, Josefo a encarou, naquela fuga discreta, porém irreversível, apercebeu-se da hesitação do animal: seguir o dono ou permanecer no conforto almofadado e quente, de pequenas patinhas viradas para cima, a ser sugada docemente. A cadela vacilou, o dono fez-lhe um gesto. Levantou-se, deixou as crias a descoberto, arreliadas com a interrupção da alimentação e do consolo cálido do corpo da mãe, e ficaram-se a chiar, de movimentos errantes, ainda sem olhos de enxergar dois palmos à frente do focinho. A obediência foi mais forte do que o instinto de mãe. Os cães têm destas fraquezas servis, ímpetos de subalternidade, anseiam por obedecer, agradar aos humanos é o sentido

das suas vidas, e então ela foi encurvada e, rebaixando-se o mais que as longas patas permitiam, ao encontro do dono, que lhe pôs a mão grossa no cachaço, firmou-se até o bicho quase sufocar e erguer a cabeça, de pele tão esticada que lhe expunha o branco dos olhos suplicantes, foi uma questão de segundos, a faca do dono rompeu-lhe a carótida, sem dor, só perplexidade, sempre, como a sua antepassada, menos pela humilhação do que pela lealdade não correspondida. E talvez esta até tenha pressentido, já houvera visto antes aquela expressão de botões costurados,
é coisa que um cão não esquece nunca na sua vida.
Talvez se tenha entregue em sacrifício pelos filhotes, que já eram remexidos pela mesma mão que sangrara a mãe, escolheu uma, só confiava em cadelas, e Josefo saiu pela janela, enfiou a cria no bolso do casaco, que ficou a revolver-se como um útero de tecido barato, patinhas errantes, olhos desfitados, olfacto inquieto, ainda o gosto doce do leite materno na língua, e os sentidos embalados pelos solavancos do andar humano. Josefo não podia cortar com a sua antiga vida, deixando para trás uma cadela que trilhara ossos de escravo a seu mando.
Foi assim que tomou rumo, uma roça, uma nova cadela, uma esposa.
Do sacrário do pai, Nunzio não sabia nem tinha como adivinhar. Sempre vira aquele velho pai cheio de vinho e lascívia. Como poderia supor que um dia o decrépito cepo, já lenha, sem folhas, sem seiva, ambicionara dar flor. Além disso, coração não era músculo da sua competência. Talvez se reparasse melhor na forma como os olhos, por vezes, se abotoavam brilhantes, quando alguma lembrança lhe rasteirava o quotidiano, ou quando via alguém a rondar o seu espólio de capitão do mato, relicário de atrocidades que ele não expu-

nha, não exibia, também não jogara no rio, nem enterrara.
Aquele seu passado,
que era a mesma coisa que dizer, aquele seu amor,
tinha de o convocar para o presente para garantir que um nevoeiro envenenado não cobrisse a memória e Anastácia sumisse para sempre. Do mal não se fala nunca, seria tornar a sentir-lhe o gosto amargo. E Nunzio podia ter detectado um indício se alguma vez tivesse espreitado para a parte de trás dos olhos cínicos do velho. Estava mais ocupado em fugir da sua atenção.
Senão veria...
...a forma como destratava os outros fazendeiros, como nunca ia na cidade, como o seu sotaque lhe denunciava as andanças nos enredos mais lamacentos da sociedade, como tinha gosto e orgulho em falar mal português, desacertar nas concordâncias, miscigená-lo com o crioulo, como nunca exercia qualquer crueldade ou castigos corporais nos seus escravos, como se enfeitiçava por um certo tipo de negra de olhar insinuante e era capaz de estar um mês sem aparecer em casa, seguido sempre por sua cadela velha, esclerosada e cega pelas cataratas,
chamada Anastácia.
E, se já fosse nascido, Nunzio havia de pressentir o temor de Annunziata, atirada àquele marido grosso e bruto, que só conhecera na véspera do casamento, arranjado pelo pai à mesa de uma venda, na beira da estrada. Um casamento de sobrevivência. Ela, que tinha instruções para se dar ares de um par de anos mais velha do que de facto era, vendo-se, ainda de adolescência a despontar, perante aquele matulão, acompanhado por uma cadela disforme, fruto de algum cruzamento absurdo. E a sua mão pequena e suada a ser espremida pela dele, como via a mãe fazer às tripas de

um porco, ficou com as suas desarranjadas, a noite toda de estômago embrulhado, o dia da boda a vomitar, enquanto os pais garantiam que não, não era enfermiça nem tansa, era dos nervos, do clima, da emoção...
    Moça virgem sempre fica encabulada.
A mãe deu-lhe um saquinho de ervas secas que fediam a castidade para ajudar na primeira noite. Annunziata levava-o para a cama, preso num rosário ao pescoço, sempre que o marido a cobria como uma sombra com peso. E de todas as vezes,
    foi este o seu calvário,
lhe doía como na primeira noite. A sua vida foi uma carreira com percursos de nove meses e muita pedra no caminho, em cada apeadeiro botava filho na vida. Temia-os a todos como o temia o marido, todos a abafavam
    como uma sombra pesada.
Uma espécie de má sensação, uma advertência. Cumpria com método os afazeres de mãe, tal como se dedicava à gestão da casa e da roça nas longas e desejadas ausências do marido e da excomungada da cadela quase entrevada, assim que os filhos ganhavam alguma autonomia, entregava-os ao cuidado de uma escrava e rezava, num italiano já misturado com português,
    Mãe de Deus, Tu sei benedetta fra las mulheres, Benedetto è il frutto di vosso ventre, Jesus,
para que o seu homem, desta vez, tardasse, que outras o entretivessem e se sufocassem sob o seu amasso suado, se espremessem entre as suas mãos de esmagar tripas. Quando os olhos de gatilho dos filhos se desviavam de si, dedicava-se ao seu maior prazer, o canteiro das rosas, tão delicadas, tão distantes das flores tropicais, fibrosas, polpudas e com cheiros viciosos. Nem sonhava ela que as suas virginais rosas,
    logo elas,

corrompiam os bons costumes, as mais assanhadas da flora, com o seu androceu e gineceu, a oferecerem-se, cada uma mais despudorada, a flamejar de vermelhos, a disputar entre elas cada inseto que passava, a atraí-los, vibrantes de cor, deixavam-se fecundar nas suas intimidades cavadas entre as pétalas, escancaradas de gozo, quando as mandíbulas das abelhas se lambuzavam de pólen e partiam com as patitas carregadas de cumplicidades sensuais, para outras parceiras, em orgias de rubores e sacaroses.

As filhas notavam como a mãe se desarranjava cuidadosamente quando o pai parava mais ali por casa, se punha desgrenhada, colocava supositório de manteiga de cacau na vagina para se curar, dizia, das flores brancas, ingeria esterco de cabra seco em pó, porque fazia bem aos intestinos, e a deixava com um hálito pestilento. Não eram estes pequenos truques que desencorajavam o marido

e o seu peso de sombra.

Tanto lhe fazia, e muitas vezes lhe chamou Anastácia. A Annunziata também tanto lhe fazia, tinha um segredo, guardou-o toda a vida, desembaraçava-se daquele rancho de filhos, aprontava-se, penteava-se, tornava-se cheirosa, com infusões de salva, losnas e hortelã e desaparecia por uma hora ou duas. Calhava, mais ou menos, de dois em dois anos este ritual. Um conterrâneo, vagamente primo, tão mosca-
-morta quanto ela, e uma expressão de pescada cozida, encontrava-se com Annunziata às escondidas, no cemitério, que era onde ela encontrava mais paz,

pois os mortos dos outros não lhe traziam assombro.

Trabalhava na Marinha aquele mais ou menos primo e, na volta da Europa, sempre lhe oferecia maçãs verdes, que chegavam ao Brasil maduras, e até amolecidas, e lhe traziam um gosto remoto de infância, a uma terra que nunca a acolhera,

onde a música era feita de batucada, o candomblé tinha mais força do que os santos das igrejas, as negras se roçavam sem pudor nos maridos das brancas, os mosquitos traficavam pestilências e se contavam histórias de cobras nos jardins, tão grandes que podiam engolir um homem inteiro, depois de lhes amolgarem os ossos lentamente, com acontecera com a sua mão, de sangue deserta, depois daquele primeiro aperto do marido.
    Esta terra amassa a gente.
Ao menos as cobras, em Itália, mordiam com mais acerto e limpeza, apareciam lestas de trás das pedras e salivavam rápidas o veneno para a veia, sem andarem a estrangular as obscenas vítimas, até os olhos lhes saírem das órbitas. Ainda por cima, ali não existiam estações do ano, apenas duas, costumava dizer,
    o Verão e o inferno.
Uma vez, o mais ou menos primo atracou e estranhou a ausência da prima, no local do costume encontrou-a já emparedada pelo jazigo. Deixou-lhe as maçãs na campa, como se fossem flores, e talvez até tenha soltado uma lágrima. As maçãs lá ficaram a apodrecer, desprezadas até pelos pássaros, pouco acostumados à acidez dos frutos europeus.
Da mãe, Nunzio só herdou metade do nome, um rosário muito antigo vindo de um antepassado italiano que ainda tinha rosas esculpidas em vez das contas, em que junto ao crucifixo a mãe tinha atado o tal amuleto de ervas secas dentro de um saquinho de gaze e de cheiro letal, e que fora desentrelaçado das mãos da morta antes de ir a enterrar. Ah, e aquele cabelo cor de açúcar mascavado, nenhum dos irmãos e irmãs tinha pegado o pigmento, todos eles façanhudos, atarracados e escuros, ainda com os genes árabes e negros pouco diluídos no sangue português.

E até as rosas da mãe...
    as tais, que ficaram lá remotas, em reticente suspenso, em páginas deixadas para trás...
se haviam de rir,
    a pétalas despregadas, como dizia um escritor que Nunzio apreciava,
se o vissem nestes preparos, homem feito, a ser banhado vestido num tanque pela ágil dona Benedita, de mão pesada, a esfregá-lo na pedra ensaboada, de trás para diante, como lhe fazia em moleque, e a extinguir-lhe o fôlego. Tinha de abrir os olhos, aguentar o ardor da soda cáustica. Ainda por cima, a dona Benedita havia morrido de sezões, enterrada sem carpidos nem delongas, ainda ele não completara dez anos.
Mais injurioso do que uma humilhação cometida por uma insignificante mulher era ser ultrajado por uma mísera defunta. Tinha de pôr cobro a isto, não se ia deixar atemorizar por uma falecida, que por esta altura nem o pó dos ossos lhe havia sobrado, vencer a cobardia, desenvencilhar-se do enleio, enfrentar as ardências do sabão, derrotar a timidez. E abrir os olhos.
E quando os abriu, logo se arrependeu. A falecida mãe fixava-o de opacas pupilas, sorriso altivamente benévolo. E uns cabelos, em meticulosa desordem, moviam-se-lhe ondulantes, espalhados na areia ensopada de mar, como as antenas e as patas insidiosas do escaravelho de sangue negro, virado do avesso, numa imobilidade contrafeita.
    Como é contrafeita a imobilidade de uma grávida deitada na cama, presa por um útero que se está a escoar.
Desde pequeno, Nunzio aguardava pelo momento em que ela lhe surgiria, após boa cobrança. Mais cedo ou mais tarde, sabia-o, a mãe haveria de lhe pedir contas, a exigir o reverso, a abrir a sua boca de precipício, e a sorvê-lo outra vez para

dentro de si, e depois vomitá-lo numa amálgama de sangue negro, que jazeria no soalho, em forma de inseto reboludo, voltado ao contrário. Ninguém gosta de sair pela porta de entrada. Ninguém gosta de dar passagem e depois ficar para trás, a encardir o chão, e deixar de si uma nódoa de escaravelho negro esborrachado. Porque haveria a mãe de ser diferente, ainda por cima por um filho inesperado, fora do prazo e que ela nunca conhecera? Aquilo não fora um nascimento, mas uma permuta de vidas. Seria a vez de velar ela a mancha, e zelar para que os irmãos, de rostos compungidos e palma contra palma, se ajoelhassem em redor e vertessem lágrimas pelo ser desnascido, convertido em escaravelho de sangue, negro. E esta ideia comovia-o,

a autocomiseração póstuma é o consolo dos desprezados. No momento em que chegava a hora, revolviam-se-lhe os interiores de pavor, a rigidez da cara da mãe, nunca a imaginara assim... Severa, sim, de pouco riso, não tão implacavelmente serena. Talvez uma Erínia, daquelas que leu nos livros, afinal sempre existiam, de cabelos de serpentes, asas de morcego, nascidas das gotas de sangue de um Deus castrado. Vinham elas, com procuração da mãe, em busca de vingança. E encaracolou-se sobre a barriga, de joelhos na areia, e despejou o que lhe ia dentro, uma espécie de urina espessa, água do mar, areias, algas e um pedaço de corda que teve de puxar, arranhando a glote, entre muitas tosses e bolçares em seco, cavernosos, de fazer adivinhar o monstro irado dentro de si, que já não lhe vinha nada do estômago moído de tão esvaziado. Esfregou os olhos salgados com os punhos e ainda se lhe enterraram mais grãos de areia entre as pálpebras. Aos poucos fixaram-se os vultos, definiram-se os esboços, estabilizou-se a lucidez. A defunta-mãe-escaravelho-negro não era a defunta-mãe-escaravelho-negro, nem nenhuma Erínia grega de cabelos de serpentes, mas a sinistra Santa de todas as Angústias que os acompanhara na desafortunada viagem no navio negreiro clandestino, no percurso entre Baía e Rio de Janeiro. Tudo lhe vinha agora à cabeça, a maldita calmaria que os apanhara, na travessia do Equador, o fedor do barco, o clamor dos escravos no porão, a revolta, as chamas, o naufrágio, o inesquecível urro do barco perante a inevitabilidade da ruína, a estralejar e a quebrar-se em dois, aquela santa funesta que a todos protegia, mais parecia que a todos assombrava com seus agoiros mudos e sua excêntrica hibridez de cabelos de índia e finas feições europeias, a jangada construída à pressa por um torvelinho de cotovelos içados num afã inútil, que os desgraçados lá ficaram, tragados pelas ondas ou uns pelos outros, em lutas fratricidas em que ninguém poderia ganhar e todos sairiam derrotados, vinham-lhe à lembrança alguns rostos, alguns nomes, a sua memória parecia-lhe agora, como a da santa, um sarcófago de corpos empilhados... E ainda o capelão que abandonara a santa e os fiéis, e a senhora que tanto cortejava, e se agarrara a si mesmo às tábuas da embarcação, cioso da sua salvação terrena, queria ele lá saber da celeste, que as santas nunca são amadas durante a tragédia, só são necessitadas antes de acontecer a aflição.

Que se dane a eternidade quando se tem pela frente a fera urgência de sobreviver.
O capitão, que rangia os dentes, impassível, e decepava braços e dedos dos marujos que se agarravam às bermas e às cordas, numa hesitação, bastaram segundos de estupefacção,
    ou seria a inércia desistente do remorso?,
e deixou-se ir ao fundo com o pai do rapaz supliciado, no mais atroz e desproporcionado castigo, à inglesa.
E de súbito, um baque, um solavanco, suspendeu em Nunzio, passageiro dos cabelos de açúcar mascavado, o ritmo

cardíaco, uma imagem desarrumou-lhe a reconstituição dos acontecimentos... A rapariga... Ainda arquejante, tentou erguer-se, reconhecer os fantasmas errantes na exígua praia, já muito vivida, cheia de marcas e pegadas, umas profundas mais confiantes, outras arrastadas e temerosas, muitas andanças houvera por ali, enquanto ele jazia inanimado no areal em quadrilátero, cercado de penhascos a pique. Estava lá a mulher adunca, a puxar o que restava das saias de rojo, de trás para diante, olhar abandonado no mar, como se quisesse alinhavar, de agulha e linha, o chão com os pés descalços. O capelão, desolado, seguia-a só com os olhos, sem arranjar maneira de lhe aliviar a aflição, que ele nem sabia que o que a punha nesta agitação perpétua, em sentido perpendicular ao das ondas, sem desfitar o oceano, era ainda a esperança de ver aparecer o seu menino, salvo por um milagre ou por um marinheiro misericordioso. Junto aos penhascos, o capataz mantinha uma postura tensa, e o ajudante, de pretinho à ilharga,

o tal pretinho que nunca fechava os olhos, nem quando dormia.
O tosco homenzinho cirandava à sua volta, como sempre fazia, a tentar adivinhar os intentos do chefe, sem palavras, só pelo semblante. Chegavam aos ouvidos de Nunzio as suas blasfémias inofensivas, proferidas num tom estranhamente aflautado de papagaio domesticado. E o capataz sempre de suspeita a enrugar-lhe a testa. A Nunzio veio-lhe à cabeça uma peripécia na jangada, ocorreu-lhe o silêncio de pânico coalhado que se instalara entre todos, na escuridão, que a noite indistingue o céu do mar, atentos a todos os ruídos, aos seus próprios ofegares, sabiam lá eles que monstros lhes passavam naquele momento por cima e por baixo. E, de um pestanejar, o capataz, sempre tão controlado, quebrou

a letargia, estorvou toda a gente, colocou em risco o equilíbrio da embarcação, remou com os braços, numa convicção alucinada, só para lançar mão da santa que boiava. Logo o mais boçal dos homens a bordo, aquele que, em vez de rezar, rosnava poemas imperfeitos e se ajoelhava de esguelha no convés; aquele que assistira impávido ao afogamento e à mortandade em redor do bote e nem para algum dos infelizes esboçara o mais leve estender de mão, agarrava-se agora furiosamente à santa, como se fosse uma questão de vida ou morte. Aquele homem seco, bruto, de antebraços tatuados, totalmente destituído de clemência, incapaz de um lampejo de compaixão, sem pinga de comiseração. Que vergastava sem piedade, que observava o sofrimento alheio com ávida curiosidade, e voltava costas à santa e à superstição, agarrava-se agora a ela e compunha-lhe as vestes e o cabelo com a suavidade de quem veste um filho.

E a rapariga, a rapariga, nem Nunzio a via, tão próxima que estava de si. Encontrava-se na mesma posição que da última vez que lhe lançara um olhar, na lancha, abraçada aos joelhos, ainda contraída pelo terror, como se não estivesse em terra firme. Num impulso ia dirigir-se-lhe, depois atacou-o um pudor absurdo, viu-se naquele estado, com a camisa pela metade, as calças esfiapadas a destaparem-lhe as vergonhas, e o cúmulo do ridículo de ter dado à costa com um só sapato, mais valera que se tivessem ido os dois, já bem lhe bastava a fraca figura, agora via-se de calçado ímpar... E ela estava tão perto, com certeza ouvira aqueles motins do estômago, arrancos de vómitos das entranhas,

 roncos de monstros interiores.

A corda que lhe saiu de dentro em refluxos múltiplos. Como se se tivesse puxado a si próprio por dentro. Sentiu-se miserável, tolhido pelo embaraço, deixou-se guiar pelo instinto,

que por vezes é bom conselheiro, outras não, é sempre questão de não tirar a bolinha preta de dentro do saco,
e de rastos chegou-se a um poço de água doce, providencial fonte que borbulhava na areia, olhos de água, costuma chamar-se-lhes, tinha ouvido falar nestas fontes que vinham brotar na areia das praias. Alguém já tinha demarcado uma poça e aí Nunzio saciou-se, anulou o sal, mergulhou a cabeça, restituiu aos cabelos imundos a cor de açúcar mascavado, bebeu quanto pôde, com a língua como os animais, sorveu pelo nariz, engoliu a areia que raspava a já assanhada garganta, tanto lhe fazia, quantas vezes fora apanhado pelos irmãos a comer terra do jardim e, apesar do gáudio tumultuoso que gerava entre eles, fazia-o, sem saber porquê, com compulsão e prazer. O mesmo que agora reencontrava nesta água doce, depois de tanta sede, e do líquido verminoso, pestilento e choco que lhes davam a beber no navio, dos tonéis com sapinhos no fundo.
Abeirou-se dele o capelão, com aquele olhar de lobo sem matilha. Que os oficiais e restantes marinheiros se tinham visto em apuros, contou, para atracarem naquela praia, armadilhada de pedregulhos, sentinelas aguçadas e traiçoeiras. Muito penara a jangada, quase se desconjuntara de tanto embate nas rochas, as ondas e as correntes contrariavam-se mutuamente numa querela sem fim, e ele, capelão, não vira, não lhe vinha à ideia, devera ter sido num desses encontrões que Nunzio perdera os sentidos. Quando a areia ganhou a profundidade que permitia um pescoço de um homem de fora, o capataz agarrara nele com um braço e a santa com outro e depositara-os na areia. Agora temia ele, a maré subia, e os oficiais tardavam em regressar. Tinham-se abastecido de água na fonte e com a jangada mais ligeira largaram para a missão de encontrar costa alijada de rochedos e emboscadas, depois

viriam buscá-los a todos, mas, lamentava-se o capelão, nem uma migalha das provisões tinham deixado na praia para seu sustento. Agora, que se falava nisso, Nunzio levou a mão à nuca, sim, não havia sangue, um hematoma redondo e duro, como se do crânio lhe tivesse nascido um segundo, pequenino, talvez ainda lhe desse serventia e lhe vigiasse as costas, como o feto em formol, dois seres amalgamados em um, que ele observara de olhos pasmos numa feira de aberrações, em Salvador. Também vira um homem que do alto de um estrado exibia uma pança rubicunda de onde saía um braço, raquítico e paralisado, não deixava de ser um braço, lívido como marfim, irrigado e com uma pequena mão pendente na extremidade e cinco dedos. Num deles nascera até uma unha, que o homem fazia questão de não aparar para tornar a deformação ainda mais arrepiante. Já na altura, a Nunzio tinha ocorrido a situação de um pequeno náufrago engolido pela curvas e dobras de gordura daquela barriga, como mais tarde presenciaria tantos braços a agarrarem o vazio entre a ondulação do mar. Lembrava-se de tentar sugerir aos irmãos que, se dessem um puxão rápido, talvez libertassem o pobre ser daquela imersão, depois arrependeu-se, calculando a troça, e passou à aberração seguinte, que era um negro com doze mamilos simétricos, alinhados seis a seis na vertical como só tinha visto nas porcas e nas cadelas, e aí fez como os irmãos, riu-se tanto que até esqueceu a angústia das anteriores exibições. Veio-lhe à cabeça,

    impertinentes lembranças, chegavam-lhe sem serem chamadas,

também o rapaz corcunda atrevido, que o perseguia a ele e aos irmãos, a destapar a deformidade e a fazer cabriolas grotescas, à cata de uma esmola mais motivada pelo escárnio do que pela piedade. Curiosamente, nunca até agora o associara ao corcunda dos cavalos no navio, esse não lhe provocara riso nem pena, apenas asco. Vinha-lhe agora a memória olfactiva do infeliz, um travo a estrume quando passava. Num relance olhou para o mar, ainda não o houvera feito, o corcunda podia ser um dos náufragos salvos, e, no entanto, só mar, brilho e céu. A maresia enjoava-o como o cheiro a estrume do rapaz. Deixou-se cair de borco novamente, indiferente ao destino do desgraçado. Além disso, se Deus concedesse um milagre, pensou, não o iria desperdiçar com tão disforme criatura. Não o vira nem na refrega nem no desabar do navio, quem sabe para onde se tentara esgueirar, do seu destino só a santa saberia, ela que da sua gávea-altar andava há gerações com tripulações inteiras debaixo de olho. Ao virar-se para aquele mar, de um verde-alga provocante, boca infinita e voraz, deu-lhe uma náusea. Uma espécie de ressabiamento, até o mar, que todos acolhe nos seus úteros sem saída, o desprezou. Cuspido pelo mar, numa praia ridícula também ela rejeitada dos seus líquidos domínios. Incomodava-o a rejeição, vinha-lhe de muito fundo, até a da morte. Incomodava-o também que tivesse sido salvo pelo capataz, malévola criatura, brutamontes, detestava ficar a dever um favor a um ser por quem nutria a maior repulsa. Não era uma pessoa grata por natureza, ali mesmo jurou que, se alguma vez o capataz estivesse em apuros e de si necessitasse de uma mão segura, jamais retribuiria o gesto. Mais depressa a estenderia a um escravo sem alma nem salvação, os mesmos que ele o vira flagelar no navio, sem pestanejar, nem quando o sangue dos supliciados lhe espirrava para os olhos.

Tão-pouco agradecia aos céus pela sua salvação, nem uma prece sairia da sua boca, nem uma promessa. Era dotado de um daqueles espíritos racionalistas. Preferia retorcer-se sob um enorme pé que o esmagaria a reconhecer que era mais fácil nascer do que ressuscitar. E se ele sabia do que falava... Por isso também não estava confortável com a circunstância de ter sido resgatado em simultâneo com uma santa, ambos a partilharem o momento, o destino e o salvador.

O caos, acreditava ele, era uma das ordens de Deus, porventura, a lei por Ele mais praticada. Os deuses deviam ter tanto interesse por nós, humanos, como ele estava empenhado em acompanhar os afazeres miniaturais dos caranguejos, que se afadigavam entre as rochas, escavavam na areia molhada e se enfiavam lestos nas tocas, assim que os passos de mulher desenfreada se aproximavam, naquele seu volteio macabro de fera encurralada.

Os deuses não nutrem um pingo de interesse pela condição humana, além disso, parecia-lhe a ele,

percebiam tão pouco de religião...

Os deuses, pura e simplesmente, não querem saber, tal como aqueles pés inquietos não queriam saber da fauna que esborrachavam e importunavam.

Não são os deuses que dormem, nós é que os sonhamos. Havia já algum tempo que o capelão se esmerava no planger, se lamuriava abundantemente e lhe pedia amparo e bom conselho para demover a senhora daquele desatino, as gotas de suor empastavam-lhe os bandós negros, meio desfeitos, as roupas molhadas redobravam-lhe o esforço das andanças, tinha um aspecto deplorável, o sol começava a deixar-lhe a pele das faces empolada de vermelhidão. Felizmente para ela, não havia espelhos na praia, apesar de todo o desalinho, mantinha um porte altivo, como se se tivesse ela apropriado, ali, daquele pedaço de areia, e basalticamente,

como as arribas que os cercavam,

decretado as condutas, as maneiras e o atavio.

Ainda o navio não tinha largado amarras, já Nunzio começara a desenvolver uma implicância com aquela mulher cheia de mesurices, e que lhe deve ter lido a indiferença no aceno de cabeça displicente, na inclinação de lombo quase aparente e no beijo na mão que nem lhe aflorou a pele. A sua beleza não o cativara, ela não estava acostumada a inibir reações de lisonja e cobiça no sexo masculino. A Nunzio a beleza classicamente convencional não o impressionava, queria ele bem saber de um nariz simetricamente adorável, e que parecia desenhado, de uns olhos sedutores e de uns pingentes ofuscantes no lóbulo da delicada orelha. Ele sentia uma aversão declarada por aquele tipo de gente que sorri quando se observa ao espelho. Dona Maria Teresa Albuquerque pertencia definitivamente àquela categoria.
E esta não adesão aos seus encantos, que dona Teresa considerava, além de incompreensível, bastante insultuosa, não passou despercebida ao seu narizito recurvo. Instalou-se um alheamento mútuo, dois passageiros adiáforos que, durante a viagem, não colidiam nem mantinham qualquer sinal de conhecença, apesar de partilharem camarotes contíguos e a mesma mesa, todos os dias. A antipatia à primeira vista não esmoreceu, nem com o tempo nem agora com a desdita. Ignoravam-se.
 Como dois olhos estrábicos divergentes.
A relação, já de si ausente, ainda se crivou de arestas, quando dona Teresa reparou nos olhares ternurentos, quase suplicantes, que Nunzio lançava à sua filha, Emina,
 na verdade chamava-se Maria Emiliana,
um nome que até à mãe parecia desadequado a uma criatura que em vão tentava iniciar nos mecanismos da atração, para os quais ela não demonstrava a menor aptidão. Uma curvatura estudada dos ombros ocultava-lhe toda a femini-

lidade, e o queixo pendido fazia dela uma mulher na qual se tornava quase embaraçoso deter os olhos. Uma espécie de pudor alheio. As amigas da mãe tinham-lhe recomendado um preceptor francês severo, que parecia tudo menos um modelo de virtudes, e talvez isso explicasse o exílio solitário e misterioso a que se submetera um ser mundano e parisiense na mais manhosa e provinciana das sociedades, em Salvador da Baía. O homem lá vinha,

  pardon... mademoiselle... faites attention... s'il vous plaît... un, deux, trois...

e chegava à casa para a lição semanal, já estourado da subida, a reter com um lenço pingos gordos de suor como escaramujos, e fazia-a caminhar com um livro na cabeça, de trás para diante no salão, empinar o peito para a frente e retesar o traseiro. A mãe assistia às lições, fazia-se entretida com um livrinho, depois praticava ela a postura e o andar de bailarina, a suspender a respiração, com a barriga apertada numa cinta de doze varas, a gravidez do seu doce menino, pois então, fizera-a dilatar-se. Que a graciosidade da filha, essa, já a dava como perdida, por mais folhos e laços, por mais visitas da modista que lhe propunha arrojados vestidos, alguns até com um decotezinho atrevido, por mais laboriosamente entrançados os cabelos, por mais aulas com o francês que desacreditava a mãe e mostrava um desalentado enfado para com aquela pupila tão insípida e desairosa... Mais airosidade encontrava ele no moço mulato que servia à cozinha, e por isso fazia por lhe solicitar capilés gelados e o retinha na sua presença praticando chalaça e muita conversa mole. Teresa não apreciava estas intimidades com o pessoal, sabia ela lá da etiqueta europeia, do seu leque de amigas era a única nascida e criada no Brasil, muito se sentia ignorante e inferiorizada, por isso nada punha em causa, apenas imitava

com todo o esmero. Muito mais prezaria que o francês se dedicasse com afinco a engonçar-lhe a sua Maria Emiliana, a ver se algum rapaz de família a notava na missa de domingo, que era para isso que as missas de domingo serviam, pensava ela muito genuína e caridosamente. Um dia apanhou o francês, e muita risota à sua volta, num canto de uma festa, a fazer comentários depreciativos acerca da filha,
    com os quais ela concordava, sem sombra de dúvidas,
    e ainda acrescentava,
e dispensou o professor.
Podia ser provinciana, indouta dos costumes lá dos velhos continentes, mas tinha perfeita noção dos efeitos perversos da má publicidade. Pela boca já vira muito jaraqui sufocar, esgotado com o mexerico. Havia de casar a filha e, quem sabe, com fidalgo português ou filho,
    e já agora que fosse único,
de dono de fazendas, daquelas em que o gado é tanto que demora um dia a cruzar o horizonte, desde a primeira à última cabeça. Isto imaginava ela, a noticiar em festas e recepções, a rir melhor, por último, claro, e não era delírio seu, nem mania das grandezas, que, quando era nova, até a moça mais feia da paróquia, com o lábio tão assombreado de buço como bigode nascente de mancebo, conseguira o melhor partido da região. Maria Emiliana recebeu a notícia do fim das lições, como recebia todas as outras que provinham da mãe, com a maior apatia, assim que cruzou portas deixou escapar um suspiro de alívio e descaiu os ombros, fez pender os braços delgados para a frente. O mesmo fez a mãe, mal se viu na ausência da filha, soltou um suspiro, desapertou a cinta de doze varetas: como poderia de uma mulher que, mesmo passados os trinta, ainda se mantinha fresca e apetecida, ter saído uma cria cuja característica dominante

era a deselegância e que nutria o mais profundo desinteresse pela quinquilharia feminina e demais artes da atração? Que nem se detinha nos pequenos mistérios da chácara, tão-pouco nas fofocas da sociedade, nem sequer nas que as mucamas traziam para dentro de casa, que à mãe tanto a seduziam os casos passionais dos palácios quanto os dos barracos, e com grande gáudio acolhia os seus enredos. A Emina tudo lhe passava ao lado. E, no entanto, foi precisamente isto que prendeu Nunzio. O que lhe faltava em aprumo, sobejava numa opacidade enigmática; o que lhe mancava em sensualidade, sobrepunha em inocência; o que lhe carecia em formusura, acumulava em subtileza. Na verdade a mãe tinha-lhe dado um nome mais consentâneo com as expectativas que depositava na filha: Maria Emiliana, como não era fácil acertar nas circunvagações das sílabas e dos sons, os brasileiros sempre abreviam e simplificam, e ficou Emina. Ao contrário da mãe, que fora Cesarina de batismo, adotara para si outro nome de romance português, que muito a comovera, e todos a conheciam, menos reverentemente do que ela pretendia, por dona Maria Teresa Albuquerque.
Com os cabelos escorridos para a frente que mal deixavam ver a face, como se a nuca e o rosto fossem indiferenciados, Emina acabara de se levantar quando a maré que subia a atingiu, para se ir sentar exatamente na mesma posição, um pouco mais acima. Apesar de ter o capelão sempre à perna e as suas imprecações,

Maria Santíssima, valei-nos, figas tinhoso, Santo nome de Deus bendito,

Nunzio seguia-lhe os movimentos, os pequenos tremores, cada agitação das mãos que continuavam nervosas a segurarem os joelhos encostados ao peito. E ainda lhe faltava descobrir como fazia ela para andar sem deixar na areia as marcas dos pés.

Capítulo ancorado

As marcas que a areia deixa nos pés

Nunzio queria ir consolar Emina, aconchegar-lhe os pensamentos, ensaiou mil maneiras de a abordar, todas lhe pareceram forçadas e profundamente ridículas. Não vinha nos livros, não constava dos manuais, quais as primeiras palavras que um náufrago apaixonado deve dirigir à sua amada numa praia exígua, rodeada de penhascos inescaláveis, sem víveres, ânimo ou escapatória. E tantas foram as oportunidades a bordo, sempre goradas, sempre boicotadas pelas inconveniências e malpropícios, sempre atravancadas de timidez, de desajeito e do mais acutilante sentido do ridículo. Gestos contidos, olhares dissimulados, um brilho que sempre se obscurecia no último pestanejar, as palavras morriam-lhe debaixo da língua. Foram anos de treino a ser alvo de troça, bobo daquela corte de dez irmãos mal-encarados, feios, escuros, bisonhos e atarracados, pastoreados por um pai sempre alheado, que concentrava todas as suas vigilâncias no que tocava a casquinar no mais novo,
 o cabeça de espiga de milho.
E, se à mesa ele se atrevia a fazer alvitre ou indagação, todos os olhares convergiam no pai, de orelhas quase enfiadas no

prato, a sorver a comida, esquecido do resto. Se ele arreganhava o dente e dava início a um franzir das sobrancelhas a dar rebate do alvitre do miúdo, era como se fosse o baldear do sino, a senha de permissão para que a zombaria se desse por inaugurada, cortada a fita das hostilidades. Em escadinha, desde o capitão até à irmã mais nova, uma rapariga com mais quinze anos do que ele, muito sombria e de rosto esguio como um pepino, que quando ria, reparava ele, fazia um tal esforço que soltava uma espécie de crocitar de corvo em vez de gargalhada. E o escárnio repercutia-se na criadagem que o desprezava à vista de todos e até os escravos que se faziam surdos às suas solicitões. Nunca ninguém festejou os seus primeiros passos, nem rejubilou com as primeiras palavras. Nunca nenhum colo o aconchegou à noite, na hora dos monstros e dos pesadelos.

Que chegavam em forma de um enorme escaravelho negro que se alimentava de sangue.

Nunca ninguém lhe amparou as quedas. Ou explicou as trovoadas. As ilusões não lhe caíram aos pés como folhas secas, foram arrancadas da haste, ainda verdes e cheias de viço. Ganhou, em contrapartida, perícias felinas em fazer-se despercebido, com a grande vantagem de saber conter a curiosidade, porque de noite todos os gatos são mas é parvos, e ele conseguia ser pardo, muito sapiente na arte de passar ao largo, mestre da discrição, o que parece bem mais valioso do que as aveludadas, insonorizadas e pacientes quatro patas. E, por isso, era Nunzio muito precavido nos seus avanços, prudente nas observações, contido nos considerandos. Não haveriam de o fazer esquecer que ele era o intruso, passageiro clandestino, o irmão não destinado que deixara dez órfãos, um viúvo e uma casa sem governo.

Quanto infortúnio provocado por uma só criança...

Além da cor do cabelo, herdara, certamente de um antepassado distante, alguma capacidade de discernimento, que permanecia, sabe-se lá por que lotaria de genes, ausente de todos os outros membros da família. O capitão fanfarroneava as suas façanhas de brigas, mortandades e ciladas, ia à guerra, dava e levava, era bom na brutalidade e, como devia à inteligência, sobejava na coragem, porque nem sequer tinha a sagacidade de antever os perigos, ou um rasgo de imaginação para cogitar anseios e inquietudes que lhe fizessem perder o sono.
Os velhos mentem estupendamente bem.
Os irmãos eram broncos, iletrados, descuravam na administração da roça, perdiam-se em rixas, brigas, escaramuças e duelos absurdos. As irmãs tinham uma queda especial para noivos beberrões, que acabavam, invariavelmente, escorraçados pelas famílias ou empurrados por pleitos sem sentido para o Brasil longínquo, e deixavam de dar notícias, enterrados pela distância ou por alguma bárbara enfermidade. Aliás, a história dos irmãos contava-se como uma lenga-lenga infantil e macabra. O mais velho foi encontrado num sobrado com um punhal enterrado; o seguinte viu-se sem um olho levado pela seta de um índio e, ao fim de um mês, a infecção alastrara a todo o corpo; o terceiro envolveu-se em rixa de jagunço e na prisão foi vingado e encontrado de pescoço garroteado nas grades; o quarto enamorou-se pela filha de bandeirantes e lá se foi atrás na desbravatura de caminhos; o quinto caiu do cavalo e durou dois dias de espinha quebrada e febrões delirantes; o sexto meteu-se na cama de mulher casada e levou-o um tiro do marido ultrajado; o sétimo envolveu-se com escravos libertos e não lhe bastou a macumba, retalharam-lhe o rosto como se esfola uma cabra e depois exibiram-lhe a própria face ao espelho, dizem que

morreu de pavor; duas irmãs fugiram pela calada da noite com os maridos endividados e banidos e não mais deram notícias; a mais nova, a cara de pepino, foi encontrada no mato numa manhã, já gelada e mais hirta do que a bengala do progenitor, nas goelas dois bubões roxos provocaram-lhe a asfixia, saíra em noite de chuva bíblica, não ficasse o marido bêbado caído em algum barranco e pegasse rija pneumonia, ele chegou cambaleante e deitou-se, não sem antes deixar um rasto de vomitado pelo chão, e a ela saltou-lhe o escorpião amarelo ao caminho quando o incauto pé deslocou a pedra onde uma fêmea,

    são sempre fêmeas e logo mães os escorpiões amarelos, aproveitava a humidade noctívaga e fazia aquele malabarismo de erguer as patas dianteiras e, como um ilusionista, soltava dezenas de filhotes recém-nascidos, numa azáfama a treparem-lhe para o dorso, e nisto, o calcanhar intruso. O que poderia uma mãe solteira fazer, na aflição do parto, com todo aquele carrego alvoroçado, senão ferrar e drenar na tenra pele toda a sua peçonha? A falecida mãe Annunziata haveria de apreciar esta espécie autóctone, que se reproduzia por partenogénese, paria sem necessidade de macho nem de acasalamento, sabia lá a falecida das particularidades procriativas deste artrópode invertebrado e seu veneno neurotóxico, o mais potente do Brasil. Para ela, aquele país estava invadido de bichos reboludos, viscosos, babosos como as mangas e papaias, que deixavam um lastro peganhento no queixo.

Debaixo da irmã, a cara de pepino, ainda embrulhado pelos braços intransigentes da morta, encontraram o filhinho, de poucos meses, afogado numa poça de lama. Os cortejos ao cemitério a cada vez minguavam, como a areia se esvai de um punho fechado, não só porque emagrecia a família mas também porque para amigos e vizinhos perder-se um membro daquela fazenda deixou de ser acontecimento mas tradição, e gerou-se até em torno da funesta recapitulação uma cisma de mau agoiro... De cada vez que passava o velho capitão, com a sua bengala de rojo, que usava menos por necessidade de amparo e mais por necessidade de repor a pose altiva que lhe ia falhando com a idade, deixando no caminho um rasto de pó murcho, acompanhado de um rapaz esquivo que parecia pisar a terra como um gato, as mães mandavam recolher a criançada que brincava na rua de pipa e arco. Foi a única vez que Nunzio se lembra de soltar uma lágrima, não pela irmã, mas pelo sobrinho, ainda de tão curta vida, levado do conforto dos lençóis para a humidade de uma noite aziaga. Talvez o fizesse lembrar-se de si próprio, se existisse memória recuada ao princípio de tudo, lançado no frio, esquecido por todos, quando as únicas atenções se voltavam para a mãe moribunda. Mortificava-o não lhe ter visto sequer o rosto, podia ter ido lá espreitá-lo ao berço, com seus pés aveludados de gato mais pardo que parvo.

É muito mais fácil chorar um morto com rosto.

Desde que a descendência se ia, ao ritmo a que pingava um cântaro quebrado, o capitão andava intratável, sempre aparelhado nas suas botas de montar, que cavalgar era coisa que as suas vértebras moídas já não permitiam, e até nos funerais mostrava mais raiva do que desgosto, com o desgoverno da descendência que lhe arruinava a dinastia. E, à noite, Nunzio e o pai jantavam juntos, numa mesa cheia de lugares vazios, a mastigar ódios e rancores antigos.

Nunzio não podia esquecer o desprezo que todos na casa haviam mostrado pelos seus sucessos escolares. Fora o professor que, vendo o seu aluno dileto a chegar às aulas sem aprumo, de material desinvestido e dedos macerados de acarretarem recados esforçados, tomara a iniciativa de se meter a caminho e ir até à fazenda sugerir ao pai que o deixasse estudar em Salvador,

olhe que o rapaz é esperto, não sai à mesma raça dos irmãos,

os calões, que num minuto entravam já a congeminar a fuga, e no seguinte saltavam ululantes pela janela da aula, e pouco lhes pusera o professor a vista em cima, quanto mais as mãos, quanto mais as lições.

E olhe que ainda lhe pode dar jeito, que os tempos são outros, ter um moço habilitado nas letras e nos números, quem sabe até pode conseguir bacharelato em São Paulo, chegar a notário, padre ou engenheiro, e só eu sei as bestas que me passam pelas carteiras, tentar pô-los a soletrar é um sarilho, um aluno assim é raro, deixe que lhe diga, capitão.

E a visita do professor só serviu para interromper a troça que aguardava a sua retirada para prosseguir. O pai e os irmãos a manterem um silêncio espesso, húmido, escorregadio, que fazia o professor suar, sempre demasiado vestido, dentro daquela sala abafada onde nunca se renovava o ar, só se misturavam vapores de cozinhados e fumos acumulados de tabaco. E eles todos a escutarem o discurso do homem, as irmãs a fazerem-se entretidas com os seus bordados e a acomodarem cadeiras e mobiliário, e eles a fixarem-no com aquela sombra no olhar que Nunzio bem conhecia. O professor falava e os homens da casa a deixarem-no a ouvir as suas próprias palavras esbarrando contra as paredes, as suas próprias pausas a embrulharem-se nos fumos e condensações. E o capitão a fitá-lo, instalado para trás na poltrona, num confortável mutismo, a começar a franzir os músculos da face, a manter em suspenso a antecipação da galhofa. E o professor, que tentava conservar a postura e uma réstia

de dignidade, embaraçado até às pontas dos cabelos, que já eram escassos e enfraquecidos. Não sustentando tanta impavidez alheia, a pensar como o silêncio do outro pode ser o insulto mais ultrajante, saiu com a inquietante certeza de que os gatos brincam sempre com os ratos antes de os matarem.
Nunzio também apreciou a momento. Mais ainda do que o pai e os irmãos. Era nessas ocasiões que se apercebia o quanto de opressor pode conter a expressão laços de família.
Grilhetas de família. Algemas de família. Armadilhas de família.
Deixou o homem abandonar a fazenda, sem um esgar, um jeito conivente, qualquer coisa que lhe amparasse a humilhação suada, nada, nem um sorriso pálido. E o professor viera ali como aliado, estava a interceder por ele, coisa que nunca ninguém fizera, interpor-se entre si e as circunstâncias adversas da vida. Lisonjeava-o na escola, fazia-lhe elogios públicos, dava-lhe prioridades, cumplicidades com piscadela de olho e tudo... Nunzio não lhe estava grato. Com todo o seu agrado e bajulação, o professor fizera-o passar pelos piores momentos. Devia-o a ele não ter amigos, só invejas e ressentimentos. Depois das composições corrigidas, pedia invariavelmente a Nunzio que lesse a sua, em voz alta, para demonstrar aos outros, que designava invariavelmente por burros e bois, porcos, bácoros e os animais domésticos que lhe viessem à cabeça... Nunzio lia, acentuando mal os períodos, gaguejando nas palavras, degenerando onde podia os seus escritos.
Quando eu... comecei a pôr... vulto n...
O professor, benevolente, crente na falsa humildade, puxava-lhe o manuscrito e esmerava-se num tom eloquente, com a voz colocada e insuportavelmente afectada.

Quando eu comecei a pôr vulto no mundo...
E, por cada erro ortográfico nas composições dos colegas, o professor mandava Nunzio espancar com uma vara as palmas das mãos deles, a enrubescer de dor e humilhação, e, se ele o fazia com brandura ou com repugnância, o professor instigava, a salivar de exaltação,
com mais força, com mais força.
Terminavam as aulas, Nunzio retardava a saída, sabia bem o que o esperava, na hora e meia de percurso até à fazenda, os colegas haviam de saltar-lhe ao caminho, fazer-lhe emboscadas, aparecer-lhe atrás do mato munidos de todo o tipo de projéteis e guarnições, lançando-lhe pedras com fisgas,
por favor, na cara não, na cara não,
corriam-no à pancada, cobriam-no de fezes, ovos podres...
Lembra-se de correr,
com mais força, com mais força,
e muitas vezes, de chegar ao portão da roça, já moído das investidas. O pai ouvia a algazarra e os apelos do filho, abeirava-se da cerca e corria o ferrolho para não o deixar entrar, ficando ali, apanhando dos colegas.
por favor na cara não, na cara não.
Não, aquele professor não merecia a sua gratidão. Além disso, já tinha decidido, a criatura de pouco lhe serviria daí por diante, percebera que era dos livros que se nutria, também ele passaria a aceder ao conhecimento sem intermediários. Tal como fazia com Deus, nada de santos menores, padres ou devoções primitivas. Entender-se-ia muito bem diretamente com Ele.
A ladainha do capelão continuava nos seus ouvidos, Nunzio não fazia caso, ainda prostrado no chão, rejeitou por inúmeras vezes a ajuda do padre para se levantar. Havia de fazê--lo sozinho, não queria que a rapariga o tomasse por débil.

Podia dar essa impressão, também deixava pairar a dúvida de que permanecia sentado porque queria, uma questão de brio. Reparava como a mãe dela, sempre nessa circulação incessante,
com o vestido roçagante,
molhado até à cintura, arrastava atrás de si todo o lixo da beira-mar, areia, algas, galhos, conchas, até um caranguejo vivo se entranhava nas suas rendas e bainhas. Nunzio reparou também que o capataz dava mostras de inquietação. Já a bordo notara que fora ele a dar os primeiros sinais de alerta pela segurança do navio, pela água que entrava, pela incapacidade de suster a insurreição dos escravos... Na altura não lhe dera grande crédito, estava demasiado preocupado com a rapariga que recolhera à cabine, depois daquele macabro banquete e da morte tão operática de um jovem marinheiro. Tinha a certeza de que a circunstância a deixara perturbada, cogitava mil maneiras de lhe dar alívio. Desta vez, reconsiderou mais prudente atentar nas premonições avisadas do capataz, que podia ser bruto e lerdo,
um calhau com olhos,
mas tinha, de certeza, a cautela de quem já se viu muitas vezes na vida empoleirado no galho mais quebradiço da árvore,
por cima do charco dos crocodilos.
Por isso, atentou na sua agitação, no modo como esbracejava e dava ordens ao criado, que se atrapalhava e tentava cumprir as instruções, ia e vinha, não queria largar o pretinho. O capataz examinava as arribas, interessava-se por uma reentrância na rocha, ensaiava a escalada até lá, na verdade, fora o primeiro a aperceber-se de que a maré subia, e de que apenas uma fina camada de areia estava seca, derivada à ardência do sol. Por baixo, a praia cobria-se de areia molhada até à falésia. Não tardava, a faixa estaria inundada

e eles sitiados, entre as ondas e a parede. O capataz dava instruções ao servente, e ele, na aflição do menino, incapaz de as cumprir.

Foi ele próprio, capataz, até junto ao mar, recolheu várias conchas, não parecia contente com nenhuma, deitava-as para trás das costas, vasculhava na areia, debaixo de água, as ondas com violência davam-lhe encontrões, desafiavam-lhe o equilíbrio, saltava-lhe a espuma por cima da cabeça, até que qualquer coisa o pareceu interessar, os seus braços imergiram, esteve para ali que tempos a fazer força, a desenterrar algo, caiu com estrondo na água, segurando um búzio monstruoso, em forma de trompete, que poderia abrigar um gatinho pequeno, e ainda continha, a julgar pelo peso, o molusco. Com o facalhão desalojou por completo o búzio, passou-o várias vezes por água.

Por esta altura, já toda a gente se inquietava com a subida da maré e punha os olhos naquele que era o único que parecia ter um plano, por mais bizarro que parecesse. Numa agulheta que costumava usar para cutilar os escravos e averiguar se estavam mortos ou apenas desfalecidos, trespassou o molusco e mais meia dúzia de ouriços e caranguejos que alcançou pela beira-mar, como uma espetada. Cortou o bico do búzio para que assentasse, levou-o até ao poço de água que estava prestes a ser atingido pela maré, e encheu-o rasante, carregou-o até à falésia com todo o cuidado, todas a precauções de modo a não verter. Aí, com a ajuda do criado, treparam, içaram o menino, o búzio com a água e o aguilhão com os mariscos, e instalaram-se na reentrância que nem para gruta tinha largura e a altura apenas de um homem acocorado. Não convidaram nenhum dos outros a seguirem-nos, indiferentes à sua sorte. O capataz começou a limpar a areia daquela cova de pedra, a limar com a faca as

arestas das rochas, de forma que não lhes refregassem beligerantes nas omoplatas, quando se recostassem,
como quem arruma a casa.
O criado pôs-se a convencer o pretinho a molhar a boca no búzio e a comer pedacinhos dos ouriços esmagados. Os náufragos, já todos de pé, encostavam-se à falésia e examinavam com angústia o horizonte na esperança de um daqueles milagres de última hora, o aparecimento dos oficiais e da jangada que os resgatasse daquele beco de pedra, areia e água, revolta e crescente. Foi com consternação que viram inundado por uma onda o poço, logo lhes despotabilizou a água doce. Ninguém se lembrara de repetir as precauções do capataz e de armazenar um pouco dela. Nunzio ainda tentou escavar, em vão, assim que as ondas recolhiam, faltava-lhe um recipiente estanque, e as conchas que se encontravam por ali, à mão, não tinham serventia, logo desistiu. Havia que esperar quase sete horas para que a fonte voltasse a sobrevir. E já no horizonte se vislumbrava uma cortina espessa de azul-cobalto, que se adensava, o véu da noite a aproximar-se, ainda translúcido, ameaçador, com a sua asa de morcego. Capataz, o homem de feroz catadura, desceu da sua toca, todos o rodearam na esperança de uma ajuda, um conselho, uma deliberação, de algum apoio para a escalada para o refúgio, até de uma ordem, estavam capazes de admitir, qualquer coisa que lhes desse orientação. O capataz passou por eles sem lhes dar troco, com uma expressão azafamada no rosto, e veio novamente meter-se na água até à cintura. Era a santa que ele buscava, que ora boiava, ora se enrodilhava na espuma da rebentação. Com muito esforço, e a ajuda do criado que lá de cima puxava pelas roupas estropiadas e pelos cabelos de índia, lá conseguiram hasteá-la para a reentrância, onde ficou enviesada, em instável equilíbrio. Foi en-

tão que a mulher gritou e apontou. Lá ao fundo, com a visão entrecortada pelas ondas, em contraluz, navegava alguém. A mulher gritava, exaltava, entrou pelas águas adentro, abanava os outros, fazia ecoar os seus brados,
a salvação, a salvação,
pela falésia. Nunzio não tinha dúvidas, era mesmo alguém, notava-se a cabeça e uns ombros tombados, que avançavam na água, na direção da praia. Não definitivamente a jangada dos oficiais, talvez algum marinheiro que tivesse escapado do naufrágio. Da praia todos acenavam, gritavam, até Emina saiu da sua letargia, Teresa animou-se, uma luzinha,
a tal bruxuleante,
acendeu-se-lhe no peito, lá onde se germinam as esperanças, talvez aquele navegante trouxesse, são e salvo, o seu menino. A pequena mancha começou a delinear-se, e o que viram gelou toda a gente e, era capaz de jurar Nunzio, atravessou-se por ali um silêncio tão repleto que até o vento deixou de passar e as ondas de estrondar. Era um escravo, de cabeça pendente, dir-se-ia que a definhar de fadiga e mazelas, que navegava montado no cavalo mortificado pelos marinheiros, o tal sangrante e mutilado das orelhas, que ainda vinha mais esfalfado do que o homem. Com a pele luzidia e o sol posto a bater-lhe pela frente parecia um deus cansado que deslizava pelas águas, uma estátua dourada e defeituosa que lhes fez vibrar a todos um sentido quase religioso de devoção. O encantamento passou depressa. As patas do cavalo quebraram-se contra as rochas, empurradas pelas ondas da maré-cheia, ouviam-se os ossos do animal a despedaçarem-se, como crepitar de troncos secos numa fogueira. O escravo foi ao fundo juntamente com o cavalo, daí a nada a sua cabeça reapareceu, todos na praia estavam suspensos do acontecimento, e pouco mais teve o escravo de fazer do que

se manter à tona, a força da maré tratou do resto. O homem saiu do mar de quatro, os ferimentos sangravam esbatidos pela água salgada, os olhos pávidos não atentavam em nada, percorriam incessantemente a praia, o mar, a falésia, cada um daqueles seres pálidos, maltrapilhos, fantasmagóricos, com cor de larva, que não o desfitavam. Por um daqueles caprichos do mar quando sobe, e hesita, e faz que inunda tudo e depois desiste e volta atrás, desalagou-se o poço de água doce. Tal como Nunzio, o escravo cambaleante deixou-se guiar pelo instinto e mergulhou a cabeça, a boca, as mãos, tudo, no pequeno furo de areia de onde brotava a água. Foi nesta altura que os náufragos gritaram, arrepiados, como se algum monstro marinho lhes estivesse a enrolar tentáculos numa perna ou a arrancar algum membro. O capataz saltou de chicote, não podiam sequer tolerar a ideia de que o escravo bebesse da mesma fonte. Logo ali flagelou o homem, meio morto, meio sufocado pela água misturada com a areia que engolia, e agora com as costas tracejadas de rasgões, de braços abertos como um cristo negro. O capataz só parou quando uma onda mais forte o derrubou, a mesma que atingiu enfim o topo da praia, de um salto lesto trepou para a cavidade, sem vacilar nem lhe escorregar o pé. O pânico abateu-se sobre os outros náufragos. As ondas que se seguiram faziam-nos embater com fúria contra a parede, tinham água pelos joelhos esfolados, as mãos escoriadas de tanto tentar trepar, rachadas as unhas. O capelão tomou-lhe o jeito, conseguiu colocar um pé numa saliência e lançou a mão à mulher que vinha agarrada à filha, de novo uma onda os derrubou a todos, engasgados e embrulhados no mar insolente. Nunzio, joelhos bambos, fez de escadote humano, por ele treparam o capelão e a mulher. Emina não dera conta, durante todo este transe, nunca Nunzio lhe largara a mão, e

de tão apertada entre os seus cinco dedos que, nos próximos dias, cinco marcas arroxeadas haveriam de permanecer,
   como o sangue pisado de amor,
impressas nos seus pulsos. Enquanto o capataz protestava, ruminando impropérios pela invasão de um espaço para o qual não tinha emitido convites, o criado pouco fazia, ia sustendo cada recém-chegado na exígua gruta. Sobretudo, teve mais desvelos em acomodar Emina, trémula de frio e pavor. A noite caíra, sem nuances, como é costume perto do Equador, parece que de repente há um deus que se despede do dia e sopra a vela. A mulher acomodou-se, fez questão de que a rapariga ficasse numa ponta e elas, as duas mulheres, separadas de Nunzio pelo capelão. Naquela decrepitude mantinha o sentido das conveniências sociais. O que iriam pensar se soubessem que ela e a filha haviam passado a noite ao lado de um homem? Assim como assim, fica um padre, que resguarda a sua machidão debaixo do hábito e da castidade. Nunzio, arreliado, entalaram-no entre o capelão, que não cessava de mexer os lábios tementes, a conjecturar o fim e a encomendar as almas enquanto se protegia dos pingos do mar, e a santa que lhe atravancava os ossos e os movimentos com sua dureza de madeira de lariço,
   maldita santa, trangalhadanças, que ocupava o espaço de um homem, desde o naufrágio que o não desamparava,
emoldurado por tanta beatitude, de um lado o bafio das vestes do padre, do outro o caruncho da santa.
Estavam tão exaustos que adormeceram, só de quando em quando acordavam com o trovoar mais ríspido de alguma onda contra a falésia, e com os pingos que lhes salgavam as faces, e ouviam o sussurrar do capataz e do criado, o mastigar elástico dos moluscos crus nas suas bocas e a água a ser sugada do magnífico búzio. Aí, vinha-lhes uma pontada intensa

dos estômagos em jejum. Nunca mais ninguém se lembrou do escravo. Nunzio, pela madrugada fora, escutara um resfolegar que se confundia com o marulhar das águas. Talvez o preto tivesse conseguido escalar a falésia, e lá permanecesse, ao abrigo da maré, em pé e com dedos de ventosas,
    patas de osga,
até as suas forças aguentarem. De manhã, seguramente, vaticinava Nunzio, aquele escravo feito deus salgado, amalgamado com a rocha, a fazer-se lapa, e que dera à costa da maneira mais gloriosa, saído de um conto de fantasia, já haveria sido arrastado pelas ondas, comido pelos peixes... Enfim, nada que o apoquentasse, era apenas um pobre gentio, digno de tanta comiseração como um molusco vivo a ser tragado pelo trio que matava a fome e não partilhava. Olhou num relance para Emina, dormia enroscada, e deixou-se a fitar aqueles tornozelos brancos que o luar insistia em empalidecer. Deus, concluiu, não devia saber escrever, nem por linhas tortas.

    Para os juntar, aos dois, não precisava de ser tão brutalmente catastrofista,
    caramba!
Só mesmo um analfabeto pouco sofisticado para arranjar um desenlace abrupto e com pedras esfarpadas, nada polidas. Adormeceu outra vez, com os pensamentos entorpecidos e a cabeça encostada ao cabelo húmido da santa, e um suspiro, daqueles que não são de alívio nem de impaciência. Talvez de amor.

    Amanhã logo se vê...

Capítulo à deriva

➤ • ➤

E se arruma o jogo com rei branco em casa preta

Quando Nunzio acordou, a maldizer as costas escarpeladas pelas rochas agudas, o pescoço entortado pelo contorcionismo a que a exiguidade obrigava, as pernas dormentes de tão encolhidas, e aquele cheiro sem nexo nem propósito, incenso misturado com maresia, que exalava das vestes e do cabelo da santa, muita vida já havia decorrido, outra vez, naquela areia alongada na maré-baixa, mais cinquenta metros até à linha de água, as ondas, rolinhos brancos e amistosos, e um amontoado de rochas na beira-mar, abruptas, em desordem, que pareciam dispostas por um deus endiabrado. Nunzio despertou com a sensação de que perdera acontecimentos cruciais, o sono dava-lhe alívio, não por ser o parente mais próximo da morte, mas por deixar sempre passar à frente a alma, aquele lugar onde as coisas irrealmente verdadeiras acontecem. Avistou o padre e a mulher em diligências vãs, desperdício de energia, pensou, encurvados entre as rochas, a puxar mexilhões, a mariscar qualquer coisa, que ajuntavam entre as vestes pingentes. O criado e o capataz sentados a chapinhar na poça de água doce, e o menino entretido a ver o efeito que a areia molhada fazia ao escorrer da sua mão fechada, colunas derramadas, que pingam e se esborracham, flácidas. E o moleque aflige-se com a desconstrução, lenta, derramada, esboça uns esgares que escapam a Nunzio, não ao criado, que lhe vai molhando a moleirinha para não esquentar ao sol ardente. Talvez ao menino lhe faça lembrar a amálgama de corpos murchos no porão do navio. Ou talvez não lhe faça lembrar coisa alguma. Se calhar já esqueceu que veio num porão, sepulcro flutuante, e que uma mãe moribunda, de olhos revirados, expirou as suas derradeiras forças para que escapasse a cria. Pensa que sempre viveu ali, naquela praia vigiada por sentinelas de abismo, e que aquela gente é tão sua família como as pedras, a água doce borbulhante e a areia molhada que nunca se deixa construir. Emina ainda dorme, enroscada, Nunzio debruça-se sobre ela, tenta encontrar na caixa do seu peito um adejo ou sopro de vida, tão leve, tão imperceptível que ele nem lhe toca, tem medo de a desmanchar, que ela também se desfaça, derramada, como a coluna de areia molhada que sai pingando das mãos do menino preto. Deixá-la estar, afinal, o sono é o melhor momento da desesperada situação em que se encontram. Tenta decifrar-lhe os traços do rosto, vislumbrar-lhe a expressão, está tão perto, bastava desviar-lhe uma madeixa, a sua mão não lhe obedece, talvez ela nem ali estivesse,

frágil como um instante oblíquo,
dava-lhe o brilho que não existe nas estrelas durante o dia. Talvez enquanto dormisse fosse o momento certo para lhe falar, entrar-lhe sem aviso pelos sonhos, agora que a infernal sinfonia do mar se tinha arredado, a sua voz lhe fizesse vibrar alguma fibra interior.

Deixa-me dizer-te os meus silêncios, sei que um dia os vais conseguir ouvir.
Ao fundo da praia, o padre suspende o seu afã apoiado numa rocha, repara que o passageiro finalmente acordou,

os olhares dos dois homens cruzam-se a meio da praia, num ponto algures em suspensão, acima da areia. O passageiro, com indiferença e perplexidade, logo se distraiu pela pontada de uma fome ácida, que o seu estômago desde o dia anterior implorava por abastecimento e ele não via sinais nem do bote dos oficiais nem dos víveres ali na praia. O padre manteve-o debaixo da sua atenção, o falhado, infecundo que acha que não deve nada a ninguém, que eu bem o topo, se ele põe as mãos na menina terá de se haver comigo, que ela é anjo mas não para o teu retábulo, sarnento, indecente, com aquela crina obstinada que ele nem tenta acamar, e nem as vergonhas sabe tapar condignamente, estão aqui senhoras, não somos selvagens, valha-nos a santinha e a sua inextinguível condolência, que numa altura destas só um animal pode ter pensamentos libidinosos. Que Nunzio, desacredita-se o padre Marcolino, não vai fazer qualquer esforço para os livrar da humilhação que, desde os primeiros raios de sol, o capataz lhes impôs. Ficou-se a dormir, com um fio de baba a escorrer-lhe pelo queixo, não deu por nada, o inútil, nem pelos lamentos da senhora, nem pelos meus apelos. Bem lhe divisou o comportamento no navio, desde que nada lhe beliscasse o bem-estar, também nada era da sua conta, pouco interferia, não se metia, alheava-se, e cobiçava com olhos de rapina a menina, de longe, com voo manso e calculoso. À mínima oportunidade saltava-lhe em cima, e ele estava ali para manter a moral, evitar a todo o custo que duas senhoras fossem molestadas pelo campónio brasileiro, que se dava ares de fidalgote emproado, com as luvas empestadas por uma pasta negra, indícios de uso aturado, nas pontas dos dedos. Não, não podia contar com ele, conhecia bem a sua índole, a de homem que não recua mas encurta o passo, para se encobrir entre as cabeças dos que avançam.

O padre Marcolino deteve-se nas manobras de Nunzio para descer da gruta. Como era ridículo e grotesco. Atirou primeiro o sapato único cá para baixo, empoleirou-se temeroso, deixou-se pendurar por uma mão, esticou os pés até ficar a meio metro do solo, a avaliar a altura e o impacto. Só então deu um impulso e desceu em segurança. Enquanto calçava apenas um pé, reparou no preto, afinal sobrevivo, sentado, de cabeça baixa, de pernas e braços amarrados, as chagas das costas cobertas de areia formavam um desenho absurdo, pele sulcada pela lâmina do arado, carreiros de térmitas que não vão dar a lado nenhum, não delongou nele a sua atenção. De longe, Marcolino seguiu-lhe os passos mancos, que foram no mesmo trilho que ele e a sua senhora tomaram mal amanhecera, em busca da água doce. Cá de baixo assistia à cena com algum prazer, não havia como negá-lo, nem eram aqueles tempos para expiações. Pecado é o desprezo sem consciência, o resto é ironia, pudor da humanidade, escape dos menos afortunados, reflectiu entre o vaivém de uma onda. Sem escutar as vozes, bastavam-lhe os gestos, os compassos e as hesitações do corpo de Nunzio para adivinhar até o diálogo acintoso que se seguiria, e as suas arestas cortantes, de hostilidade e rancor. Viu-o chegar-se à poça com sofreguidão, acelerar o passo sobre a areia escaldante, sem se dignar a fazer um aceno de cabeça ao capataz, e inclinar o tronco para a água, mas logo retirar as mãos súbitas, que ficaram suspensas no ar como um espectro estupefacto. O capataz mostrava-lhe o facalhão meio enfiado nas calças e debitava com rispidez as novas regras ali na praia. Se ele quisesse beber, que fosse mariscar e esfolar os dedos para as rochas como os outros e o mesmo facalhão serviu de pau de mestre para apontar para o capelão e para a senhora. Daí a nada mostrava outras potencialidades de palito, escarafunchando entre os dentes.

O tinir do metal contra o ouro do dente.
Por cada porção razoável de marisco que depositassem ali, receberiam a devida dose de água. Marcolino assistiu a todo o pasmo de Nunzio, que recuou uns passos, incrédulo, deu meia-volta sobre si mesmo para ter tempo de pensar e avançou de dedo espetado e aquela trunfa eriçada. A pose e a face do capataz permaneceram inalteradas. Até o parecia divertir o desassombro do passageiro que ousava enfrentar um homem que levara a vida toda a espancar outros. Com a ponta do facalhão, retirava os restos de mexilhão cru entalados na dentuça gasta, cheia de falhas e onde rebrilhava o tal incruste de ouro. As admoestações gritadas por Nunzio e a raiva associada à visão da água doce sem lhe poder chegar ainda lhe faziam secar mais a garganta. E tornavam tudo mais urgente. Marcolino não ouvia o que dizia, calculava, os braços abertos a dimensionar o tamanho do desaforo, um subalterno, o encarregado dos escravos, que fazia o trabalho mais sujo, lá nos porões inquinados de moléstias e sangue, a obrigá-los, agora, a trabalhar para ele, quem pensava a reles criatura que era...? E, assim que os oficiais os viessem buscar, ele haveria de reportar, sem atenuantes, o descaro. Mesmo à distância, o padre calculava-lhe os músculos tensos, os tendões retesados, toda a intenção de revolta acumulada nos músculos, a seguir viu-os amortecer, como se estivessem a ser cortados, um por um, os fios que manobram a marioneta. Até os ombros descaíram, descresceu uns centímetros, abateram-se sobre o rosto aqueles dois pesados vincos que sempre lhe acrescentavam mais anos do que os que tinha. Chegou-se ao padre, em passo arrastado, tentou iniciar conversa, partilhar indignação, estava demasiado humilhado, e o padre, menos por compaixão do que por vergonha alheia, fez que não percebeu e mostrou-se muito empenhado em despregar uma lapa da

rocha. Um homem acorda, rumorejava ele, ainda atordoado e moído pela sede e pelo aviltamento, e o dono da praia é um desprezível chicoteador de escravos. Quem se julgava o execrado para se apoderar da fonte e os mandar trabalhar para proveito alheio? Era preciso alguém que o colocasse no devido lugar, ah, quando chegassem os oficiais, até já lhe ocorria o castigo, via o capataz com as veias do pescoço inchadas de tensão, atirado à água preso a uma tábua, num mar alto, infestado de tubarões,
 largado à mercê de Deus ou dos peixes carnívoros,
 qual deles o mais voraz?,
e o capataz lançando-lhe um último olhar na esperança de uma intercedência sua. Nenhuma, ficar-se-ia mudo e quedo, a analisar o esbracejamento do outro para se manter à tona, com a bocarra aberta e o dente de ouro a refulgir. Porém, rir por último só é um bom adágio para quem não tem fome. De nada serve a gargalhada ao famélico soçobrante. Além do mais, a última gargalhada pode vir tarde, de uma boca desertificada de dentes. Que glória pode haver num riso de abismo escuro e desabitado? Antes rir primeiro ou no meio do que num último esgar engelhado e flácido.
Portanto, a Nunzio ainda os ombros se descaíram mais, amaldiçoou o seu sono incauto, e em seguida meteu-se ao trabalho, entre as escarpas, ainda com mais diligência do que os outros.
Marcolino acumulava em cima de um rochedo, a salvo das ondas, em comunhão de mantimentos com a senhora, já um bom pecúlio de caranguejos esmagados à pedrada e vieiras enormes, para irem apresentar ao capataz, depois de terem, eles mesmos, forrado o fundo do estômago. Já só apanhavam para o mandante, era mais fácil estancar a fome do que a sede, e os mariscos comidos crus levavam consigo areia e água sal-

gada que só acrescentavam sofreguidão. A senhora guardava, entre os folhos do vestido, uma parte para Emina. Ver a filha a dormir era um alívio quase invejado, a tragédia apanha-nos nos sonhos, nunca nos mata. O padre sofria mais pela sua senhora do que por si próprio, custava-lhe ver uma mulher tão bonita e desejável com as unhas rachadas de tanto esgaravatar nas pedras, as pernas arranhadas de embater nas cracas aguçadas e em outras ciladas das rochas. E refém daquele homem grosseiro e desaforado. Ainda tivera o descaramento de rejeitar a primeira porção que lhe houveram entregue, que era muito pouco, desprezou, havia ali quatro bocas para alimentar (contava com o criado, o pretinho dos olhos e o escravo), teriam de se esforçar mais.
E eles os dois aturdidos de sede, de olhos postos na água límpida que brotava doce e fresca, a voltarem para trás, numa obediência muda, e o padre a enlaçá-la respeitosamente pela cintura. Ele aguentava, a fome fora-lhe apresentada em criança,
    velhos conhecidos de infância,
como se tivessem sido colegas de carteira, e partilhado o mesmo aparo que eram os ossos desguarnecidos e a mesma tinta que era o sangue. No seminário eram-lhes gabados os jejuns rigorosos e prolongados.
Agora a senhora... temia por ela, que nunca sentira o peso do vazio. E, quando se tem fome, o que é oco parece repleto. O vazio ocupa tanto espaço. Todo o ventre, toda a caixa de ar, todos os membros, toda a cabeça, até as pontas dos dedos se abrem à possibilidade de se encherem.
    Quando se tem muita fome só há fome.
Enxotados pelo capataz, a abeirarem-se das rochas descobertas, coitada dela, muito a custo, sempre amparada pelo padre, tão combalida, tão frágil, nem era metade da mulher que no navio mandava recolher tempestades, com seus es-

conjuros e bramidos. A última imagem do seu menino a desaparecer atrás de uma vaga, iluminada pelos focos de incêndio, ainda lhe pairava na retina, e o padre via-lhe os olhos tão distantes, lançados para o longe do mar. E sempre que olhava para o padre, numa súplica tingida de incompreensão, não era ajuda ou alimento que lhe pedia em silêncio, mas sim um milagre. O mar podia transformar-se em vinho e os corpos extintos de todos marinheiros naufragados comparecerem ali articulados de vida, a ela pouco lhe importavam os prodígios dos outros. Não se iria ajoelhar e dar graças pela luz do cego nem pela eloquência do mudo nem pela marcha do paralítico. Agora chegara a hora do seu prodígio privativo, aquele que lhe era devido, pelas horas incontáveis da sua vida em que desfiara rosários, e se ajoelhara dispensando a almofadinha de veludo, até mortificar as rótulas, e beijara pés de cristos, e dera esmola aos aleijadinhos e se encomendara aos santos. Por todas as vezes que se penitenciara, e jejuara na Páscoa, por todas as vezes que penara e se culpara e se arrependera e se suspendera, porque Ele, o seu Deus de catecismo, estava a espreitá-la e a julgá-la.
Por todas as vezes que expiara, queria o seu menino de volta. Fizesse Ele como fizesse, que são ínvios e infinitos os seus caminhos. Aquáticos e flutuantes, sejam. Uma onda que o trouxesse, embalado, com as suas gargalhadinhas encaracoladas, um náufrago exangue que o carregasse no seu braço içado e viesse morrer na praia, só pela graça concedida de salvar um inocente. Um monstro marinho que dele se apiedasse, entre as vagas escuras tão sozinho, e o engolisse para o vomitar, são e salvo, como ela tinha lido na Bíblia e crera com toda a convicção. Ele que fizesse como entendesse, quão infinda devia ser a sua imaginação, não seria esta pobre mãe a quem amputaram de filho quem iria intrometer-se na Sua incomen-

surável generosidade e meter-se a dar-Lhe sugestões. Não era irrealismo tal rogo, mas até excesso de modéstia, se até um escravo, sem alma nem religião, Ele salvava na garoupa do cavalo estropiado, não pareceria a ninguém de bom senso pedir em demasia trazer-lhe um pequenino sem pecados nem passado quase nenhum, que ela nem tivera ainda tempo de o conhecer por inteiro. Qual a primeira palavra que proferiria? Que brinquedo eleito levaria para a cama? Como seria a sua expressão de perplexidade, entre o susto e a surpresa, quando lhe caísse o primeiro dente, perante aquele pequenino osso que lhe estenderia na mãozinha e o minúsculo vazio que deixara entre os restantes? Tudo coisas que uma mãe devia saber. E agora, naquela praia, rodeada de gente hostil, feia e desgrenhada, era como se lhe tivessem interrompido um parto. Lembrava-se da vozinha do menino, do feitio das orelhas, dos canudos sedosos dos cabelos onde ela enfiava os dedos. Lembrava-se do seu cheiro azedo do leite da ama, do seu respirar tranquilo no meio do inferno ofegante do navio negreiro, desde a noite passada, na gruta, que se esforçava por se lembrar da cor dos olhos do filho. Tanto azul, tanto azul, de céu e mar, durante as semanas da calmaria, tanto sol que tudo tornava pardo, empalidecia-lhe também a memória. Até o derradeiro momento fora manchado pela não cor, a da alvura brilhante da dentuça da ama, naquele sorriso arreganhado, contaminara tudo de um inauspicioso branco. Será que não estivera com suficiente atenção ao rostinho do filho durante o seu curto ano de vida? Será que devia ter-lhe dado de mamar, ela mesma em vez de delegar na ama, e assim focar mais tempo o seu olhar no dele, a um palmo de distância? Não queria os peitos engelhados como o das pretas, educada que tinha sido para a vaidade, condicionada para a imodéstia, tão presente nela, tão ausente na filha, e então, tantas vezes, se apercebera de soslaio dos olhos do bebé desfitados dos seus, e fisgados, sim, nos da ama, de gozo e devoção, enquanto lhe sugava os mamilos... Na cabeça corria-lhe sempre a imagem do menino, atrás da última vaga. E a cor branca, insidiosamente nevoenta, que lhe cobria o momento. Alvura dos dentes que se abriram num esgar de quem sabe que vai morrer mas leva consigo a vingança, que provérbio tão cruel, tão anticristão, pensava também ela, como pode ser um riso melhor aquele que é último, se tem sempre a desforra incluída? Uma espuma pouco benigna anulava, vai não vai, a cor do mar. O sal fazia-lhe arder os nós dos dedos esfolados. E seria este o seu pecado, falha capital para uma mãe, uma recordação incompleta, imperdoável e que estava lá em cima a embargar-lhe o milagre. Parecia-lhe coisa pouca, trazer-lhe o seu menino, iria concentrar-se à procura da cor dos olhos do filho, no castanho ocre dos penhascos, no ígneo das rochas, no negro dos mexilhões, no verde das algas, no baço da areia seca e então, quando descobrisse, quando se lembrasse, seria perdoada, restava-lhe aguardar com toda a paciência e humildade do mundo.

Meu filho, minha alma, renuncio à vida imortal pelo fulgor mais portentoso da tua fantasia, ó Deus.
E Marcolino inquietava-se com estes olhos que trespassavam tudo, os de Teresa, cinzentos e raros como os do filho afogado, agitados, que se desgovernavam e não pousavam muito tempo em coisa alguma, e julgava-a torturada pela fome, pela sede, pelo calor, por aquele mar nefando, que não parava quieto e na maré-cheia ainda se tornava mais intranquilo, de trás para diante, de trás para diante, como um garoto irritante e travesso. E quando ela, volta e meia, deixava de procurar qualquer coisa que lhe parecesse comestível entre as rochas, e levantava ambos os braços para frente, de palmas para cima, muda de assombro, julgava o padre que a senhora clamava

silenciosamente pelo rebaixamento a que estava sujeita por um reles sujeito. Na verdade, ela revia em pensamentos, vez após vez, o derradeiro e funesto gesto, quando, na urgência do naufrágio, passara o menino para o colo da ama e ficara de braços estendidos à espera de que esta lho devolvesse, enquanto a jangada se afastava do navio partido em dois.
Os dedos fortes herdados de gerações que amanhavam a terra e afastavam pedregulhos, a Marcolino só lhe serviam, nos últimos tempos, para juntar dois deles em suspenso e abençoar o ar, mas ficara-lhe na genética de pais e avôs e demais antecessores esta capacidade de estralejar, fosse um crânio de lebre ou um bivalve, sem qualquer esforço. Depois de com o indicador e o polegar despejar hóstias em bocas ávidas de absolvição, usou a mesma técnica para depositar na boca da sua senhora o alimento que ela certamente buscava. E, quando ela se curvou de dor, ele pensou que era a dor do desjejum, depois da fome prolongada, como uma pedra que se deita ao poço sem água e bate estrepitosa no fundo seco. Mas não,
    era uma pontada no útero.
Quando voltaram para cima, carregados, a ver se a recolha, desta vez, agradava ao capataz, o homem fez-lhe um sinal displicente com a cabeça, que deixassem os caranguejos e os bivalves a um canto, sem sequer comprovar a quantidade, continuando espreguiçado na areia, e as pernas enfiadas na poça de água doce borbulhante que eles almejavam beber. O padre deteve-se naqueles membros grossos e peludos, negros de sol até à marca das calças de cotim arregaçadas e de um branco leitoso a partir daí, que pareceram ao sacerdote indecorosos. O homem cortava a direito, pisava o risco, sem subtilezas, sem subterfúgios, atentava ao pudor e ao respeito, como se aquela praia fosse o seu reino, e eles os vassalos, que lhe deviam obediência e cabeça baixa. E então mergulhava

as patorras rústicas e ordinárias na água de todos, como que a marcar território. Um cão, que urina em cada árvore e delimita os seus domínios, e impõe a sua lei e jurisdição. Logo em seguida, o seu asco, toda a iniquidade se desvanecia, a cada golfada sôfrega de Marcolino naquele búzio insensatamente sobredimensionado, pôde então saciar-se de uma sede antiga. A água escorria-lhe pelo pescoço e aliviava-lhe, em simultâneo, a associação perversa do suor com o sal, a areia e o escaldão, concentrados no pescoço intumescido e ainda apertado pelo último botão da batina. Sabia que tinha de manter a compostura, até no navio, durante o pavor da calmaria, um calor de derreter pedras, nunca desapertara o botão. Tinha a certeza de que a sua dignidade estava mais aí, no aprumo, do que no latinório. A sua pose impressionava os marinheiros desgadelhados, que se coçavam como símios à conta das pulgas e percevejos, se ele começasse a aviltar o alinho, perdia o respeito dos homens e abria caminho a todas as perigosas imoderações. A batina ajudava-o a manter a altivez, e a confiança na bondade divina, mesmo no término da doença, na desgraça mais inelutável, na imundície, que Deus não pode criar o que nem pode supor. A incomensurável bondade do Senhor, mesmo quando tudo está perdido, entre a ravina e o tumulto do mar. A fé, pensava o capelão, era o último recurso para que não se tornassem animais, predadores ávidos de peixes, conchas e caranguejos, agachados e andrajosos, de olhos vermelhos do sal e da areia, a moverem-se entre os pedregulhos, descobertos pelos caprichos da maré. Não seria uma boa visão para Ele, lá em cima, as suas criaturas acocoradas, a rojarem-se seminuas, sem decoro, com os farrapos a escorrerem água e suor, debaixo de um sol vingativo, a rasgarem com os dentes polpas elásticas e viscosas de seres ignóbeis, crus e vivos. O padre temia ainda pior. Já tinha visto muito na vida. Por isso mantinha o botão a arranhar-lhe a maçã de adão, o que lhe causava ardor quando esta subia e descia com a respiração acelerada do calor e lhe acirrava o desprezo contra o passageiro, a raiva contra o capataz, que arregaçava as calças e abria as pernas, esparramado sobre a providência que Deus lhes concedera, na sua infinita indulgência, no meio daquele martírio, daquela prisão insalubre, um cubo de grades feitas de mar, céu, areia e escarpas. E o homenzarrão, peludo e bruto, a mangar de Deus, a banhar aqueles pés, com cascos embutidos de desasseio entranhado, na prova da Sua existência. Teresa parecia não se aperceber de todas estas afrontas, agarrou-se ao búzio e Marcolino teve de evitar que ela bebesse muito depressa, intercalando-lhe as golfadas de água e ar, de modo a não lhe causar congestão. Saciada, sentou-se com aquele mesmo olhar de ver através das coisas, transferido para as lonjuras do mar. Nem reparara que a filha, Emina, já estava acordada e, sem que ninguém desse por nada, se tinha abeirado do criado e do capataz, saciado a sua sede, sem pedir licença e sem que a impedissem. Também trilhava, distraída de olhos sempre rasos de chão, com os pequeninos dentes roazes, os mantimentos ali acumulados, e não havia capataz que lhe questionasse a legitimidade, nem lhe pusesse entraves ou condições. Era um ser à parte, por todos considerado tão diáfano, tão subtil, que não podia ser molestado com as questões terrenas da mesquinha sobrevivência. Era uma daquelas criaturas que, quando um dia se desequilibrasse, havia de cair para cima, de modos diferentes todos tinham disto consciência. Enquanto comia, o criado passava-lhe os dedos pelo cabelo, como que a penteá-la e a desembaraçar-lhe os nós, com toda a suavidade. E ela consentia, como um cão esquivo que deixa que os outros lhe lambam as feridas. O

menino pretinho fascinava-se com o tecido fino do seu vestido e com as transparências das rendas, e trepava por ela, que não o afastava nem acolhia. Ao padre tudo isto lhe parecia extremamente inapropriado, aquele molho de gente, aglomerada, a tocar-se, a mergulhar-se na mesma água que bebiam, os dedos repolhudos do criado a entrelaçarem-se no fino cabelo da menina apática. A ele, atónito Marcolino, dava-lhe a sensação de que os troncos de todos eles oscilavam, grotescos, de um lado para o outro, num coletivo embalo, como se estivessem outra vez na jangada, de pescoços esticados à procura de terra firme. Só faltava Nunzio, que reapareceu de entre as rochas, a correr de encontro ao grupo, coxo do seu sapato único que lhe pesava da água e da areia acumuladas, um ar lastimoso de cabelos empastados, crina obstinada e eriçada como as barbas da maçaroca, dava-lhe um aspecto ainda mais alucinado. Trazia na mão um peixe que se contorcia de sufoco, e ele muito excitado na certeza de que a pescaria lhe daria o devido direito à água. Só que, no entusiasmo do trajeto, escapou-se-lhe o peixe das mãos, e aos pinchos desesperados quase alcançava a beira-mar, Nunzio atirava-se ao chão, rebolava, lançava-se como se toda a sua vida se jogasse naquele pequeno aglomerado de escamas e espinhas. Deu com a cabeça num rochedo, armadilhas implacáveis que a água já começava a ocultar, fez tal espalhafato, mergulhou várias vezes, contrariou as ondas com todo o seu desajeito, numa desproporção de forças desperdiçadas, mais parecia ao padre que lutava com um espadarte, e não com um peixito de um palmo. Até a senhora soltou, por instantes, o fio de tricotar horizontes e reparou, surpresa, naquele desaire.
O preto, lá atrás, levantou a cabeça, o terror estampado, aquele ser grotesco, fantasma de cabelos de defunto, a debater-se contra monstros invisíveis. Nem sabia a quem mais devia te-

mer, se ao homem que lutava com tanta violência e agitação, naquele baile macabro, se aos monstros do mar que ele não vislumbrava, apenas imaginava atrozes. Os outros espectros também não lhe pareciam inofensivos. Do homem do chicote que lhe atravessara a pele quase até ao músculo sabia o que esperar, desde que se contentasse só com o couro, pior eram os outros que lhe queriam comer, estava certo disto, as entranhas. Aquelas mulheres horríficas deixavam um lastro na areia como lesmas, de vestidos e cabelos pingados, o sinistro ser que se vestia de preto até ao pescoço, branco por dentro, e falava com o ar, mandava no vento com os dois dedos e tocava-se a si próprio quatro vezes, da boca para o peito, de um lado e do outro. Era o sinal da fome, que ele tantas vezes vira repetir. Da boca a aliviar o estômago, até ficar satisfeito de um lado e do outro. Depois normalmente soltavam o som de um bezerro. Ámennnnn... Era o alívio, sinal de que ainda tinham animais para comer antes de passarem à carne dos cativos. Agora acreditava nas lendas que os escravos sempre contavam entre eles. E o que não viu realmente só teve de pressagiar, ou disseram-lhe, apavorados, outros olhos de feijão negro. O que se conta mete sempre muito mais medo do que o que se vê. Rendia-se ao irracional. Tornava a observar o outro espectro, naquele estranho ritual lá de baixo, o homem dos botões fazia o mesmo sinal, estava sôfrego, vamos comê-lo, quando os ossos se amolecerem do calor e lhe ferver o sangue nas veias.
Por fim, Nunzio levantou-se triunfante, com o peixe na mão, esborrachou-lhe a cabeça várias vezes numa fúria sem precisão, fazendo de uma pedra cutelo e da rocha bigorna. Chegou lá acima, junto ao grupo, com o seu destroço na mão, um troféu trilhado, já de cabeça à banda, desconjuntada, ele e a sua boca ainda alvoroçada do esforço em forma de O, e Mar-

colino logo ali anteviu o fim do romance com Emina, antes mesmo de este começar. Nunzio nem se apercebera, Emina seguira com relativa atenção todo o desenrolar da cena, e bem sabia o padre como o ridículo pode ser o mais corrosivo destruidor de amores, devastador de lares. Bem mais do que as más índoles ou as traições. O ridículo mina, vicia, infecta, decompõe... Entre eles passara a haver, observava Marcolino, um chão apodrecido, que cedia ao ser calcado, nenhum poderia dar agora o primeiro passo. Nunca nada podia revogar a primeira impressão, porque a primeira há de ser sempre a primeira, como descascar uma maçã, depois de a pelar não há como voltar a fazê-lo, pensava o padre, que muitas casadoiras lhe passaram pelos ouvidos no confessionário. Às vezes as mulheres não sabiam explicar. Tinha-se dado um caso, um cheiro, um sopro, uma galhofa numa má altura, um toque no sítio errado, um assomo breve de cobardia, e deixavam de gostar. Nunzio não se apercebia do efeito que causava, pelo contrário, exibia, a transbordar de orgulho, um peixe esfacelado, além de um ferimento na testa, como se fosse merecedor de um prémio e de um casto beijo de Emina, além de uns quantos goles de água. Ninguém lhe prestou atenção, nem ao peixe, nem ao golpe que sangrava e lhe deixava uma linha vermelha que seguia os sulcos na cara ao longo do nariz e da boca e ia desembocar em cascata pelo queixo abaixo. Nunzio bebeu, e pela ferida aberta na cabeça ficou a pingar do queixo. Ridículo, tudo nele era ridículo, até os trilhos que o sangue tomava lhe retiravam alguma nobreza e estancavam a compaixão dos outros, continuava com desdém o padre a examiná-lo. Pequenas crateras vermelho-escuras de sangue afundavam-se na areia, debaixo da cara de Nunzio ofegante, e muito intrigavam o menino que deixou as rendas de Emina para se arrastar até junto dele e observar aquele fenómeno da areia em bolinhas empapadas em sangue. Depois de pousar o búzio gigante que a todos servia, Nunzio ficou-se a olhar para Emina, tolhido pelo desdém com que a sua façanha fora recebida. O peixe a encher-se de areia sem que ninguém sequer o olhasse. Emina ajeitava a cabeça para melhor o criado lhe compor a trança, e a esta tarefa se dedicava com absoluta devoção, apenas deixava cair pequenas linhas de cabelo, esguias desertoras do molho. Nunzio pensou, quem lhe dera ser ele a entrelaçar todos aqueles fios, a tocar-lhe ao de leve na nuca, a encostar os seus joelhos nas raias das suas ancas. Marcolino via em toda a cena escândalo, repugnância, indecência, como era possível, o criado de pernas abertas, os pés virados para cima, dedos espetados e apartados uns dos outros, com a menina sentada entre os joelhos, e de mãos gordurentas e polpudas a remexer-lhe na cabeça, e a revelar-se um mestre nesta arte de mulher de entrançar cabelos. Quando as madeixas se iam extinguindo, como um caudal ao contrário, que corre da foz para a nascente, o homenzinho, concentrado, amarrou com perícia os últimos fios, ensebados com a sua própria saliva, colocando o rabo sobejante da trança na boca, moldando com a língua o caracol, e de um folho do vestido da moça fez uma fita, ratando-o com os seus esparsos dentes dos lados. E, estando a tarefa concluída, o capataz e o criado deixaram a sua letargia e encetaram uma ação concertada, como se estivessem pacientemente a aguardar aquele momento em que todos, apaziguados da sede e da primeira fome, dessem os primeiros sinais de afrouxamento e de mansidão. O capataz puxou por um fio uma bolsa improvisada de tecido tosco, que levava presa ao tornozelo, mergulhada na poça de água. O saco remexia-se, em contorções suaves, lá dentro uma dúzia de peixes atordoados, entre eles carpas e alguns linguados, e crus-

táceos, de carapaça esmigalhada, tenazes ainda moventes. O criado juntou o molho de galhos secos, que já havia recolhido pela praia, preparava-se para fazer uma fogueira. Marcolino estarrecido, a manhã de abastecimento começara para aqueles dois muito antes, provavelmente ainda ao lusco-fusco, para apanharem o pico da maré-baixa. Tinham planeado tudo, deixaram que todos se alimentassem primeiro às suas próprias custas, esforçando-os, humilhando-os, mantendo-os enfraquecidos e subjugados pela sede. Enquanto eles se sentissem reféns, não eram uma ameaça. E agora agiam, como tinham aprendido com os donos de escravos nos navios, para precaver desacatos e sublevações,
nunca subestimando a superioridade numérica.
Marcolino bem sabia que a fome faz dos homens lobos. Eles reverteram o caso, forçaram-nos a desempenhar o papel de carneiros dóceis e resignados, à espera da tosquia, antes que se lhes saltassem os monstros famélicos de dentro das gargantas ferinas. Ao mesmo tempo, admirava o ardil de dois homens toscos, nunca os suspeitaria capazes de grandes subtilezas nem argúcias. Muito menos a fleuma da espera, o cálculo do salto exato do predador, atrás do arbusto, não para capturar as presas mas para alimentar as feras antes que estas revelassem ameaço, bando desajeitado de náufragos inúteis, perigosos por não saberem nada de autossubsistência. E ele a fazer parte do esquema, manipulado, usado, ele, um homem de estudos, agora sem qualquer controlo da situação, nem o mandato que lhe vinha tão Lá de cima intercedia por si com alguma influência. Deixou-se cair na areia, sentia-se atordoado com o cheiro a alimento cozinhado, a senhora acocorada de gestos mendicantes, e ele a dar conta de que a sua própria mão se movia, por ato espontâneo, sem lhe demandar permissão,
   a fome comanda,

e se erguia côncava de pedir, implorante por um pedaço de peixe a crestar sobre as brasas, trespassado pelo aguilhão do capataz, e o mar que já se abeirava deles e seu rugido petulante na retaguarda, Nunzio a chegar-se rasteiramente à fogueira, a querer-se privilegiar face aos restantes, pensou o padre, o pobre apenas evitava que os andrajos lhe secassem ao sol, sobre a pele húmida, tormentosas recordações de infância que o lume podia aliviar, e emitia pequenos queixumes de recriminação, muito baixinho, como um cão enxotado, que amua e rosna às próprias carraças. O cheiro do peixe que a todos entontecia de vontade e fazia esquecer do resto,
porque quando se tem muita fome só há fome,
os dedos gordurentos do criado que ainda resvalavam pelo cabelo de Emina, encantado com a sua obra, e lhe deixavam escamas e estilhaços de carne branca agarrados, as mandíbulas diligentes do homenzinho que se moviam, à falta de dentes da frente, em movimentos horizontais e trituravam os alimentos, antes de passar aquela pasta de cuspos e fibras para a boca do menino, que o engasgavam e faziam deitar cá para fora, e vinha de lá o criado com uma concha de água a empurrar tudo lá para dentro, a erguer-lhe o pescoço de ganso, o cheiro do peixe grelhado, as baforadas que os cobriam a todos, e já se saciavam pelas narinas, os bocados de comida distribuídos pelo capataz atirados à areia, como se faz aos animais, o gosto da comida cozinhada trazia-lhes alguma humanidade, que lhes era retirada no mesmo minuto pela sofreguidão, a pressa em apanharem o seu naco antes do náufrago do lado, o ruído dos mastigares ávidos, o encontro dos dentes com a areia no alimento, pois nem dela cuidavam de se libertar, naquela embriaguez coletiva. E já estava a fome resolvida e eles continuavam a chupar cabeças de peixe, a enrodilharem a língua, em lúbricas contorções, para lhes arrancarem os olhos ainda

cheios de humidade fresca, a debulharem espinhas com dedos avaros, a escarafuncharem com conchas aguçadas nos recurvos das tenazes chamuscadas, ainda ardentes, à cata de réstias de uma massa espapaçada, na fossanguice de se apoderarem dos desperdícios uns dos outros, o criado a levar ao escravo uns restos indistintos, antes que aquela gente devorasse tudo, e o escravo de mãos atadas, com a cabeça entre as pernas, a tentar com os beiços separar as espinhas do peixe e a cuspir o que os dentes não conseguiam trinchar. Nisto o capataz puxa do saco um pequeníssimo polvo, que logo se enrosca no seu polegar, com seus oito braços de ventosas, numa docilidade lenta, e o homem com pálpebras de cicatriz aproveita a imobilidade agarrada do molusco e trespassa-o certeiro no olho que tudo fitava, pupila em forma de linha, com a ponta do facalhão. Põe-no sobre as brasas, e o animal ainda vivo mirra e dos tentáculos ondulantes escorre uma baba oleosa que a senhora ampara com a boca, segura a sua mão docilmente no braço do capataz, os seus rostos próximos, as bocas quase se tocam a devorar os tentáculos do pequeno polvo, os dentes e a boca enegrecidos pela tinta derramada do molusco e o padre atónito com esta proximidade, a pensar a senhora irremediavelmente demenciada, e o miúdo só olhos, rastejante, a escapar do enfardo à força, ele que até aí só bebera leite diluído de uma mãe moribunda, com a mãozinha a fazer bolas de areia com sangue que saíra do lenho aberto da cabeça de Nunzio, e a menina da trança ensebada a recusar o olhar do passageiro, espojado no chão a reparar na mancha escura como um escaravelho que se firmava da sua cascata de sangue na areia, todos espojados no chão, ainda a recolherem as sobras das comidas alheias, para arrancarem as réstias de carne agarrada às espinhas a que os outros renunciaram, seres rastejantes, como o menino que ainda não sabia andar, larvas que se contorcem em movimentos cegos, bando de símios que se catam em comboio e devoram com competência os parasitas do vizinho, e o escravo lá à frente a comer de cabeça enfiada na areia, com um focinho inquieto, e um mar indeciso a aproximar-se numa onda, e a desistir na seguinte, uma manta de sombra esquiva a estender-se na praia,

    e ele, Marcolino, desapertou o botão de cima da batina. Conhecia o padre ambientes tão lastimosos, tristes e em que a fome indistinguia homens e bichos. Lá em Portugal, nas serranias de Mondim da Beira, a obra da natureza muito mais temores anunciava, penhascos feros e soturnos, arremetidos aos céus, como se enviados lá de baixo, do cio da terra, fecundavam o chão de pedregulhos negros. Temores, sombras e rituais pagãos, que os párocos, nem com as torres medievais das igrejas e o repicar de sinos e seus tangidos chocos e roufenhos, e muitos sermões que ameaçavam, convocavam chamas e suplícios infernais, impressionavam as gentes, com os dentes enterrados em solos de pouco sustento. E houve um Inverno em que a fome se instalou na aldeia, como uma vaga de mar que demora e nunca mais se recolhe. Os vizinhos cobiçavam-se uns aos outros, comiam em segredo, quase sem mastigar, para não dar notícia, pilhavam-se de noite, iam aos frutos de árvores de outros quintais, às couves de outras hortas, aos cabritinhos, saco de ossos, de outros currais. E, nas veredas da floresta, tinha de se andar a passo calculado, atolada que estava de armadilhas, alçapões cobertos de gravetos e folhas secas, laços nas árvores de apanhar passarinhos. Foi desse Inverno que Marcolino guardara a sua lembrança mais grata de infância, uma alegria amarga, que por vezes as recordações boas não vêm com gosto delicado de madalenas nem de aromas florais. Mas de sabor ferroso do sangue e do cheiro a suor da adrenalina.

Quando a família disputou, naquelas serranias nevadas, o cadáver ainda quente de uma lebre a um lobo. Iam ele mais o pai, a regressarem a casa, tristemente pela vida adentro, quando veem passar uma loba de tetas pendentes que se lhes atravessou no caminho, apressada, a direito,
 como uma seta,
com uma lebre entre os dentes. Era um fim de tarde, a noite anunciava-se impaciente, e o vento num gélido conluio com a chuva miudinha aliavam-se para lhes entorpecer as pernas e lhes deixar dormentes os dedos dos pés, mal escorados nos tamancos toscos. Quando pai e filho, ao fim de um dia a acarretarem pedras de uma terra tão eriçada de rochas que trilhavam o arado, que apenas traziam consigo um buraco no estômago e o outro no espaço da sacola, duas batatas mirradas conseguiram mendigar ao patrão e umas castanhas ainda verdes e espinhudas,
quando o pai e o filho Marcolino,
 dizia-se,
no regresso a casa com tão fraco sustento, cabisbaixos do frio e do fracasso, viram aquela loba triunfante passar, nem olharam um para o outro. Foi tácito o entendimento. Desataram a correr desalmados, a gritar embruxados, a brandir com paus e pedras, vai o filho por um carreiro, o pai por uns barrancos, endoidados, apanham a loba azoada com o alarido, sitiada ante uma ravina. E eles os dois, numa bradaria de meter medo, a atirarem-lhe pedras que lhe atingiam o lombo e a cabeça, e já sangrava o animal de um olho, e rosnava num rugido cavo e amordaçado, apetecia-lhe investir contra as gargantas daqueles humanos indefesos, depois vinha-lhe à lembrança os seus pequenos lobachos que morriam à fome naquele Inverno sem folganças, e vai de teimar em não largar a presa. E os dois, era com cada

estrondo, cada paulada no chão e cada pedregulho que a loba soltou um ganido e largou a fugir, abdicando à força do mantimento dos seus. Os dois ficaram ainda muito tempo num alarido sem fim, que a escuridão apertava, apesar de tornar sempre mais amplos os espaços, e eles a ouvirem o seu próprio eco, a darem patadas no chão, a verem se a loba se punha ao largo e não os atacava pelas costas. Durante o caminho para casa, que era extenso e sinuoso, haviam de seguir muito lestos,
    como uma seta,
agora que eram eles a transportar o sustento dos seus. O cadáver da lebre a fazer companhia às batatas e castanhas. E eles a pressentirem o bafo da loba, que os seguia de perto, ocultada pela escuridão, presumiam ruídos, o som de galhos quebrados debaixo de patas, cada arbusto que passavam menos uma emboscada que temiam, que ela vinha ferida e vingativa, o pior era se trouxesse em seu auxílio a alcateia inteira, não haviam de largar a lebre. A comida era deles, ó loba amaldiçoada, que todas as cajadadas do mundo desabem sobre ti e esborrachem os crânios das tuas crias malnascidas, que a lebre é de quem a caçou por último, e corriam tão esfalfados quanto esfaimados, o arfar da loba sempre no seu encalço, e às vezes um hálito quente demasiado perto dos tornozelos. E quando viram ao longe a luzinha hesitante do candeeiro a petróleo da mãe, que já vinha no carreiro em cuidados com a demora do marido e do filho mais novo, sentiram renovado ânimo, correram ainda mais, gritaram por ela, acordaram a aldeia com os ladrares dos cães, que sempre pressentem lobo por perto. Nunca mais sentira Marcolino um tão grato regresso a casa, um buraco sem janelas, que aproveitava o vazio sinuoso do abraço de duas fragas gigantes. E agarrou-se ele à mãe, tão ofegante,

cristalizado nos olhos o arregalo da audácia de enfrentarem a fera, do sucesso da pilhagem, um homem e meio, ele não teria mais de treze anos, fino como um espigueiro, com a altura de adulto, sem garras nem mandíbulas de seis incisivos de triturar ossos, nem dois caninos de seis centímetros, nem quatro patas de correr a sessenta quilómetros à hora, nem pelo à prova de água e frio, nem olhos de ver à noite... A inferior condição do ser humano, quando a única força de que dispõe é a de ter muita fome. Curioso como a natureza em casos extremos de preservar a espécie prefere dar-lhe o instinto do arrisco do que o do resguardo. Que vá à sua sorte, encomenda-o ao seu destino, lava daí as suas mãos. A partir de certo ponto, está por sua conta e risco. Não lhe dá bossas de água extra para aguentar a sede no deserto, nem picos de ouriço de se encaracolar quando o predador se lhe lança, os dentes serrilhados, nem caudas de chicote ou cristas de placas ósseas nas costas, como os dinossauros. Maldita a hora em que Prometeu deixou o incompetente do irmão Ipmeteu a distribuir, mãos largas, aptidões aos animais do mundo e se distraiu, esvaziou o saco, nenhuma sobrou para o homem, e lá teve o outro de empenhar o fígado para surripiar o fogo aos deuses, apoquentado que andava com seres tão desajeitados e destituídos de talentos para estas coisas da vida e da morte. Nesta fase Marcolino ainda era muito menino, e estava demasiado alvoroçado com o triunfo, a vitória do caçador mais primitivo sobre a fera irracional, para se pôr a cismar e, mais tarde, quando se fez padre, havia de encomendar todas estas questões ao criador, que é como quem diz engavetá-las e dar duas voltas à fechadura, com a chavezinha da fé. Que arrumação, que método, que descanso...

E quando entraram naquela bocarra escura que era a porta de casa, morna e densa de fumos de preparar caldos ralos de ervas e gorduras, Marcolino reparou como o pai mancava, não por se ter ferido na corrida, mas por ter perdido um tamanco no caminho. Algo se quebrou naquela aliança entre pai e filho, sempre tão próximos e cúmplices. Parecia-lhe absurdo regressar a casa depois de uma caçada triunfal com um tamanco a menos. E mais: tremiam-lhe as mãos quando tentava alimentar o lume. E ele veio ajudar aquele homem de face talhada de ângulos, olheiras triplas, que se desdobravam como uma cascata de pele até meio da cara infeliz. Não queria que a mãe se apercebesse das suas tremuras, que denunciavam o medo, a fraqueza, o terror, que sobreviviam nele, mesmo depois de o perigo passar... Encantada a mãe, com delongas e refinamentos desajustados para um lar onde vigorava a lei da fome, punha todo o esmero naquela tarefa culinária, não alimentava os filhos com uma refeição de jeito fazia uma semana, e era por eles que descaroçava aquela lebre, esfolava-a com tamanho carinho, e com a faca aguçada fazia pequenos golpes rápidos nos tendões, para não desperdiçar carne, e quebrava os ossos e raspava o tutano para uma panelinha, junto com as miudezas e os miolos, depois da cabeça estalada em quatro, delicadamente, com uma machada. E tudo aproveitava do animal, as iscas, os bofes, as partes moles, o sangue escorrido para um ensopado, com batata, abóbora e as castanhas, ainda verdes, amolecidas no caldo que já fervia temperado com cebolinho na panela de barro. O pai, com os dedos trementes, tentava ajudar, acelerar o processo, antes que algum vizinho faminto viesse bater-lhes à porta, a mando do respectivo estômago, coisa que veio de facto a acontecer. Só atrapalhava, as coisas caíam-lhe das mãos, os dedos trémulos eram empecilhos.

Dez empecilhos.

À sua mulher já estava habituado, não era pessoa de bons sensos nem raciocínios razoáveis, nem de atos pensados.

Pelo contrário, ela não era bem do género de agir duas vezes antes de pensar, ela pensava, pensava,
pensava
enquanto agia, e nem valia a pena interrompê-la, tentar barrar-lhe o caminho, puxá-la de novo para baixo, enquanto ela pairava, uns centímetros acima do solo, com a cabeça cheia de sonhos caudalosos, que corriam como um rio, e por vezes Marcolino tinha a sensação, quando assistia a estas evasões da mãe, de ouvir o ruído da água a chocalhar por perto. O pai fora muito avisado antes de se juntar a esta mulher, que na aldeia tomavam por aérea, quando, na verdade, era toda ela fluvial. Que nunca tinha os pés no chão, nem sequer bonita, aquele cabelo negro que descia pela testa ausente e quase se indistinguia das sobrancelhas. Chamavam-lhe louca, faziam pouco dela, quando, absorta, se detinha a olhar para coisas triviais, quotidianos banais do campo, ficava estática de puro deleite a observar o nascimento de pinto a debicar por dentro do ovo, envolvido em babas gelatinosas, ou a aflição dos galhos quando lhes dava o vento, ou um pedaço de madeira encurralado, a ir ao fundo e a regressar à superfície na teimosia insana de não se deixar naufragar, no turbilhão das quedas de água... Não era distração, como diziam os maledicentes, era exatamente o oposto, excesso de concentração. Por isso, sustinha-se no movimento ordeiro da fila de formigas que carregavam uma cauda de lagarto ainda a retorcer-se, ou ficava parada, quase solenemente a escutar os ruídos da floresta, o coro dos pássaros, o ciciar das cigarras, os sussurros dos ventos entre as fragas, e os chocalhos das vacas que ela levava a pastar, como se assistisse à leitura do missal romano. Fazia a ligação dos sons, encontrava harmonias, entoava melodias. Imolava-se dentro de si. Deslumbrava-se com vulgaridades. Apanhavam-na a rir sozinha, ou na mais profunda conster-

nação. E chamavam-lhe Brízida desabrida, porque andava de melenas caídas, sem cuidar de acomodar convenientemente os cabelos negros num rolo alinhado no topo da cabeça, porque costurava as roupas de forma extravagante, remendada, desleixada, indiferente aos costumes das outras moças, porque se punha de parte nos bailaricos e não sabia dançar. Tem tento, Jacinto, que ela não te serve, não é chinelo para o teu andar, e um batalhão de primas casamenteiras empurravam-no para outras moças vindas de aldeias nas redondezas, tão pobres umas quanto as outras, porém bem mais ataviadas, bem mais consentâneas com o seu caminhar, diziam as tais primas, que era o do trabalho, curvado, esforçado, sempre adiante, só interrompido pelos pedregulhos que lhe atravancavam o arado. E, ainda por cima, a moça, feia e escura, continuavam as casamenteiras, que andava só com um brinco na orelha, quase uma extravagância de pirata, a arrecada ímpar que lhe ornamentava a orelha, única herança da mãe, mulher misteriosa, que chegara à aldeia já grávida de pai desconhecido e, se se descoseu, foi por baixo, para dar à luz, nunca para revelar o procriador. Instalou-se por caridade naquele destroço de casa, abrigo do abraço de duas fragas, e a ganhar a vida a arrebanhar o gado da aldeia e a ir com as vacas para as serranias, mais altas e inacessíveis, mesmo grávida, reboluda, destemida, a amparar o seu desequilíbrio num bordão, a escalar até onde a erva era mais tenra e os lobos rondavam, de apetites acirrados. E Brízida herdara da mãe o ofício, o de levar o gado da aldeia até aos ermos remotos, e se não temia os lobos era porque o medo não lhe ocupava muito tempo e havia sempre qualquer coisa que se interpunha na sua atenção e lhe enevoava o pensamento, o recorte de uma folha que pairava ao vento, a aranha a tecer a sua trama de apanhar insetos entre duas hastes de giesta oscilante, o murmurejo das ventanias, lá na alturas, que, além de lhe fazerem frieiras nos dedos e nos cantos da boca, lhe davam recados e diziam nomes aos ouvidos penetrados por gélidas correntes de ar e calafrios. Ela tentava escutar o nome do pai desconhecido, que a mãe antes de morrer nunca lho revelara. O vento dizia-lhe palavras sem pistas, quase sempre os nomes que ela própria distribuía pelas vacas,

Rinchona, Folhareca, Tamanquinha, Molhanga, Chafariqueira, Romaria, Aquilina...

palavras graves, acentuadas na penúltima sílaba, o que para ela, uma completa analfabeta, não tinha qualquer relevância. Quase sempre era assim. Até que um dia ouviu Jacinto. Distintamente,

Jacinto...

E portanto escusavam as primas descasamenteiras de obstar à união destes dois, nesse traz-e-leva afadigado. As fragas, lá no cimo da serra, que faziam o vento assobiar já tinham ditado o nome que faltava à vida de Brízida. E além do mais, nunca foi ele que a escolheu. Ele foi escolhido. Pelo vento, para quem acredite. Por ela, que um dia o encontrou numa vereda estreita. Descia Brízida, num fim de tarde, cheia de pólenes e sementes viandantes no ar porque era Primavera, e se tocaram a meio do caminho os dois, entre os bafos quentes das vacas que atravancavam a passagem. Brízida inspecionou-lhe as calças com a mesma curiosidade que a movia para as coisas banais e desatou-lhe os laços, desembaraçou-se das bragas, dos culotes, daquele tumulto de panos e farpelas, e sentou-se em cima dele, na berma do caminho, só se soltavam os mugidos das vacas pacientemente irritadas com aquela espera e aglomeração, e o resto eram só zumbidos, pássaros a recolherem e os badalos doces, que Brízida distinguia de cor. As caras deles junto aos cascos das vacas, e as bostas que elas iam largando. Foi assim que fizeram o primeiro filho.

Como num presépio.

E as primas e chocalheiras iam dando menos fôlego ao mexerico, quanto mais empinada ia Brízida, barriga ao alto, continuava a subir ladeiras e penhascos com as vacas da aldeia à frente. E Jacinto, encantado com aquela mulher, aos seus olhos parecia-lhe radiosa, que a tudo acudia e prestava atenção, e aquele negrume entre os cabelos e as sobrancelhas não lhe dava fealdade, mas mistério. Havia de arranjar dinheiro para comprar a segunda arrecada que lhe faltava nas orelhas. Quando o primeiro filho nasceu, nem por isso Brízida deixou o ofício do gado, trepou dorida pelos mesmos penhascos, ainda não passavam três horas do parto. Com o bebé preso ao peito, atafulhado em abafos e aconchegos, deu-lhe de mamar, lá nos cumes, onde o vento assobiava para lhe conhecer o nome: Viçoso. O segundo veio pouco depois, com diferença de menos de um ano: Celestino. E quando o surto de tifo começou a atacar velhos e crianças, Brízida e Jacinto, a toda a hora, vasculhavam o corpinho dos filhos em busca de manchas róseas no torso e tomavam-lhes a temperatura com os beiços alarmados. Eles continuavam robustos e luzidios, enquanto muitos pequenos das terras se esvaíam em febres húmidas, vómitos e diarreias nos seus berços. E, num só dia, a febre tifoide levou-lhes dez crianças, todas com menos de cinco anos. Os pequenos caixões e as famílias chorosas encontravam-se a cada esquina, e os cortejos engrossavam a caminho da igreja. Toda a aldeia fungava carpidos e choros, a consternação escorria pela calçada abaixo como águas de esgoto. Brízida e Jacinto também lá estavam nos funerais, a vergarem-se sob o peso tácito nas costas, o dos olhares dos outros pais, das outras mães,

órfãos de filhos.

E a saudade a sair latejada a cada pulsação dos habitantes. Eles inquietos, com os corações abafados de tanta mágoa, quase sufocados de verem descerem à terra tantos rostozinhos cinzentos, na pressa de irem para casa, abraçar saudosos os seus pequenos, sãos, deixados fechados no abraço de pedras, a tantos perigos sujeitos, eles tão mexidos que eram, o mais velho já andava e o mais pequeno seguia-o gatinhando para todo o lado. Normalmente, a um assobio do pai, ou a um gorjeio bem alto da mãe, como o que ela lançava às vacas, recebiam-nos com sorrisos e gritinhos do outro lado do granito das paredes. Nesse dia, os pais chamaram por eles na dobra do caminho,

ó Viçoso, ó Celestino,

de dentro da casa não ouviram as vozinhas costumeiras. E puseram-se mudos, os dois a acelerarem o passo, até entrarem em casa, estava escuro lá dentro como num túmulo. Abriram a lamparina e deram com os irmãos enrodilhados nas mantas a dormir, tão rosados, tão tranquilos. Brízida e Jacinto, nos seus afazeres, cada um para seu lado, sem admitir um ao outro o mau pressentimento que acabavam de desfazer nas suas cabeças. Depois houve qualquer coisa, o estremecimento das mãos, as respirações abreviadas... Brízida deu logo conta, as manchas confirmaram. A febre também os tinha apanhado, e com tanta força que lhes sacudia os corpos convulsos durante semanas, e tinham de vir pai e mãe socorrê-los, a segurar-lhes nas pernas e nos braços que se estiravam, irados, como se estivessem a ser disputados pela alcateia de lobos lá de fora, quando fincavam o dente no bezerro tresmalhado. Os pais endividaram-se, mandaram vir médicos, boticários, barbeiros, curandeiros que entravam dentro daquele albergue insalubre e sem janelas, de lenço na boca, a resguardarem-se do hálito daninho da febre. E vi-

nham com poções, sangrias, purgas, vomitórios, suadouros, sanguessugas que inchavam sobre as suas peles arquejantes para puxarem o sangue mau... Já a febre se tinha ido, e as duas crianças não arrebitavam, não comiam, não seguiam com o seu o olhar da mãe desconsolada. Não morreram, mais valera ter-se a morte deles compadecido e levado para ao pé dos nossos, comentavam, em surdina, os vizinhos,
    órfãos de filhos,
depois da grande vaga do tifo. O sistema neurológico havia ficado irremediavelmente afectado, as crianças perderam a coordenação motora, os músculos das pernas definharam, os olhos desencontrados quase não viam, apenas distinguiam o claro do escuro, e mantinham-se por pouco tempo alerta se ouviam a voz dos pais. Ter dois filhos presos com grilhões àquele barraco mineral era passear todos os dias pela berma do poço com um pedregulho à cabeça. Ambos sabiam que não podia haver desavenças, nem desesperos, nem pânicos, qualquer desequilíbrio podia arrastá-los para o abismo. Por isso mesmo, Jacinto alegava vertigens, não aguentava muito tempo perto deles, dois seres que deixara de reconhecer, que grunhiam o triunfo da doença sobre a morte, não eram as crianças que falavam, era a soberba da peste, e ia lá para fora, embebedava-se com outros companheiros de infortúnio, isolava-se, não falava à mulher, fazia dias que não lhe punham a vista em cima. E Brízida não se cansava de olhar para eles, de descobrir nestes seres presentes, ausentes do mundo, tão despidos de saúde, tão arreliados de si, os seus lindos filhos de outrora. Tentava adivinhar-lhes os queixumes, se eram de frio, se da fome, se de coceira, se de picada de percevejos, vigiava-lhes os respirares, limpava-lhes as remelas, investigava-lhes os corpos, e eles lá caíam num sono a dormir, porque no resto do tempo o sono era acordado.

E puxava-lhes os bracinhos que eles deixavam molemente cair, e tentava colocá-los de pé, as pernas murchas não obedeciam, ou mostrava-lhes as folhas das árvores, fazia-os roçar com a mão nos focinhos cálidos das vacas, no pelo de um cãozinho raquítico que se acoitou por ali, talvez por achar que em casa de enfermos há mais tolerância para outros seres menos afortunados na saúde. E eles lá iam reconhecendo qualquer coisa, manifestavam o seu prazer com um esgar, o seu repúdio com outro esgar que só Brízida destrinçava. E passaram-se dez anos, Viçoso e Celestino cresceram, sem progressos, dentro de uma manjedoura de estábulo, para lhes amparar as quedas, e impedir que se roçassem pelo chão, cheios de mazelas acumuladas a cada Inverno, cabelo ralo, pernas inertes descarnadas, pele fina, tão transparente e clara de não apanhar sol que se podia tomar neles uma lição de anatomia, os órgãos palpitantes, quase visíveis como num aquário, entre os vermelhos e os azuis,

são as nossas cores internas,

sempre com muco a sair-lhes do nariz e uma expectoração que eles não conseguiam expelir, e lhes dava à respiração conjunta um ruído áspero de moagem de grão. A mãe continuava a buscar os filhos dentro deles, ao fim do dia contava-lhes frente às suas caras inexpressivas as diabruras das vacas que tratava pelo nome,

a Rinchona, a Folhareca, a Tamanquinha, a Molhanga, a Chafariqueira, a Romaria, a Aquilina...

o sapo que vira carregado de ovos translúcidos numa bola espumejante de geleia,

geleia de sapo, ranho de menino, os seus narizes o tempo todo a escorrer,

a forma de uma nuvem que lhe fizera lembrar um bebé pequenino ainda preso à placenta pelo cordão, os gaviões que

via de costas, a voarem por baixo, lá nos cumes dos penhascos. E Jacinto reparava como os olhos dos filhos, sempre errantes de não ver coisa nenhuma,
    como os movimentos de uma mosca aflita,
se aquietavam à voz daquela mulher, agora abundante de cabelos brancos na testa, e se serenavam nos seus queixumes feitos de sílabas sem nexo, mesmo que não percebessem nada do que ela lhes dizia.
E ela só não lhes contava as palavras do sopro lá dos ermos das serranias porque, a partir da doença dos filhos, o vento deixara de lhe falar.
Jacinto acostumou-se àquela rotina, e até um desgosto se torna rotina, era o desgosto que lhes pertencia, eles que tinham tão pouca coisa, até a um infortúnio se conseguiram afeiçoar. Um dia Brízida a desabrida, a quem continuava a faltar um brinco, veio-lhe com a conversa de terem mais uma criança, que já não era ela nova, contava mais dez anos do que ele, ia entrar nos quarenta e precisavam de fazer alguma coisa para que se enterrasse a semente dele no útero dela. Jacinto já sabia que ela tinha a resposta. Uma fraga, ouvira falar, a fraga mais exibicionista das redondezas. Havia que ir até lá se queriam que a semente ficasse aprisionada até a barriga inchar, passar lá a noite, a mulher sozinha, ainda com o sémen dentro dela. Uma vizinha encarregar-se-ia de dar comida aos dois meninos da manjedoura, e os pais lá partiram, com o cão que continuava raquítico atrás, em caminho pouco trilhado por pés humanos, só mato e carreiros divagantes. Demoraram mais de um dia a lá chegar, era preciso empurrar Brízida, ir buscá-la por um braço, porque nela se mantinha este dom de ficar atónita perante as coisas corriqueiras, em permanente estado de assombro, uma vigília tão atenta ao pintarroxo que se sobressaltou com os dois

vultos e um cão raquítico errantes naquelas paragens e que, num trinado de aflição, largou do bico, quase diante deles, no seu voo precipitado, duas larvas, compridas e translúcidas, que ficaram a contorcer-se, caídas, depois do voo picado, atordoadas da queda e ainda assim tentavam escapar, sem calcular a direção, à mercê do próximo predador.
E Brízida lembrou-se dos seus dois meninos, larvas translúcidas, entalados na manjedoura, que deixara em casa.
Reparou num saca-rabos, que rasteirava por ali, bicho sempre em modos de urgência, a seguir a pista das cobras, que de tão concentrado nem se deu ao trabalho de se esquivar dos forasteiros.
O pai vinha inquieto, estavam longe de qualquer povoação, entravam no território das alcateias, e sabia bem que um silvado, por mais pequeno que fosse, podia esconder um lobo grande. Logo adivinharam que estavam a chegar, uma fraga destacava-se das outras, ereta, a apontar desafiante o céu. Foi aí, nos seus domínios, já ao entardecer, que conceberam o terceiro filho, e Brízida, sempre com aquele brilho de descobrimento nos olhos, sabia que o vazio é sempre mais exato se estiver povoado, e menos se concentrou no homem que a cobria do que no grande afã de zumbidos, os últimos e desesperados giros do dia, de entra e sai, num vespeiro que se moldara em forma de lágrima, aproveitando uma pequena corrosão daquele pedregulho que se mantinha, como uma provocação, orgulhosamente exposto aos ventos, aos nevões, aos granizos, a todas as intempéries, e só servia para fornecer sombra ao musgo, acolher líquenes, dar guarida a vespeiros e esperanças a casais estéreis. Assim que ficou pronto o fogo, Brízida acomodou-se debaixo de um capote, que ele se fosse embora,
  abala daqui,

insistiu com o marido, assim a magia da pedra não fazia efeito.

Que podem ser muito quezilentos estes pedregulhos prodigiosos.

Jacinto, temeroso, não precisava de ver lobos para os pressentir, custava-lhe deixar a mulher naquele ermo. Que se fosse e não tardasse mais, que ela ficaria muito bem, e atou uma corda ao cãozito transido de frio, arrastado para aquelas serranias, inquieto com os arfares dos donos descompostos naqueles impreparos, momentos antes,

    para o que lhes havia de dar...

Os humanos são seres imprevisíveis, acham sempre os cães desta história,

    além de imprevidentes,

e ainda a lonjura de casa, e tantos olfactos malignos que só lhe traziam inquietação e maus pressentimentos.

O marido teimava em adiar a ida, sentia-se assim uma espécie de lama que fica agarrada às socas, é preciso desembaraçar-se dela, raspando nas arestas, que espécie de homem é este que abandona a mulher depois de fazerem amor, vinham-lhe sentimentos contraditórios à cabeça, não conseguia decidir-se por nenhum, uma cobardia associada ao desperdício fazia-o andar de roda, a alimentar o fogo com mais gravetos e a lembrar-se de qualquer precisão que esquecia logo de seguida. E a mulher, já a enervar-se com aquele vaivém de badalo mudo,

    abala, homem, vai-te daqui.

Que dele ela só precisava agora das suas maresias, que repousavam pacíficas no caldo do útero. Além disso, temia que o pé dele, desassossegado, se despenhasse na escuridão em alguma ribanceira furtiva. E lá se ia o homem e toda a sua inquietude. Ele,

    pronto, vou já,

desandou, sempre a olhar para trás, não sem antes ter urinado em todo o redor, em círculos concêntricos, como que a marcar território, avisos ferozes, de dentes arreganhados, em marca olfactiva, de amedrontar os lobos, e a mulher já a impacientar-se de ver aquele duelo de macho a verter águas à sua volta.
E ficou-se sozinha, mais o cão raquítico, muito quieta, para não fazer chocalhar nada lá por dentro, preferiu não comer a côdea, pareceu-lhe mais adequado o jejum para a ocasião, e nem deu pela bruma espessa que cobria a serra, fixada que já estava nas zonas mais azuis da chama. Ia remexendo na fogueira, sentindo os diferentes crepitares, os estalidos estridentes de algum ramo mais verde ou de um pequeno molusco ou bicharoco que se encontrasse, desprevenido, entre a lenha, e rebentava de calor,
    uma lareira é sempre a inquisição dos caracóis e bichos-de-conta,
e ia-se embalando no cansaço da viagem, no torpor da ardência, na moleza das chamas azuis que são as mais quentes, e a pensar que há realmente coisas estranhas neste mundo. E por isso é que ele era lindo. Adormeceu a mastigar esperanças vivas.
Não sabia se era de noite alta, ou baixa, acima do nevoeiro, um pontinho de pirilampo, a luz de presença de um Quarto Minguante numa cortina de breu opaco. O lume, só brasas, fumava ainda, insidiosamente, o cão estava numa turbação de meter aflição sem soltar um ganido, todo ele era receptor de ameaças, que lhe chegavam pelo nariz, pelos ouvidos, e lhe entravam pelas nervosidades internas até levar o medo ao pequeno cérebro que destilava adrenalina, não fora nada disto que acordara Brízida. Foram os vultos silenciosos que sentiu deslizar, passos opacos, como se a terra estivesse abafada por

uma camada de algodão densa. Pisadas cautelosas, que nunca esmagam galhos secos e indiscretos, rondavam apenas, as suas sombras projetavam-se no penedo, lestas como espectros.

Quem dera,
Brízida desejava que fossem fantasmas, assombrações, almas penadas,
envia-me, ó Deus, uma praga de gafanhotos, uma tempestade de raios e coriscos, uma saraivada de balas de canhão...
Lançou um toro em brasa, e por momentos se iluminaram as patas traseiras em fuga de um lobo e os olhos amarelos de outro. Já muitos lobos lhe tinham passado, ao largo, nas serranias, a medir o tamanho das vacas, a agudeza dos chifres, a calcular a presa, e nunca nenhum se tinha abalançado, nem a ela, nem às vacas, nem à sua mãe já velha. Nem quando iam sozinhas, redondas e reboludas, grávidas de vulnerabilidades. Mantinham-nas debaixo de olho, não fosse dar-se o caso de nascer uma cria indefesa, de vaca ou de humano,
apreciariam ambas,
ou de se resvalar um casco e se estatelar a vaca lá em baixo, nos abismos, e ficar entrevada, a estourar sangue, aí, sim, haviam de saciar-se da invasão do espaço. De resto, os encontros eram sempre distantes, nada amistosos mas mutuamente complacentes, existia entre eles um pacto sereno, eles não se aproximavam demasiado, a pastora não fazia alardes. Agora era diferente, entrara nos seus domínios,
e os lobos são muito ciosos dos seus territórios,
Brízida dava conta da sua condição de refém. Não iria ceder, nem lutar, nem persegui-los com o fogo, cônscia da sua última oportunidade de ter um filho são, e segurava o ventre com a fé de quem leva o andor. Por isso, soltou a corda do cão, era também por ele que os lobos patrulhavam o penedo. O cão raquítico escondia-se debaixo das suas saias, todo

ele era pavor, tremuras e premonição. Sempre idolatrara esta mulher, sempre aceitara dela os afagos, sempre afugentara os roedores dos seus meninos, sempre dera sinal de aproximação de estranhos, sempre lhe lambera as mãos de gratidão, dormira a seus pés, acatara todas as suas ordens, e outros anseios cumpriria, com abnegação, se estivesse à altura de um pobre cão raquítico antecipar-lhe os desejos, e a seguira, grato e confiante, para todo o lado, mesmo quando as puas espinhosas da serra se cravavam nas almofadas das patas e, sangrento e coxo, persistia em nunca a abandonar. As vezes em que lhe ia pousar a cabeça de mansinho nos seus joelhos, e lhe trazia algum consolo, nas noitadas de marido ausente e quando o desgosto dos meninos lhe arrepelava mais o coração. Ou a alertava para a chegada do marido, que detectava, com o rabo oscilante, muito antes da dobra da estrada. Até a fazia rir, e a contagiava com a alegria de a ver acordada todas as manhãs, como só os cães sabem fazer, saudando os donos a cada novo dia depois da separação insuportável a que o sono e a noite obrigam.

E agora, as mãos dela, como garras, pinças de gadanhas afiadas, puxavam-no aos repelões, com uma fúria inclemente, ele cada vez mais acotinhado debaixo das suas saias, e fincava as patinhas no chão a deixar dois rastos, as unhas a quebrarem-se de encontro às pedras enterradas, a encolher-se, a dar oportunidade para que a dona se arrependesse do que estava prestes a fazer, e se unisse a ele, num abraço de medo, os dedos dela já o esgatanhavam e feriam, numa fúria que não deixava suspeita, e puxavam pela pele e pelas orelhas,

bem tinham razão os cães deste livro em não se fiarem na gratidão humana,

e se pudesse negociar, entabular um diálogo, avisá-la de que a manhã podia salvá-los a qualquer momento, espera,

espera, explicar que o sacrifício de um cão pode pesar lá nos inventários e balancetes da consciência...
Só lhe saíam ganidos mesquinhos, quase silvos, e um chiado mais prolongado quebrou aquele falso silêncio da noite, cheio de rumores e intenções, quando a dona, num infinito segundo, o arremessou, com o braço forte e decidido, de rojo, para longe da fogueira, em direção aos lobos.
Brízida não viu nada, apenas ouviu. A pele do cão a ser rasgada por mandíbulas vorazes, os ossos triturados com o animal ainda vivo, esquartejado pelos lobos, raivosos de fome e de um ódio ancestral, entre espécies irmãs, que em tempos remotos seguiram caminhos diferentes. Uns mantiveram-se fiéis à sua natureza e tornaram-se orgulhosos párias, outros renunciaram à liberdade, subjugaram-se, com submissão, àqueles que, em troca da sua lealdade, mais vilanias contra eles cometiam, os traíam, moíam de pancada, torturavam, apedrejavam, os prendiam com meio metro de corda, uma vida inteira, três passos para a frente, os mesmos para trás, esganados por uma coleira, pontas das orelhas roídas pelas moscas, e depois entregavam-nos às feras, se fosse preciso.
　Nunca se perdoa uma traição de sangue.
Nem três minutos, os lobos puseram-se em fuga, cada qual com o quinhão de canídeo que conseguiram disputar, os primeiros alvores da manhã trespassavam o nevoeiro, e Jacinto lá subia a ladeira com o seu grosso cajado.
No regresso, Brízida menos contemplativa e um pouco mais pesada. E o peso ainda não lhe vinha do ventre, mas do cão raquítico que ela carregava num canto obscuro da alma. O marido estranhou-lhe aquele olhar de ver distante, nunca antes o tinha trazido assim, sem notar as pétalas orvalhadas da chicória azul no caminho, as famílias de estorninhos malhados que partiam para o dia, se reuniam em cada árvore e engrossavam

no ar, o escaravelho que estalou debaixo do seu sapato e que se tornou terra também. Assim que o menino nasceu, correram a pedir a bênção do padre, temiam represálias de Deus num terceiro filho nascido do impossível pacto entre um penedo, os lobos e o sacrifício de sangue de um cão decrépito.

E Deus podia ser muito temperamental, até mais do que as pedras que criara, tão pesadas, tão pesadas que talvez nem ele próprio as conseguisse levantar.

Não queriam atrair ira nenhuma, estar de bem com as superstições maiores e as menores, as fragas, as alcateias, as aldeias, o padre, a canzoada toda. E, a par de todos, com Deus, todo-poderoso, e seus insensatos caminhos, todos enviesados e contorcidos, ámen. Não quiseram saber de nomes ditados pelo vento, desta vez seria o prior a escolher o que melhor lhe aprouvesse, com a graça de Deus, ámen, e voltou o casal para casa mais aliviado, com um Marcolino nos braços. Que cresceu,

    rijo como um pero,

e vingou, superou invernias e doenças naquele covil insalubre, e quanto mais as cores luzidias nele se insinuavam, nas bochechas, nos braços roliços, mais os irmãos se tornavam secos e quebradiços, escanifrados, cheios de crostas e escaras. O miúdo vivia sadio e feliz, andava à solta pela aldeia, alvoroçava as capoeiras, roubava ovos e os vizinhos tapavam os olhos, tinha a alegria nas pernas, a frescura das manhãs nos olhos, todos o protegiam e gabavam, enquanto a mãe andava lá nas serranias com as vacas e o pai na lavoura. E ele fazia dos irmãos bonecos vivos, e puxava-os, posicionava-os, vestia-lhes trapos velhos que encontrava perdidos, o barrete do pai, lavava-os como via a mãe fazer, inseria-os em enredos infantis e talvez os fizesse sentir mais encaixados na vida. A miséria das suas vidas apercebeu-a refletida nos olhos de outros. De forasteiros. Uma senhora de uma quinta veio de passagem e quis conhecer os aleijadinhos. Conduziram a carroça, trôpega, de tantos socalcos e de tanta vez lhe faltar a pedra debaixo das rodas. Pararam junto à casa-gruta. E Marcolino veio todo ladino, não teria mais de quatro anos, acudir ao que lhe pediam, e arrastou os irmãos, um a um, com o dobro do seu tamanho, da manjedoura onde viviam para a soleira da porta. Os irmãos, deleitados com o sol e as cores vibrantes do dia que talvez ainda retinissem lá no fundo das suas pupilas vidradas, sempre animados com a voz do irmão que puxava por eles, rastejavam na terra, sem na verdade saírem do mesmo lugar. Cheio de cuidados, Marcolino ia buscar-lhes água de um púcaro para lhes molhar a cabeça e os aliviar do sol, e eles, em espasmos de gozo, contorciam-se mais e mostravam as gengivas descarnadas. A senhora desviou o olhar,

    pobres criaturinhas, porque não as leva Deus?

E Marcolino ficou atónito porque para ele estes eram os seus irmãos, pertenciam ali, não queria que ninguém os levasse. Foi isto que tentou articular à senhora que a cena observava sem sair do alto da carroça, para não roçar as saias na imundície do caminho, e ela achou-o uma criança tão bonita e esperta,

    que dor de alma sabê-lo dentro desta gruta, a viverem como animais,

e Marcolino recusou com veemência a sua desdita, e fê-lo com tanta graça que a senhora logo lançou sinal para que o puxassem para a carroça. Ela o levaria para casa, onde lhe daria de comer, higiene e educação. Marcolino não percebeu exatamente o que isto significava, estava demasiado irrequieto a puxar as orelhas dos cavalos, na expectativa de segurar as rédeas, para se concentrar naquelas decisões. O pai, que trabalhava nuns campos perto, foi chamado,

olha que te saiu a sorte grande, homem. Não podes negar um futuro ao teu filho.
E o pai a fazer sinais a Marcolino, que saltasse dali para baixo, que o viesse ajudar a acabar com o espetáculo dos irmãos empoeirados de terra na boca e nos olhos. O miúdo, tão entusiasmado, nunca tinha andado de carroça e a senhora cheirava bem e dava-lhe beliscões nas bochechas.
O pai renitente e os outros homens da aldeia,
    ele merece sair da furna, Jacinto, é deixá-lo ir, não recuses nunca oferta de bem, que isso até ofende Deus.
E ficou-se o pai a coçar a cabeça,
    que é sempre o que os homens fazem quando não sabem o que fazer,
a ver o seu pequeno aos saltos de excitação na carroça, ao colo de outro homem, o cocheiro, que o deixava julgar que conduzia. Marcolino nem olhou para trás, senão teria visto o pai, resignado, a agarrar nos irmãos esquecidos, um por baixo de cada braço,
    a debaterem-se como o rabo de lagartixa, transportado por formigas, que a mãe encontrara no caminho para o seu nascimento,
e a levá-los novamente para a casa-gruta.
Brízida, quando soube que lhe tinham levado o filho, correu desalmada por essas encostas a gritar por ele, ia numa corrida, sem acautelar a recolha das vacas nem nada, a percorrer os quilómetros que distavam até à quinta para onde o tinham levado. O marido foi no seu encalço e segurou-a, enlaçou-a com os braços, tentou enquadrar-lhe com as mãos a cabeça que erguia como uma garça desvairada, cabelos desgovernados, e continuava a gritar ao vento o nome do filho,
    que era uma palavra grave,
    Marcolino.

Debateu-se até perder as forças, garça de pescoço tombado, a chorar alto, e o marido nunca lhe tinha ouvido um choro com som, até aí, nos momentos mais cortantes, ela exprimira mudo o padecimento. Os dois sentados e abraçados, no meio do caminho, ele a tentar convencê-la do bem que viria para o filho, a tentar convencer-se a si próprio, a fabricar um colo para embalar a dor de ambos.
Na nova casa, Marcolino percebeu o significado dessa palavra.
Casa.
Que também é uma palavra grave.
Por todo o lado se apaziguava o corpo em comodidades várias. Sofás, almofadas, tecidos que lhe afagavam os dedos habituados às asperezas da pedra. Nunca antes tinha pisado um sobrado de madeira, e podia sentir a moleza das tábuas debaixo dos pés, que se fletiam ligeiramente à sua passagem. Por isso, andava muito devagar, a calcar com moderação, a roçar-se pelos estofos e pelas arestas alisadas dos móveis. E a senhora, que já estipulara que ele a devia tratar por madrinha, muito decepcionada com o miúdo tão lerdo, a pensar onde estaria o tumulto da sua alegria, o brilho patusco da sua esperteza, que agora vinha-lhe molengo o gaiato. A criadagem da casa empurrava-o e sacudia-o a ver se o miúdo tinha reação. Os seus olhos não paravam de se deparar com fascínios, figuras miniaturais, pinturas, cenas campestres nas paredes com árvores onde as folhas, estáticas, não faziam caso do vento e as meninas do baloiço suspensas para sempre, e rendas, folhos, bordados, um relógio de parede com um cavalinho esculpido, espelhos que refletiam a sua imagem desgrenhada, a sua camisa manchada de picadas de lama e de moscas, as rótulas dos joelhos salientes e cinzentas de terra... E tão atarantado no seu magnífico mundo novo que nem respondia às perguntas, e a madrinha perdeu a pa-

ciência, deixou-o o entregue às criadas que o conduziram para uma selha de água quente, e ele que nunca tinha tomado banho, desta forma, imerso, esgatanhou-as todas a empreender uma fuga. E elas raladas com o pequeno fedelho, cansadas estavam elas de torcer pescoços a perus sempre muito renitentes e a coelhos escapadiços, também contrariados e de mau feitio.

A mania destes pequenos seres de não acatarem o destino com menos espalhafato, só para darem trabalho e maçada. Por isso, enfiaram-no na água quente sem hesitações e desataram a esfregá-lo por todos os cantos, com especial insistência nas unhas negras dos pés e das mãos. Marcolino resistiu, com moderação. Foi cedendo, nunca sentira antes o apaziguamento da água quente na pele, deixou-se estar a ser friccionado avidamente pelo mulherio galhofeiro, que se perdia em conversas que ele não entendia. E tanto foi assim que adormeceu com todas aquelas mãos a massajarem-lhe o corpo, o vapor da água quente, a vozearia das mulheres que ia ficando mais distante, e todos aqueles cheiros de cozinha que não conhecia mas lhe pareciam bons e todos os objetos da casa, estranhos mas incrivelmente belos,

mais e mais esbatidos.

Acordou de noite, com uma voz familiar que se infiltrou subtilmente entre os sonhos e os lençóis. Parecia-lhe que estava a dormir no musgo, encostado aos peitos da mãe, e esta o despertava de mansinho, chamando-o pelo nome, depois não era o veludo do musgo, mas o entufado dos colchões, e não era a pele da mãe mas o linho dos lençóis, nem os seus peitos moles, onde tantas vezes anoitecera a cabeça, mas um almofadão de penas. Só a voz ouvia distintamente, era real, a da sua mãe. Só que não sussurrava, como no sonho, berrava,
grave,

à sua janela. Escapulira-se mal Jacinto adormecera, e fizera dez quilómetros ofegantes a pé para o ir buscar à quinta. Marcolino sentiu uma súbita saudade,
   ou seria o remorso de não ter pensado ainda na mãe que deixara para trás.
Queria levantar-se, mas estava tão quentinho, tão bem aconchegado, tão confortável, hoje não iria à janela, talvez amanhã, e voltou a adormecer com sonhos delicados e macios.
À mãe que gritava a palavra grave ao vento o caseiro soltou os cães. Não foi por isso que Brízida arredou pé, ela que já tinha pactuado com uma alcateia para fazer o filho nascer, e agora andava com um fantasma de cão raquítico que a seguia para todo o lado, não se importunava com animais de coleira. A mãe loba voltou na noite seguinte, e na outra e na outra... Sempre a gritar ao filho, pela janela, que se viesse embora, e ele, quando acordava, tinha sempre a intenção de ir, depois parecia que a cama tinha braços aveludados que o abraçavam, e nunca se levantou. Depois não sabe bem o que aconteceu, na verdade. Se foi a mãe que deixou de o vir chamar de noite, se foi ele que já não acordava com os seus gritos.
   Mais tarde haveria de compreender que o amor é mais difícil de enfrentar do que o ódio.
Vivia intensamente, num deslumbre de comidas cujo gosto refinado nunca provara, brinquedos que nunca tivera, uma fatiota de ver a Deus ao domingo, e até um par de botas que ele tirava quando corria no jardim, para não gastar. Houve uma coisa, acima de todas as outras, que o conquistou: uns grãozinhos brancos que se chamavam açúcar. E, quando ele se portava bem, a madrinha depositava-lhe algum desse pozinho mágico na língua, como se faz aos cavalos que cumprem o volteio.

Um dia a senhora achou que estava na hora de acabar com a brincadeira, ele teria de começar a ser doutrinado, aprender um pouco de catequese, boas maneiras e caligrafia. Marcolino encantado, mais uma novidade, trouxeram-lhe uma mesinha e um banquinho à sua medida, uma pena de aparo e um tinteiro. Depois, chegou o abade que lhe vinha dar as preleções, o miúdo viu com assombro o vulto que atravessava o corredor, o passo paquidérmico ao seu encontro. Nunca houvera um gordo na sua vida. Na aldeia os adultos andavam de ossos a romper a pele. E distraía-se das suas palavras, a reparar-lhe nos queixos que se desdobravam e faziam ligação direta ao peito. E notava-lhe as cartilagens vermelhas do nariz congestionado, do consumo de rapé que o punha aos espirros de fazer estremecer a casa e as suas carnes que vibravam gelatinosas. Era quando Marcolino não correspondia que o padre ganhava uma dimensão de silêncio grávido, inchava mais e mais, completamente mudo, e depois explodia numa erupção de insultos e raiva. E o pobre sentia-se tão pequeno e desprotegido. Ainda por cima, nessas ocasiões, o padre tirava do casaco uma vara e punha-lhe as mãozinhas tão vermelhas quanto aquelas faces iradas, brilhantes de suor didático. Com o tempo, o miúdo ia ficando murcho, apavorava-o a vinda do padre, com as suas palmatoadas por não saber coisas que ele nem percebia que devia perceber, ganhou aversão ao aparo e à tinta que se esbarrondava e inundava o papel de monstros disformes e sem olhos, que o aterrorizavam ainda mais do que o castigo que se lhes seguiria. E enjoava-o aquela comida condimentada, temia as badaladas do relógio do cavalinho que lhe compartimentavam o dia e o faziam lembrar que demorava, afinal, muito tempo a passar, farto de atilhos, de atacadores, de botas, de garfos e facas, e de muros. E até a senhora já não tinha um cheiro bom, parecia-lhe o mesmo que vinha do fundo dos armários quando as criadas faziam as arrumações. À noite ficava acordado à espera da voz de Brízida, ela nunca veio. A madrinha enfadou-se de vez daquele miúdo sempre a fungar pelos cantos e a chamar pela mãe.

A ingratidão embrutecida dos pobres, comentou, seguida de reticências...

Mandou devolvê-lo, pela mão da criada, e ele já perto de casa desapertou as botas, não iria aparecer calçado diante dos pais, que caminhavam descalços ou com uns tamancos, que só pés gretados e calejados, como cascos, aguentavam a rudeza daquele calçado. Nunca a sua gruta lhe pareceria tão aconchegante como naquele dia, húmido e escorregadiço, que para ele era radioso, cheio de cortesias que foi acumulando pelo caminho: o badalo ecoado das vacas, o cheiro a alfazema, os galhos ensolarados de pássaros, os dentes-de-leão que ele soprava para irritação da criada que dizia que isso atraía os sapos,

o que o deixava ainda mais radiante, assistir a uma língua a desembrulhar-se para apanhar um inseto fraudulento,

e o cascalho, que pontapeava, fazia pontaria para as poças de lama, tentava acertar nas cegonhas, que prazer ter um calhau na mão, rijo, sem condescendências, nem arestas limadas, sem toleimas, apenas a certeza de que não pode ser quebrado, e desfeito em cacos, como as porcelanas piegas da madrinha, muito menos quando caíam ao chão. Quantas potencialidades boas pode ter uma pedra nas mãos de uma criança? Fazê-la tropeçar várias vezes na tona de um rio, até formar círculos perfeitos, cada vez maiores, e desafiar as habituais leis da física para as tornar equações mais complexas... Marcolino enchia os bolsos de pedras, colecionava-as, queria levá-las todas para casa, o caminho era longo, os bol-

sos rompiam-se pelas costuras, a criada ralhava, ele antecipava em cada pedregulho, fascinado pela forma ou pela cor,
    não há azul tão convicto como o que pode ser encontrado num basalto,
e depois havia o musgo que comia pedras à sombra, ou o contrário, eram as pedras que o devoravam,
    sempre diferentes, as pedras,
    não há duas pedras iguais,
o reencontro sonhado com a sua casa mineral, o abraço de duas fragas gigantes, que estariam naquela posição para sempre, como dois amantes que vêm nos livros, amores eternizados, daqueles que nem Deus conseguiria separar,
    quer dizer, a não ser um sismo, mas isso diz que é assunto da Sua incompetência.
    Pelouro lá de baixo.
Não tinha cortinas a casa, para quê, se nem janelas havia...
    E uma casa cega só olha para dentro.
A mãe,
    a senhora das furnas,
aroma de bosta de vaca, ajoelhou-se diante dele, retomou aqueles habituais olhos de microscópio e analisou-o todo, os pés, os calcanhares, a barriga, por detrás das orelhas, trazia um cheiro que não lhe pertencia, mas era o seu filho, tão seu, tão afluente de si, nascido da vontade de uma noite nevoenta, um penedo fanfarrão e, pelo menos, três lobos condescendentes. À casa torna, repetia sem cessar, não se lembrava do início do provérbio ou embargava-se-lhe a voz com a emoção. Plantou um sorriso apertado de esforço no rosto, os músculos faciais desabituaram-se, não acatavam o desejo, e Jacinto achou que Brízida parecia bonita, uma loba, talvez, não pelos olhos que eram mais mansos que lesmas húmidas, mas por aquele aglomerado de cabelo

branco na testa, junto às sobrancelhas, e que sempre se desalinhava, avesso a qualquer entrançado. Não era desleixo, mas mistério, pensou. Havia de arranjar dinheiro para lhe comprar a segunda arrecada. Sem que Marcolino se apercebesse, todos, menos ele, jejuaram naquela noite, porque Brízida sabia que ele tinha ganho hábitos de gente rica e temia que lhe fugisse se notasse a míngua. Pelo contrário, Marcolino estava inebriado, tudo lhe parecia maravilhosamente acolhedor, o sabor a terra do pão, a rugosidade cintilante do granito, as sombras que o simulacro de forno onde a mãe cozinhava refletiam nas paredes cheias de vida, cogumelos, fungos, limos e outras biologias daninhas que se infiltravam, sem se importunarem mutuamente, e conviviam com os humanos naquele buraco de pedra e terra batida. E dormiu tranquilo nessa noite, com uma sensação de pertença, de regressar aos seus, aos brutos e porcos. À pedra. Fazia parte daquela penumbra, indistinto das coisas pequenas e simples, como as gerações de aranhas se sucediam na teia grossa que sempre sentinentaram e devoravam outras gerações de mosquedo num ângulo mais altaneiro. E o respirar de moagem de grão, dos dois irmãos, vindo da manjedoura.

A vida seguiu sempre adiante, como sempre se sucedem os dias depois das noites,

    ou o inverso,

que nunca ninguém saberá se foi de dia ou de noite que a criação do mundo aconteceu.

Naquele entardecer em que pai e filho chegaram a casa, triunfantes da caçada, da presa ao predador, algo mudou na cabeça de Marcolino. A tremura dos dedos do pai, a meticulosidade com que a mãe aproveitava todos os pedacinhos, até das vértebras moídas da lebre, os roncos dos irmãos cegos

que pressentiam a refeição. Os pensamentos não se tornam definitivos enquanto se pensam. Foi mais tarde, à noite,
   quase todas as decisões importantes havia de tomá-las à noite,
que Marcolino pensou e decidiu que tinha de se puxar a si próprio do lodaçal onde vivia. Pela madrugada ouviu um uivo perto dali, era ela, vinha em sua perseguição, aquele que nascera de um pacto com os lobos havia-o agora quebrado, provavelmente os lobachos não tinham sobrevivido à fome ou algum furão oportunista aproveitara a ausência da mãe, e ela vinha cobrar dente por dente, filho por filho. Os pais não deram conta, amodorrados com o sono e as emoções do dia, e aquele ruído de grão moído que saía das gargantas escancaradas dos irmãos da manjedoura. Ele só podia invocar a oração, a única que curiosamente o padre gordo, que tantas vezes inchara de fúria com as suas falhas e o cobrira de uma lava de cuspo e sopapos, não fazia questão de que ele decorasse.

   Oxalá que cá não torne,
   Botemos-lhe maldição
   Ó corvos, picai-lhe os olhos
   E arrancai-lhe o coração.

Ela vinha todas as noites, num uivado dilacerante, como dantes a mãe fizera à sua janela do quarto na quinta. Não muito tempo depois, foi apanhada uma loba viva numa das armadilhas colocadas pelos caçadores da aldeia. Os miúdos faziam grande estardalhaço à volta do animal que ficara preso por uma pata traseira num laço que a alçava do ramo de uma árvore. O bicho ofegante, ferido, a sangrar de várias brechas abertas no corpo pelos aldeões e pelas crianças, que não paravam de a perfurar, aferroar, espancar e atirar pedras, uns queriam troféus, a cauda, cortar-lhe as orelhas, arrancar-lhe os caninos à paulada, extasiados com a captura, ainda assim a loba encontrava forças para dar umas valentes rosnadelas que punham todos ao largo, numa risota misturada de adrenalina. Marcolino aproximou-se, era ela, reconheceu-a pela cicatriz mal cauterizada, acima do olho, onde o pai e ele lhe haviam dado a estocada decisiva para recapturarem o cadáver ainda quente de uma lebre. Ficou com a sensação de que a loba, num torneio, também o fixou já com olhar de moribundo.

Nunca é bom apanhar com o último olhar de um moribundo de quem se pegou maldição. Ficamos-lhe presos na retina até à sepultura.

Voltou costas, e foi nessa noite que partiu, sem se despedir nem olhar para trás. Tal como partira, em criança, na carroça da senhora, sem atentar na retaguarda.

Foi direito a casa da madrinha, que o recebeu, aceitou as suas razões, emocionou-se com os seus rogos e arrependimentos e caucionou-lhe os estudos desde que ele fosse para o seminário e se tornasse padre. Assim foi. Marcolino havia de engordar como o velho abade, agora era ele que amedrontava catequistas com o seu passo paquidérmico nos corredores. Subiu na hierarquia dos padres, lisonjeou muito, obsequiou ainda mais. Recompensou-se a si próprio com muito açúcar. Comeu muita hóstia adulterada, muitos repastos, e bebeu também, dilatou-se-lhe o fígado, enfunou-se-lhe o abdómen. Frequentou casas que cheiravam a perfume e tinham janelas de ver para fora, e muitas camas suaves de mulheres. Como se aqueles verbos pretéritos que tinham com complementos diretos pedras e lobos tivessem deixado de se conjugar na sua vida. Um dia, por motivos de ofício, passou pelas redondezas dos picotos da Beira da sua infância e ocorreu-lhe visitar os pais. A casa, no mesmo sítio, encaixada para sempre na pai-

sagem, não estava trancada, nada lá havia para roubar. Empurrou a porta e todo o bafo do passado desabou sobre ele. Tudo o arranhava, hostilizava, cuspia. O negrume, o cheiro, as viscosidades, a humidade, os vapores dos cozinhados, entranhados nas paredes como estrias, a conspícua zoologia da casa, percevejos ávidos de sangue, tudo conspirava contra ele. Tudo o repugnava, o ofendia, o repelia. O espaço pareceu-lhe tão apertado que as paredes o esmagavam, sugavam-lhe o ar e a energia. Na manjedoura o irmão, o mais velho, Viçoso reagiu molemente à sua entrada. O outro devia ter morrido. Marcolino passou-lhe a mão pela cabeça calva ao de leve, como quem afaga um cão, para que sossegasse. Um vómito ameaçava soltar-se, em todos os seus cinco sentidos governava o repúdio, o nojo, a repulsa. Precisava de ar. Deixou trinta peças de dinheiro no púcaro do pai, saiu dali para fora com um certo gosto na boca a Raskolnikov.
No regresso, na carruagem, reconciliou-se, aos poucos, com a própria cobardia, indemnizou a traição, pensando na alegria que daria aos velhos, ao encontrarem ali um pecúlio. Imaginava o pai a comprar o brinco que sempre faltara à mãe, roupas novas para o desgraçado de olhos brancos na manjedoura, talvez até um pedaço de terra. A sua carroça parou para dar passagem a duas vacas, atrás delas seguia uma mulherzinha em passos relutantes e miúdos, quase saltitantes. Reconheceu a mãe, encanecida, mas ela não viu o filho naquele figurão anafado e largou uns agradecimentos vagos e cerimoniosos por ter feito esperar um senhor importante, ainda por cima, padre.
Que sempre julgam por dentro o que veem por fora. Marcolino não teve coragem de chamar mãe àquela velha, com a pele corroída pela traça do tempo. E reparou que ela gritava por um cão que nunca vinha, um fantasma de cão

com quem Brízida continuava a conversar, ora ríspida, ora amistosa, pelo caminho.

Passados uns tempos, já na cidade, um moço bate à porta do padre, amolecido com o sono de uma noite sem história e de um amor ocasional e modesto. Veio abrir ele próprio, passos paquidérmicos no corredor. Era uma carta da madrinha com quem mantinha uma irregular e diplomaticamente fria correspondência. Ele dizia o que ela queria ler da maneira como ela queria ler, Marcolino tornara-se especialista nisto. Depois de um arrazoado de frases feitas, trivialidades que não mereceram a sua atenção, no fim da missiva a mulher lá se descosia e dizia ao que vinha: a mãe dele estava a morrer. Era bom que voltasse depressa. E depois continuava com umas considerações entediantes de senhora velha que mendiga atenções, mesmo sabendo que elas sempre vêm por favor. Marcolino pôs-se em corrida a envergar a batina, a juntar os pertences numa mala. Atirou tudo ao acaso, deu ordens, manifestou urgências, em altos brados. Com o passar da manhã a premência foi-se folgando, interpuseram-se afazeres, compromissos, o amor ocasional e modesto bateu-lhe outra vez à porta. Afinal não era tão ocasional, nem tão modesto, teria de averiguar isso na cama. Passaram-se uns dias, dois, três, ao quarto Marcolino abalou vagarosamente, na esperança de já não encontrar a mãe viva nem ter de enfrentar os seus olhos mansos, de lesma húmida, comovidos de tanto amor.

Às vezes, o amor é mais difícil de enfrentar do que o ódio. Encontrou como previra a casa-gruta vazia, o pai dirigiu-se-lhe como se ele tivesse ali estado no dia anterior. Marcolino reparou que era a primeira vez na sua vida que o via mais baixo do que ele, quando abalara ainda faltava um palmo para atingir a sua estatura, agora via-o de cima, um velho,

olheiras a despenharem-se pela face, com as vértebras moídas e encaracoladas, com uma bossa a nascer-lhe entre as omoplatas. Procurou e não havia sinal da manjedoura, suspeitou que a tivessem usado para sepultar o irmão que restava, que na vida e na morte tivera o seu mundo, que começava na cabeceira e nos fundos de um comedouro de gado. A mãe falecera no dia a seguir a ser expedida a carta, já sem consciência de si, continuava a dizer,
 Abala, homem, vai-te daqui, isto agora é só entre mim e os lobos.
E o pai trouxe-lhe um cântaro de vinho, a única coisa que tinha para oferecer, as mãos tão sísmicas que entornou mais de metade. Depois teimava em chamar um cão que não existia,
 vem para dentro, que se faz tarde,
e amaldiçoava o cão fantasma que se tardava lá fora,
 raça de cão, que os lobos ainda o apanham...
O filho não contrariou estes desdizeres da senilidade do pai, achava tudo pungente, estava em pensamentos a procurar um túnel de evasão para escapar dali. O consolo único fora proporcionar o pecúlio monetário, aquela oferta de dinheiro, anos antes,
 e sabe Deus o buraco que lhe deixara na bolsa,
isso fizera dele um bom filho, entregara o que tinha,
 e quem dá o que tem a menos, a mais não é obrigado,
e quase se comoveu consigo próprio. Acatou mais conversas absurdas do velho pai com toda a benevolência, levou-o até à enxerga, disse-lhe que sim, o cão raquítico tinha entrado, sim, descansava agora a seus pés, e sorriu de placidez ao ver o pai adormecer, a remoer palavras estéreis cada vez mais sumidas. Saiu de mansinho, decidido a voltar de manhã e a procurar um albergue decente para pernoitar. Alguma coisa o fez parar e reparar no velho púcaro, onde tinha deixado o

dinheiro. Espreitou lá para dentro, com um pressentimento fatal. Se não tivesse olhado, toda a sua vida seria diferente daí em diante, e não estava hoje náufrago numa praia brasileira, com os dias marcados pela maré alta e pela maré-baixa, cercado outra vez de pedregulhos, que, no fundo, sempre foram sentinelas do seu cárcere. Mas olhou. E, lá dentro, contou-as, estavam as trinta peças que deixara para oferecer aos pais um fim de vida mais digno,
 e para se desobrigar da sua comparência.
Todo o seu passado ruiu outra vez em cima de si, como se as fragas tivessem enfim cedido e se abatido sobre ele. E, desta vez, não saiu ileso dos escombros. Nunca se recompôs. A mãe tinha ido para o túmulo com uma só arrecada. Ao carinho e proteção dos pais respondera com um abandono cobarde. E ali jurou, perante Deus, que iria renunciar ao conforto que tanto perseguira, aos repastos, às mulheres, iria até ao fim do mundo, até às zonas mais insalubres do planeta, terra de canibais, entre negros e gentios, metido nos galeões com a escória da sociedade e a aguadilha de peçonha que eles largam, tornando-se capelão de um navio, na companhia de uma santa mestiça e caranchosa.
E deu por si a afagar a cabeça do pretinho só olhos que se arrastava pela areia. A mão suspendeu-se, com terror. Era Viçoso que ele acariciava, por mais milhas que navegasse, por mais trágica que fosse a situação em que se encontrava, por mais mar que atravessasse, a dor continuava entranhada em todos os seus poros, onde o passado insaciável aguardava a mínima gota de lembrança, como terra ressequida e gretada, para se infiltrar.
O grupo de náufragos regressou do êxtase tão depressa como entrou nele. A maré subia, a cada investida de onda,
 havia sempre uma mais afoita do que as outras, que se

alongava com uma língua de espuma,
ia-se extinguindo o lume, insalobrizando a poça. Todos agarraram em parcos pertences, qualquer coisa que na sua penúria de haveres lhes pudesse fazer falta, catadores de insignificâncias, cobiçadores do desperdício, antes de o mar avançar e tudo digerir,

com a fome insaciável de Eresictão, que nunca engorda e acaba por se tornar ávido de si mesmo, a comer o próprio pé, nuns paus e pedras, talvez na ideia de fazer lume na gruta, que os iluminasse de noite, encheu deles os bolsos da batina Marcolino, Nunzio olhou em redor e apanhou carapaças e conchas que já iam seguindo com a correnteza da onda, o criado apenas recolheu o menino, a senhora ficou de mãos vazias, e ainda exibia aqueles dentes negros da tinta do polvo, o capataz era quem mais recursos tinha, e instrumentos, a preciosa corda, o aguilhão, o chicote, o saco de tecido onde tinha envolvido o peixe, o búzio carregado de água doce. Nesta atrapalhação de apanhar tudo ao mesmo tempo, prendeu a faca com o pé na areia. Emina, como os seus passos mudos de aranha, agarrou nela e dirigiu-se a correr ao escravo que observava a cena apavorado, pensando ter chegado a sua hora, ser degolado pela figura mais sinistra deste grupo, aparição de cabelos empastados numa trança de enforcado,

e que ao caminhar não deixava marcas na areia.
Antes ser devorado pelo mar, o gordo Eresictão, num acesso de fome insaciável.
Todos correram para ela, formaram um círculo em seu redor, o capataz largou as suas tralhas e investiu para a rapariga, logo de seguida travado por Nunzio. A mãe tentou chegar-se junto da filha, temia que ela se suicidasse com uma facada no ventre. Marcolino puxou pelo vestido da senhora, assustado, tal era o aspecto transtornado da rapariga que ainda era capaz

de golpear a própria mãe. Emina ergueu a faca, ameaçadora, que não tentassem chegar junto dela, isto não disse, mas foi tão eloquente nos gestos e tanta cólera tremente residia naqueles dedos cerrados em torno do cabo do facalhão que por momentos ninguém ousou. Menos o escravo, que implorava para que os outros o salvassem daquela doida varrida. E foi tal o momento de confusão e transtorno que ninguém reparou que o escravo falava claramente português.
Emina olhou os náufragos e achou que o pânico tinha cara de formigueiro desgovernado.
Voltou-se para o preto como num cerimonial e ergueu a faca, que rebrilhou nuns escassos fios de sol violeta que ainda aguarelavam o céu. Depois, com toda a placidez do mundo, como uma menina que se vira compenetrada de juízo para o seu gatinho travesso enredado em sarilhos, cortou os nós que prendiam as mãos e os tornozelos do escravo. Aí o capataz aproveitou para dar um encontrão a Nunzio e recuperou das mãos de Emina a sua faca, todos voltaram a apanhar da areia os seus pertences, ou todas as insignificâncias,
todos os seus inutensílios,
que julgaram apressadamente valiosos, e prepararam-se para subir para o abrigo na rocha. Cada qual no mesmo posto da noite anterior, com a santa no mesmo lugar a atravancar-lhes o espaço, sempre de pé, enviesada madeira não moldável àquele espaço,
que só admitia corpos sentados ou acocorados.
E ficaram assistindo às andanças do escravo solto pela praia, na rapidez com que se dirigiu a um dos cantos do despenhadeiro,
fisgado,
como uma seta, pensou Marcolino, que já tinha assistido a uma determinação assim, urgente, a interceptá-lo no caminho, de momento não lhe ocorria, nem quando, nem onde...

Um veio de verde tímido contrastava com o ocre das paredes restantes. Todos observaram, desconfiados, o escravo a encostar-se à parede, de boca aberta, e aí permaneceu longos minutos, uma espátula de preto, sem se importar com as ondas que jogavam o seu corpo combalido contra as arestas. Pouco ligaram, um costume tribal, aventaram, coisa de bárbaros, povos primitivos. Foi o capataz quem primeiro se apercebeu do que se tratava, uma queda de água descia por um doce fio até à praia, e ninguém o detectara antes, só o escravo, horas a fio a escrutinar a praia palmo a palmo, a investigar, a varrê-la com os olhos. Em seguida, virou-se de costas e aliviou a carne viva das feridas, abertas pelas chicotadas, desfez-se da areia que o tinha martirizado o dia inteiro. E voltou a virar-se de frente, espalmado contra a parede, recebendo as bênçãos daquele riacho vertical que o despoluía do sal e de tantos dias de pavores. Depois trepou, a colocar-se no seu pequeno poleiro, para mais uma noite de inferno. A água já começava a encher a praia como o tanque da dona Benedita, de lavar roupa e criança.

Que deserto tão comprido.

Capítulo inteiro

Eremitério de boas intenções

No sonho de Maria Teresa, ela andava descalça pelas telhas adormecidas. Toda a noite sentia o rumorejo, batalhas campais que se passavam no forro do telhado, os ratos de um lado, os pombos do outro lado da barricada. Ninguém imagina a fome que um rato tem.
Pior do que o mar.
Ela a arriscar vários tipos de garras. As das aves de rapina, as dos gatos, as das agulhas de tricotar da mãe,
extensões dos braços,
que arrepanhavam, uma a uma, as crias de rato num ninho, através de um buraco mínimo, para não danificar o estofo do canapé da saleta, perfuradas pelo abdómen, e pescadas, cautelosamente, pelo bico recurvo. E elas vinham cegas e translúcidas, quase embriões, acumular-se naquele espeto. Não eram ratos ainda, pareciam-lhe em menina pedacinhos de linguiça, cor-de-rosa vivo, sem membros, e dos roedores que seriam apenas exibiam a cauda insinuante e os bigodes perplexos com aquelas agulhas frias que lhes trespassavam os corpos ainda moles como lagartas gordas, mas não matavam. A mãe trilhava-os com os pés no terraço, e vinham os gatos, sempre cumpridores do seu papel na cadeia alimentar, lamber aquela papa

    cor-de-rosa.
À noite, os ratos patrulhavam o telhado. Iam aos ovos dos pombos, infiltravam-se nos interstícios das telhas, aonde os gatos não chegavam. Teresa menina ouvia-os na cama, combates sangrentos de vida e de morte em cima da sua cabeça. As corridas, as investidas, as retiradas, os pombos em danças inábeis a restolharem asas, a protegerem ovos...
    Os ratos eram os lobos do telhado.
Vinham em bandos, a trote, como num arrastão, às vezes roíam os crânios dos pequenos pombos. Começavam pelo bico, que era mais tenro. Outras vezes arrastavam-nos, inteiros, para os seus aposentos no forro do telhado, onde nem vassouras ou agulhas da mãe alcançavam, e serviam de banquete às ninhadas. De um cor-de-rosa translúcido. Maria Teresa tomava partido pelos pombos, por isso subia lá acima, alçava o seu corpinho pela janela, trepava, caminhava pelo telhado resvaladiço, gelatinas de ovo quebrado, excremento de pombo, e metia-se, gigante, negociadora entre as partes beligerantes. Tudo sem um grito, sem um passo em falso, para não quebrar as telhas no declive. Recolhia alguns ovos, despojos de guerra, na camisa de noite e ajeitava-os debaixo da almofada, para não perderem o calor. E sentia-os remexer, tão brandamente, nos seus líquidos interiores. Logo se esquecia deles e a mãe mandava fora, pela janela, aquele molho de ovo podre.
    Se os pais sonhassem
que a sua menina, que nunca deixavam brincar fora de casa, andava intermediando guerras entre pombos e ratos lá no alto dos telhados, podendo despenhar-se cá em baixo... Eles que a resguardavam e poupavam, como porcelanas de Sèvres, tapeçarias de Gobelin,
    só para serem usadas em dias de cerimónia, e muita...

Atendiam a todas as suas vontades, desde que não se fosse expor na rua com os outros garotos ou apanhar demasiado sol, que pudesse denunciar alguma tonalidade mais trigueira. Maria Teresa aprendeu a viver na reclusão, na decência do conforto, na rua sempre escoltada por pai e mãe. Não se queixava, era uma criança sossegada, exigia pouco, menos do que o muito que os pais insistiam em dar-lhe. Conseguir um bom casamento para a filha, conservá-la virgem, a salvo de paixonetas e pretendentes sem futuro nem vintém. Era para o casal uma espécie de arrevesada retaliação, não contra as patroas e os senhores de bengala e chapéu alto, mas como quem dribla o destino. Aqueles nascidos para serem ninguém, ou pouco mais do que isso, casca de ostra encarquilhada e sem viço, deitada fora, tanta malquerença acumularam contra agentes infestantes que geravam a pérola oculta a olhos cobiçosos. Eles seguiam, etapa a etapa, com o método de quem já tem os passos do futuro a tracejado no chão, bastava-lhes seguir os contornos.

Muito mais do que amor, a filha era um investimento a longo prazo.

Fora uma vida de sacrifício e humilhação, de costas vergadas, rebaixadas por muita ordem dos outros, ele como cocheiro, ela criada de servir, uniram no casamento tardio esforços no mesmo fito, num negócio familiar que lhes dava um bom sustento e os fazia sonhar com um futuro fidalgo para a filha que, tal como estipulava o figurino, lhes saiu bonita e de pele clara. E a pérola, entre as suas gosmas e viscosidades protetoras, crescia e luzia.

Tomaram o ofício de engordadores de escravos. Um dia, por acaso, um traficante conhecido veio trazer-lhes três seres que mal se aguentavam de pé. Era caso desesperado, um lote de uma vintena de peças para entregar ao fazendeiro, o ne-

gócio fechado e arrematado, só que antes do transporte estes três tinham feito de tudo,
   almas de breu,
   para espatifar a mercadoria,
um tinha comido terra, até lhe arrebentarem os intestinos, outra saltou desatinada para a água quando lhe despregaram o filho do colo e o colocaram noutro lote, o terceiro recusava-se a comer. As vergastadas ainda danificaram mais o revestimento. O casal levou a missão muito a sério, e ainda com mais método. Começaram por rapar-lhes todos os pelos e eliminar-lhes os piolhos, inspecionaram bem as feridas e outros sinais de doenças, revistaram-lhes as gengivas, atiraram-lhes vários baldes de água a ferver seguidos de água fria do poço, para os livrar das crostas, dos eczemas e das bolhas ganhas na viagem no tumbeiro. Aplicaram cataplasmas de suco de cenoura e mamão nas feridas, depois de bem limpas, e botavam flores de arnica, durante horas amolecendo num caldeirão, até que conseguiam uma pasta que colocavam nos hematomas. De noite, acordavam-nos para lhes reforçarem a ração, uma papa de farinha de milho misturada com banana, laranjas e grandes quantidades de água. À mulher sem o filho colocaram folhas de couve, bem apertadas com tiras, em cada mama, para secar o leite. E renovavam o processo de quatro em quatro horas. A mãe de Teresa contava como lhe ia massajando os grumos de leite encaroçado até lhe espremer a última gota. Ao negro que comeu terra, fizeram-no beber tanta água, vasilha após vasilha, assim que ele vomitava, forçavam-no a beber ainda mais, até as golfadas deixarem de sair negras. Foi uma noite inteira nisto, a encher e a desencher, e só o deixaram descansar quando o vómito saiu tão claro como a água que ingeria. Ao escravo a quem lhe deu o banzo e procurava a morte,

como se a própria vida lhe pertencesse para se atrever assim a desbaratá-la,

o pai de Teresa fabricou um artefacto de madeira que se entalava entre os dentes e lhe mantinha a boca escancarada. Depois era só pôr-lhe a garganta de feição e empurrar lá para dentro as papas de milho, entre muitos engasgos, alguma coisa permanecia, a mãe bico de cegonha na boca do lobo, como nas ilustrações do conto infantil, tornava a empurrar tudo, com pouco carinho, mas muita perseverança. Levaram a tarefa tão a sério, com tão meticuloso serviço, que os três escravos foram entregues, com qualquer coisa mais entre o osso e a pele, bem oleada a azeite de dendê,

   como novos,

rejubilava o comerciante, que até considerava a hipótese de não os misturar com os piolhosos e escalavrados do lote, e vender as peças, quase desenganadas, agora lustrosas, à parte, como escravos de casa.

E seguiram-se outros serviços, outros apertos, outros desafios. Uma escrava, grávida entalada, que não conseguia dar à luz,

   os pais de Teresa arrancaram o feto aos pedaços, sem causar danos de maior na parturiente,

   foram muito recompensados por isso,

e de um grupo de onze escravos atacados de varíola, dados como condenados, conseguiram salvar dois, e ainda remover-lhes o pus das bolhas, evitando cicatrizes permanentes, com curativos de mel e coentros frescos. Tudo remédios naturais, com custos irrisórios, gabavam-se de nunca ter chamado barbeiro ou boticário para curar um escravo. Eles mesmos davam conta dos vários recados.

A prática deles, entre os negociantes de escravos, ganhou fama e a melhor reputação. Gabavam-lhes a eficiência, de um escravo de trinta anos conseguiam tirar-lhe dez, e a honestidade. Eram escrupulosos nas contas, e por cada peça morta cortavam-lhe a mão, como faziam nos navios, e metiam-na com outras num saco fétido para fazer prova de honestidade, não fosse dar-se o caso de o negociante pensar que o escravo a menos fora fugido, ocultado ou vendido. Avolumou-se o negócio. Construíram infraestruturas no pátio da casa, aumentaram o espaço de fornos e cozinhas para fazerem papas e infusões, tomaram prática, ergueram um barracão para a quarentena e desparasitação, um dormitório destinado a escravos homens, outro a mulheres e crianças. O dote e o enxoval da filha iam aumentando, assim como a certeza dos pais em encontrarem-lhe noivo entre algum grande comerciante, dono de frota de tumbeiros ou contratador. A certa altura, pensaram em abrir negócio por conta própria. Eles mesmos iriam à praça da Baía onde os escravos estavam a ser desembarcados lá dos bojos das galeras,

    tinir de ferros, estalar do açoite,

e no leilão escolhiam com muita cautela os mais desprezivelmente baratos. Criaturas mudas, já desistentes da vida, que olhavam o céu como se pedissem asas ou socorro a uma qualquer entidade altaneira. Seminus, lançavam-se ao comprido no chão, alguns a esconder o rosto daquelas multidões bizarras, brancas como ossos de urubus descarnados pelas formigas, com umas bocarras cheias de cuspo de onde saíam sons incompreensíveis e de arestas estridentes,

    entontecidos, assustadiços, ora com os altos brados dos capatazes, ora com os risos trocistas,

    se o velho arqueja, se no chão resvala,

ora com os horizontes apertados, onde as casas também tinham arestas e buracos como olhos

    (eram janelas)

e pálpebras
(as cortinas)
monstruosos, que também os miravam do alto das colinas. Ninguém se entendia, as algaraviadas de várias tribos, tudo ao monte. O consenso geral é que estavam a ser escolhidos para banquete dos brancos. Por isso, iam os mais gordos primeiro. O casal por conta própria remexia na mercadoria, apalpava como que a separar a fruta bichada, reparava em sinais da tão virulenta varíola atrás das orelhas, procurava bubões debaixo dos braços, vestígios de escorbuto nas gengivas, despistava reumatismo, tifo, febre amarela, úlceras, doenças de pele, inteirava-se dos ossos fraturados, apercebia-se de gravidezes ainda em estados muito inaugurais, distinguia que um ensanguentado podia não estar tingido do seu próprio sangue, mas de outro ainda mais desditoso, e no meio dos guinchos chorosos, a várias vozes e palrares desesperados, quando chegava a hora de apartá-los, desmantelar famílias, filhos para um lado e pais para outro, as mães acocoradas em cima das crias, entregando a carne das costas ao chicote para não as deixar levar, já a dupla de engordadores estava bem ciente do que pretendia. Deixavam-se ficar, imperturbáveis, para o final, evitavam correr qualquer risco, desinteressavam-se dos mais débeis se alguém cobrisse o valor, botavam cara de paisagem, punham-se de acordo em cochichos e avaliações, até de longe lhes avaliavam o caminhar vacilante pelos trapiches, erguidos para os tumbeiros não se atolarem no lodaçal, e acabavam saindo do leilão com um deplorável cortejo de coxos e famintos, seres abjetos, esqueléticos, imundos como poleiro de papagaio, que conduziam até casa, alguns de rojo, com uma vara de orientar gansos. E depois seguiam o procedimento habitual de curativos e de engorda, quase sempre bem-sucedido. Às vezes, um percalço e lá lhes morria um, aí discutiam, berravam entre

eles, ou porque tinham escolhido mal e a culpa era do outro, ou porque tinham errado no diagnóstico e no tratamento. E a menina ouvia-os pela noite fora, aos brados, a ruminarem recriminações, enfurecidos com o prejuízo,
 mal-empregado dinheiro, e levavam as mãos à cabeça, em gestos calamitosos, de tragédia grega,
e isso perturbava os sonhos da filha, e a tarefa que tomara para si, tão zelosa quanto a dos pais, de andar pelo telhado adormecido se metendo entre querelas de ratos e pombos.
Apesar da reclusão, Teresa não tivera uma infância enfadonha. Pelo contrário, recebera as mais instrutivas lições. A janela do seu quarto, logo ao lado da saleta (as únicas divisões com forro antes da telha), dava para o pátio, onde assistia aos ciclos da vida e da morte, ali, na primeira fila, em direto, sem ser por manuais ou interpostas narrações, tão elucidativos que não carecia de explicações. Em pouco tempo deixou de haver segredos, nem de anatomia nem de bromatologia. Só um pavilhão lhe estava vedado, o dos recém-chegados em quarentena, não fosse a menina apanhar algum foco contagioso, ou parasitas. Das frinchas do barracão, fechado a cadeado, Teresa adivinhava pelos ofegares e gemidos, e até pelos silêncios, se era homem, mulher ou criança, muitos ou poucos, aqueles que padeciam, doentes e subnutridos, no primeiro estágio do tratamento. Para ela, era a coisa mais natural deste mundo. Sabia que a origem da vida provinha sempre de uma outra que a precedia,
 e quase estava tentada a decifrar o sentido dela.
A vida destes vultos, por exemplo, que lhe passavam pelo quintal dividia-se em três etapas, como falavam na igreja, o purgatório da quarentena, o inferno dos tratamentos e da engorda e o "lá fora" que não constava de nenhuns evangelhos, pois até escravos incréus suspeitariam de que, depois

do inferno, nada haveria de pior ou melhor. Uma grande incógnita, talvez depois do inferno lhe chegasse algo parecido com uma queda abrupta, um precipício. Lá em baixo devia estar o arpão de esporear baleias do pai ou as agulhas de tricotar da mãe, a fazer espetinho de preto,
   não se havia decidido.
Mas isso cabia-lhe a ela sonhar e interpretar, que não pode subir ao céu quem tem o corpo tão rente ao solo, a rastejar, com as grilhetas da escravidão. Assim como considerava perfeitamente aceitável a configuração da sua casa, uma sala de visitas logo à entrada, decorada com bastante mau gosto a simular requinte, e sempre uma braseira de onde fumigava o alecrim, para abafar os maus cheiros que provinham das mistelas que baforavam nas outras divisões. Que eram de telha vã, corredores atravancados de panelões sempre ao lume e sacas de milho,
   não admira que fosse uma casa tão cobiçada por ratos e gorgulho.
Seguia-se um labirinto de oficinas, cozinhas em que o forno estava aceso noite e dia, panelas ferventes, a da engorda ao lado dos unguentos, cruzavam-se os vapores opacos que deixavam as paredes cobertas com uma carapaça glutinosa e pegadiça. Pelos cantos, dormitavam alguns escravos, ou porque estavam muito doentes e os pais queriam mantê-los debaixo de olho, ou porque por lá ficavam em convalescença tanto tempo que haviam perdido o valor de mercado e passavam a fazer parte do mobiliário e do ofício. A mãe de Teresa confiava-lhes as tarefas mais árduas, dos despejos, dos carregos e de ajudarem na amputação dos mortos,
   para a tal saca infecta da contabilidade das mãos decepadas.
Podiam deslocar-se livremente pelos vários compartimentos da casa e do quintal, desde que andassem sempre assobian-

do, estipularam os donos, para que eles pudessem controlar a que distância estavam, de onde vinham, para onde iam, assegurando-se de que não levavam nada à boca, nem ração, nem veneno. E a miúda cresceu assim, entre música dolente, talvez a mais triste que ouviu na sua vida, saindo dos beiços de escravo, ressoando entre as baforadas dos lumes acesos e que lhe transmitia sentimentos ambíguos, de domínio e ao mesmo tempo intranquilidade. Havia um professor que chegava à saleta uma vez por semana, ensinava-lhe o indispensável, a mãe estava presente enquanto tecia rendas para o enxoval da filha, com as mesmas agulhas de fazer espetada de rato, e, quando entendia que determinada matéria era desnecessária, não se coibia em interromper a lição. Uma menina, para ser bom partido, tinha de ter dote, conhecimentos de religião e saber o mínimo indispensável para manter uma conversação.

Não menos, mas também não mais do que isso.

E a pupila ficava encantada com esta autoridade materna, também ela se enfadava muito com a divisão de orações e história do império do Brasil, com um guincho de príncipe à beira de um riacho, sempre o mesmo, tão pouco femininos os enredos de cruz e espada... Seduzida ficava pela forma como a mãe, analfabeta, era senhora dentro dos seus aposentos, a tal saleta, com forro no teto, papel a cobrir as paredes e alecrim a fumigar. E imitava-lhe o porte altivo, quando, dona da sua chibatinha, a mãe a deixava levar alguns pretinhos para o quarto e brincar com eles como se fossem bonecos,

bonecos vivos.

Que nunca choravam, e estavam sempre de olhinhos implorantes,

os meninos escravos nunca choram ou choram para dentro, entornam-se numa cisterna qualquer onde não os podem ouvir.

Ela divertia-se, vestia-lhes fatinhos, dava-lhes nomes, obrigava-os a fazerem gracinhas, punha-os de castigo, forçava-os a ficarem de pé durante horas de braços levantados.
E eles cheios de dor, ficavam,
até ela se esquecer e mudar de brincadeira,
mas aprenderam a nunca chorar.
A mãe também lhe ensinava boas-maneiras, reproduzidas das patroas com quem convivera nos seus tempos de criada de servir. A adolescente absorvia tudo, a maneira de sentar e segurar a chaveninha, e que o pior para uma senhora não era roubar o marido à outra, sim a criada. E, para acautelar as traições de um homem, a mãe aconselhou-lhe um truque que ela praticou a vida inteira, misturar no café do marido, todos os meses, uma colherinha do seu sangue menstrual.
Do que ela gostava mesmo era de ir ver as novidades quando chegavam escravos, ainda por estrear, saídos para a luz com os olhos a piscar de dentro do barracão da quarentena, e ajudar a mãe a enfiar papas de milho por goelas renitentes, cortar os cordões umbilicais depois de ela própria se sentar em cima das barrigas das pretas acocoradas, para fazer força e acelerar os partos. E ver os bebés a jorrarem numa urgência de líquidos transbordantes, êxtase de vida explodida, peixes escorregando, irrevogáveis, por seus baixios. Com o tempo, os pais começaram a adequar a mercadoria às necessidades específicas do mercado. E já iam à praça, ao leilão de escravos, com um fito. Era precisa uma escrava de bordel, e eles conseguiam deslindar traços de sedução em amontoados de ossos despenhados, e adestravam-nas com maneiras mais prazerosas. Ou uma ama de leite, e eles escolhiam-nas grávidas ou com bebés pequenos. Ou um escravo de carregar liteiras, e eles faziam-lhes brotar os músculos nos braços, numa corda no pátio dependurada da chaminé, tinham de

a escalar só à força de braços, as pernas amarradas, cá em baixo o pai desencorajava-os de desistirem

com um arpão da caça da baleia herdado de um antepassado,

em boa hora não se desfizera dele, havia de lhe dar serventia, apesar de ter estado metade da sua existência, sem ver sal nem sol, a ganhar ferrugem na ombreira da porta,

ou de deslizarem rapidamente e esfacelarem a palma das mãos.

Na fase em que estavam na moda os mulatos, forçavam acasalamentos, os amigos cocheiros do pai, que se voluntariavam, desalmado ofício, não se admitiam dispêndios, que os negócios à parte ficam para outras ocasiões.

Também se satisfaziam desejos a pedido: capações, amputações de pé de escravos fugidos, corte de língua, os pais à medida que enriqueciam tornavam-se avessos a requerências. Esses trabalhos provocavam a maior sujeira, o alvoroço entre os restantes negros, tinha de se brandir muito chicote até eles amainarem a chiadeira e não havia garantias de que a poça de sangue não alastrasse, até o escravo se esvaziar pelas veias. Não era serviço seguro nem limpo, implicava muito esbanjamento, muito imprecavimento. Ainda por cima, escravo inteiro dava mais benefício do que castrado, muitos negrinhos eram requeridos para trabalhar nas minas e penetrar em galerias, apertadas para corpos adultos. Para cortar língua, necessitava-se de muita precisão, não podia tremer a mão, tinha de se trinchar no ponto exato, não mais acima, não muito abaixo.

Orgulhosos, os pais viam a filha a opinar sobre a escrava mais apta a emparelhar com quem, a alvitrar soluções mais económicas, a decifrar troca de olhares e algumas palavras entre os escravos, a denunciar, a fazer queixa, a passar re-

vista aos dormitórios, a descobrir a escrava que desejava morrer de inanição e vomitava silenciosamente para dentro do balde dos despejos, o rapaz que se automutilava, escarafunchando as feridas com um prego para adiar a sua cura e a sua saída dali, a grávida que durante a noite enfiava por si acima a agulha dos ratos e do crochet para provocar um aborto. Ela castigava sem deixar rasto. Sabia como. Ou mantinha os escravos de olhos vendados semanas a fio, até eles se sentirem em estado de desorientação, sem distinguirem os dias das noites, só com aquele assobio sinistro dos outros nos ouvidos, os sussurros que os apavoravam, e o chiar fatídico das portas, sempre batendo. Ou então, à escrava que tentara abortar e que foi por ela detida, e lhes deu muito que fazer, muitos sangues, muitas febres para estancar,
   muita despesa,
Teresa mergulhava-lhe a cabeça num alguidar. Quando sentia o corpo a perder a tensão e a esmorecer, puxava-lhe os cabelos e ela retomava o fôlego, na aflição do sufoco e no desnorte do quase desmaio, e repetia, repetia, até se convencer de que a grávida não voltaria a atentar contra aquele que gerava e que já era propriedade da casa. Teresa chocalhava-lhe a barriga, encostava aí o seu ouvido a certificar-se dos doces revolveres amnióticos. Como o dos ovos de pombo sob a almofada. Acabou por ser a dona mais temida, com os seus processos insidiosos, as mães tremiam quando ela levava os seus pretinhos para o quarto, todos baixando o olhar à passagem da pequena patroa, tentando fundir-se com as sombras, com medo de que aquele narizinho adunco farejasse infrações, ínfimos delitos, ofensas aos seus próprios corpos... Teresa começava a ganhar parentesco com morcego, não ouvia, nem precisava, detectava qualquer passo em falso, na obscuridade do interior dos barracões, a colher

batendo nos dentes, naqueles manjares forçados de papas de milho, como os rumores de patinhas de rato no forros do telhado ou os tais líquidos palpitantes de um ovo. E os pais regozijavam-se com esta filha tão astuta, tinham feito um bom trabalho, envaideciam-se, augurando-lhe próspero futuro, e nem sonhavam das suas incursões noturnas, protetora de filhotes de pombos desamparados.
E chegou o dia em que o casamento de Maria Teresa se firmou naquela mesma saleta, com cheiro a alecrim, retiradas do baú, expostas pela primeira vez desde a celebração da primeira comunhão, as porcelanas de Sèvres, as tapeçarias de Gobelin e, lá dentro, os zumbires dos escravos, cicio de asas de besouro, soprando música triste. E foi com o filho único de um negreiro que possuía uma considerável frota de tumbeiros,
    tal como tinham sonhado os pais, ela não os desiludiu, e o noivo enlevado com aquela moça tão linda, preciosa, e encontrou nela tanta pureza e doçura de gestos como se não via mais nas redondezas de terra brava, cheia de gente bruta e mulheres insensíveis.
E os pais, comprazidos com a transação, ofereceram junto com o enxoval uma escrava de dentes lustrosos e temperamento sombrio, o que era de somenos,
    sobretudo não queriam é que ela levasse escrava safada nem sabida para dentro de casa,
e esta estava instruída para ser discreta, dizia a tudo que sim, sinhá, havia algo de insolência, tão ténue que nunca podia ser claramente apontada, talvez no jeito delongado com que se afastava, requebrando as suas ancas largas, um ou outro descendente dera à luz na casa da noiva, sempre bem vendidos, um bom negócio, gerava lucros e filhos, bem nutridos com seu leite fortificado, daria uma boa ama de leite, como

viria a acontecer a Emina e ao segundo bebé de Teresa, o tal dos olhos cuja cor ela não recordava.

Aquando da abolição, o negócio dos tumbeiros do marido não sofreu revés. A voracidade do mercado por mão de obra também não. Pelo contrário, o tráfico continuou, mais lucrativo do que nunca, embora com maior discrição, truques engenhosos para despistar os ingleses e alguns desembolsos extra para os subornos, e muito mais baixas na mercadoria; viagens menos frequentes e os porões, para compensar, atulhados de escravos, embarcados no afogadilho da clandestinidade, às ocultas, a trouxe-mouxe, a ganância de encaixar mais umas peças,

no espaço dantes reservado à água,

cento e dez mil litros, e dez toneladas de biscoito, dez toneladas de arroz, quatro toneladas de fava, quilómetros de corda por cada dois meses de travessia,

cabia uma multidão, e cabia sempre mais um, dobrava-se o número de peças, ficava o navio abastecido com a sua real capacidade duplicada, serviam-lhes comida sem sal para não terem sede e eles morriam de sufoco, de sede, de carência de sódio, cercados por tanto ar, tanta água, tanto sal. Mesmo que muitas vezes, para fugir à perseguição, a carga humana fosse despejada para o mar, mesmo que os navios fossem propositadamente incendiados para eliminar provas, pesando os baixos custos de manutenção, valia a pena arriscar.

Navegar é preciso, viver... em calhando sim, em calhando não.

Os portos de desembarque eram agora em lugares remotos e reservados, o que obrigava o marido de Teresa a muitas prudências e algumas ausências. Nada que lhe causasse ralação, só tinha de reforçar a porção de sangue menstrual diluído no café. O negócio dos pais, pelo contrário, foi a pique. Ha-

via que contar com a inveja e a delação das vizinhas. Ficaram contristados, aquele país, estavam seguros, nunca iria adiante se não tivesse à frente um capataz. E os escravos da casa concordavam, o mundo de pernas para o ar, onde já se viu escravo tomando decisão, ser dono do seu próprio destino, tendo sonhos, aspirações e até desejos,
    que nem branco?...
E, cúmulo do desaforo, alguns mal se libertavam e obtinham dinheiro compravam sapatos, vejam só que bizarria, vestir pés, não tomando contacto com as rugosidades da terra, fazendo barulho à passagem com o tacão,
    que nem branco...
Outros não aguentavam a prisão dos dedos dos pés,
    ao menos deixam-nos livres, ao pó dos caminhos e a formar calo,
    mas usavam-nos,
    faziam questão,
pendurados nos ombros, ou em roda do pescoço, para não se sujarem, dois barcos encalhados, que ondulavam acima das águas, com as passadas, que orgulhosamente se recusavam a ir ao fundo.
Felizmente para todos, havia a patroazinha que os orientaria nesta vida sem rédea, vendeu a casa a um açougueiro, que fazia entrar o gado pelo velho portão do pátio e saía para consumo, já retalhado, em postas. Teresa comprou aos pais uma roça no interior, foi uma oportunidade para se ver livre deles, o desmazelo do pai, a bruteza dos seus dedos, o negro de tantas mistelas entranhado nas unhas, a mãe com a saia em cima do estômago, causavam-lhe embaraço, denunciavam-lhe as origens, e as novas amigas indagavam daqueles rústicos, ao que ela respondia que eram parentes da criadagem, e com eles contratou que entrassem sempre pela porta

dos fundos. Aquela era residência de portão aberto às visitas, aos chás, às festas,
que casa fechada cria morrinha de convento.
Alguns escravos da casa partiram com eles para a roça, de livre vontade, a liberdade fazia-lhes vertigens, iam lá agora cair na vida, desamparados. Como aqueles reclusos que estão tanto tempo dentro de uma cela que, quando transpõem a porta do cárcere, sentem falta das paredes a norteá-los e a indicar-lhes o caminho. Continuavam com o assobio nos beiços, lançados para a frente, quando circulavam pela roça. Sempre a mesma melodia entristecida.
Outros ficaram a roçar-se pelas esquinas da cidade, sem ter onde cair vivos, desconfiados, a remoer
nos mil anos de penas e cativeiros,
a encurralar-se nos becos mais esconsos, a raiva contra os brancos a ser turvada pela convicção que lhes roía o cérebro, que não conseguiam verbalizar, nem para isso tinham doutrinação ou sustento filosófico, de que
a liberdade não se recebe por decreto, delicadamente, estendendo as mãos, fazendo vénia de agradecimento, a liberdade arranca-se com fúria dessas mesmas mãos, mesmo que venham atrás pedaços de pele esfolada, vestígios de unha arrancada.
E, quando Teresa acordou na reentrância da falésia, com aquele sol intrusivo, sentinela ardente, que os fitava severo desde os primeiros alvores, a embranquecer o mar, a intrometer-se entre as pálpebras, era essa música de escravo, com os lábios açaimados em redondo de assobio, que entoava. E sobre os telhados que caminhava. E ficou com a melodia na cabeça o resto do dia, reproduzia-a sem consciência, como se, volta e meia, uma manivela interior se desatasse a mover-se sozinha, e ela irritava-se, estar ali a repetir o lamento de

preto cantando. Sem lhe ocorrer que talvez fosse a sua deplorável circunstância que fizesse acionar o mecanismo. O da manivela interior nos realejos das cabeças. E voltar a andar descalça a encabritar-se sobre rochas limosas, ficou-lhe a memória nos pés, porque nunca mais na sua vida tinha regressado, sequer em sonhos, a essas incursões noturnas nos telhados. Procurou a face de Marcolino com um ar consultivo. Não foram precisas palavras, as rugas franzidas da sua testa eram bem elucidativas, nada de nada, ainda não houvera sinal dos oficiais.

Nem do seu bebé, concluiu ela.

A altercação com o capataz estava serenada, agora que existiam dois pontos de água doce, alterou-se o mar, estava crespo como carapinha, revolto, espesso, sem a limpidez do dia anterior. Nem precisava de olhar, já tinha notado os seus roncos a encolerizarem-se a noite toda. Provavelmente, irritado com a ousadia dos humanos que lhe fugiam, encafuados num buraco, como os ratos no canapé, só que o mar não tinha agulhas para lhes chegar. Maria Teresa haveria de perceber o que nem notara na travessia de barco, e agora confrontada, entre a rocha e o oceano, lhe não autorizava turvar o entendimento: nunca havia dois mares iguais, entidade mutante, enganosa, ambígua, indecifrável, incontrolável. Teresa tinha horror ao indomável, não tolerava reviravoltas, alterações de planos, aprendera com os pais a seguir os passos previamente tracejados no chão, e agora via-se naqueles apuros, encurralada numa praia, entalada entre dois infinitos, o céu e o mar. Ambos pouco fiáveis. E, de apoio, restava-lhe uma filha num estado de permanente analgesia, e isso fazia transferir para si própria todos os nervos esmigalhados, sem os poder partilhar nem aconchegar. E ainda uma santa mestiça em que nunca depositara fé, e um padre gordo, que era bom para amparo de bordo, como uma bengalinha decorativa, que ainda não mostrara serventia por aí além. Os peixes não rondavam agora as rochas da praia. Não haveria a abundância de captura do dia anterior. Teriam de se contentar com caranguejo miúdo e bivalves, e Marcolino mostrou-lhe, desolado, a coleta da manhã. Teresa nem prestou atenção. Reparou que o escravo estava encavalitado numa rocha mais afastada, assediada por ondas matreiras, e o capataz a mariscar por ali, e o criado com o pretinho, de perna aberta, à ilharga, como fazem as índias, ia acumulando parcos mantimentos e pedaços de madeira, alga seca para o lume. E de repente o seu olhar foi puxado, como um remoinho, por um ponto no alto mar, algo vinha a caminho, arrastado pelo contínuo das ondas. Podia ser um pequeno destroço do barco, Teresa teve outro apertão no útero, ali, com as mãos a fazerem de pala, parecia-lhe um berço de madeira, embalado, de trás para diante, o mar com meneios maternais. O mar, sempre imprevisível, trazia-lhe finalmente o filho, e com a candura do doce balanço. Marcolino, que não tinha a vista tão apurada, pensou que era desta que Teresa se tinha deixado levar pela loucura, por isso agarrou-a pela cintura quando ela, em desvairada corrida, largou pela areia, com os mesmos olhos de longe, a entrar pela água adentro. E Marcolino, que fazia dois dela, a arrastá-la ao colo para a areia seca, a adivinhar-lhe as ancas e o contorno das coxas, e ela enraivecida, aos gritos, a chamar pelo filho, e ele a julgá-la débil do juízo, a tentar acalmá-la com preces, e ela só se conseguiu desembaraçar do raio do padre, homem-empecilho, sempre no seu caminho,

que se a tirava da lama era para a meter no atascadeiro, depois de lhe fincar várias vezes as unhas nas costas das mãos que lhe deixaram marcas tracejadas de sangue e de lhe atirar areia para os olhos. E aí correu pelo mar até ficar quase sem pé, com ondas a passarem-lhe por cima da cabeça, nadar não estava presente nas prioridades de educação de uma senhora do século xix, que se cingia, já se sabe, ao estritamente necessário. Faltava-lhe, lamentava agora, a preparação para o extraordinário.

    Havia de ensinar o imprevisível ao seu menino.

E insistia e avançava, mesmo com a água a entrar-lhe pela boca e pelo nariz, a repeli-la para terra. Nessa altura, o capataz, este, sim, treinado para o que de mais extraordinário nos pode acontecer neste mundo, passava por ela, a perseguir o destroço. Cá da praia o criado dava guinchos de aflição, que Teresa ouvia, filtrados, volta e meia, pelos túneis de água que lhe passavam por cima. Mais uma vez, o padre veio buscá-la, já ofegante, e dessa vez ela deixou, que lhe esmoreciam as forças e ardiam os olhos, esfregava-os, numa ânsia de desafiar o sol, cegante, e ver o destino do berço, e se o capataz o alcançava e trazia até ela, com jeitinho,

    o bruto do homem.

Quanto mais ele dava braçadas em sua direção, mais o caixote flutuante se afastava, sugado pelas correntes, e a mãe, já a ouvir o bebé num choro de meter aflição, com medo de que se despenhasse, e gritava agora em coro com o criado. As águas puxavam, e Teresa ainda estridulou mais o bramido, quando viu o escravo, que se mantinha no mesmo posto, na tal rocha limosa e afastada, a apontar-lhe a lança bem afiada, veio-lhe a imagem do seu menino trespassado,

    crochet da mãe, espetada de ratinhos, arpão de baleias de esporear músculos de cativos.

Porém, o escravo limitou-se a contrariar a maré,

    tamanha ousadia para um pobre escravo, de costas abertas e escanzeladas,

a enfrentar as ordens do mar e inverter a marcha do destroço, posto a jeito de ser agarrado pelo capataz, que já o trazia a reboque para a praia, remando-se a si próprio com um só braço. Todos correram a auxiliar o capataz esbaforido, até Emina e Nunzio se juntavam ao grupo e ajudavam a arrastar um enorme baú,
    naufragado, como eles,
    em mau estado, como eles,
para a areia, ansiosos por ver o que a maré lhes trazia. Teresa continuava a ofegar palavras intercaladas, ajudem-no!, sem nexo, entre soluços, ajudem-no!, e muita agitação lá se ia entendendo, ajudem-no!, o menino lá dentro, que era preciso forçar a tampa, depressa, ajudem-no!, que já não o ouvia chorar, podia sufocar, ajudem-no! Marcolino pôs-se a martelar com fúria, ajudem-no! Forçar com pedras a fechadura, o meu menino!, foi o capataz que, ajudem-no! fez, enfim, ceder as ferragens com a ponta do facalhão. E a tampa do baú escancarou-se para trás, como uma boca de preto renitente a comer, forçado pela invenção infernal do pai de Teresa. Uma bocarra aberta, tão aberta, cheia de branco dentro, há quanto tempo não viam um branco imaculado, que Teresa revolvia com mãos de pá de moinho em dia de vendaval. Peças de roupa de bebé, lençóis, pequenos vestidos rendados, voavam lá de dentro, no frenesim de Teresa, que rebuscava em vão o filho. E aos outros veio um aroma a limpo, a alfazema, a frescura das manhãs chuvosas, eles que até aí tinham o olfacto impregnado de maresia, escamas de peixe e ainda vinha grudado a eles, o cheiro fétido a morte, gangrena e podridão dos fundos da galé... Por momentos, o tempo parou naquela praia, ninguém atentou na mágoa de mãe, que se pulverizou em mil partículas ínfimas que ficaram a fazer parte dos sedimentos da areia.

E, nas praias, grão a mais, grão a menos, tanto dá.
A sua esperança enterrava-se sozinha, a de ver o berço à deriva, depois uma arca com o filho dentro, e afinal só roupa miniatural. Os outros em estado de inebriamento, como se aquele odor lhes resgatasse um pouco da humanidade, e os cheiros podem ser mais fortificantes do que comida. Só que a ferocidade com que Teresa revolveu tudo dissipou-lhes a tal fragância de humanidade, o mar absorve tudo, até os cheiros se aniquilam em dois tempos perante a prepotência da sua brisa. Regressados do estado de embriaguez, veio a ressaca. O capataz reivindicava a arca, afinal fora ele que a resgatara, antevendo as potencialidades da boa madeira, do revestimento, da placa de chumbo que a impermeabilizava, das preciosas tachas, cada preguinho martelado naquelas tábuas... O criado não arredava pé, ambicionava, mas não dizia, as roupas para o seu pretinho, que até ali andara sempre nu, e além do mais as roupas eram demasiado pequenas para pertencerem ao filho da senhora. Nunzio reclamava um lençol de linho, para fazer de toldo, atado a dois paus, que era avisado protegerem as peladas que se alastravam nas cútis já arroxeadas, sobretudo a sua, azar dos louros, e exigia a clemência de uma sombra, que para si era tormentoso voltar a deixar-se, já homem feito, secar ao sol. Teresa defendia,
 como uma loba, pensou Marcolino,
cada pedaço de roupa, voltou a colocá-las, uma por uma, à pressa, amarfanhadas, dentro da arca, fechou-lhe a tampa, sentou-se em cima dela, e Marcolino era capaz de jurar que dos seus dedos brotavam garras ferinas, pensou na ironia com que Deus costura as vidas dos homens, chegava a ser cómico,
 não fosse o estado desesperado em que Ele os colocara,
 agora cada um por si e Deus por nenhum,

que, por vezes, lá deixa cair uma malha e, numa linha cruzada, dão-se casos destes, ele a fugir das mulheres lobas das serranias da Beira Alta para cair nas garras de uma outra, no canto aposto do Atlântico, numa praia escusa, de existência intermitente, e nestas reflexões massajava sem se aperceber as marcas tracejadas de sangue nas costas da mão. Estava do lado da loba, sempre estivera, era um dever de lealdade às suas raízes pedregosas que cobardemente abandonara, e também, porque não admiti-lo já, sem grandes prólogos e antecedências,

lá por o homem ser padre, ele que calcava com os pés o voto de castidade, sem contrições, como fazia ao tapete que no dia seguinte se encontrava à beira das camas de tantas amantes e cortesãs,

o amor que nutria por esta mulher, talvez desde a primeira vez que a avistara na amurada do navio, e lhe introduzira a hóstia na boca, e lhe pegou no queixo dócil, a apreciar a estrutura óssea perfeita, e lhe roçara o polegar, ao de leve, no lábio inferior, e Teresa deixara, uma poeira muito ténue de sensualidade que cobria tudo nela, mesmo no declínio dos seus lábios enraivecidos, nas quinas mais agrestes da sua personalidade, nos modos ásperos e bravios, ele via fogosidade. Era bela por ser bela, o seu amor não se tinha cego, apenas isto lhe interessava, o contacto entre duas epidermes. Agora tomava-lhe as dores. Faz parte do amor,

a alma do amante vive sempre em corpo alheio,

tinha lido em tempos, por isso a protegia, comprava conflitos, rasgava-se para a defender,

o amor dividido não diminui, escuta as minhas palavras mudas, Teresa,

e discutia com os outros em torno da arca, subia pelo seu já manco pedestal divino, alguma autoridade que lhe restasse na batina esfarrapada, suada e já com o último dos trinta e três botões desapertado. E, quando se viu assim naqueles apuros, rodeado de figuras grotescas, enraivecidas na disputa, a interceder pela senhora sem atender à sensatez deste capricho em não partilhar algo de que não tinha qualquer precisão, se apercebeu da certeza de que este amor por ela lhe estava atado aos ossos, tão calcinado que já nem era passível de extração, nem à força de alicate de dentista carniceiro. E argumentava, mesmo sem a certeza de ter razão, afinal de contas, o baú pertencia à senhora, estavam lá gravadas as suas iniciais. Os outros analisaram a inscrição, não restavam dúvidas de que era um M, um T e um A... A questão da propriedade era motivo de força para aquela gente. Aproveitando toda a algazarra de branco bárbaro, o escravo desceu da sua rocha, que já estava ficando submersa, nadou com muito sacrifício e dor até à praia, porque lhe ardiam as chagas das costas com o sal, e juntou alguns paus, a fazer fogueira para o pescado. A senhora, levada pelo conselho do padre, que amenizava como podia os ânimos, lá condescendeu em entregar a arca ao capataz, quanto ao recheio não cedia, para desagrado mudo do criado que cobiçava as roupinhas de bebé para o seu pretinho. Ela embalou tudo num lençol de linho, fez uma trouxa e arrastou-a pela areia até junto do abrigo. Nunzio, agastado com o egoísmo da mulher, armou uma tempestade, esta feita de muitos gestos, abertos e desajeitados.

ó mulher descaroçada, que nas tuas veias corre azedume e desinteresse alheio,
que nem pela filha tinha ela compaixão, que lhe custaria ceder um pano para se protegerem do sol escaldante? Aí ela estacou, qualquer palavra dita por ele ficou a ecoar-lhe por dentro, a embater de um órgão contra o outro, que por sua

vez também a rejeitava. Marcolino viu-a crescer uns centímetros, mas talvez fossem os ombros que se ergueram e a coluna que se alongou outra vez, com a postura altaneira que herdara da mãe e que ao padre tanto seduzira no navio. E dirigiu-se, pés na areia, como se ainda estivesse calçada com as suas botinas de pelica, segura da solidez do chão descompassado onde pisava e se enterrava,
   ela que já tinha andado em telhados silenciosos e resvaladiços e convés infectos,
dirigiu-se com o assanhamento dos felinos a Nunzio, que retrocedeu, às arrecuas pela areia, feito caranguejo, amedrontado, a cabeleira indomável eriçada, que ele nunca tinha visto onça, muito menos mulher loba. Perante o olhar abismado de todos, ali mesmo frente a Nunzio, Teresa arregaçou as saias com desdém, Marcolino reparou-lhe nas pernas inteiras, abertas, esguios caminhos de precipício, susteve a respiração, enquanto ela despia o saiote, e o rasgava pela costura e com os dentes arrancou os pespontos, um por um.
   Pegue lá seu toldo, homem embasbacado.
E voltou para junto da sua trouxa, e ainda respirou o último laivo de roupa lavada, de casa com o sobrado esfregado com sabão pelas manhãs, ainda antes de a maresia o capturar com toda a prepotência dos soberanos em seus domínios. Ninguém reparou, muito menos o padre, mas o capataz também interrompeu a sua atividade de desmantelar ferragens, madeiras e o forro de chumbo de impermeabilizar a arca e se deteve naquelas pernas exibidas sem pudor. Depois continuou, a arruinar com todo o esmero aquela arca. Nunzio e Emina sentaram-se, mergulhando os pés na poça de água doce, aproveitando a clemência da sombra improvisada com o saiote da mãe, preso em quatro pontos nas estacas enterradas na areia. Nunzio sentiu que estava pela primeira

vez sozinho com ela, atrás do pano translúcido, eram apenas dois vultos, os dois reduzidos aos seus mínimos essenciais, as suas sombras, libertados do passado, do presente, provavelmente do futuro, e há alturas em que não se precisa de mais nada, basta o contorno de um corpo de homem e o de uma mulher. O peso de ambos enterrava-os lentamente na areia molhada, o vestido dela ganhava foles de ar na linha de água, as ilhargas submersas estavam coladas, a intimidade era possível naquela exiguidade, varrida num relance por todos os habitantes da praia. O conforto fazia-os sentirem-se menos sós, mais gente, deixavam-se estar no desleixo de não quererem saber de comida, de mariscarem indigestos bivalves, no mar revolvido e espesso de areias. Quem estava inconsolável era o criado que via o seu pretinho definhar, tudo o que lhe dera a ingerir desde a manhã, ele deitava fora, e as perninhas estavam mais bambas do que nunca, e mesmo que ele lhe mastigasse o mexilhão e lhe introduzisse com todo o carinho o alimento triturado na boca abandonada, o estômago rejeitava-o e o corpito esquálido amotinava-se de vómitos. Teresa sabia bem o que isso significava, costumava acontecer muito com os escravos famélicos do barracão da quarentena. Depois de devorarem, sôfregos, a primeira leva de comida, o corpo não consentia a segunda. Muitos morriam de fome na abundância das papas de milho se não se tomassem medidas. Acabaria por acontecer isso à criança, pensou Teresa, desinteressada. Mas o criado desesperado, vendo que o escravo assava nas brasas algum peixe que tinha trespassado lá longe na rocha, tentava cuidar-lhe das feridas com algas que escolhia com um critério fingido e um suco feito de pulgas-do-mar esmagadas, que ele próprio fabricou com água doce. E passava-lhe as mistelas, empíricas e aleatórias, com ar de cálculo estudado, afastando a face a apreciar

a obra, na tentativa de aplacar as dores do escravo, e que este se compadecesse do menino, afinal até eram da mesma cor. O escravo tinha as costas numa lástima, o sal efervescia-lhe sibilante na carne e começava a formar pequenas bolhas de pus. Teresa não aguentou tanta incompetência junta. Com o mesmo andar descalço das botinas de pelica, procurou,
    e os olhos agora eram de ver ao perto,
entre o fio de água doce que escorria modesto, e deixava um esteio de verde entre o ocre das rochas. Pinçou com os dedos minuciosos, sabedores do que estavam a recolher, alguns torrõezinhos de terra arrastados pela cachoeira, que ficavam presos nos pequenos filamentos de musgo, mais acima, aonde o mar não chegava e o sal não contaminava com a sua esterilidade, tentou arrancar com um pau os seus ingredientes, que ia misturando com cuspo e água doce, e algumas muito poucas ervas que conseguia alcançar. O padre viu-a aproximar-se das costas do escravo e com um pano,
    mais um retalho arrancado da sua saia,
    que lhe chegava agora pelos joelhos,
humedecido em água potável, limpar-lhe cuidadosamente as costas, retirando primeiro o desastrado trabalho com que o criado tentara remediar aquela pele e músculos, estrias cavernosas, num traçado irregular. Muito hirto, primeiro de medo e ardor,
    aquela mulher de olhos de cadáver carbonizado,
depois de alívio, o fresco da água a anular-lhe o sal e a fazer escorrer os grãos de areia mais entranhados nas escaras. Continuava a comer pedaços de peixe, acocorado, demorando-se a cada pedaço, enquanto a mulher, ajudada pelo criado, calcava a pasta para dentro das feridas, Teresa ia e vinha até à poça, lançava um olhar de desprezo a Nunzio e Emina,
    inúteis, espojados naquele convívio indecente,

mas estava demasiado concentrada no curativo para se delongar a afugentar aquele mal-encarado,
cabelo de espiga emproada,
e censurar a filha, ali, naquela moleza de anémona. Marcolino na colheita do marisco, e o capataz descarpinteirando metodicamente a arca, olhavam aquelas três figuras acocoradas, com pasmo,
mas o absurdo, para eles, passou a ser nome de quotidiano.
Depois das feridas preenchidas, Teresa cobriu as costas do escravo com o pano húmido, pedaço de saia, e advertiu-o, bastante severamente, de que não o retirasse sem a sua autorização. Coisa que ao escravo, tão atenuado e agradecido, nunca ocorrera fazer. Estendeu-lhe, submisso, um naco de peixe livre de espinhas, em sinal de agradecimento. Teresa recusou enojada,
o branco do peixe esfarelado naqueles dedos negros,
ainda estava para chegar o dia em que um escravo a havia de alimentar a ela, e afastou-se, enquanto o criado, com modos brandos, retirava o peixe daquela mão estendida e incentivava o pretinho a engoli-lo. Recomeçava o avanço do mar e a retirada dos homens, restringidos a uma faixa de areia. Já tinham mais ou menos interiorizado: assim que a primeira onda atingia e contaminava com o seu sal a fonte de água doce, era altura de recuarem e prepararem a escalada para a gruta. Era esta a última badalada do relógio marinho. O capataz já lá estava há tempos, num afã concentrado a manejar as parcas ferramentas, revestira o chão da gruta com as tábuas da arca, entaladas entre as agruras da rocha, pedrinhas roladas e areia molhada. O chão ficou mais estável, a madeira tinha muitas falhas, o encerado praticamente desaparecera, mas poderem sentar-se sobre aquele soalho meio atamanca-

do, mas humanizado, fê-los sentirem-se menos refugiados, menos intrusos, e mais ocupantes, de pleno direito. Aquele espaço pertencia-lhes, a eles, à comunidade. Por isso, o resto da tarde passou-se menos mal. Com o saiote a ondular levemente, filtro translúcido a protegê-los do sol de chapa, a dar-lhes uma tonalidade alaranjada à pele, que indulgentemente enfrentava a ditadura do azul, mar e céu, mãe e filha dormiam com a cabeça enfiada nos fiapos de cheiro que a trouxa ainda continha, ou talvez elas julgassem que sim, lá nos seus sonhos, Nunzio ia descaindo a cabeça, confortado por não ter ali a ossatura incómoda da santa indígena, agora de novo embarcada na caixa de chumbo flutuante, junto com um amontoado de madeira, algas a secar, despojos da caçada da manhã, uns poucos peixes em estertores de sufoco, caranguejos ainda vivos, intrigados com aqueles esconderijos rendados das sagradas vestes, que trilhavam com as tenazes, a ver se era comestível ou comedor,

uma das duas,

no oco do forro de chumbo que, amarrado, volta e meia colhido por uma onda mais irascível, grunhia com estrondo de encontro aos rochedos. O criado e o pretinho adormecidos,

o miúdo continuava a dormir sinistramente de olhos abertos,

de modorra e fome, abraçados eram um só, o capataz, ainda absorvido com as potencialidades da arca e de tudo aquilo que dela conseguia extrair, moldava pequenas tachas para servirem de anzol. Marcolino não sentia sono nem fome, nem calor, apesar de o tecido grosseiro da batina lhe estar permanentemente colado ao corpo, com o suor e o sal. Observava, de soslaio, no seu plinto o escravo, a quem a senhora tinha dado ordens muito definitivas para se manter virado de frente, de forma que o pano não secasse ao sol e perdesse a humidade o empastamento das feridas. Marcolino via-o também a dormir, de pé, já houvera assistido a isto, escravos no tronco que arranjavam maneira de encaixar o torso sobre os ossos da anca e permanecerem de pé, sem estirarem os tendões dos braços amarrados.

O toldo improvisado revolvia-se indolente, Marcolino deixava-se ficar turvado naquela luz vítrea, na apatia de quem não tem escape, resignado. Sempre atento aos pormenores, como lhe ensinara a mãe. Seguia os contornos do saiote de Teresa fendido, notava-lhe os tracejados, as cerziduras, uma mancha de sangue menstrual desbotada depois de lavada pelo sabão. E esta simplicidade por dentro, porte de rainha por fora, comovia-o. Nunzio, de olhos semiabertos, também reparava na avareza de uma mulher que veste os melhores cortes de modista, mas que enverga que nem uma serviçal no que toca a roupa interior. Não admira que não partilhasse, que não se preocupasse, que guardasse para si, é a marca dos que sobem na vida, vindos das sarjetas da sociedade, investem nas aparências mas continuam por dentro com um apego irrenunciável ao mísero.

Que somente a cova tira propensões que o berço dá. Mas foi ela, sempre com olhos de ver ao longe, que deu por que nesse dia outro destroço se aproximava da praia, trazido pela maré que já começava a baixar. Desta vez não tinha ilusões, o que aí vinha parecia um dorso humano, virado de barriga para cima, ou talvez um peixe grande morto, aventavam os outros quando aquilo se tornou mais visível, aperceberam-se de que era o cavalo das orelhas cortadas, o tal que conduzira o escravo até à praia e encravara as patas nas rochas. Agora, jazia, apenas com uma parte do lombo visível e luzidia, inchado como um cetáceo, à mercê das ondas mais distantes. Era preciso ir buscá-lo, ordenou a mulher. Podia alguma carne sã retirar-se do cadáver. Todos conjecturaram na ideia de voltar a rasgar a carne com os incisivos, os molares a mastigá-la longamente, febras lubrificadas pela saliva e pelo sangue, pingos vermelhos a arrefecerem as brasas, que se levantariam mal a água arredasse. O capataz mandou que o escravo saltasse cá para baixo e fosse de imediato puxar o cavalo, ou o que restasse dele. O escravo nem ousou hesitar. Teresa interpôs-se, era o que lhe faltava, pode ir tirando o cavalinho da chuva, estragar-se o trabalho de uma manhã inteira. O escravo estava absolutamente interdito de apanhar água salgada nas costas, que fossem lá os outros homens, o capataz, o capelão ou o passageiro, que também haveriam de ter préstimo para puxar um cavalo,

ainda para mais morto.

Os homens obedeceram, com exceção de Nunzio que mantinha uma renitência militante em relação aos mandos daquela mulher, num misto de desprezo, desestima, desobediência, sem conhecer nada do seu passado, do seu feitio, fora algo que lhe ficara da primeira vista no navio, tal como na primeira vista de Marcolino ficara a impressão de encantamento e deslumbre.

Ambos arrastaram o cavalo para a areia, disforme, como uma égua grávida, pejada de potrozinhos vivos lá dentro. Teresa decretou que lhe fizessem um rasgão no ventre, e o efeito foi, mais ou menos, parecido com o que aconteceu com a arca,

mas ao contrário.

Um cheiro nauseabundo de tecidos putrescentes, repulsivos, azedos, saiu das entranhas do cavalo, coisas que se revolviam de vida, inúmeros moluscos e crustáceos, pequenos peixes banqueteavam-se com o que restava das suas vísceras, numa avidez de contorções, burburinho de parasitas, enrolados numa amálgama de pedaços comidos e outros por comer, e já ali os próprios predadores da carne encontravam outras presas, que ao comer também eram comidas, porque são as regras do mar,

    os peixes grandes comem os pequenos.

Todos se afastaram na agonia do olfacto e da visão, o cavalo esvaziado por dentro, costelas à mostra, a arcadura de ossos como uma catedral bombardeada, já sem coração nem pulmões, com todas as partes moles corroídas de tenazes e bocas sôfregas de peixes, triste carcaça, fundos buracos, sem globos oculares nem língua ou beiços, apenas dentes. Teresa não se deixou impressionar, apalpou, avaliou, que da alcatra do cavalo ainda se poderia retirar alguma carne comestível, do resto fariam isco para os peixes. E foi ela mesma que, com o facalhão do capataz, separou a carcaça, com a saia manchada numa poça de sangue pútrido, a esfolar, a limpar, a separar, o que poderia ter préstimo para o estômago deles, para o do escravo e para os peixes, tudo se aproveitaria. E foi nisto que passou a tarde, sob os olhos incendiados de Nunzio, a amparar Emina, nauseada com o aparato do esquartejamento. E os olhos embevecidos de Marcolino, transportado até à furna da infância, ao cheiro a mofo e a carne crua e ao momento em que a mãe trucidava, com todo o carinho, a lebre conquistada à loba. Acabou por se aproveitar muito pouco no lume do repasto, mas Teresa insistiu em que da carne já esponjosa se retirariam fatias muito finas para gretar ao sol, até desidratarem e delas se obter farinha de jabá, carne depois de defumada, moída num pilão improvisado, que muitos nutrientes lhes trariam, sem quase nenhum esforço, e para prevenir dias como aqueles, em que os cardumes se desviavam da costa em turbulência. Teresa lancetou muitas fatias, expurgou-as das partes esverdeadas da corrupção, colocou-as a secar no pedestal do escravo, ao abrigo de salpicos e da humidade. Quando deu a badalada do recolher, a altura em que a primeira onda atingia a poça de água, Nunzio viu o seu lugar novamente apertado, desta feita por um negro, que tentava afilar-se, com repugnância daquelas epidermes vermelhas, que pelavam e largavam uma camada fina de pele, como as cobras, pensou. O escravo, inquieto, não pregou olho. Até porque, volta e meia, a senhora ia consultar-lhe o estado das costas e dava-lhe encontrões quando ele se deixava descair e se roçava na rocha. O criado lastimava-se num choro plangente, que a ninguém importava. O menino não dava acordo, não despertava, estava nas últimas.

Dormia profundamente, de olhos abertos.
Toda a noite, Nunzio, apesar de tudo com o estômago mais consolado, sentiu a passagem de Teresa sobre as suas pernas, ou a abrir caminho, sem qualquer consideração pelo seu descanso, entre as espáduas dos outros e a parede, em conversações e sussurros com o criado. Acabou por sucumbir ao sono, sempre nos ouvidos aquele marulhar de fúria, afrontado o mar pela atrevida invasão destes humanos que ainda que mal lhe sobreviviam e já se punham a ocupar, a inventar estratégias, mil ardis e desaforados propósitos. Pressentia o menino, que já julgava cadáver, a transitar dos braços do criado para os de Teresa. A meio da noite, acordou Nunzio sobressaltado, estava a sonhar com a irmã mais nova,

a cara de pepino e gargalhadas de crocitar de corvo,
aquela que morrera da picada do escorpião com o bebé nos braços, afogado num charco de dois centímetros de altura.
E entre a barulheira infernal das ondas, e do caixote de chumbo que embatia o tempo todo contra as rochas, também Marcolino despertou e pareceu-lhe sentir, entre a alga-

zarra dos elementos, o doce sonido do beijo, mas ainda mais húmido, lambido, a escorrer ternura e saliva, e imaginou Emina e Nunzio em indignos preparos, maldito moço, todo fagueiro e bem fatiotado, nunca o enganara, grandes lascívias germinavam às ocultas para eclodirem inconcebíveis atropelos, e nem um pastor de almas entre eles, nem a morte iminente de um pretinho, nem uma mãe desamparada, nem a autoridade de uma santa secular, o infortúnio, a fome, a promiscuidade, os impediam de se corromperem, olhou de repente, Nunzio e Emina dormiam cada um para o seu lado, e com a generosidade láctea da Lua viu Teresa com o peito descoberto, amamentava o pretinho, que lhe agarrava o dedo com a mãozita descarnada.

Podia tratar-se de um sonho ou não.

Fosse como fosse, absurdo tornara-se o nome dos seus quotidianos. Voltou-se para o lado e tornou a adormecer.

Capítulo do meio

O som das penas quando caem

Havia semanas que o criado José vinha tentando assentar esta ideia na cabeça, de forma a que fizesse algum sentido. Eles viam o tempo passar,
passar, passar,
mas o tempo não os via a eles. O que lhe dava uma sensação de abandono, ousava interpretar José, por outro lado, trazia-lhe algo de tranquilizador. Enquanto o tempo não os encontrasse, eles permaneceriam a salvo, neste estado transitivo sobre terras movediças, improvável sobrevivência, inverosímil comunidade.
O tempo passava-lhes ao lado,
não havia meio de os encontrar, devia cruzar por entre os despojos de outros naufrágios, a farejar sobreviventes não autorizados, com a voragem das Iríneas,
as tais de cobras negras em vez de cabelo,
no rasto de sangue humano, a cobrar idas para a morte, varava rasteiro à linha de água, corria a costa de cima a baixo, voltava a repetir o percurso e não dava com eles, vultos escanifrados e andrajosos, naquela praia muralhada, a fintar destinos e condenações. José sentia-se abençoado, sempre fora um otimista, mesmo nas mais perdidas circunstâncias

da sua existência sem remédio, desperdiçada, deitada ao vento, como uma crosta inútil, que já não é precisa, nem para proteger a ferida. Mas gostava demasiado da vida, era esta a sua fraqueza, intolerada pelos outros, afrontados pela sua felicidade, pelo sorriso que lhe escapava por entre os lastimosos dentes nas situações mais desafortunadas. Que havia de fazer? Devia vergastar-se pela sua má sorte, enfiar-se no breu da sua própria adversidade, beber das suas copiosas lágrimas, entregar os seus próprios despojos à voragem da desdita? Bem tentara ser circunspecto, sombrio, alquebrado, derreado, saco de pancada... Mas como, se as costas lhe folgavam tanto entre as duas pauladas? Vil, verme, plebeu, de incógnitas ascendências, húmus, lesma, caracol, fungo que outros calcam sem dar conta. Como pode ousar estar feliz alguém que chafurda em lama e desventura? O sol nunca o brilho lho devolverá. Um sapo ri e, ao rir-se, escancara os seus interiores negros, suas peles e viscosidades, atascado no pântano, contenta-se em lançar a língua ao mosquito que voga perto, e os outros troçam das suas verrugas, repugna-lhes a peçonha, desdenham da bocarra aberta, deserta de dentes, plena de profundeza, repudiam mas apenas desprezam, empurram com o pé, desviam o olhar e, com um bocado de sorte, esquecem-se de esmagar... Por isso José, o criado, esforçava-se por reprimir os acessos de felicidade que o acometiam nessas semanas na praia. Para não atrair a raiva alheia. Sabia bem que nunca se podia meter em enrascadas, não poderia contar com amabilidades nem condescendência, mas se se mantivesse sempre assim, rasteiro, submisso, pernas encurvadas, prestável, servil, de lombo inclinado, quase se esqueciam dele, quando muito arredavam-no com o pé e ele lá ia passando entre os salpicos da espuma. Tomavam como tonteria os olhares embevecidos que dirigia ao pretinho,

    e deixá-los tomar,
a satisfação com que o levava à beira-mar a fazê-lo saltar as ondas, a lançá-lo ao ar e a fazer-lhe cócegas com beijos no pescoço. E o menino torcia-se de riso. Já aprendera que com a senhora não podia rir nem chorar. Ela limitava-se a arrancá-lo do colo do criado, esvaziava um peito, depois outro, e largava-o quando entendia na areia, sem olhar para trás. Uma vez, o menino tentou chorar, a pedir mais, e logo ela o repreendeu com uma palmada severa na mãozinha,
    meninos escravos não choram,
que a recebeu incrédulo, estupefacto com a reação, um toque seco, que o magoava, o espanto em simultâneo com a dor, até aí nunca sentira nada assim, nunca aquela gente o tratara desse modo,
    ou com indiferença ou com brandura,
nunca com aspereza, e o menino era esperto, apenas abriu a boca de um pânico coalhado e não tornou a chorar.
A José custava-lhe, alfinetadas no coração, ver o menino, que quase adormecia no doce afago do leite morno, ser lançado abruptamente para o lado, ainda com os cantos da boquinha brancos, e ela sem cuidar se alguma onda o apanhava, se lhe entrava areia para os olhos. Ia José a correr apanhá-lo, compensar o desafeto daquela mãe de improviso, mas que lhe dava a subsistência que ele não lhe podia dar. Havia que se submeter,
    sempre a salvadora submissão,
aos seus caprichos, à sua rudeza, aos seus mandos e desmandos. Que também ele era pai postiço, mas poucas vezes lhe ocorria isto. Talvez por lhe ser incómodo o pensamento, e ele levava as preocupações como um rio lhe levara os anos. Não dizer nada, sempre reverente à senhora, pelo seu gesto misericordioso de alimentar um pobre escravinho desenga-

nado, e fazia sentir-lhe toda a gratidão, prestava-lhe todas as lisonjas, todos os agrados, todas as obediências, não fosse ela fartar-se e decidir que não amamentaria mais a criança. E assim que a mãe de leite o largava, lá ia o criado, rastejante, como um réptil inofensivo, o sapo de quem todos se esquecem, a quem desdenham a peçonha e as verrugas, recolhê-lo nos seus braços, dar-lhe o carinho que conseguia, improvisando como podia, que também a ele pouco lhe fora ensinado. E o menino correspondia-lhe. Mesmo não podendo ele dar-lhe o sustento, era para si que sorria e estendia os braços, e as suas pernas que reconhecia e a que se agarrava, quando o grupo se reunia na areia. E isto comovia-o e tornava-o imensamente feliz.

Uma felicidade muda e clandestina. Também o menino aprendera a sorrir como ele lhe ensinara, silenciosamente, sem dar alarde nem chamar a atenção dos outros.

A felicidade no meio do infortúnio alheio é afronta pessoal. Ao longo da vida, José tinha acumulado demasiadas provas de que não estava debaixo de nenhuma proteção divina, manter-se sob a alçada do capataz era bem melhor do que sob todos os santos juntos. Os outros notavam no capataz a ferocidade, a brutalidade, o dente de ouro, as enigmáticas tatuagens, os olhos fixos e injetados, sobretudo quando caçava ou cobiçava alguma coisa,

as tábuas da arca, o cardume que rebrilhava em exibicionismos prateados ao alcance escorregadio da sua lança, e a senhora.

E também Teresa sentia aqueles olhos cravados no seu corpo, a cada dia mais descoberto, na sua roupa molhada, que deixava à transparência os seios e as curvas das ancas. Não estava segura se aquilo lhe desagradava inteiramente. Ainda não tinha decidido. Ficava a sua vaidade tranquilizada, mesmo

com os cabelos escorridos, descalça, sem adereços, adornos ou disfarces, a roupa numa lástima, a pele tão escura como a de uma mulata, continuava a ser cobiçada pelos homens. Por outro lado, o olhar do capataz desnudava-a ainda mais, e não lhe parecia que devesse admitir tal desaforo. E, se do capataz recebia lascívia, do padre recebia obséquio, primazia e um contacto muito leve e discreto, a roçar os dedos na parte interior dos seus braços, a tocar-lhe no ombro, o nó do dedo a deslizar-lhe na pele, a afagar-lhe o pescoço, naquela zona
    onde cabelos e pelos se indistinguem.
Teresa fazia que não dava conta, sempre atarefada, a deliberar, a exigir, a dispô-los naquela praia como se fossem os seus soldados numa fortaleza. Lançava três arqueiros para diante, com as suas azagaias, para a zona batida das rochas, e uns peões ou escudeiros na praia, a assegurar-lhe as funções de retaguarda. No meio de tudo isto, acudia às emergências, amamentava um pretinho, arrastava, irritada, aquela filha que parecia acometida de uma velhice súbita e jogava na ambiguidade com aqueles dois apaixonados, distribuindo equitativamente olhares e mesuras dúbias. Que podiam, no entendimento deles, ser apenas equívocos, mal-entendidos, gestos vãos, flutuantes e ambíguos, como a espuma das marés se dissipava lentamente na areia molhada. Só José se apercebia, ao longe, dos atos todos do teatro. Temia pelo seu amo, sabia que, por detrás da carapaça, o homem sangrava por todos os lados, hemorragias internas múltiplas por um passado
    que José guardava como gárgula de pedra, irredutível,
mas que ao menor estrangulamento fazia inchar demasiado a veia, e rebentar na mais abundante torrente. E se a senhora se decidisse pelo padre, mesmo à sua frente, naqueles cinquenta metros quadrados de praia, enrolados no abrigo,
    que da gruta o capataz carpinteirou um lar,

cobertos apenas por um toldo pouco pudico? E, pior do que isso, se as esperanças da senhora se concretizavam, e disto ela falava todo o dia, de que seriam todos resgatados pelos oficiais regressados, mais semana menos semana, que o seu marido, dono de frota, já vinha fazendo buscas e ia escrutinar aquelas dunas marítimas, cada socalco das ondas, as empenas e as desempenas das águas, cada recosto, cada rochedo, cada esquina de cada ilha, sem descansar até os encontrar, e levar para casa, onde forneceria acomodamentos e serviria uma boa refeição a todos,

    até ao escravo.

E de certeza, garantia ela, que traria com ele o seu menino, pegado junto aos destroços do naufrágio... Era só questão de esperar e aguentar, nisto parava, contemplativa, com olhos de ver longe. José era otimista. Esse salvamento nunca iria acontecer. Às vezes, vinha-lhe a ideia de que, à exceção da senhora,

    ou talvez nem ela,

nenhum dos náufragos tinha particular interesse em ser salvo. A salvo estavam ali dos respectivos destinos. Que rimava com divinos, não seria a circunstância mero capricho fonético. E também a salvo dos passados que a todos atormentavam. Sobretudos dos remorsos e culpas. Ali havia só presente. Um presente vivido em quatro partes, as quatro marés do dia. E a José não lhe desagradava este estilo de existência. Se a vida real pudesse ser também assim, duas vezes por dia, duas por noite, mais coisa menos coisa, vinha o mar a apagar-lhes todo o chiqueiro, os dejetos, os restos de peixe daqueles manjares gordurentos, os despojos do lume, as espinhas, as escamas, as conchas escaqueiradas e os caranguejos descaroçados. E devolvia-lhes, horas depois, um areal intacto, inicial, virgem de pegadas, dos rastos, dos trilhos, dos moldes com que desorganizavam aquele mundo de pedras miúdas e sedimentos, os buracos onde os dedos se cravavam irados por nenhuma razão e depois se amansavam desfazendo arquiteturas sem nexo, as garatujas incessantes de Emina com pena de gaivota na areia molhada, os moldes onde as ancas se encaixavam, e os calcanhares, só porque sim, empurravam montículos que a seguir esmagavam, o seu formigar de gente faminta errante pela praia fora. E, do caos, o mar reorganizava-lhes, cheio de tolerância e paciência, um cosmos, novo, por encetar.

Ao contrário da vida, o mar, sim, dava sempre uma segunda oportunidade. Por cada sete horas.

Talvez só José ousasse ter este olhar benigno sobre a desdita a que tinham sido votados. Os outros apenas suspeitavam, mas sem a mesma honestidade de o admitir. Exceto Teresa,

talvez,

escapar-se dali era o que a movia.

Pelo menos, mais ninguém tinha aqueles olhos de ver longe... Nos anos de convivência com o capataz, José bem sabia que raras eram as mulheres que lhe escaparam, aquelas a quem ele um dia deitara um relance de despir sem mãos. Não que ele as perseguisse, muito pelo contrário. Bastava-lhe aquele olhar que nunca desfita, nunca se desvia, nunca se deixa intimidar, fixo naquilo que deseja e não deixa dúvidas ou ambiguidade nisso. E elas vinham, à noite,

isto presenciou José muitas vezes, e retirava-se oportunamente,

ter à cabana com o capataz, o homem que nunca ria, face talhada por escopo artesanal, tosco e rústico, corpo tenso, mas ligeiramente curvado, ombros desalinhados, que não as cativava pela beleza, nem pela ternura, nem pela benevolência.

Era outra coisa. Muito mais forte.

E elas esquivavam-se dos maridos adormecidos, olhavam para os seus perfis de boca escancarada, de cavadas respirações e partiam, sombras deslizantes na noite, corriam riscos, algumas perdiam-se, moídas de pancada ou estranguladas pelos seus homens traídos ou pela população sempre vingadora, sequiosa de linchamentos conjugais e do sangue dos outros vertido, a vazar pelos terreiros, a seguir pelos algerozes, a pingar em redor das casas.

O circo doméstico.

O capataz tinha tocado os braços e as mãos de Teresa naquele primeiro banquete lambuzado, em que as salivas de todos se dissolviam sobre as mesmas lascas de peixe e de marisco. A próxima vez que lhe tocasse seria a definitiva.

Este homem cruel, destituído de compaixão, até pelas mulheres que deixara morrer às mãos justiciadoras de maridos traídos, era o santo de José, seu salvador,
nunca lhe sairia uma palavra sobre o seu atroz passado, fiel depositário, a ele devia a vida. Muito mais do que aquela que jazia no pedestal, de frente ao mar, e assistia ao triste espetáculo de humano focinhar na areia, com um sorriso altivo de beatitude. Fora ele que lhe ensinara a nunca se enredar em nós de que mais tarde só se conseguisse desembaraçar com os dentes. E José a esforçar-se por seguir este lema, mas sabia que sempre o desiludia com as suas fraquezas, o seu coração mole, o seu amor à vida, o seu irremediável otimismo, e agora aquela adoração pelo pretinho, podia trazer-lhe sarilhos, mas o capataz percebera logo que só os separaria como se faz aos siameses que partilham órgãos, teria de se sacrificar um deles. Talvez o rude sujeito também achasse que a amizade que os unia,

ao homem impiedoso e ao criado submisso,

plausível combinação,

também teria qualquer coisa de siamesa, inteiriça. Diz-se que quem salva uma vida fica com ela à perna até ao fim dos seus dias. Aquele homem, cheio de asperezas e mistérios, também o teria à perna para sempre, prova disso era o naufrágio, nem isso os pudera apartar.

E a José, enquanto tivesse o capataz por perto, nenhum mal lhe podia acontecer, nem afogar-se, nem ser devorado por náufragos esfaimados, como em tantas histórias macabras que ouvira contar. E, de tanto conviver com as lendas soturnas dos escravos, começava, também ele, a acreditar um pouco nelas.

O capataz era o deus, José o seu pedestal.
Aguentaria firme, se ele tivesse a corda de enforcado em redor do pescoço,
para que não se despenhasse,
até à última fibra dos seus tendões.
E sentia-se mal por se sentir bem
ali.
Agora, estava com o estômago mais ou menos apaziguado, ou acostumado ao mínimo, agarrado ao seu menino pretinho que, de dia para dia, crescia e fazia novas descobertas, e ele descobria novas coisas nele, um franzir do sobrolho quando estava amuado e não queria comer o que José lhe estendia, uma covinha na bochecha quando sorria, um cabelinho tão rijo e crespo, de um negro quase azul, asa de corvo, que lhe cobria a cabeça perfeita e que a sua mão não se cansava de acariciar.

Porque a criança já cerrava os olhos quando dormia
no conforto possível do encosto à trouxa de roupa, já amarelecida de tantos suores, de tanto sal, e que tinha chegado no enorme baú, agora feito chão.
Uma brisa tímida que fazia sacudir o toldo, as reverberações do sol entrecortado nas paredes da gruta divertiam o menino, o pano já remendado com muitos retalhos de muitas peças de roupa deixadas para trás. A roupa interior branca da senhora, na união do preto da batina do padre. E

agora, na sua linha de raciocínio, pensava que talvez estes dias desesperados fossem dos mais serenos da sua existência. A sua maior preocupação, o menino, desinquietava-se, e ele tinha ânsias de aproveitar a vida. Mais do que isso: tinha tempo para pensar em ter ânsias. A presença do capataz transmitia-lhe sempre serenidade, bastava vê-lo ao longe, de arpão improvisado a garantir-lhes mantimentos. E segurança. Ninguém o podia atacar enquanto ele estivesse por perto, mesmo que os couros do seu chicote servissem agora de suporte às madeiras, as escadas recolhíveis para subirem para a gruta. E ele naquele doce remanso. Havia anos que não passava por respirares tão aliviados. Fazia com que durassem, um encosto almofadado, o menino deitado junto a si, os dedos aranhas mansas a patrulharem todos aqueles caracóis apertadinhos, à procura de algum grão de areia intruso. Exigia pouco do destino, e todos pareciam exigir ainda menos dele. A tarefa de arranjar comida estava distribuída entre o escravo, o padre e o capataz, que passavam as marés baixas encavalitados nas rochas, lá ao fundo, a armar mil ardis e armadilhas para capturarem o peixe, e até competiam entre si, o preto com a sua resistência, o capataz com a força e o padre com a agilidade de caçador recuperada, assim que se sumiram os quilos que lhe atravancavam a musculatura. A mulher, incansável, dirigia os trabalhos, impunha, dispunha, tomava as decisões que todos acatavam sem questionar, se fosse preciso afrontava

    o capataz,
por incompetência,
    o padre,
por ineficiência,
    o escravo,
por tudo e por nada.

Maldita a hora em que abriram as portas da senzala. Ninguém se atrevia a desautorizá-la, até porque quando se irritava exalava um intenso cheiro a metal.
É sempre preciso um capataz para que o mundo ande para a frente,
pensava o criado. Nem que este tivesse um adorável nariz adunco, e calcasse a areia como se estivesse no salão de baile. Nunzio ficara com a tarefa de manter sempre galhos secos, destroçados, cuspidos pelo mar, combustíveis para lume aceso, algo que não lhe era particularmente fácil, fazer fogo, aprendera com os outros, à maneira do negro, a girar freneticamente entre as palmas da mão uma vara sobre um pedaço de madeira, e uns vestígios de vegetação, madeiras desfeitas em aparas, folhinhas ressequidas e capim arrastados pelo vento, até excrementos secos logo consumíveis à pequena, miniatural, fagulha, ou então à maneira do padre, a bater de cima para baixo, com movimentos bruscos, duas pedras, que Marcolino determinou para o efeito. A ele, ao criado, cabia-lhe tomar conta do menino, assegurar que a gruta ficava limpa de areias, que eram renovadas as algas secas de dois em dois dias, para amortecer as arestas da pedra antes de começarem a apodrecer e a encher-lhes os corpos de insetos mínimos e transparentes, de espantar as moscas da comida deixada a gretar, no altar, e garantir que as gaivotas não lhe tocavam, a santa espantalho tinha essa incumbência adicional. E olhava por Emina, que parecia mais esmorecida e mais pesada, como se descer e trepar da gruta, ou caminhar até à beira-mar, lhe exigisse um esforço a dobrar, ia cambaleante, com uma mão a segurar a anca por detrás, sempre tão entrouxada, com os frangalhos de roupa que a mãe lhe arranjava, com um lençol, enfiado por um rasgão na cabeça, avançava, a lentidão nos movimentos, os gestos demorados,

sustinha-se a olhar Nunzio com um ar suplicante, pedido de ajuda que ele não entendia. José entrançava-lhe o cabelo, era já uma rotina diária, nem precisavam de falar, ela vinha sentar-se de costas entre as suas pernas abertas e José procedia à tarefa, muito compenetrado, refazia e voltava a fazer se algum cabelo fino escapava do molho, e sentia os olhos reprovadores de Marcolino,

o mundo ralha de tudo, tenha ou não tenha razão,
mas continuava, com o cuidado de lhe deixar enrolado um caracol no final, moldado com a sua própria saliva.
E dava-lhe a mão, mostrava-lhe conchas, fazia com ela e o pretinho construções na areia, levava-a a chapinhar na água, a sentar-se com eles numa piscina natural de águas mansas entre as rochas na maré-baixa, e ela numa indiferença, num abandono, escrevia com penas de gaivota na areia molhada, dedos nervosos, algo que José não conseguia decifrar porque nunca aprendera a ler, e Nunzio, coxo e dorido, nunca chegava a tempo de ver porque as ondas comiam bocados das sílabas, acontecera-lhe o mesmo com as cartas rabiscadas que ela lançava, de noite, do navio ao mar e se esboroavam em caligrafias desbotadas. Não respondia, quando inquirida, olhava apenas, um olhar de pássaro velho, desistente da fuga, apesar de escancarada a porta da gaiola. A José ela parecia-lhe, porém, evadida dali há muito, como se aquela situação não lhe pertencesse, ele sem se aperceber do mal que a acometia, porque apetite não lhe faltava, comia agora por dois, tinha boas cores, acessos de alegria que podiam desembocar em crises de choro,

sem lágrimas,
para desespero de Nunzio, que achava que estava a fazer tudo errado, e olhava para ele também implorante, e José abanava a cabeça, não, também ele não sabia como reagir.

Tanto desacerto é preciso para fazer algo certo.
Só a mãe em modos bruscos, que indignavam Nunzio, não mostrava complacência, arrastava-a até à poça de água para a lavar, não se comovendo com a dificuldade dela em se mover, falava-lhe rispidamente, quando ninguém estava por perto e o ruído mar lhe engolia metade das palavras, não a deixava nunca despir-se, nem um braço de fora, num pudor que já perdera para consigo e para com os outros três homens, ela de trajes menores, eles três caçadores em estado selvagem, sempre de bermudas molhadas e esfiapadas.
Em suma, José acudia a todos, dava cobertura aos afazeres dos outros, moço de recados afadigado. Mas a prioridade ia sempre para o menino, a não ser que o capataz o chamasse numa urgência qualquer. Não podia nunca deixá-lo em falta, fora o capataz quem lhe ensinara, também, que mesmo a ladeira mais íngreme e mais matreira pode sempre ser escalada a dois. E estes ensinamentos são tão valiosos que se engolem para uma espécie de estômago que também há dentro da pessoa, e não digere nada, apenas retém.
E é melhor assim.
Logo pela primeira maré vazante, via os esforços de Nunzio, vez após vez, a suar em ardências estafadas, a tentar fazer faísca, pegar o fogo, antes que a água subisse, antes que os outros regressassem com o peixe. O criado observando os seus esforços, de menino à ilharga, nunca o largava, mas ia incentivando Nunzio, soprando nos pequenos fogachos, dando-lhe ânimo quando o fogo se dissipava e tinha de recomeçar o processo, numa canseira inadiável, nos dias de humidade, de nuvens tão baixas que pegavam com o mar, o suplício de alguma secura que se deixasse carbonizar, foi em desespero o cabeção do padre alimentar uma chama indecisa, Marcolino deu pela falta, sabendo que, ao contrário do que se dizia, o

hábito faz, sim, o monge, era o que lhe restava da sua ligação a Deus, mas havia muito que desapertara os trinta e três botões da sotaina até a deixar ir como vela negra, unida à roupa interior da senhora, agradava-lhe demasiado este destino das suas vestes, a concupiscência das suas roupas dava-lhe esperanças. Nunzio e José ficaram muito gratos por Marcolino, vindo derreado de uma pescaria sofrível, não ter armado uma tempestade eclesiástica ao ver o seu cabeção reduzido a cinzas e pela bênção com que a sua expressão, primeiro interrogativa e depois pacificada, aspergiu o sortilégio.
José fazia com Nunzio uma festa quando o lume pegava, animava-o, avivava-lhe o espírito à medida que se avivavam também as chamas e se assentavam sólidas, só necessitando de ser alimentadas. Nunzio, vitorioso, respirava de alívio, atirava com o corpo cansado para as ondas, o alívio de se sentir útil, e não um prescindível para outros,
 mais uma vez a sensação de ser o suplente, o passageiro clandestino da sua infância, que a qualquer momento podia ser lançado fora da carruagem em andamento, pelos maquinistas ou pelo guarda-freio, agora chamados Teresa,
e espreitava a ver se Emina reparava no seu sucesso. Quase sempre não. José sofria com ele a rejeição.
As relações tensas com Teresa mantinham-se, tinham ambos percebido que mais valia levantarem tréguas e não se ensarilharem no caminho um do outro, o que era difícil dada a exiguidade da praia, e ainda mais a da gruta. Mas quando qualquer coisa estava prestes a rebentar entre eles, com a ira de uma onda, José já se antecipava, sabia colocar-se a meio dos dois, inventava mil pretextos, fazia-se de tolo inoportuno, a atravancar diálogos com percalços irrisórios, demandas míseras, colhia as raivas de ambos para si, era enxotado como sapo das verrugas, ridículo homenzinho que

às vezes, por inércia e moleza, não se desvia lesto do caminho. Mas era também esta a sua função de retaguarda. Aplacar as fúrias. Teresa revelava-se para todos preciosa naquela sobrevivência precária, punha ordem na comunidade. Era ela quem fazia de despenseira, não amamentava só o menino, alimentava todos eles, decidia o que se comia, o que se guardava para dias de necessidade, o que se decepava em postas finas a gretar na plataforma,
 altar de santa, eira de secar.
E acorria a tudo quanto era acidente. As costas do escravo, à conta de tanta perseverança, estavam saradas, com a terra fresca e o musgo cicatrizante da cachoeira, ficaram apenas os sulcos, lagartas na pele, a seguirem caminhos divagantes, para provar que aquele ato de violência do capataz para com ele,
 hoje o seu braço direito, companheiro de altas ciladas, empoleirados nas rochas, dependentes da força um do outro para não se deixarem arrastar, a puxarem-se, a avançarem em conjunto, contra ondas traiçoeiras, remoinhos e pedras limosas,
que aquela selvajaria de um homem bruto contra um náufrago exausto, arquejante, deitado na areia, indefeso, tinha mesmo acontecido.
O próprio Nunzio usufruíra dos cuidados de Teresa quando, na sua contumácia em andar de bota única calçada, escorregara pelos limos de uma rocha, fazendo um rasgão na pele, que largara muito sangue e um uivo de dor.
 Até Marcolino, que não era nada impressionável, estremecera, com a memória auditiva das noites da sua infância.
 A loba junto à casa das furnas.
Fora Teresa quem, ao fim de dois dias de indiferença e muitos gemidos de Nunzio depois, lá acedeu em atentar que a ferida dele continuava a encharcar de sangue os trapos, restos de ca-

misa, que a enrolavam, era preciso coser e suturar, antes que as cápsulas de pus rebentassem e se disseminasse a infecção. E ele, humildemente, tão débil e desnorteado, cumpriu todas as orientações ásperas da senhora, que se sentasse e não se mexesse, e ela logo o mandou expor a chaga ao sal abrasante do mar, e lhe improvisou um torniquete, mais uma tira da sua saia que se foi, mais um pedaço de pernas alvas que se iriam tisnar como o resto da pele. Armou em torno da fonte de água doce grande aparato, todos presentes, cada um com um instrumento, cada um com a sua função, todos os objetos úteis dispostos num trapo, ao abrigo da areia, como numa unidade de cirurgia de um hospital a céu aberto. Com uma agulha feita de espinha enterrou-a na carne, seguida de um fio esgarçado de linho. Nunzio gemia, tremia, era da dor, da febre, de ambas, mas não ousava mexer a perna estendida, sobre a qual todos se ajoelhavam. José tentou que ele lhe apertasse a mão para suportar melhor a dor, ele renegou a ajuda. Podia ser fraco e tímido, acanhado com as mulheres, mas não havia de segurar a sua mão na de outro homem,
ainda para mais este, ridículo e grotesco,
para não ter de chorar. E aguentou-se a cada ponto concentrado de Teresa, a sua testa perlada, a tarefa não era fácil, a espinha partia-se, era preciso arrancar os pedaços encravados e continuar, usando uma nova, exigia-se dedos muito seguros mas rápidos por causa da maré, e o sol às vezes atingia-os apesar do toldo ondulante, e ela pedia, nas suas costas, que lhe dessem mais um pano limpo, molhado de água doce, o facalhão do capataz que ficara no lume até ter a ponta rubra. Nunzio olhava desolado o sangue que escorria da perna e ensopava a areia, e lá lhe vinham aos olhos as imagens de um escaravelho morto, virado de barriga para o ar. Quando o metal em brasa lhe queimou a pele, deu um grito que ecoou, entre as

três paredes de pedra da praia, e permaneceu, mesmo depois de ele se calar, barricado o som, empurrado de parede a parede, como um tigre habituado a viver enjaulado bate com o focinho num lado e no outro, até se aperceber de que tem o caminho livre, e sumir-se no infinito mar. Teresa limpou o suor da testa, estava exausta, Nunzio deve ter desmaiado quando sentiu o odor de carne queimada e este mesmo cheiro lhe deu fome. A primeira onda invadiu a poça, sinal de retirada. Pela segunda vez, o capataz carregou Nunzio ao ombro, subindo as escadas feitas do seu chicote, a gemerem sob o peso duplo. Quando ele acordou, já noite escura, a sonhar que imensas tenazes de escaravelho morto lhe trucidavam a perna,

ou seriam caranguejos meio devorados, de carapaça arrancada,

ou uma cadela, quase cega, de dentes gastos, que roía pedacinho a pedacinho, usando apenas os incisivos,

sentiu o conforto quente de um corpo. O de Emina, abraçava-o e tentava atenuar os tremores e os espasmos que lhe dessossegavam o sono, juntava os lábios ao seu ouvido, e muito suavemente o aquietava com palavras mansas, imperceptíveis, sons sossegantes, sempre o mesmo estribilho que vai e vem como um sino, que só as mães sabem fazer e Nunzio nunca conhecera. Ele agarrou-se a ela, tão grato, tão carente de um sopro humano, e deslizou as suas mãos por baixo de todo o linho que a cobria, panos atravessados sem coerência, folhos e rendas absurdas, e sentiu-lhe a maciez dos braços magros, como se fosse outra vez menino, a enfiar os dedos no saco de plumagem de gansos de encher almofadões. Teresa estranhamente permitiu esta proximidade. Devia achar que fazia parte da terapêutica.

Nunzio ficou com a certeza de que as coisas mais importantes haviam de lhe acontecer no escuro, por isso aguardava

pelas noites que não lhe massacravam a pele, já arroxeada pela insolação, e aceitava melhor a promiscuidade dos fantasmas, tão íntimos de si, deixava-se ir apaziguado, a cair, lentamente, pelos próprios abismos.
O que Nunzio não podia saber, nem ele nem ninguém, e apenas José viu, de tão habituado às traseiras dos acontecimentos,
    tantas vezes que de longe se vê melhor,
    desde que não se sofra de miopia,
é que Emina tomou também os mesmos gestos, o mesmo carinho, o mesmo cuidado, o mesmo afago com o corpo todo, os mesmos sopros ao ouvido, ronronares felinos, quando o negro fraquejou das pernas, na altura em que Teresa cauterizava a ferida de Nunzio com a faca em brasa. José interpretou logo que era do medo de que os brancos se comessem, os escravos contavam, entre eles, histórias terríveis de feitiçarias e canibalismo, muitos dentro do porão navio já se viam dentro do bojo de um monstro, ao sentir o cheiro de carne queimada supusera que iam banquetear-se com o branco deitado, o dos cabelos de açúcar mascavado, inútil para a caça, que nem o fogo conseguia preparar em condições. Não era este um negro preso em superstições, tão-pouco fora escravo toda a vida, fizera existência autónoma depois da abolição, muito sabido das artes de subsistência, seus truques, murmúrios e contradições, e dos hábitos dos brancos, sabia-os, por mais bizarros e cruéis que lhe parecessem. Na sua pele sobrepunham-se os carimbos, sinal de que pertencera a diversos proprietários que lhe maceraram a pele com raspagens e de novo com o ferrete em brasa, na omoplata distinguiam-se um brasão com rendilhados e umas pombas em cima de outro com um monograma de letras entrelaçadas e repolhudas, certamente o modelo carinhosamente desenhado por prendadas mãos femininas. Foi esta lembrança epidérmica do ferro em

brasa que lhe fizera cederem as pernas. Emina sentiu com ele o abrasão. Foi aí, no ombro, que Emina o acariciou, a pele, os músculos, os tendões, os ossos, num abraço longo, ajoelhados na areia, enquanto todos os outros se tentavam tornar prestáveis na urgência cirúrgica de Teresa.

Nos tempos seguintes, Teresa haveria de inspecionar a perna de Nunzio várias vezes ao dia, sem uma palavra, não se interessava por ele, nem como tinha passado, nem se tinha dores, como se aquela perna estivesse separada do corpo. Ele tinha de se manter a maior parte do tempo estendido na gruta, para não rebentar os pontos ao andar e para que a areia não se intrometesse na ferida ainda mal cerrada. E, mesmo quando Emina estava distante e absorta, nunca mais se libertou do sopro quente no seu ouvido. Ninguém nunca o tinha tratado com suavidade, nem lhe fizera uma festa, nem lhe falara baixinho de lábios contra a epiderme. E aquele calor de gente, que o acordara e fizera dormir a seguir, acompanhava-o sempre, parecia-lhe que o naufrágio não era a tragédia a que os sentenciavam, nem Teresa tão rancorosa como parecia, nem o capataz, que por duas vezes o transportara inanimado, um ser tão desprezível. E o criado, tão prestável, já nem era tão bizarro assim. Se o amor curasse, ele arrancaria as linhas que lhe prendiam as carnes e correria, coxo, na direção de Emina, só para mergulhar de novo os dedos na penugem de ganso, dentro dos lençóis que ela arrastava, penosamente, pela praia.

A manutenção do lume durante a maré vazia ficava agora a cargo de José, que não tinha vagar, por causa do menino, nem vigor nos braços, nem precisão no contacto da vara rolada no centro da pedra. O capataz vinha do mar, encharcado, ajudá-lo, deixava o lume pronto, e nadava outra vez de volta às armadilhas e ciladas de peixes. José ficava-lhe muito grato e limpava-lhe o sal do pescoço com água doce para o aliviar das queimaduras do sol. O capataz, sem sorrir nem agradecer, deixava-se lavar, como uma cria de gato se submete à língua áspera da mãe. Antes de partir para os rochedos, onde estavam os companheiros, lançava sempre um olhar à santa, balbuciava qualquer coisa, o que muito intrigava José, nunca conhecera o amo como religioso, ele mesmo lhe tinha tirado da cabeça crenças e temores já meio desfeitos, em fiapos soltos, mas que, ainda assim, contra todas as evidências, lhe permaneciam dos tempos da infância.

E ali, na praia, todos já o assumiam, um por todos e Deus por nenhum.

O que José mais notava era a forma como o capataz retardava os seus olhos no corpo de Teresa, sempre que calhava cruzarem-se. E ela sentia-se desnudada e, sem querer, baixava um pouco a altivez, recompunha os trapos desalinhados. A Marcolino também José conquistara a afeição. As pupilas do criado tão receptivas, diligentes de atenção, sempre nos bastidores dos acontecimentos maiores, detectavam os menores. O padre, que ao fim de cada dia procurava uma pedra rolada, umas vezes preta, outras branca, sempre mais ou menos da mesma dimensão. Ia depois colocá-la muito discretamente a forrar o chão do altar da santa. Estranho ritual, pensava José, que pensava também que nunca se deviam julgar, muito menos questionar, as estranhezas dos outros. José fazia a pesquisa por ele, ao fim do dia apresentava-lhe na mão, sem que ninguém se apercebesse, uma pedra branca e outra preta, e o padre, primeiro meio acabrunhado por ver denunciada a sua extravagância por este pobre diabo, depois acostumado àquela palma estendida com toda a humildade, escolhia a cor compatível com a situação. E ia depositá-la, alinhada, com as outras, o seu calendário desde o naufrágio,

cada pedra, cada dia que passavam ali, uma branca quando o dia lhe corria bem e Teresa lhe correspondia um pouco, preta quando esta o ignorava ou mal atentava nos seus galanteios. E os dias iam-lhe correndo assim,
pedra branca, pedra preta...
José procurava adivinhar os desejos, tornara-se perito nesta arte da antecipação. Assim ia juntando condescendências e alguns favores em troca. Como o torniquete empapado em sangue de Nunzio, José cobiçava-o de mansinho, ia reparando nos gestos da senhora quando destapava a ferida, e atentando nas medidas. Assim que Teresa entendeu que era altura de a fenda, ainda com os alinhavos à vista e uma impossível cor de tijolo nas partes em que fora carbonizada, cicatrizar ao ar livre, José apanhou o pano. Lavou-o o melhor que pôde, vergastou-o de encontro às rochas, como tantas vezes vira a irmã fazer nas pedras das margens do Mondego, em Coimbra, e pô-lo a corar ao sol, a medo, não fosse a sua apropriação notada. Conseguiu que o pedaço de tecido ficasse esquecido, não solicitado por ninguém. E assim surgiu o primeiro vestidinho que o menino envergava. De um pano estafado por tantas agruras do tempo, por tantos sangues, pus e fluidos, parecia-lhe agora luminoso a cobrir o corpinho, ainda esguio, mas que ganhava forma aos poucos.
Era assim que José conseguia as coisas, ali naquela praia e na vida, nunca reivindicava, nunca exigia, nunca reclamava, apenas as recolhia com tal brandura nos gestos que era como se fizesse o favor de as retirar do caminho, só para facilitar a passagem.
E curvava-se, curvava-se muito. Como uma onda branda, que se desenrola falhada na areia, sem espalhafato nem estrondo.
Se deres a poucos a tua voz, muitos te darão a sua.
E José tinha-os a todos nos seus ouvidos. Por isso não chegava a

sentir o despovoamento. Parecia-lhe até que a praia, de repente, continha uma multidão. E se enchia de gente e de animais terrestres. Marcolino tinha a mania de que conseguia ouvir os nomes dos mortos do naufrágio na rebentação das ondas,
    herança da mãe Brízida, que sabia o idioma do vento.
Todos apuravam o ouvido, e às vezes ouviam, sim, o nome do capitão inglês,
    o malogrado, que não conseguira debelar a rebelião dos marujos
    e evitar o naufrágio,
    e o seu ranger de dentes,
o do cozinheiro, o do corcunda da estrebaria a recolher o ranho, o do rapaz supliciado com tons de laranjeira no olhar final, o do pai do rapaz e até o da mãe do menino escravo... E a José, que era o único a quem as ondas quando dobravam só faziam lembrar um desabamento revolto de águas, aquilo metia-lhe espécie, que o padre nunca soubera o nome da escrava moribunda, nem a vira, só ele descera ao porão e reparara nela, já fantasma deslaçado e olhos revirados. Que sim, insistia o padre, ouvira o nome dela, chamava-se Francelina, e era acusada do assassinato da sua proprietária,
    e em tempos de abolição uma escrava era demasiado valiosa para se manter ociosa na prisão, ou ainda mais inútil e oscilante na forca.
E José, amofinado, não gostava destas intromissões na maternidade do seu pretinho. E mais, acrescentava o padre, que o pretinho devia ter um nome, que ele próprio o batizaria, ali naquela praia, Francelino. José não dizia nada, disfarçava, fazia que não ouvia, resmungava qualquer coisa, tão baixo que a sua voz se submergia no clamor das vagas, que a criança já tinha nome, e estava decidido, mas não queria atrair a atenção para que ninguém se interpusesse entre ele e o Henrique,

era este o seu nome,
e chamava-lhe assim baixinho, temia que a senhora não aprovasse e lhe suprimisse a amamentação seguinte.

Nunzio escutava qualquer coisa no desabar das ondas, pedia atenção, que notassem,
agora, agora,
mas era sempre um ladrar seco de cão velho, quase afónico, como um grasnar de cisne. O que a todos intrigava e desagradava bastante.

Mas, para além dos mortos do naufrágio, pela praia passeava-se gente como num desfile. O bebé de Teresa, quase todos os dias, e a sua gargalhadinha encaracolada, como os cabelos finos e louros. Muitas horas se gastavam na obsessão de Teresa, a cor dos olhos do seu filho. José tentava ajudar, mas na realidade nunca reparara. O padre insistia em que eram cinzentos como os dela, mas ela não admitia um filho seu de íris pardas, como os abutres,
parda era uma cor sem cor,
e o capataz saía do seu silêncio, anuência rara, e anunciava que os olhos do menino eram castanhos. E dizia esta única palavra,
castanhos,
que tanto tranquilizava Teresa, cor da terra, do tronco, do gengibre, da canela, que os seus olhos não suportavam mais azul, por cima e por baixo,
e verde-alga,
o capataz bem o adivinhava, e ela ficava a tarde toda sonhadora, a adivinhar os contornos do rosto do filho, com aquele tom nos olhos, mas no dia seguinte vinham-lhe as dúvidas. Chegava a suspeitar da cor dos próprios olhos, se ao menos tivesse ali um espelho, nunca antes sentira a necessidade tão premente de um reflexo, e imaginava-se com um tom de olhos doce e castanho,
que não tinha.

Também passavam por ali, de vez em quando, um casal de velhos muito comichosos, a apanhar pequenezas na praia,
inutensílios,
a discutirem muito curvados entre si, por motivos miúdos. Os pais de Teresa, que ela agora lamentava não ter ido visitar à roça nos últimos três anos, nem mandado vir quando lhes nascera o neto. E turbas de pretos oleados de cabeça baixa e todos vestidos de igual. Uma ama muito sabida e de alva dentadura. Um certo professor de francês bem enfarpelado e de gestos afectados.

Mais... oui... voilà...,
E batalhas tribais, falanges de ratos armados contra pombos, a galoparem em telhados adormecidos. José muito se espantava, nunca ouvira falar destas contendas.
Condoía-se o criado com o rastejar de Viçoso e Celestino, a deixarem atrás de si um rasto de réptil na areia, estorcegavam-se, demoravam a passar, a doença ficara-lhes na face em forma de esgares torcidos, e iam sendo dilacerados por um milhão de farpas e arestas, conchas eriçadas, que os seus corpos nus e translúcidos não conseguiam evitar. Mas gostava daquela mulher despenteada, de cabelos brancos que lhe cresciam logo após as sobrancelhas que, reparava, se assombrava, se encantava com os mundos ínfimos.

A mulher-loba.
Marcolino comovia-se muito, e confortava-o saber que o homenzinho partilhava uma parte da sua comoção. Este arrepiava-se, sim, com aquela marcha em fila indiana de seres rudes, entroncados, de testa curta, os irmãos de Nunzio, sempre cheios de escárnios, brigas e malvadeza, encabeçados pelo capitão do mato, o pai, Josefo. Arrepiava-se com aquela irmã, cara de pepino, gargalhar de corvo, que morrera à procura do marido embriagado numa noite de tempestade e

fora encontrada com uma picada de escorpião no calcanhar e um filhinho de colo afogado numa poça de centímetros de fundura. E nessa altura agarrava-se mais ao pretinho,
   Deus o guarde e salve.
E deitava um olhar de soslaio para a santa, desconfiado do seu real interesse na salvação do menino.
Também se animava com a negra Anastácia, e a sua galante formosura, a saracotear-se no areal, ao som da batucada, pelo menos era assim que Nunzio a imaginava,
   a escrava que morrera por ser bonita demais.
Às vezes, Anastácia tomava a forma de cadela, com peladas, quadris alquebrados e um ladrar de afonia arranhada. Ninguém reparava e Nunzio continuava falando, falando mesmo estando os outros adormecidos na gruta, e o rumor das ondas bravas, na fúria de embater contra as rochas, impedisse o entendimento, e só um ouvido muito experiente conseguia juntar os sons. Era cadela, era, confirmava José, e seguia-o num dia abafadiço, a poeira soltava-se debaixo das passadas para se instalar nos refegos mais improváveis da pele, grudada ao suor. Anastácia, a decrépita cadela do pai, Nunzio, alagado com o calor, enxotava-a, atirava-lhe pedras, mas a cadela, de tão velha, cega de cataratas, não percebia a hostilidade e continuava no trilho de um cheiro seu conhecido, seguia por caminhos tão imponderados que nunca tinha calcorreado antes. E lá continuava. Lenta, hesitante, talvez já lhe custasse o percurso e não arriscasse voltar para trás, sozinha, aguardando que o dono invertesse a marcha. Já fazia duas horas que Nunzio passara pelo pai, com o corpo entornado da cachaça, à porta de um boteco. Aos seus pés repousava Anastácia, com o focinho e as orelhas devassadas pelas moscas que ela, com o calor e a modorra, já não se dava ao trabalho de sacudir. Nunzio parou frente ao pai, não sabia dizer se para pousar

a mala que lhe pesava ou se fora a sua consciência, também, que o fizera estacar perante o pai bêbado, a ponderar ir dele despedir-se. O velho levantou a cabeça, ajeitou o chapéu, enegrecido de nódoas e outras condecorações do tempo, para apreciar, escarninho, o filho a suar em bica, os cabelos empastados, com a crina indomável, a despegar-se do unguento, e um fato arrepanhado, com um colarinho ensopado e duas auréolas debaixo dos braços. Nunzio recuou na intenção, se é que alguma vez a tivera, perante toda a postura e escárnio do pai. E continuou o caminho penoso. Só mais adiante ouviu o arfar da cadela, que, ao contrário do que sempre fazia, na sua indolência estafada, resolveu segui-lo naquele dia. Pesava-lhe a mala, sim, mas a consciência ia-lhe agora mais leve. Aquele homem merecia o que estava prestes a acontecer-lhe. Meses antes, convencera o pai a passar tudo, a fazenda, a casa, os terrenos para seu nome, ele se encarregaria da papelada. O velho assim o fez, mais do que farto de arcar com burocracias e administrações. Ao menos no fim da vida, aquele inútil ser-lhe-ia útil. A Nunzio foi muito fácil encontrar compradores, as ausências do velho beberrão facilitaram-lhe as manobras, a nova família, de papel comprado na mão, que chegava remediada do interior, entrava nesse mesmo dia. O rapaz mandara embora a criadagem, o velho estranhou mas os pensamentos embaralhavam-se com a bebida. Os novos habitantes inspecionaram as divisões, ficaram desagradados com o desleixo, com a mancha negra no meio do quarto mais soalheiro da casa, aquele que dava para o jardim de rosas de Annunziata, e que sobrevivia ao matagal invasor. Nunzio mostrou-se evasivo com as inquirições. Que limpassem e dispusessem tudo à sua vontade e bel-prazer, aqui vos ficam as chaves da casa, dos anexos, do celeiro, tudo o que aí está dentro vos pertence. E até mais ver. Ah, se aparecer ao fim da tarde um velho beberrão, junto com uma cadela velha e acabada, não lhe prestem atenção, viu? Escorracem, não o deixem passar do portão, que é inofensivo, há de espernear umas horas e adormecer nas bermas, como de costume. Pelo que não esperava era esta tineta da cadela, que o seguia contumaz, no mesmo dia em que se despedia daquele sítio aziago, daquela casa a que nunca chamara sua, daquele pai que o renegara desde o nascimento. Mas a cadela perseguia-o como se o seu passado, por mais que caminhasse adiante, por mais esquinas que contornasse, não aceitasse o divórcio. Sentia atrás de si aquele agonizar caminhante, a cadela Anastácia que já quase arrastava uma das patas de trás, dando um pequeno solavanco com as da frente. Preparava-se Nunzio para tomar um navio negreiro até ao Rio de Janeiro, o único navio que encontrara disponível, partia nesse mesmo dia, discreto e apressado, e com o dinheiro da roça iria viajar, estudar, quem sabe arranjar mulher, encontrar alguma casa e família

a que chamasse suas,

mas a cadela sempre aparecia no dobrar de cada volta, cada vez mais lenta e esbaforida, a pata dolorosamente paralisada, já sangrava naquele arrasto obstinado. Não se conseguia livrar dela, tal como não conseguia deixar o passado para trás. E já estava perto do local, um pequeno bote aguardava os passageiros que embarcariam num porto oculto, onde ancorava o navio negreiro clandestino, longe dos olhares flagrantes da lei, quando deu uns passos atrás, em direção à cadela Anastácia, que abanou docemente a cauda com as poucas forças que lhe restavam, agachou-se como sempre fazem os cães temerosos à aproximação dos donos, a pedir carinho e compaixão, a língua pendida quase roçava o chão, grata por o dono vir em seu auxílio, talvez lhe trouxesse água, os humanos trazem água doce em pratinhos, deu-lhe uma focinhada desastrada nas mãos, mas já a atavam pelo pescoço com a corda do sapato e a conduziam para uns pardieiros abandonados no meio do matagal. E seguiu Nunzio docilmente, olhos desencontrados pelo esgotamento e pelas cataratas, até junto de umas ruínas, onde ele atou a outra extremidade do cordel a um prego espetado, numa porta desmantelada, tão curta a corda que a cadela não se podia mover uns centímetros, se tentasse deitar-se, o atilho estrangulava-a pela laringe. Ficou-se a latir, desolada, na indecisão de esperar a morte ou o regresso do dono, se é que ambos não significavam a mesma coisa,

que, afinal, são muito previsíveis os donos de cães nesta família.

E assim se finou a dinastia Anastácia,
naquela afonia arranhada, que escoltou Nunzio no percurso até ao bote, onde o esperavam um padre, uma ama negra, um menino e duas senhoras, a mãe tão ríspida com a sua filha que ele nem a conseguiu encarar,

mas sentia o olhar de repulsa da mais velha, olhos cinzentos de urubu velho, vergastadas de desprezo,

porque toda a poeira do caminho estava grudada no fato, no pescoço, nos cabelos. E a poeira da culpa, também, que é muito mais difícil de sacudir,

por ser muito fininha e pegajosa,
e, por mais que o remador se afastasse da costa, aquele latir implorante, tornado tosse asmática, arrepiante aos ouvidos, como giz a raspar na ardósia, prolongava-se no silêncio estático do fim de tarde, e seguia com ele, embarcado.
Apenas José continuava acordado na gruta, enquanto Nunzio desfiava a desdita da cadela Anastácia. Na verdade, pouco lhe importava se o homenzinho o escutava ou não, o mesmo, pensava, que falar sozinho. Curiosamente, não era o pai ter fi-

cado, para sempre, um bêbado ao relento, sem eira nem beira, que lhe causava arrependimento, não conseguia era encontrar explicação para a sua própria atitude tão drástica, nem vingança nem ódio, um ato de crueldade sem razão, a cadela indefesa naquele grasnado de riscar de ardósia, cujo único pecado era ser cão e agir segundo o que os seus instintos lhe ditavam e confiar nos humanos. As lágrimas teimosas que lhe saíam vincaram a cara de Nunzio com dois sulcos descendentes, como as ravinas que permanecem, mesmo tendo-se retirado o rio. Por isso, ele continuava preso nesses pardieiros, no meio do nada, como a infeliz cadela Anastácia, ninguém a iria ouvir nem acudir-lhe, nem ele nem ela poderiam voltar a baixar a cabeça, senão a corda que faltava na bota solta,

e por isso a perdera no alvoroço do naufrágio,
estrafegava-lhe a garganta.
Eram das palavras mais tristes que Nunzio alguma vez conjugara,
    podia não ter acontecido assim.
    Podia não ter acontecido ass
    Podia não ter aconte
    Podia não t
E a frase ia-se sumindo entaramelada no torvelinho das ondas, no emaranhado dos seus remorsos, na mancha escura do escaravelho preto que continuava ali a abastecer de sangue negro todos os seus ávidos demónios.
A estes rumorejares era indiferente o escravo. Não entendia, não assimilava, na verdade não queria saber... As únicas coisas que o fascinavam, para lá de Emina, que captava realmente a sua atenção, eram as manobras cirúrgicas do capataz para, com a mão esquerda, ir completando o fundo do contorno da fechadura tatuada no braço direito.
    A chave figurava perfeita no braço esquerdo.

Com a ponta da língua de fora, espinhas de peixe muito fininhas e ossos de passarinho, ia introduzindo o pigmento, feito com carvão diluído ou pedaços de ferrugem da arca, debaixo da pele. Era um processo de alta precisão, a que nenhum dos outros tinha acesso, um momento só deles, concentração absoluta, poucas palavras, muito tento, qualquer tremura da mão podia injetar a tinta fora do contorno, o escravo segurava-lhe firme o cotovelo e ia acompanhando a meticulosa operação. Às vezes, era o escravo quem o picava, para aperfeiçoar o trabalho, passavam horas nisto, a picotar a pele, o escravo num enlevo artístico, como se fosse absolutamente imperioso terminar aquela obra, tão misteriosa e fascinante, e depois passavam saliva e urina para não infectar.
A comunidade também partilhava momentos alegres, quando encurralados pelo mar tinham de esperar que a maré vazasse, a sustentar o tédio, o ócio, o aperto em que todos se encontravam,

    impossível não se tocarem, não sentirem a pele e o hálito uns dos outros.
Preferiam rejeitar aquele que os oprimia, seu carcereiro mar,

    sempre ávido, inquieto, de goela aberta como um cadáver, pronto a engoli-los,

    ou então numa placidez mortal de magma fundente,
e voltavam-se para o céu, muito mais sedutor e benigno. E previsível. Ao céu adivinhavam-lhe as tonalidades, quando amanhecia, quando entardecia, quando preparava o primeiro trovão tinha a delicadeza de o fazer anunciar, com um azul plúmbeo e esmagador. E quando chovia era uma bênção, a água doce purificava-os até à alma. E depois trazia-lhes o cheiro da terra molhada, e isso resgatava-os da condição de seres terrestres. Além disso, o caudal da cachoeira aumentava, transbordava. José tinha de ter muita atenção

porque na enxurrada eram arrastadas pequenas rãs, peixes atónitos de água doce que se estatelavam no areal. E cobras muito fininhas, talvez enguias, que, apesar do tombo, corriam à frente dos pés descalços e esfaimados,
    o menino encantado com os rastos ondulados que deixavam na areia.
E, por mais irrisórios que fossem, todos acorriam a ver o que a terra lhes trazia, e davam muitas graças, e a natureza parecia-lhes tão misericordiosa. José estava encarregado de os recolher, e juntar, a todas as lesmas e escaramujos daquele dia, mantê-los vivos na poça de água, ou protegê-los do calor, para não apodrecerem, e servir na fogueira, quando o mar o permitisse, repartindo por todos as iguarias pequenas que lhes devolviam os sabores doces da terra, o sabor do húmus e da raiz. O céu não trazia só prenúncios de tempestade, que era a da esperança da comida apetecida, ou o mar mais vingativo. Trazia também as nuvens, por vezes roliças e anafadas, por outras esgarçadas, fiapos de nata no fundo de uma taça de leite. Marcolino divertia a todos nesta arte de adivinhar as coisas e os animais por detrás das formas. E explicava, apontava, orientava o olhar, e todos viam também uma ovelha endiabrada, prestes a dar um salto, a cabeça imponente de uma vaca de focinho húmido e morno, as orelhas espetadas de lobos de uma alcateia no cimo de uma fraga, uma loba quase morta, de cabeça para baixo, de pescoço contorcido e dentuça arreganhada, exposta como um frango depenado, uma das pernas suspensa na armadilha... Teresa apoiava-se no seu braço deliciada, sorria e, quando sorria, sorria por dentro, e as suas gargalhadas sacudiam-lhe o peito, fisgado o olhar do padre, de novo para perto, e o mundo parecia mais brando e piedoso, como se todas as suas culpas confluíssem para serem anuladas naquele seu regresso a uma gruta,

e nessa noite haveria de acrescentar uma pedra branca ao altar.

O capataz puxava a atenção da mulher lá do alto, como quem enleia, no seu punho fechado, o fio de um papagaio de papel, demasiado solto e à deriva, a levitar por aí. Não a amava, não. Queria-a. Ferozmente. E queria-a cá em baixo, à altura da sua mão, destituída de sonhos e devaneios. Encurralada na realidade crua. Por isso, interrompia os risos e a fantasia do padre, e instigava-o a ver nas nuvens menos sonhos infantis do passado e mais consistência concreta do futuro. O passado, dizia, era demasiado arbitrário. Além de inútil. E então exigia ao padre que olhasse as nuvens como nos restos das borras de café. E que aí descortinasse a próxima refeição.

Quando o bastão se encurva pela ilusão da água, endireita-o com a tua razão, capataz.

E Teresa mudava de registo, tão depressa como se apagava a fogueira à passagem da primeira vaga da maré. Extinguia-se nela também qualquer candura da menina que fora, aquela que protegia os ovos dos pombos debaixo do travesseiro, reprimia o sorriso, firmava os lábios, recuperava a dureza, e inquiria o padre, queria ver o que aparecia de comestível nos sinais das nuvens. E Marcolino, um tanto ou quanto desapontado, lá descia também ele à rude realidade, a do sustento de cada dia, e esforçava-se, aperfeiçoava a sua arte de nefelomancia e via. Uma vez, um peixe espalmado com grandes asas de planejador, todos protestaram, nunca tinham visto um peixe com essa configuração. Seria antes a barca dos oficiais que os viria salvar? Teresa mandou-os calar, ignorantes, nos mercados já tinha observado grandes mantas-jamantas, espalmadas e de boca infantilmente pequena, rasgão acidental, na parte inferior do animal. E de facto apareceu-lhes na direção da praia, dias depois, as primeiras a darem sinal foram as gaivotas que se ajuntavam em torno de uma mancha escura e larga que vinha arrastada pela maré, quase sem vida, sem forças para se debater, entre as grasnadelas das aves, entusiasmadas e já a debicar, afastadas à pedrada e à paulada pelo escravo e pelo capataz. Teresa avaliou a dádiva do mar nessa manhã, não estava sã a raia, peixe de águas profundas. Prova disso eram as marcas das ventosas na sua pele, que há muito haviam desertado, os parasitas, e estes são os primeiros a abandonar os hospedeiros mal os pressentem enfermos,

a ingratidão dos parasitas,

nos barracões da quarentena em casa dos pais, bem se apercebia de como eles ficavam perturbados, o primeiro prenúncio de que um escravo estava perdido, quando os piolhos desertavam em migrações súbitas, obstinadas, debandada geral para outros couros cabeludos, sinal de que já pouco sangue corrente sugariam daquele,

tão oportunistas quanto refratários.

E vinha a raia moribunda, cheia de mazelas, marcas de bocas de peixes, sanguessugas e golpes caóticos das aduncas bicadas das gaivotas. Teresa calculou os riscos de comerem um animal doente, já desprezado pelos vermes menos exigentes do mar. A necrofilia das gaivotas dar-lhes-ia outras resistências, era lá com elas. Mandou assar metade, a todos coube um naco enorme, cheio de cartilagens e carne gelatinosa. À filha só deu a comer quatro horas depois de se assegurar de que nenhum estômago se ressentia. E Emina implorou agarrada ao ventre, que nada é mais duro do que ter fome assistindo a outros comerem. E Nunzio intrometeu-se entre Emina e a mãe, a pedir por ela, outra vez o suplício do banquete perante esfomeados, como no navio, que só agourava maus resultados, porque não haveria a pobre de ter direito à sua porção?, mas Teresa mantinha-se impávida, indiferente aos estrebuchares daquele homem irrelevante. Além disso, ela estava mais do que segura do que fazia, não admitia discussão. E, enquanto esta, mesmo sem ser admitida, decorria, Nunzio, aguerrido, vociferava e questionava, Teresa continuava a comer, com aquele olhar de ver longe, sem lhe prestar qualquer reparo, e o escravo e Emina partilhavam a refeição. Sem querer, Nunzio era o cúmplice perfeito, a desviar as atenções, como se tivessem os três combinado, mas não era preciso. O escravo e Emina comunicavam pelo som do arranhar na areia. Ele sabia que não se negava comida a uma mulher que finca os dedos tão fundo e começa a raspar e rasgar as unhas até fazer ferida. A José nada lhe escapava, mas pelo sim, pelo não, sonegou o peixe ao menino. Por precaução provou-o ele primeiro. Foi deixá-lo, muito de mansinho, junto a Teresa que, sentada na areia, focada num ponto do mar muito lá ao fundo, deixava que o pretinho se aproximasse a medo do seu peito e José lhe desapertasse a camisa, e se aninhasse ali, no seu colo, sem que ela lhe tocasse ou reparasse nele. Depois, com a mesma cara opaca, levantava-se, com o menino ainda pendido do peito, que despertava brusco de um sonho doce, largado na areia, com as ondas a puxá-lo e a fazerem um declive, para o corpinho dele deslizar melhor, e José alerta para o segurar por um pé e oferecer uma transição mais pacífica para o conforto, que o mar sempre lhe parecia demasiado ávido de embalar no seu colo de ondas este seu menino. Henrique. Tinha José uma má premonição. Queria saber se o padre lhe vislumbrava alguma coisa nas nuvens, o que seria dele, se algum dia chegassem os donos dos escravos, iriam reivindicá-lo, reenquadrá-lo na turba de meninos que vão para as fazendas apanhar capim e lamber o barro das paredes por falta de cálcio... Por isso, folgava as costas, sim, enquanto nada acontecia, não lhe escapariam os únicos, brevíssimos momentos da sua felicidade conjunta, velaria por ele neste tempo morto, de vida indevida, arrancada à força, a contrariar os deuses e as probabilidades.

Com um mar tão perto e tão morbidamente acolhedor, nunca fiando,
mas Marcolino pouco ou nada reparava no menino, mal escutava as palavras titubeantes do criado, estava mais apostado em decifrar alimentos, como um animal que ele dizia redondo, ouriço-do-mar talvez, mas sem os malditos alfinetes que sempre se lhes enterravam na carne, insidiosos, quando andavam entre as rochas. Teresa aventou tratar-se de um porco-espinho desastrado que lhes caísse do precipício. E, noutra nuvem, um cágado que todos aguardavam, famélicos, em queda espampanante em dia de aguaceiro da cachoeira. E a nuvem mais estranha que lhes apareceu nos céus era uma espécie de velas latinas, duas, viradas do avesso. Seria este o barco que os viria salvar? Não,
desanimou-se Teresa,
aliviou-se José,
era a cauda de uma baleia quando mergulha a pique.
Só Nunzio vinha estragar o enlevo destas visitas terrestres vindas do céu. Todas as nuvens lhe pareciam um escaravelho morto, virado ao contrário.
O escravo era capaz de ficar inventando enredos, falava, contava, repetia, nuvens que lhe sugeriam coisas misteriosas e mágicas, coisas do candomblé e dos fundos dos quintais, que pegavam umas nas outras e mesmo, escurecendo, já não se vislumbrando nuvem alguma, ainda o escravo continuava numa palração a que poucos ligavam, e falavam por cima, adormeciam e faziam por ignorar, apenas Emina se encan-

tava, e questionava-o, queria saber mais, como uma criança que nunca se contenta com o fim da história e pergunta e depois, e depois?... E depois o escravo, com astúcias de Xerazade, contava dos homens-árvore que viviam na floresta e faziam mirrar cabeças até ao tamanho de uma jabuticaba,
ele exagerava e Emina não se importava,
e lançavam flechas venenosas, deitados com o arco preso no dedo grande do pé. Nalgumas nuvens via apenas caipiras tocando violão na janela das casas, noutras ocorriam-lhe as malvadezas dos brancos nos engenhos, a história de um dono de fazenda que, traído pela mulher, a deixara atada à cama, ainda ensopada com os líquidos do parto, com o filho do amante recém-nascido ao lado, e o pequeno bastardo chorando dois dias inteiros sem parar, só interrompendo alguns instantes para fitar de assombro o olho daquela mãe que não lhe tocava nem pegava, até morrer de abandono e inanição, e Emina olhava para as nuvens e distinguia, sim, o vulto da mãe atada à cama, os braços manietados sobre os peitos que inchavam de leite, e o outro fiapo de nuvem, ao lado, tão pequeno e desamparado, com a boca aberta. E não imaginava maior suplício para uma mãe do que ficar, noite e dia, a assistir ao filho definhando e pensava no frio e na solidão acompanhada daquele bebé. E emocionava-se, chorando, mas as lágrimas não caíam, ficavam na pálpebra feito represa, acumuladas, tão límpidas e leves. Ou se condensavam como as nuvens ou ela as engolia pelos olhos. E o escravo tão impressionado, talvez fosse a isto que os brancos chamavam olhos vidrados, comovia-se com ela, nunca antes havia visto chorar para dentro. Falava mais, coisas sem nexo para os outros, numa história encaixava outra,
anulava o silêncio que era uma maneira de arrancar dos seus ouvidos o som do tinir dos ferros, do estalar do açoite,

vibrai rijo o chicote, marinheiros!
Fazei-os mais dançar,
que nem são livres para morrer,
e sobretudo libertar-se do sonido flácido do punhal a enterrar-se na carne de um amigo,
e por isso ia falando, sempre falando, até se esquecer de que estava falando e aí era porque tinham ambos adormecido, enroscados, no embalo de um conto que nascia de milhões de gotículas de água condensada e desciam cá abaixo em forma de sustos e tragédias, encontros e alegrias, feitiçarias e castigos. Era disto que o escravo sabia. E a Teresa não incomodava que a perna dobrada do escravo e o seu braço largo servissem de encosto e afago a Emina a noite toda. Era para isso que os escravos serviam, para dar conforto aos brancos. José desconfiava desta condescendência de costumes. No fundo, Teresa sabia que, se alguma onda levasse os homens válidos, o escravo garantir-lhes-ia a sobrevivência,
à filha e a ela,
que Nunzio nunca seria capaz. Ela jogaria sempre na ambiguidade de manter dois homens em suspenso, mesmo no que respeitava à filha. Acautelar e nunca desperdiçar recursos fora o seu lema de vida, aprendido dos pais. Emina, tal como a mãe, tinha dois homens ao seu dispor, o escravo para a noite e Nunzio para o dia, a quem procurava a tíbia mão, enterrada na poça de água doce, mas jamais o deixava decifrar as garatujas que escrevia na areia molhada da beira-mar. Ela contava-lhe coisas da infância, mas era uma infância tão recuada que a Nunzio lhe parecia que ela falava de dentro do berço. De quando a pele era o melhor uniforme, o alecrim se fumava silenciosamente e lhe costuravam as pálpebras com fios de chuvinha breve. E havia mãos, mãos negras, que faziam barreira entre as moscas e as bochechas pegajosas de mel

de abelhas domésticas.
E se adiavam horizontes no muro do quintal.
E depois vinham-lhe fragmentos de canções antigas,
    não te quero não, nem para gato de fogão,
que lhe deixavam covinhas de felicidade na face. Tão instantâneas, tão concisas. Nunzio via-a como uma chávena delicada e sem pires por baixo, ainda por cima de asa partida, e não sabia nem como pegar-lhe nem como consertá-la.
Se o vento empurrava as nuvens para fora do horizonte, e soprava de frente para o mar, também era bom. Porque aí, os habitantes deste universo intermitente tinham a ventura de captar os odores e os ruídos do mundo lá de cima. E aí ficavam muito calados, a ver se entre uma vaga e outra se pressentia a presença, ainda que tímida, da terra que agarra raízes. Algumas vezes, o escravo, com arte de pedra e funda, conseguia abater alguns passarinhos,
    urutau-de-asa-branca, jandaia-de-testa-vermelha, papagaio-chauã, olho-de-fogo-rendado, apuim-de-costa-preta, ananbé, coroinha, araponga, campainha-azul...
mas o naco que cabia a cada um, na única refeição quente que faziam por dia, na fogueira comunitária, era tão irrisório que ainda despertava mais a fome. E depois de terem experimentado o sabor ácido de uma gaivota,
    até o sangue vertido da garganta aberta era salgado,
abandonaram a ideia de voltar a caçá-las. Tornavam-se rivais nas pescarias, elas a piratearem, a armarem embustes, maliciosas, estridulosas, a tentarem apanhar o pescado, com a insolência de quem domina este espaço intermédio entre o ar e a água, tão extenso e tão traiçoeiro, eles a enxotarem aqueles bicos de gancho e olhos impávidos de tubarões dos ares.
As gaivotas são os ratos dos telhados, pensava antes Teresa, que vociferava contra elas, lhes gritava ao vento, as perse-

guia, em corridas desenfreadas, com os braços muito abertos de espantalho,
 ela, a santa da praia de assarapantar gaivotas,
 e era nestes momentos em que, com escamas de peixe presas no cabelo em desalinho, que lhe chegava à cintura, e já nem os dedos conseguiam apartar os nós feitos de areia, sal e vento, que o capataz a cobiçava, mais lhe reparava nas formas, sumidas pela magreza, mas que ainda lhe deixavam corpo de mulher, intimidades desabotoadas e livres por entre os rasgões e as saias curtas. José via nele uma vontade tão indomável que temia que um dia, a regressar do mar, arremessasse para um lado o pescado, a envolvesse com o corpo grosso e arrogante, a pulsar de tensão, e a arrastasse para trás da rocha sentinela da praia. Ou então, não. Que a derrubasse logo ali, na areia, à vista de todos, da filha, do menino, a escarnecer da humilhação do padre. E estilhaçasse aquele instável equilíbrio de gente em comunhão improvável, como os torrões de areia gretada se desfazem num toque. E o pequeno Henrique poderia ficar aflito, com dois seres em convulsões mútuas, a revolverem-se numa fúria incontida na areia, ele que estava agora a começar a apontar o dedo, a decifrar o mundo, a pedir palavras e definições para as coisas que lhe surgiam à frente do indicador.
 É a Lua, a concha, o caranguejo, o búzio, o peixe, a nuvem, a rocha, o caracol, os cabelos de Emina enrolados numa trança, a areia molhada, a onda, o mar, o mar,
 o mar,
 o mar,
 o mar...
Nada disto que o criado temia acontecia, nunca. Um gesto que se inaugura e fica em suspenso no ar, mas depois de iniciado não desaparece, mas também não se conclui.

Da única vez que comeram um mamífero foi quando um rapace planou várias vezes em círculos sobre a praia, na maré vazia e do alto lançou uma pequena bola,
    um pobre tatu,
afinal, bem mais pequeno do que o porco-espinho que o padre previra a decifrar o céu,
    bem falaciosa esta sua arte de adivinhar nas nuvens,
para lhe quebrar a carapaça contra as rochas. Aí todos se precipitaram para a presa estatelada no chão, já se desenrolando lentamente, de coluna partida e de barriga para o ar, nos últimos estremeções da morte, deixando a alastrar atrás de si uma mancha de sangue que se fundia na outra mancha do impacto,
    como um escaravelho esmagado, pensou Nunzio,
deixando a águia muito desorientada com aquele furto inesperado. Nesse dia Teresa ficou irascível, agiram sem pensar, é no que dá não se coordenarem por sua ordem. Em vez da corrida gananciosa que a todos acometera, precipitados, deviam ter-se escondido atrás do maior pedregulho da praia, aquele a que chamavam o pedregulho sentinela, de paus e pedras a postos, e quando a ave voltasse a pique para pegar a sua caça lançar-se-iam sobre ela. Aí teriam ficado com ambos, a caça e o caçador, a ave que seria do tamanho de um pequeno frango. E só de falar disso, ainda mais a irritação lhe vinha às faces rubras de cólera, e exalava aquele cheiro a metal muito intenso, e os outros, concordando com ela, baixavam a cabeça, sabiam que ela tinha razão e partiam para os seus afazeres, na tentativa sempre incerta de apanhar algum peixe e de mariscar mais um bocado entre as rochas. Também não era um cágado da terra que Marcolino vira no céu,
    as visões vinham-lhe mesmo meio embaciadas, distorcidas com a neblina, ou seria das turvações que lhe davam

por dentro, da proximidade epidérmica de Teresa que, na sua inquietude permanente de ver e de saber, lhe roçavam os braços e pernas no peito e no ombro,
mas uma tartaruga marinha.
Avançava debaixo de água como se projetasse a sua própria sombra para cima. Foi o escravo, sempre destacado na rocha de dianteira, quem deu por ela. Fez-lhe o mesmo que à arca do enxoval, desviou-lhe o curso com o gancho da vara. E com pequenas pontadas no casco foi pastoreando a tartaruga até à areia. O capataz tinha a postos a catana, para a degolar, antes que aquele bico adunco levasse um dedo a alguém. Aí um gesto de Teresa interrompeu-lhe os intentos, mandou que toda a praia se aquietasse. Não sabia nada de hábitos de animais marinhos, mas tinha a seu favor o instinto maternal. Deixou-a arrastar-se até ao fim da areia, pesarosa, árdua, e José notava que o animal fazia tudo isto com custo e sacrifício, cumprindo uma via dolorosa, sabia-se lá há quantas décadas a tartaruga nadava, quantas léguas, quantas agruras, em quantos caminhos se perdera e se tornara a encontrar, quantas correntezas, quanta coisa má. Parecia-lhe uma mãe velha, carcomida, acabada, cheia de cracas agarradas à carapaça, revia-se em cada uma das suas rugas, em cada prega uma amargura, e metia-lhe dó, até porque sangrava lágrimas de muco, que não se despegavam dos olhos e se arrastavam com ela, um pingente de candelabro peganhento a trazer de rojo dezenas de partículas de areia que embaciam e conspurcam o cristal. As barbatanas, deslizantes na água, de pouco lhe serviam na areia, todo o corpo se movia em ondulações ínfimas para fazer avançar o seu peso, rojava-se com o auxílio das patas traseiras, e o pescoço muito esticado para a frente, como faziam os rastejantes irmãos
    Viçoso e Celestino,

de Marcolino, que esteve quase para lhe acariciar a cabeça, também nua e engelhada.

Com os membros anteriores arranhava o chão, com o mesmo movimento de nadar, mas lentamente, sem cuidar que era observada, mesmo pressentindo a morte, aquilo que estava prestes a fazer era algo que tinha de fazer, abriu um buraco, a tudo isto assistiam pasmos os habitantes da praia, que faziam um círculo em volta como que a observar um afogado, e a tartaruga numa total indiferença às suas presenças. Depois esvaiu-se numa centena de ovos brancos e elípticos, depositados na cova, e quase se extinguia no ato. O momento era tão solene que o menino, sempre em estado de encantamento com os novos bichos que a fortuna lhes trazia, guardava um silêncio religioso. Não lhe apontou o dedo nesse dia, talvez porque José lhe segurasse ambas mãos, a acautelar o assombro. Quando o animal terminou a postura, Teresa fez sinal ao capataz, que lhe abriu a garganta e deixou verter o sangue para dentro do enorme búzio. José sacrificaria mais facilmente a sua fome do que este animal tão ancestral. Parecia-lhe que não tinham o direito de interromper o ciclo, que já devia estar neste mundo desde os tempos pré-diluvianos. E algo ali lhe fez prensar um músculo antigo, uma memória repesada, não deviam ter-se intrometido nestes trajetos remotos, não estava certo, algo o identificava com uma mãe velha e carcomida que fizera o derradeiro esforço para se deixar sangrar em pequenas promessas de vida. Mas, para variar, engoliu a sua indignação e também a sua porção de tartaruga. Recolheram os ovos de invólucros flácidos e espapaçados e retalharam o animal já na gruta, pois o mar, entretanto, invadiu-lhes o território. A carapaça tornou-se o primeiro recipiente a sério que conseguiam, sem contar com o búzio enorme que resistia a todos os embates, em contraste com as conchas pequenas e quebradiças. Assim que o mar se recolheu, assaram todas as partes da tartaruga e comeram quantos ovos salgados e a saber a peixe que conseguiram, ou crus ou fritos em cima de pedras ardentes. O capataz comia com gosto, crus e com casca depois cuspida, era-lhe familiar este sabor, ovos de tartaruga, usados como tira-gosto nos botecos. Os outros passaram mal, vomitaram, mas no dia seguinte Teresa insistiu em que comessem o restante, não podiam dar-se ao luxo de criar desperdícios, o organismo acaba por se habituar às refeições mais inesperadas. E, mesmo enjoados, voltaram a ingerir as carnes da tartaruga e os ovos que Teresa reenterrara na areia, enquanto a maré não enchia, para não apodrecerem. E tinham razão. A nova comida não foi rejeitada, sempre que alguém fraquejava e ensaiava um arranco de estômago revolto recebia em troca os olhos irados de Teresa e engolia o vómito. Também para estômagos que se enchiam, tantas vezes, à custa de estrelas-do-mar, esponjosas e grelhadas, não havia que ter muita condescendência.

A baleia das nuvens também lhes apareceu um dia. Na maré-cheia, um olho enorme, fora de água, observava aqueles humanos, viventes do ermo, descompostos e encavalitados na gruta. Foi um susto, o criado agarrou-se ao menino, que apontava e queria saber. Teresa achava que era um enviado de Deus que vinha comprovar se eles se estavam a comportar devidamente durante esta provação, para saber se mereceriam salvamento. E desatou numa insanidade a cobrir-se, a ajeitar as vestes da filha, a desembaraçar os impossíveis nós dos seus cabelos, e o padre aquietava-a, que são misteriosos os caminhos do Senhor, é sabido, mas tinha a certeza de que, se Ele enviasse algum espião, haveria de vir do céu, não das profundezas.

E a baleia parecia tão curiosa quanto eles, tão interessada em mostrar acrobacias, em exibir a sua cauda em forma de dupla vela latina ao contrário, quanto eles em se alinharem perante o seu grande olho horizontal. Com o tempo habituaram-se. Era uma presença, aquele monstro, que mergulhava lânguido, deixando um rasto de remoinho na água e o alvoroço entre os cardumes.

E estava José naquele doce remanso, no fresco da gruta, a sentir a breve brisa harpear o toldo, encostado à trouxa de roupa que continuava interdita, ninguém lhe podia tocar, a sentir o prazer que o linho lhe trazia, lembranças doces de infância junto ao rio, em Coimbra, ainda a irmã era lavadeira, vasculhando com a mão a carapinha do menino, quando Teresa aos gritos se dirigiu a eles. Não percebia o que dizia, o mar, como sempre, entrecortava-lhe as palavras, mas suspeitava ao que vinha, quando lhe aparecia de supetão, nas suas urgências de dona da praia. José desencostou-se logo da trouxa, sabia bem o quanto ela reprovava e lhe estava vedado este conforto. O pretinho ficava sempre estarrecido de expectativa, nunca sabia o que esperar, de olhos muito abertos, os dedos das mãos inteiriçados como uma das tais estrelas-do-mar crestada, num pânico mudo ou numa antecipação de prazer, também sem nenhum estardalhaço. Viria aí a surpresa boa que era o leite, ou a má, que era um hábito recente de Teresa de agarrar nele por um pé e mergulhá-lo numa onda de cabeça, para o enrijecer, dizia. E o criado sofria, suspendia também ele a respiração, enquanto a criança era mergulhada e trazida à superfície, com os olhos muito abertos de pasmo, a arderem, engasgada e cheia de ranho e vómitos que se enrolavam na garganta e que deixavam Teresa em estado de completo alheamento e José no terror da apneia. Apetecia-lhe dar-lhe um empurrão, tinha bem for-

ça para isso, e arrancar-lhe a criança dos braços, e depois mostrar-lhe como se fazia para os meninos não temerem a água, agarrados por baixo dos braços, as ondas pequenas a rondarem-lhes os pés. Mas isto eram coisas que lhe passavam pela cabeça no momento, sabia que nunca iria tomar qualquer atitude mais rebelde. A única que tomara na sua vida trouxera-lhe consequências desastrosas. De tal maneira que adotou, para sempre, a estratégia da subserviência, da adulação e da resignação. Dava mais e melhores resultados. E na verdade o menino fortalecia-se a olhos vistos, já a dar os primeiros passos, tão longe daquelas pernas de antenas de lula com que o confiscara no porão. E sem dar conta, mesmo no caso da surpresa má, tomava aquele menino um banho de semideus, segurado pelo calcanhar, que ficava de fora, e se este fosse o seu único ponto fraco estava o seu destino muito bem encaminhado.
Nessa manhã, a urgência era outra. O pretinho haveria de ficar o dia inteiro à míngua. Desde há algum tempo que a costumeira baleia lhes deixara de rondar a costa. Ela e o seu olho horizontal fora de água. Um dia, reapareceu com uma cria ao lado, curiosa e endiabrada. Nessa sonolenta manhã, em que José se amainava com as brisas e os caracóis do menino, algo mais surpreendente acontecia, que revertia como um tornado toda a rotina diária. Até Emina e Nunzio, debaixo do toldo, a refrescarem-se, no habitual namoro das suas ancas, semi-imersas na poça de água, eram convocados de emergência. O escravo, aproveitando a distração materna e o atrevimento do pequeno cetáceo, atirara-lhe com a lança, perfurando-lhe bem fundo a pele ainda macia e tenra. O capataz lançou-lhe outra, e o pobre era arrastado com cordas, que exigiam mais força humana, e Marcolino fincava os pés na areia, as mãos já escorriam sangue, trilhadas, e Teresa acu-

dia a pedir reforços. Todos, também a frágil Emina, faziam uma fila, uma procissão desconchavada, em que se andava para trás, todos com a corda enrolada nos punhos, puxavam o cachalote que se debatia, para desespero da mãe baleia, que não conseguia passar por entre as rochas e dava chapões na água que metiam susto, arrancava do mar vagas onde elas não existiam e salpicava a praia toda. Teresa gritava, arruinava as suas já castigadas mãos aos puxões à corda, na certeza de que, se o deixassem fugir na maré-baixa, assim que a água subisse a baleia mãe haveria de quebrar as duas cordas, lançar os arpões pelo ar e resgatar a sua cria, numa ira que os perseguiria até ao fim dos seus dias. Mas o mar estava contra a baleia mãe, o mar está muitas vezes contra os seus,
    traidor e rancoroso,
    o mar não é de confiança.
A maré baixava ainda mais, uma barricada de rochas impedia o corpanzil de avançar. E o pequeno sangrava mas, alentado pela mãe, gastava as suas últimas forças,
    que eram muito mais do que as de todos aqueles humanos subnutridos,
e horas se passaram neste vaivém, eles a puxarem e a trazerem de arrasto a cria, e ela num arranque de esforço a ir ter com a mãe, e o escravo e o capataz embatendo de rojo contra as rochas, quase submergidos, a entrar-lhes água pela boca, areia pelo nariz, a servirem-se das pedras como suporte para os pés, calcanhares e unhas rachados, esfolados, ensanguentados, às vezes tão perto de desistir, largar o cachalote ferido, entregá-lo à mãe e às ondas a que pertencia, não fossem os uivos incitadores de Teresa,
    a louca da praia,
que não lhes deixava recuo, ela a parede, ela a espada ao mesmo tempo. E tantos músculos tensos, tantos maxilares

escancarados de dor, pessoas em escombros a agarrarem aquela corda, como se fossem outra vez náufragos em mar alto, que se esgarçavam de sangue e suor e jogavam a vida naquela que parecia a única tábua de salvação. Um pequeno cachalote exangue. Ainda sem a maldade com que os homens sanguinários, caçadores de baleias, mitificam a espécie. Este ainda não sabia do mal, nem da dor, nem do espanto, nem do arrasto a que era sujeito pelas esporas que lhe levantavam pedaços de carne. Ia deixar-se ir, desistir pela dor, para que aquilo acabasse rapidamente. Mas a mãe baleia,
    a louca do mar,
não deixava. E emitia um canto de dor dilacerante, que o fazia querer tanto voltar, libertar-se destes apertos e destes seres que berravam sons trágicos. E assim se compunha a sinfonia do desespero. Os gritos de Teresa, de olhos ardidos, os urros dos esforços dos homens, que vinham das gargantas e das feridas que eles abriam a cada balanço, o estardalhaço provocante das gaivotas que acorriam, assanhadas pelo sangue, a lamúria cada vez mais ténue do pequeno cachalote, e o canto da baleia mãe numa aflição medonha. O pequeno cedeu um pouco, relaxou o seu ímpeto de resistência por uns segundos, com a corda tensa, erro de principiante e de finalizante, porque logo o cortejo de veias rasgadas o arrastou num sacão para a beira-mar. Ficaram todos a arquejar, ajoelhados no mar, a cria a gemer pela mãe, que se agitava agora em uivos, cânticos de padecimento, réquiens de antecipação, que exigiam o retorno da cria, num estardalhaço que agitava o céu e provocava tempestades. E todos queriam acabar com aquilo, as mãos em ferida, chagas nos pés e nos braços, o sangue do animal confundia-se com o deles, olhavam agora consternados para a nódoa vermelha a alastrar pela água, a tingir tudo, as pernas, as roupas, os cabelos. E a baleia cada vez mais per-

to, o olho irado, as modulações inquietantes e ameaçadoras, e as gaivotas sempre a azougar de excitação em volta. Talvez fosse melhor devolver o animal à mãe, enorme, descomunal. Sentia-se-lhe o fulgor da respiração de tão perto que estava, o palpitar do coração enfurecido, pequenos sismos debaixo dos seus pés, e nesse mesmo segundo o céu deitou cá para baixo uma sombra improvável e tornou-se cor de chumbo, e o mar revolto um caldo pastoso,

não se deve afrontar os monstros do mar, quando dele se é recluso.

Mas Teresa estava perdida, ávida de carne crua, e fazia com que o escravo ainda afundasse mais o arpão na carne crua do cachalote, sem o matar, apenas martirizar, escarafunchar a carne crua, para que ele gritasse mais alto e com mais força, e assim a baleia não sustivesse o seu apelo materno, carne crua, e saltasse e ficasse entalada nas rochas. E aí todos juntos, vultos rubros, pingados, arregaçando água e sangue, emboscariam a baleia atascada, carne crua, como num desfiladeiro, desabariam sobre ela com pedras, paus, conchas afiadas, até o bicho também sucumbir às suas sofreguidões e carne crua. E mandava, gritava, ameaçava, fazia com que se levantassem e despertassem da letargia, ela própria no cimo da rocha a erguer uma lança com ambas as mãos de frente para a baleia, a fazer pontaria para o olho, ofegante, como num duelo, uma mãe contra outra. Foi Marcolino quem acabou com o desvario, e a segurou num abraço que a manietou, todo o seu corpo tremente de ódio dentro do vestido, agora vermelho. E o capataz deu o golpe de misericórdia à cria, e Teresa gritou tanto como o urro da baleia. Dois brados dilacerantes, presos outra vez de encontro às arribas da praia, a perpetuarem-se num eco. E ainda o canto da baleia estava presente, encurralado como

sempre naquela caixa de ressonância de pedra e areia, e esta desaparecia, lentamente, sem voltar para trás, sem mergulhar aparatosamente, a cauda
 dupla vela latina ao contrário,
 numa verticalidade severa,
afundou-se, apenas, nas águas, inundando aquele olho gordo de profundas humidades. E não foi o céu que cumpriu a promessa de desabar, foi Teresa quem se desembrulhou num choro irreprimível, como uma criança, chorava alto de boca muito aberta. E o padre levava-a ao colo para a gruta, ajeitava-lhe a cabeça convulsa de soluços na trouxa, a mancha a alastrar ali também, o branco avermelhava-se, embebido no sangue dos homens e do animal, e tentava aquietar o seu corpo entre os tufos de algas secas, a libertar pela primeira vez a tensão de tantas semanas de cativeiro, entre céu e mar,
 dois infinitos por carcereiros.
Havia alguns dias que não comiam uma refeição satisfatória, apenas algum peixe miúdo, passarinhos caçados pela pontaria do escravo e a porção racionada da carne de tartaruga seca e feita em farinha. De tão exaustos com a operação, ninguém pensava em comer, nem em atear a fogueira, numa náusea coletiva deixaram-se ficar prostrados na areia, ainda a recuperar a respiração, José agarrado ao seu pretinho, olhos demasiado inocentes para caber neles tanta culpa alheia. E assim ficaram até o mar achar que já chegava de tanta desordem, de tanta danação, e começar a empurrá-los praia acima, para limpar toda aquela sujeira, e recomeçar a dar-lhes o renovado mundo,
 quatro vezes ao dia.
Apenas o capataz, com a sua catana, esteve, incansável, a esquartejar o animal e dispô-lo em pedaços vazadores de sangue, e a atrair enxames de mosquedos, e investidas de

gaivotas, desaforadas, dentro da barcaça de chumbo onde sempre guardavam a comida, os instrumentos e tudo o que não queriam que o mar levasse.

Teresa dormiu o tempo todo, imperturbável, enquanto o mar rugia perto da gruta, nos braços do padre, que muitas vezes lhe levou dois dedos ao pescoço, a indagar na carótida as pulsações porque era um sono mortal que lhe atacou os nervos do corpo inteiro, nem um esgar nem um estremeção. Parecia que o peso todo daqueles dias se abatia sobre ela, e o próprio ar a esmagava, comprimia e amachucava. Marcolino despegava-lhe os cabelos ensopados de sangue e sal do seu perfil ósseo perfeito, passava-lhe os dedos rudes e rebentados pelas feições, agora tão serenas, minutos antes numa desvairação que lhe abria um sulco profundo de ódio e fúria no meio da testa, seu abismo intangível, que ele ansiava penetrar, escorregar suavemente e aí também se aconchegar, ao abrigo da mulher que amava.

De súbito, aquela véspera de tempestade vibrou de quietude. Instalou-se um silêncio premonitório, um prelúdio de qualquer coisa não exata, enquanto a chuva se indecidia no bojo das nuvens. O mundo lá de cima no frémito do impasse, no tumulto da irresolução, nos fragores da antecipação, indiferente à carnificina que se passara em baixo. O calor pesado e peganhento era quase visível, as abelhas desnorteadas desceram até eles, batiam contra os seus corpos, atraídas pela cor vermelha agarrada às suas peles, o escravo esmagou uma delas entre os dedos, só para lamber o remoto sabor a mel. Vinham formigas a descer a ribanceira, já a formar carreiro, o som das cigarras hesitantes, o estrídulo dos pássaros sequiosos, cheiros e infusões pairavam e misturavam-se em concubinagens impróprias, um odor a alfazema também se soltou insolente, os resfolegares dos sapos no lodo, o cio da

terra anunciava-se. Mas a chuva acabaria por não a fecundar. O tempo enferrujado de lascívia
e de alto teor de salinidade,
aprisionado dentro de um casulo, a contorcer-se como larva, enfurecida por não receber ordens de eclodir. E com ele estavam estáticos os náufragos, numa espécie de terror encantatório. Algo acontecia, algo se revolvia e tinha muita força.
Nunca se pode esperar que fique tudo como dantes quando se abate uma cria de baleia.
E eles não sabiam o que esperar, se era o mar que os engolia, e inundava, desta vez, até ao alto da arriba, ou se o céu de chumbo que retinha a água se desmoronava de uma vez sobre aquela praia, ou todos os animais da terra, do mar e do céu conspiravam contra eles, a conferência das gaivotas, a iludível aparência da queda de um pardal exausto. E talvez lhes arrancassem os olhos, os narizes, as pontas dos dedos. Ou então a arriba, que era prisão mas afinal proteção, não os defendia mais daquela terra toda em fremência descontrolada, que cedia e se desmoronava. Era o princípio de tudo. Ou o fim de tudo.
Marcolino não podia deixar de relacionar este apagamento de Teresa com a natureza vibrante, segundos antes de entrar em erupção.
Mas depois da suspensão nada aconteceu, dois raios de sol derretidos escavaram um buraco, de bermas toscas, irregulares, no céu plúmbeo e desceram até ao mar, as nuvens andaram para a parte de trás do horizonte, para anunciarem o regresso da luz de um entardecer morno. Tudo se alvoroçou outra vez, as gaivotas surgiram, apareciam sempre de repente, sem ninguém lhes conhecer o poiso, a tentar rapinar os nacos do cachalote retalhado. Na gruta, já alguma reação se produzia. José reparou nas suas figuras vermelhas, Nunzio deixou

de ser louro, e a trouxa de ser branca, todos com o mesmo tom de pele, uma estranha sensação de pertença e unidade ligava-os agora, talvez para sempre. Todos tinham, outra vez, o mesmo cheiro, indistinguível. O capataz com a faca e o escravo com um pau abateram algumas infames gaivotas, que se atreviam demasiado e ficaram a boiar, amarfanhadas, nas ondas bravas. O pequenino esfomeado rastejou até junto de Teresa adormecida, por cima das pernas de Marcolino, e ele sentiu o peso-pluma da criança. Como uma galinha oca. A sugar no peito de Teresa e a ficar, também ele, com uma auréola vermelha em redor da boca. Saciou-se quanto pôde, primeiro de um lado, depois do outro. Teresa espremida pelas mãozinhas que lhe apertavam os seios, fruída na sua imobilidade. Agora já todos se remexiam, davam conta dos estragos nas epidermes rachadas, como quem inspeciona o casco de um navio depois da tempestade. A ferida na perna de Nunzio tinha-se aberto dolorosamente, Emina com cuspo raspava o sangue dos braços e das pernas para ver se encontrava algum ponto de fuga, o escravo arrancou duas unhas dos pés que ficaram à banda, depois de tanto embaterem contra as rochas, e a carne viva brilhava por baixo, vítrea como as íris de Emina, o capataz e o padre enrolavam em trapos as mãos cheias de sulcos sangrentos, como se tivessem sido chicoteadas pela chibata de couro que agora era sustento dos degraus. Padeciam de sede, o suor ardia--lhes no sangue, provocando uma fragância inédita, que eles próprios não reconheciam nos seus corpos. Por despiste do quotidiano em pantanas, José não assegurara o búzio cheio de água, Teresa era o calendário deles, os ponteiros dos seus relógios desacertados. Teriam de esperar sete horas até que o mar invertesse o curso.

Capítulo amarrado

• ━ •

Não são os deuses que dormem, nós é que os sonhamos

Teresa acordou com olhos de feto. Tudo à sua volta vago e difuso. Enrolada sobre si, a escutar o próprio coração, não dera conta de que o mar já lhes dava passagem e que o sol transpusera a barreira e autorizava a sombra benigna a meio da praia.
O sol punha-se sempre nas suas costas. A sua presença sentia-se apenas através do calor e da aura, como um cão equívoco que se esconde atrás do portão.
Despertou amnésica, com a memória tolhida,
  e o seu menino tinha olhos de que cor?
  e viu os olhos negros do pretinho a fitá-la a medo e abraçou-se a ele, sentiu-lhe os ossos tenros contra o seu peito de dor espremida, como se aquele enleio fosse o do reencontro. E o menino rodeou-lhe o pescoço,
  porque é assim que as crianças aprendem, por imitação.
Cá em baixo, José afligiu-se com estes braços dela, de cobra estranguladora, e correu em auxílio. Teresa deixou-se desabraçar docilmente, a memória devolveu-se-lhe sem ser preciso ir buscá-la. Naquela fração de tempo tão rápida que nunca caberá em nenhuma medida, o olfacto da carne a ser assada restituiu-a. Na sua cabeça, reviveu todos os momen-

tos da caça à pequena baleia, talvez a sua lembrança se retivesse um pouco mais cristalizada naquele olho horizontal que a fitara antes de se submergir, lentamente, nas águas. Como o sorriso da preta gorda, ama do seu menino, antes de desaparecer atrás de uma vaga no naufrágio.
Quando pisou a areia, já era a mulher de antes. Desatou a organizar, a pôr ordem,
    na fogueira,
    nas feridas dos outros,
    nas suas próprias feridas,
    na porção de carne que cabia a cada um.
Marcolino ficou feliz por vê-la recomposta, o capataz ficou feliz também por vê-la descomposta, os torturados tecidos que a cobriam já eram pouco mais do que fiapos ensanguentados. Muito mais do que matar uma fome adiada, algo enlouquecia Emina,
queimava os dedos e os lábios por não aguentar esperar que a carne esfriasse. Teresa, perante o banquete úbere, comeu com lentidão, distraída, interessada nos desperdícios que o grupo deixava de lado, cobiçados pelas gaivotas.
    A pele, as vísceras, a gordura, o crânio, a ossatura...
Recuperou o nervo, momentaneamente frouxo, e pôs toda a praia em alvoroço, outra vez numa roda-viva, às suas ordens, que eram inadiáveis, imperativas, capitais. Havia que fazer a maior fogueira de sempre, colocar um canto da barcaça de chumbo em cima do lume até ficar rubra e fervente, e já todos corriam pela praia numa premência de tentar encontrar material combustível, paus, as folhas que o vento havia arrastado lá de cima, capim seco, todas as reservas de madeira acumuladas no altar da santa teriam de ser usadas naquele momento, só tinham o tempo do ir e vir da maré para fazerem as labaredas mais sublimes. José corria de um lado para

o outro, tudo o que servisse para atiçar ainda mais as chamas atirava para a fornalha, entretanto acomodada, protegida e circunscrita por grandes calhaus, mas não estava certo das razões por que tinham de acudir àquela emergência. Não se avistava nada no mar, nenhum barco passara jamais por ali, todos os dias levantavam lume e fumo e nunca ninguém lhes surgira do outro lado do precipício a prestar auxílio. O assunto permanecia reservado a Teresa, ao capataz e a Marcolino, que se afadigavam ambos por seguir as suas instruções. Por isso José seguia-as também, sabia que só podia ser importante, e teve de deixar o seu menino mais uma maré,

    quádrupla medida de um dia,

a vaguear pela praia, entregue aos seus próprios cuidados. Emina e Nunzio também catavam tudo o que pudesse servir, ele coxo, de ferida aberta, e ela acometida de uma fadiga ainda mais acrescida do que a costumeira, andar de velha, curvada, como se atacada de artroses nas articulações, fibroses que lhe prendiam os membros e não admitiam a agilidade. Teresa e os dois homens separavam a gordura da carne, vasculhavam nas vísceras, trituravam osso, para lhe retirar uma pasta viscosa, e tudo enfiavam na barcaça de chumbo, inclinada. Teresa pretendia improvisar ali uma fundição, para que, pelo menos, a esquina de chumbo ficasse tão ardente que derretesse a gordura da baleia em óleo que podia servir de combustível e iluminar-lhes um bocadinho as noites. Concentrada, com as vísceras no seu colo,

    a mulher vermelha,

    cada vez mais tingida, pedia e exigia lume, muito lume, temia que a água chegasse antes de a gordura se diluir, mas já pouco sobrava, as chamas não cresciam, o que podia robustecer mais a fogueira já tinha sido consumido. Lembrou-se Nunzio, quem mais se tinha especializado em fogo, das penas

das gaivotas que jaziam despedaçadas, e Marcolino e o escravo atingiram mais umas quantas, à pedrada, e algumas ainda vivas eram depenadas à pressa, com a carne ainda agarrada, e Emina ficava atónita com este espetáculo de penugens brancas e cinzentas pelo ar, já no lusco-fusco do entardecer,
    a atentar no som que as penas fazem quando caem.
E assim lá engradeceram a fogueira com almofadões de penas e cobertas de tecido que Teresa autorizou que sacrificassem da trouxa.
Emina reconhecia-as a todas. Lembrou-se dos almofadões da sua cama quando, com os dedos, pinçava as penas entre os mínimos rasgões no tecido.
    Esta é de pomba.
    Esta é de peru.
    Esta é de pavoncino.
O mar, implacável no seu pacto com a Lua, não se retardava, não cedia nem um milímetro, não dava tréguas, queria passar sem pedir licença, Teresa temia que já não conseguissem, ela própria esventrava gaivotas na ânsia de lhes retirar as partes ensopadas e enrolava-lhes os ossos e as penas nos panos, já nada restava, a Nunzio ocorreu-lhe as tábuas de madeira que revestiam o chão da gruta. Foram todas parar à fogueira, com um aperto do coração do capataz que a cada dia consertava, aplainava e amaciava com zelo e carinho aquele chão.
Tanto batalhara por ele, vê-lo ir sem volta, o capataz mais náufrago do que nunca. Aquele chão era a casa deles. O pedaço que tinham roubado ao mar. E toda a gente sabe, homens sem chão afundam-se, lentamente, sabe-se lá por que areias movediças ou lamas amolecidas.
Finalmente, a gordura começou a despegar-se, Teresa via alguns resultados, outra vez a comunidade transformada em monstro com vários braços e imensos olhos que refletiam o

laranja das chamas, mas o mar rugia de ameaço, cada onda a avançar adiante das anteriores seis. E o capataz começou a empurrar a areia, a fazer uma muralha, todos do lado da fogueira a construírem a fortaleza, mais e mais areia, um fosso fundíssimo do lado de lá, pequenos homens, pobres e caricatos, a tentarem enganar o mar, o certo é que a inicial onda embateu e voltou para trás, a água retida no fosso, triunfavam sobre ele, reforçavam com areia molhada misturada com seca para robustecer a zona atingida, a muralha era agora da altura de um homem, todos vibravam de exaltação, sentiam-se inexpugnáveis, talvez conseguissem mesmo conquistar aquele pedaço de praia ao mar, desta vez é que sim, ele não os escorraçaria, como de costume, como quem sacode os percevejos da enxerga, e animavam-se a ver a parede que tinham construído, a muralha de areia iluminada pela fogueira, já cercada pelo mar, eles num entusiasmo de confiança, Emina cantava, mas nem Nunzio lhe podia prestar atenção, ela cantava sempre nas alturas mais improváveis em que ninguém a conseguia ouvir, havia que acorrer a todas as investidas das ondas. E, por momentos, acharam que tinham mesmo vencido, o mar desistia, voltava para trás. Num arrumo de autoridade de quem quer acabar com uma brincadeira infantil que já foi longe demais, uma onda passou-lhes literalmente por cima, e arruinou parte da construção. Um clássico, até o pretinho que do mundo só conhecia a praia saberia que nenhum castelo de areia sobrevive à beira-mar. Mas passou-lhes pela cabeça qualquer coisa, a sensação de que quem domina o fogo, abate baleias e gaivotas, também pode mandar no mar. Recomeçaram a reconstruir já com menos convicção. Ao estampar-se em cima deles, caíram com a onda não só os pingos e a espuma mas também uma dose bastante fria de lucidez. Teresa necessitava de mais mu-

nições, a fogueira começava a esmorecer, e deve ter sido uma refulgência das chamas que foi embater na santa. Marcolino reparou nela, saltou para o pedestal e preparava-se para incendiar toda aquela boa madeira maciça de lariço secular. Aí o capataz não aguentou, já lhe tinham levado o chão, a santa não deixava ir. José, sem perceber que raio de apego tinha o seu patrão por aquela figura de pau, ele que nem sabia rezar, nem lhe conhecia apegos cristãos.
E o capataz num desespero eivado de ódio,
    e se um dia um pedaço de tronco descobre que é uma santa?
Os três disputaram a Nossa Senhora das Angústias. Teresa cobiçava a madeira, nutria o maior desprezo pela santa mestiça que não os tinha protegido e houvera deixado ir o seu menino, restava-lhe pensar depressa, e agir ainda mais depressa, convenceu o capataz, numa salomónica decisão, partir-lhe-iam só as pernas,
    só as pernas,
    já seriam o suficiente.
E o escravo com uns calhaus incréus desbloqueou a situação, e estilhaçou a sacra figura pela altura da anca. Ele e Teresa encarregaram-se de aconchegar a meia santa debaixo da barcaça de chumbo, e aquela madeira tão seca e porosa fez as mais altas labaredas da noite. Marcolino sentiu o cheiro do incenso mas não lhe veio nenhum assomo de fé por causa disso. Quando a muralha cedia, já muito desguarnecida pelo cansaço e pela desistência inane do capataz, Teresa já tinha o seu óleo pronto. Ficaram todos a assistir à demolição sôfrega da construção coletiva,
    porque o mar quando destrói é sempre à dentada, como os lobos,
tudo se desmoronou, enfim, em torno deles, a água, insidiosa, infiltrava-se por cada canto, só Nunzio continuava a

acudir a cada investida, a tapar buracos, a juntar mais areia, a pedir ajuda e reforços, até Emina lhe segurar na mão. Nunzio seguiu-a para a gruta, como uma criança. Ele precisaria sempre de um útero aonde regressar.
Os restantes ficaram a ver o mar a escalar a muralha que, num ápice, passou a inofensiva e dócil prega na areia. Também foi uma língua de mar que apagou o lume, e levantou um fumo espesso, que subiu rápido e em espiral, sem se espalhar pela praia. As brasas nem tiveram tempo de agonizar, foram extintas de uma assentada, mas a barcaça de chumbo ficou a lamentar-se em zumbidos ciciantes. Do mar já não vinha ameaça, só auxílio, o que eles necessitavam para refrigerar o caldeirão, e bastaram duas ou três ondas passarem por baixo. Teresa, com ajuda de Marcolino, despejou todo o precioso óleo para a carapaça da tartaruga e, com muita cautela para não derramar, trepou para a gruta. O capataz encheu novamente a barcaça com o que lhes restava da baleia. A travessia da noite sem chão, um suplício, sem o soalho as rugosidades da pedra arranhavam-lhes a pele martirizada de chagas antigas e a areia intrometia-se nas brechas das feridas. Quanto à arte de fazer pequenas tochas com o óleo de baleia, o escravo estava à vontade. Depois da abolição trabalhou enquanto aprendiz no sistema de iluminação pública da Baía, a óleo de baleia. Também partiu dele a ideia de usar os cabelos da santa, espessos e de combustão lenta. Ele próprio se prontificou a emaranhar pelas paredes, já resvaladiças da humidade noturna. O capataz alertou-o, era perigoso, podia despenhar-se lá em baixo, mas o homem mostrava-se entusiasta, excitado com a ideia de iluminar aquela caverna, e o capataz amarrou-lhe uma corda à cintura, ao menos se caísse, poderiam içá-lo,
    ou o que restasse dele,

e lá foi o escravo na escuridão, a usar com tato as plantas dos pés, dedos de ventosa, a trilhar ainda mais as unhas que lhe restavam, Emina, com um sobressalto mudo e comedido, tentava segui-lo na escuridão, enquanto Nunzio, embalado, dormia no seu colo. O capataz mantinha a corda a desfiar-se entre as suas mãos, era sinal de que o escravo ainda avançava, muito lenta e prudentemente, não resvalara. Queriam chamá-lo a ver se tinha atingido a plataforma mas deram conta de que não sabiam o nome dele, ninguém tinha perguntado, ninguém quisera saber.

Julien,

respondeu Emina com alguma comoção na voz. E então gritaram por ele, mas

Julien! Ó Julien! Responda, rapaz, está ouvindo, que lhe deu?...

do outro, nem um som nem sinal, a corda jazia dependurada, sem tensão, sem movimento.

Só o mar mais furioso do que nunca. O capataz receava que tanta ofensa à santa na mesma noite fosse uma fatal imprudência. Emina gritou, com a sua voz muito fininha, que não acordava Nunzio mas arrebitava as orelhas dos roedores noctívagos lá de cima. Um pé suspenso, e em apuro sério, apareceu-lhes então sobre as suas cabeças. Impossibilitado de regressar pelo mesmo caminho, Julien tivera de escalar mais acima e fazia agora a arriscada descida, tomando cada ínfima saliência como socalco. Teresa amparou-lhe o pé com muita suavidade, qualquer movimento brusco podia fazê-lo perder o equilíbrio e estatelar-se lá em baixo. Por isso, o homem nem falava, uma tremura do seu corpo, nem que fosse a vibração da voz, podia fazê-lo desmoronar. Ao pé suspenso Teresa ancorou-o sobre o seu ombro, o outro desceu também, com muito jeitinho, e colocou-se em cima do outro ombro da mulher ajoelhada, que vacilava de esforço e fincava as rótulas, frouxas do fardo, na rocha granulosa,

havia de ter sempre aparições muito teatrais, Julien, primeiro no mar, em cima de um cavalo moribundo e sem orelhas, e agora como que vindo do céu, de pernas pendentes, até Marcolino e o capataz lhe jogarem as mãos e o resgatarem para dentro da gruta são e salvo. Vinha vitorioso, exultante, já sem querer saber da morte iminente do minuto anterior, na sacola a tiracolo trazia a cabeleira índia da santa. Quis, de imediato, no extremo de uma pequena haste e num tufo de cabelos enrolados, mergulhados em óleo de baleia, botar fogo. Falharam à primeira, Marcolino, na ânsia da expectativa, errou a faísca. Após algumas tentativas, já tinha cada um a sua haste, o seu fogo privativo. Inspecionavam a caverna, os recantos, as suas sombras trémulas na parede, era no fundo a primeira imagem que, ao fim de tanto tempo, tinham de si próprios, e olhados assim nem lhes pareciam mal de todo, examinavam o perfil, brincavam com as mãos e os dedos projetando figuras, tudo se lhes afigurava diferente e novo. José olhou o seu menino adormecido com a luz da civilização, Emina achou Julien um homem muito bonito e sobressaltou-se com este seu pensamento. Marcolino reparou como a luz, vinda de baixo, tornava Teresa muito mais selvagem,

a mulher loba,

os seus olhares tocaram-se. Havia de colocar uma pedra branca extra no altar, em louvor àquele momento, e lá se escangalhava o calendário,

o capataz, desconfortável, lançou um braço de fora e conseguiu iluminar por momentos o altar da santa. Uma lástima, santa careca, amputada, reduzida a um busto que continuava, porém, a sorrir de beatitude.

Boa razão tinha a santa em desconfiar daqueles embarcados e amaldiçoar aquela gente que lhe havia amputado meio corpo à força bruta.
Tentaram manter-se acordados. Emina, já com o seu homem da noite, há muito que fizera de Julien o seu recosto, o seu conforto, depois de adormecer Nunzio, que nunca dava por nada, até as chamas se apagarem por si.
Não venceram o mar, mas dominaram a noite.
Teresa acordou de um sonho inquieto, um buraco olhoso por onde caía, em espiral como num ralo, sarjeta de vísceras e despojos imprestáveis, empurrada por água, sangradouro de baleia. Olhou para si mesma e teve um susto, uma nódoa negra e em movimento errava sobre o seu vestido, ou o que restava dele, enxame de moscas em coreografias nervosas e sincronizadas, aspiravam com as suas trombinhas os restos de sangue ainda vivo que continuavam presos a ela,
mulher vermelha,
Teresa enxotava, mas elas voltavam, peganhentas, até onde o sangue estava mais ensopado, como um olho negro, na horizontal.
Ao seu lado, o criado, sempre com o mesmo olhar ajoelhado, estendia-lhe o pretinho. Teresa aceitou que o pequeno lhe aliviasse a pressão dos peitos, enquanto remexia no conteúdo da carapaça e, através do pano da sua curta saia, filtrou um óleo mais solto de impurezas. Dentro de uma concha levou-o para a poça de água e aí se desenvencilhou dos andrajos e mergulhou, com
a sua infinita nudez.
E esfregou o corpo com o óleo da baleia, interrompendo nos rebentões da pele, contornando os ferimentos, os joelhos massacrados de carregar peso de escravo, atentando nos ossos que despontavam e ela nem sonhava que existiam no seu

corpo, nos peitos murchos, depois de sugados pelo menino, como limões chupados, a barriga ainda branca, mas as pernas e os braços de mulata, despejou água pela cabeça, dos cabelos saía uma aguadilha vermelha e escamas de peixe,
    pétalas do mar.
Saiu da água pingando, acocorando-se, esfregando agora os trapos,
    tão escalavrados como ela,
na sua liberdade de ir nua, perante todos os olhos da praia, cuidando de si, mantinha a mesma altivez,
    a dona da praia,
afastando o mosquedo, que se desorganizou da sua união sincronizada, desinteressado daquele expurgo.
    Há mulheres que nasceram para serem belas.
José receava que o capataz, de tanto a olhar, ficasse cego para tudo o resto. Que ele morresse no meio do seu desejo febril, como se tinham extinguido, numa sofreguidão, as labaredas em contacto com a água.
Em seguida, Teresa vestiu, alterosa, os trapos molhados, e mandou vir Emina, entrouxada, curvada, lenta, seguida por um batalhão de moscas, as suas e as da mãe acrescentadas. E lavou-a da cabeça aos pés, sem a despir, lhe dando repelões secos, repreendas mudas à sua moleza e à sua deselegância.
A filha afundada na fonte,
    e numa melancolia,
as roupas ensopadas ainda a tornavam mais inválida. Quando saiu da poça, as nódoas ainda lá estavam, apenas tinham mudado de lugar, foi sentar-se, como sempre fazia, a recolher-se da ira da mãe, entre os joelhos de José, que lhe entrançava o cabelo molhado, escorrido.
Em seguida Teresa mandou vir Julien, Marcolino e o capataz, que pescavam no mar, um por um. Esfregou-os despidos, dos

pés à cabeça, e nenhum erotismo encontraram no ato, pois Teresa lavava-os com método e concentração, a raspar-lhes a pele das costas com um naco de concha de ostra, a manipular-lhes os braços ou o órgão sexual como quem areia os interstícios de uma máquina que precisa de ser oleada para poder funcionar. E eles, cada um por sua vez, submissos e silenciosos, pacientes que se submetem à cura, gratos por serem cuidados. Também a perna de Nunzio foi dolorosamente sujeita a outra inspeção, a pele em torno do rasgão estava tão danificada que Teresa não ousou nova intervenção. A voz enferrujada já não se queixava, a pele tão intolerante ao sol já tinha feridas sobre feridas, formava pústulas e crostas. E Nunzio com o desagradável pressentimento de que Teresa não queria desperdiçar o precioso óleo com ele.

Há homens que nasceram para serem ninguém.
À noite, embrulhados uns nos outros, todos se sentiram irmanados,
    por terem,
novamente,
    o mesmo cheiro.

Teresa descobrira mais um precioso unguento, saído do fétido intestino do cachalote, lembrava-se de deitar fora uma matéria esbranquiçada, nauseabunda, e nem as gaivotas lhe pegavam. Agora em forma de âmbar pardo, veio a flutuar até ela, dar à costa. Teresa ficou intrigada com a sua resistência à decomposição, apesar do cheiro a enxofre que exalava. Mas com o tempo, exposta ao sol no altar da meia-santa, a matéria tornou-se moldável, um sabão, e Nunzio garantia que cheirava ao jardim de rosas da mãe.

O óleo para iluminação consumia-se, era usado só em circunstâncias raras e especiais. Mas Teresa afilara o olfacto que lhe vinha de adolescente, rejeitava o pretinho porque lhe sentia ainda o cheiro do cachalote morto, apesar dos banhos frequentes a que o sujeitava, e empurrava-o com repulsa, como se o espírito do animal ficasse retido naquele menino e, enquanto ela não se libertasse dele, a mãe baleia persegui-la-ia até ao fim dos seus dias. Vivia no pânico de que a baleia lhe aparecesse na praia. Vezes sem conta jurava avistar o seu olho gordo e horizontal. E Marcolino sossegava-a, embora também sentisse a inquietação de uma proximidade, como dantes a pressagiava de noite, a da loba a rondar a casa-gruta, cada vez mais se convencia de que a vida avançava aos círculos e, quando se volta ao passado, as coisas continuam no mesmo sítio onde um dia as largámos, à espera da mínima oportunidade de se voltarem a intrometer no destino. Às escondidas de Teresa, José passava a misteriosa substância no menino, e aí a amamentação corria menos mal, Teresa cheirava-o atrás das orelhas, procurava o odor a sangue de cachalote morto, e aceitava-o desconfiada, porque o âmbar sempre se sobrepunha. Até que, um dia, teve uma tal náusea de repugnância e asco ao menino que o empurrou com o braço, bruscamente, sem cuidar que ele tinha menos peso do que uma galinha oca, e, se não fosse o capataz a segurá-lo por um braço, o menino teria sido tragado pelo mar, sempre de goela aberta para o receber. José, em fúria, ainda com o coração alquebrado, saiu da sua invisibilidade para se atirar a Teresa, pronto a esbofeteá-la. Na verdade, apenas lhe deu um safanão. Quem apanhou uns bofetões foi ele, agarrado pelo capataz, e com as marcas do murro de Marcolino a deixarem-lhe um fio de sangue a correr-lhe do canto da boca. Nessa noite, Teresa pôde assumir a postura de mulher frágil, agredida por um homenzinho boçal, e aninhou-se muito nos braços do padre. Mas não se alterou, não insultou José, manteve-se enroscada e muito calada, a calcular cheiros e conclusões. Nunzio acordou com a gritaria súbita que logo se apagou, sem perceber nada, nem porque Emina, que adormecera com ele, estava agora nos braços de Julien. Intrigava-o como um destino pode perseguir um homem, calcorrear caminhos e léguas marítimas, e vir encontrá-lo numa praia furtiva, dentro de uma gruta, oculta pela noite, quando muito iluminada pela luz de cabelo de índia incendiado, retirado de uma santa mal-amada, agora careca e reduzida a metade em sórdido busto. Nunzio sentia-se sozinho naquele aperto de gente, à margem da vida, à margem do recôncavo da pedra, e estar na extremidade de uma gruta que desemboca num penhasco não é posto tranquilizador. A vida é uma fila, o de trás empurra o da frente. Podia ser o próximo a ser empurrado lá para baixo. E, a repisar a desdita, adormeceu a pensar num escaravelho morto virado ao contrário, que era ele próprio, almoço de limos e pulgas-do-mar.

Quando a maré lhes desimpediu a passagem, ainda muito de noite, Teresa foi a primeira a descer para a praia. Abriu o poço de água, andou de um lado para o outro, como sempre fazia, a apropriar-se daquele espaço, a marcá-lo com as suas pegadas, temporariamente cedido pelo mar. Voltou a buscar o seu naco de substância cheirosa, colocado no altar da santa, e pela primeira vez reparou na pilha de pedras, umas pretas e outras brancas, indagando, por momentos, do que se trataria, mas agora não tinha tempo.

Sacudiu José, que fingia dormir, passara toda a noite em claro, na boca o gosto de tantos homens que vira encharcados pelo lodo, a pensar que perdera a sua natureza de enguia, a sua condição oculta. O menino não tinha culpa, ficara fora de si, um momento de descontrolo bastara para concentrar todos os reparos, agora, sem a sombra do capataz, dificilmente folgaria as costas entre duas pancadas. José pousou Henrique adormecido na gruta e desceu, submisso, até Te-

resa, podia colocar-se de joelhos, beijar-lhe os pés, implorar, oferecer-lhe a sua ração durante três dias, ser o seu escravo pessoal, para todo o serviço... Teresa, com aqueles seus olhos ardidos, secos, brasas já debeladas, não se interessou por este arrazoado de súplicas. Disse-lhe apenas
 despe-te!
E José, assaltado de um pânico, pedia-lhe comiseração, que ele era um homenzinho boçal e estúpido, indigno da sua atenção. E Teresa,
 despe-te!
José olhava, no lusco-fusco da madrugada, para a gruta, na esperança de que o capataz, aliado de tantos anos na vida, o viesse salvar, e começou grotescamente a infligir golpes a si próprio, a face tracejada de arranhões, na esperança vã de que Teresa se apiedasse e se satisfizesse com aquela manifestação de autoflagelação.
 Despe-te!
José, com os olhos de lodo e de mar agoniado, muito devagar virou-se de costas e começou a desfazer-se da camisa, sempre muito zelosamente cerzida nos rasgões. Teresa apanhou-a com um pau, e não precisou de a trazer perto do nariz para perceber que o cheiro a sangue de cachalote apodrecido que encontrava renovado no menino vinha daqui, do seu colo, destas roupas, deste homenzinho a quem ela esquecera de banhar e olear. Por isso, vinha-lhe o pretinho com o seu fedor agarrado. Com as mãos em cruz sobre o peito, José esperou que Teresa se resumisse à camisa, mas não. Também queria as bragas, que ele largou na areia.
 Vira-te!
E José, com o lodo dos olhos a borbulhar de humilhação, tardou em obedecer, delongou, reparou em frente, o abismo do precipício ao contrário,

  é mesmo possível uma pessoa, quando cai, voar para cima, a não ser que esteja sitiada dentro de si mesma, entalada como uma pulga entre duas unhas de polegar,
e quando ele se voltou para Teresa
  era uma mulher.
Teresa não se mostrou surpreendida. Detectara-o na altercação da noite anterior.
  Os homens não batem assim.
E depois foi só juntar as peças, os seus ângulos de ampulheta nas nádegas, a sua forma de pegar no menino de encontro a si.
  Os homens não pegam numa criança aninhada contra si, mas de frente, já para enfrentar o mundo.
  Os homens não entrançam cabelo de mulher.
  Os homens não costuram camisinhas de bebé.
Mas não queria explicações, não queria nada. Ela que se metesse dentro de água, e aí esfregou-a como todo o zelo, como fizera com todos os outros. Reparou-lhe no peito raso, que lhe facilitava passar por homem, mas os mamilos largos e escuros denunciavam-na. Ao esfregar-lhe o corpo, das palmas das mãos às plantas dos pés, Teresa tirava-lhe a idade, como tantas vezes fizera aos escravos em casa dos pais, uns quarenta, que a rasura dos dentes da frente ampliava. Pelo umbigo descaído, percebia que aquela barriga já havia enchido e desenchido várias vezes.
  Os filhos ficam sempre no corpo da gente, como as tatuagens do capataz.
A pele da cara engelhada, pergaminho amarrotado, devia-se a descuidos continuados, os vincos aos cantos dos olhos vinham daquela expressão de obediência, os ombros soçobrados na tentativa de parecer mais baixa do que era, as pernas arqueadas de andar sempre em passo miudinho, a acudir a obediências

várias, as covas da face arruinadas por doenças venéreas. Homem-sapo, mulher-enguia, tantos anos a fazer-se passar por homem, ganhara gestos e maneiras de macho. Talvez tivesse perdido parte da beleza e já não ia a tempo de a recuperar. Também não se desaproveitara muito, concluía Teresa, nunca poderia ter sido uma mulher bonita. Rosto indiferenciado, cabelo ralo, corpo irrelevante, a combinação perfeita para se passar despercebida. Curioso, observou, como a feminilidade ainda a diminuía mais, a cara tornava-se mais precária, o seu aspecto mais trágico, a sua presença mais insignificante. Chamava-se Maria Clara, confidenciou-lhe a mulher desmascarada, mas a Teresa pouco lhe importava, queria antes que ela lhe contasse do capataz, como se tinham encontrado, de onde vinha ele, como se tornara algoz de escravos, parecendo-lhe que tinha maneiras mais elevadas, de outra condição. A mulherzinha calava-se, tinha-lhe uma dívida para sempre, nunca o denunciaria. E Teresa, irritada com esta cumplicidade que nem ela conseguia quebrar, magoava-a de propósito nas costas arranhadas com a concha de ostra. Ela não se importava. Saíra-lhe uma pedra do fundo da garganta, vomitava-a e ficava mais aliviada, não precisava de esconder, de cortar o cabelo mais curto do que qualquer homem, de esforçar as cordas vocais para nunca se esganiçar, de tentar urinar de pé e escorrer-lhe metade pelas pernas abaixo, sentia uma leveza. Saiu da água e andou descoberta pela praia. Que bom era caminhar na sua pele. Na sua própria pele, sentir na pele o fresco da manhã, na pele asseada, a ainda escuridão tão generosa e conivente com o seu desvendado segredo. Na pele. Caminhar sem vergonha, sem dono, sem disfarce. Chamava-se Maria Clara. Ou, pelo menos, achava que se chamava. Era assim que a irmã a tratava, talvez tivesse outro nome batismal, mas a irmã decidira-se por este, desde muito pequena, altura em que a mãe fora parar à cadeia por ter roubado leite de uma cabra e as duas crianças órfãs de mãe viva passaram a andar, sem eira nem beira, por Coimbra. No início dormiam à porta da cadeia onde estava a mãe, como dois cães que não desamparam a sepultura do dono. Mas depois vinha-lhes a fome e calcorreavam a cidade, juntaram-se a um bando de outros meninos desvalidos, que roubavam fruta, pediam e pescavam no rio. Dormiam onde calhava, dependia do frio. Agasalhavam-se uns contra os outros, debaixo da ponte, ou nalguma soleira mais abrigada quando chovia, nos degraus de granito, acolchoados a musgo, quando fazia calor. Maria Clara não se lembrava de ouvir o piar dos pássaros, mas o coaxar dos sapos. Não se lembra da terra, mas do lodo do rio. Uma das suas memórias mais antigas era ser acordada pelo rio que suavemente subia um ou dois degraus da escadaria de granito para lhe ir molhar a mão desprendida durante o sono. E acordava com esta sensação de conforto, de o rio vir até si para a avisar da manhã. E, quando a fome estava mais ou menos apaziguada, a miudagem à solta mergulhava no rio, todos nus como ela estava agora, atiravam-se do alto, bebiam da água onde se banhavam, eram todos a mesma coisa, rapazes e raparigas, a enterrarem os pés no lodo, a engordarem sapos com pedras, a fazer crescer entres eles inícios de coisas indistintas, afluentes dos seus caminhos. Maria Clara pensava que eram felizes, mas talvez fosse demasiado nova para perceber. O grupo foi-se desfazendo, a alguns jogavam a mão por já terem força para serventes, outros perdiam-se e nunca mais regressavam, outros partiam atrás destes e também não voltavam... Maria Clara tornara, com a irmã, à porta da cadeia, mas disseram-lhes que a mãe já não lá estava. Partiram pelas ruas de Coimbra mas a pouca idade não lhes permitia a lembrança da rua onde tinham vivido. A irmã ainda a arrastou para o chamado Beco dos Mosquitos, cheio de cheiros, vultos às janelas e mãos que pousavam nelas e se enroscavam nas pernas e nos pescoços, dedos húmidos, peganhentos, ventosas de osga, deixavam-nas cheias de impressões digitais, no peito, no sexo, nas virilhas... Uma mulher gorda como elas nunca tinham visto, cheia de refegos e duplo queixo, apareceu no caminho, assarapantou as ventosas por uns momentos, deu-lhes cobertura para fugirem. Saíram dali a correr, apavoradas, sem saber se deviam temer mais aquelas mãos de homem exploratórias, se a mulher monstruosa, com um manto torcido sobre um ombro nu descomunal. Resolveram voltar às margens do rio, que conheciam bem melhor e não lhes traziam sustos, os seus caules emaranhados debaixo de água, as garças que apareciam ao fim da tarde, os sapos com o seu coaxar pacificador. Tempos depois, a irmã enturmou-se com as lavadeiras do Mondego, ia conseguindo pequenos biscates, algumas tarefas menores, davam-lhe peças de pouca monta para lavar, e Maria Clara lembrava-se de a ver espancar a roupa com toda a força de encontro às rochas, torcê-las de mãos com frieiras, e depois velar por elas enquanto ficavam a corar ao sol. As suas mãos eram demasiado pequenas para torcer, de maneira que se encarregava a irmã do sustento de ambas, e lá se iam aguentando, uns dias melhores, outros piores, a irmã sempre com as pernas e as mãos escorrendo rio. A frescura das faces ia-lhe fugindo, até que as outras lavadeiras a encorajaram a internar Maria Clara num asilo de meninos órfãos, que ela já estava crescidinha, já se conseguiria sustentar, mas a pequenita sempre ao relento, nas bermas de um rio, entre o lodo e o murmúrio dos sapos, não havia de se bem criar. No convento poderia aprender a bordar, a coser e a cozinhar e encaminhavam-na, mais tarde, para um lar, quem sabe, para criada ou esposa. Se fosse um rapazinho, ainda teria a valia de acompanhar enterros ou de participar nas procissões de peditórios pelos órfãos, fonte de rendimento para as instituições, sempre muito queridos dos benfeitores. Por isso, muitos meninos eram mandados para o Brasil para missões jesuítas, a fim de ajudarem na conversão dos índios. Maria Clara, contrariada, chorava muito, que não queria ir com as freiras, preferia os enterros, o desterro, se fosse preciso era menino. E arrepanhava as saias num nó atrás, a fazê-las de calças. E as lavadeiras riam-se dela, e a irmã com elas. Um dia lá foi, arrastada pela mão sempre fria de rio da irmã, a segurar o ranho com as mangas já curtas do casaco, bater à porta do convento. Uma freira severa inspecionou-as da cabeça aos pés, agradou-lhe as mãos, de unhas limpas, de tanto rio e sabão, os pés descalços também tinham a pele fina, veiada de arranhões fininhos. Mandou vir uma noviça para lhes vasculhar os piolhos da cabeça, se estavam limpas, se garantiam a pureza de sangue, se não eram filhas de mouros, judeus ou estrangeiros, e elas sabiam lá o que responder. A mãe roubara leite a uma cabra.

Era a versão oficial, e a freira desdenhava nos cabelos negros de Maria Clara, desfiava desconfianças e insinuações que ela nem entendia, mandou a noviça atestar-lhe a virgindade, e ela nua, como estava agora na praia, diante da freira que de pele só se via o oval da face, o resto era um negro que se confundia com a sombra. Maria Clara tinha medo e, quando a noviça enfiou dois dedos dentro dela, sentiu-se ainda mais nua, como se a pudessem despir pelo avesso. A noviça confirmou e a freira, da sua sombra presa às esquinas, decretou que aceitava a menina, ali rezando aprendendo a glória de Deus e do rei, na condição de a irmã lhe trazer o enxoval,
 um colchão,
 um enxergão,
 dois hábitos,
 roupa de corpo e cama.

A irmã ficou desolada, Maria Clara encantada, agora era ela que puxava pela sua mão com pressa de sair do antro e de chegar novamente ao lodo, à neblina que sempre se formava nas margens do rio e que ela conhecia tão bem, que começava rente à água, contentes os sapos numa sinfonia rouca.
As lavadeiras logo consolaram a irmã. Queixava-se ela de que o pouco que ganhava a lavar as roupas das senhoras mal lhe sobejava para o alimento do dia. As lavadeiras conheciam o passado da mãe, demasiado humilde e espantada com as coisas que a vida lhe pôs à frente para alguma vez ter a iniciativa de roubar leite de cabra alheia. Era mansa demais, capaz de fugir de uma galinha, quanto mais de enfrentar um mamífero de chifres e os seus donos. Mas enfim, era mais fácil de explicar a uma menina o encarceramento da mãe, e dava-lhe um tom quase heroico à biografia ficcional, que na real ela era tão rasteira e submissa como os girinos do rio, que esses ainda aspiram a sapos. Por isso responderam as lavadeiras à irmã,
    as mulheres sempre sabem como arranjar dinheiro, quando chega a altura.
E a irmã estremeceu, e os olhos foram-se-lhe enchendo de lodo viscoso nos dias seguintes. Maria Clara esperava-a à beira-rio, entretinha-se a caçar alfaiates,
    que caminhavam sobre as águas sem que ninguém lhes notasse o milagre,
e a fazer pequenos favores às lavadeiras. E, quando ao cair da noite distinguia o vulto da irmã, que vinha lenta, de corpo murcho, e a cheirar a muitos suores, procurava o seu colo e o seu carinho, mas ela repelia-a com brusquidão, lavava-se por baixo e recolhia-se, muito encolhida, no abrigo daquela noite. E Maria Clara sofria de terrores noturnos, acordava ofegante com medo de que à irmã também lhe desse para roubar leite a uma cabra e fosse parar à prisão, como aconte-

cera àquela mãe mítica, que para ela já tinha uma neblina no rosto tão espessa que nem conseguia dissipar nem lembrar.

A irmã, a chegar de olheiras cada vez mais cavas, já não se lavava por baixo, acumulava hálitos espessos, um olhar embaciado no véu que também turvava a ribeira quando levava sabão. Esquecia-se de falar, passavam-se dias, e ela nem uma palavra, só queria chegar, exausta, com o corpo espancado de submissões, e enrolar-se sobre si própria, abraçada a si, a consolar-se com aqueles momentos em que as pernas, os braços e os seios lhe pertenciam. Deixou de ser rapariga, lavadeira de rio, de frieiras nas pernas, nas mãos e pele muito fina, atravessada pelo azul das veias e cheia de derrames pequeninos. Menos do que um girino que espaventa a sua hibridez, sem cabeça, só o corpo barbatana.

Um dia chegou a hora.

A irmã a dar-lhe instruções secas, com um abatimento usado e gasto e, quando Maria Clara protestava, soltava suspiros de impaciência, indiferente aos seus lamentos, dava-lhe apertões nos braços com dedos de tenazes até a deixar com nódoas na pele que logo arroxeavam de sangue pisado. Maria Clara empurrada pela irmã para dentro do convento, com roupa nova e cabelo apanhado numa trança que a irmã alisou com cuspo e visco de lesmas. A mesma freira da outra vez analisou-a, também ela com dedos de tenazes lhe dava apertões, quando ela ensaiava um choro, confiscou-lhe o enxoval e farejou-lhe os recantos do corpo, intrigada com aquele seu cheiro a lodo de rio. Pelo sim pelo não, benzeu-se e franziu os lábios em preces tementes. O último olhar à irmã, do outro lado do gradão, já não era digna sequer de o transpor, os olhos dela tão embaciados, tão embranquecidos que nem as pupilas e a íris se distinguiam. Olhos de cega por exaustão, que não se despediam, apenas confirmavam que a menina

ficava entregue, arrumada naquele espaço sagrado onde só havia arestas ou pedra polida. E cheiro a vela. Nunca mais o toque suave da água do rio, o conforto do musgo, a sinfonia dos sapos. Passaram-se anos, Maria Clara cresceu muito mais depressa do que as outras internas, as freiras tomavam-na por mais velha, exigiam-lhe esforços, alinhos, posturas. Ela desajeitada para os labores, destravada na doçaria, deselegante na persignação, desafinada nos cânticos, atabalhoada na oração. As freiras moíam-na de pancada, insultavam-na, lembravam-lhe, a propósito e a despropósito, as impudicícias da mãe e da irmã, obrigavam-na a dormir dias seguidos num estrado de grãos-de-bico, para aprender, para se lembrar, para sofrer, para expiar, senão os seus pecados, que eram apenas desajeito e desformusura, mas os alheios, os da irmã, os da mãe, até os da cabra que ela nunca roubara. Foi dessa altura que ganhou aquele andar gingado de pernas meio dobradas, a ver se passava pela idade que realmente tinha e conquistava um pouquinho de condescendência.
Tudo isto Maria Clara, nua na praia, desfiava a Teresa numa correnteza, como se, ao sair a pedra que lhe interrompia a garganta, se rompessem os diques a desvendar a verdade, a jorrar, torrencial... E Teresa meio distraída, com o seu olhar de ver ao longe a inspecionar o horizonte, como fazia todas as manhãs, a tentar inverter o enredo daquela prosa. Queria saber mais sobre o capataz, quem era, de onde vinha o homem que fora poeta e se tornara negreiro.

Tarde demais, Teresa destapou o que ela calara durante tantos anos, agora teria de deixar sair até ao fim, como na emergência de um parto, que não pode ficar a meio.
Fora na única vez em que Maria Clara saíra do convento, uma visita a uma senhora benemérita do convento que nos últimos estertores queria morrer rodeada de virgens, para

baralhar os anjos que já a levavam, a ver se a sua devassidão se diluía na pureza das meninas. A velha arfara durante dois dias, elas sem arredarem do leito de morte, numa perpétua ladainha, elas a caírem para o lado de sono e fome, enjoadas do cheiro que a moribunda exalava de uma barriga arquejante, uma protuberância descomunal, um tumor que se drenava lentamente por estrias rasgadas na pele distendida, encharcada a coberta de um líquido amarelado e pestilento. Maria Clara pecava, sim, com toda a convicção, rezava, pois, para que a velha morresse de uma vez, mas, assim que a respiração se sustinha e aquela barriga repugnante se aquietava e as meninas ansiavam de esperança, logo retomava de um arranco, vindo já das profundezas, o seu fôlego teimoso. Quando regressaram, dada a extrema-unção, depois de tanta penitência, exaustas de ver uma barriga exangue e purulenta a subir e a descer numa luta insensata contra a morte, e a refletirem como a insistência de um corpo condenado a viver pode ser, além de cruel, algo muito pouco católico, e as freiras também fatigadas, a guiar aquele grupo de meninas sonolentas de passos arrastados, como a mãe pata lidera as crias, acederam em cortar caminho, em fila indiana, pelas ruelas da cidade anoitecida. Maria Clara apurou o olfacto e apanhou no ar um pouco do cheiro a lodo da sua infância. Depois foi um vislumbre, um vulto na janela, um ondear de cabelos, o mesmo jeito de os afastar com um meneio indolente... Maria Clara reconheceu imediatamente a sua irmã, a única pessoa que lhe restava no mundo, o único colo onde ela poderia chorar de uma só vez as dores de tantos anos, de tantas vergastadas, de tantas noites a penar, sem posição, deitada no estrado dos grãos-de-bico. Colheu com os olhos cada pedaço do caminho, cada casa, cada puxador de porta, cada ombreira, cada telhado, cada ponto de referência em que reparam os não alfabetizados para se orientar no sentido inverso, à menor oportunidade de se evadir do convento. O projeto tornou-se rumo de vida, o que lhe dava alento de se levantar para as novenas todas as madrugadas, de aguentar os maus-tratos e as injúrias das freiras, com um semblante mais afoito do que o costume, o que ainda acirrava mais o sadismo monástico. Foi a ajudar, solícita, a freira quase cega nos despejos que se abriu uma porta. Quando esta se fechou, Maria Clara ficou do lado de fora. Com uma espécie de vertigem de quem se vê, ao fim de tanto tempo, sem vigilância nem paredes para a ampararem, saiu para campo aberto, na sequência exata que tinha decorado para chegar até casa da irmã, aquele sobrado ao virar da esquina, o puxador de porta em forma de mãozinha a segurar uma bola, as telhas em bico no telhado, as glicínias de um jardim, e foi dar a uma ruela esconsa, à tal casa onde avistara o vulto da irmã. Curioso como o caminho, feito de passos retrocedidos, lhe parecia tão mais longo e cheio de sustos do que quando o percorrera acompanhada, na fila indiana de meninas ensonadas. Os pés arrastavam-se da mesma forma, talvez até com mais renitência, não era do cansaço, mas da incerteza,

 que faz sempre atrasar o passo.

Um sopro quente, vindo do rio, trouxe-lhe o cheiro a lodo da infância e com ele um pouco mais de coragem. O coração descompassava-se, ao contrário da marcha, corria lesto. Às portas das casas, sentadas de pernas abertas nos degraus, as mulheres tentavam refrescar-se do calor que se adivinhava denso e compacto, apesar de a manhã estar ainda a inaugurar-se. E abanavam-se com as próprias saias, sem cuidar de resguardar as suas partes estreitas. Maria Clara entrou na rua, cabeça enfiada entre os ombros, os olhos das outras fincavam-lhe as costas cobertas com um xaile costurado por ela,

tão desacertado nas malhas que, disseram-lhe as freiras, nem para a caridade servia,
e a camisinha branca de chita, abotoada até ao pescoço, e apenas a ponta dos dedos saída das mangas, à moda das meninas admitidas no convento. Começava a avolumar-se um burburinho de comentários escarninhos que a alvejavam por trás. Não eram só picadas, mas socos que a deixavam sem ar, a escutar o seu próprio fôlego e as rótulas dos joelhos a tremer. A mulher gorda, a mesma de anos antes, era capaz de jurar Maria Clara, a tal que as assustara com os ombros da largura de coxas, a que se pusera entre elas e os dedos de homens, ventosas de osgas. Olhou-a a medo, o escasso cabelo tingido, crespo, deixava antever uma cabeça calva. As carnes vacilavam, pendentes, já não lhe parecia tão assustadora, nem tão grande, mas ainda assim lhe fez sombra. Ela indagou ao que vinha, Maria Clara contou-lhe da irmã. Que sim, respondeu a senhora gorda, flácida, e o duplo queixo era só pele engelhada de peru. Mandou-a entrar para um corredor comprido e estranhamente torto, como um cotovelo do rio, tão diferente das linhas imaculadamente perfeitas do convento. Maria Clara calcou as tábuas do sobrado, e também aí os seus pés sentiram os desníveis, os volumes que serpenteavam por baixo do chão, como se uma toupeira tivesse enchido aquele corredor de galerias subterrâneas. Havia ali algo de muito inquietante, Maria Clara imaginou um tentáculo debaixo das madeiras, que ela calcava, amolecidas, ao passar, e que no final do corredor podia enroscar-se nos tornozelos, e vieram-lhe à lembrança as polpas lânguidas de homens. Mas seguiu na escuridão, animada pela confiança de que os passos rotundos que a precediam certamente esmagariam os monstros, vermes ondulantes daqueles interiores. A mulher roçou-se por ela, para lhe passar adiante,

o corredor tão estreito que, para dar passagem a duas pessoas, elas tinham de se comprimir entre as paredes,
e então sentiu o bafo da mulher, o hálito de maçã podre que ao longo da vida foi encontrando em muitas pessoas gordas, quando já pouco tempo lhes restava de vida.
Ela abriu-lhe a porta rangente, que entrasse, era o quarto da irmã, podia esperar à vontade, chegaria sim, não tardava. Maria Clara entrou, confiante e aliviada, salva pela mesma mulher duas vezes, com meia dúzia de anos pelo meio. Numa atrapalhação, tartamudeou qualquer coisa e dirigiu-lhe uma vénia de agradecimento, como lhe haviam ensinado no convento, mas deve tê-la feito com desacerto,
    bem a descompunham as freiras,
    sacrificai-vos! privai-vos!
que a mulher gorda lançou-lhe um trejeito de desagrado e fechou-lhe a porta, com estrondo, sem dizer mais.
Maria Clara não soubera na altura como interpretar aquele esgar da mulher,
    mais tarde, as outras mulheres haviam de o classificar de forma muito maldosa,
    um ar de cio de gata velha.
Mas só desconfia quem conhece, só suspeita quem é avisado, só pressente quem experimentou uma porção, ainda que pouca, da vida, e lá dentro do convento ela entrava filtrada pela beatitude dos vitrais e os ruídos do mundo já chegavam muito amortecidos aos claustros interiores. Por isso, repousava a sua castidade na berma de uma cama de palha podre, bolorenta, manca de uma perna, e tão oscilante como um barco embriagado. Aliviada com o triunfo da sua fuga, com a sagacidade da sua orientação, com a gentileza duvidosa da senhora gorda, dentro em pouco reveria a sua irmã, segurar-lhe-ia nas mãos finas, cheias de derrames, e descansaria a

cabeça no cheiro a lodo do seu colo, quantas saudades, a única palavra que reconhecia de tanto reparar nos túmulos do convento,
   eterna saudade,
agora tinha a certeza de que não seria eterna... Como lhe garantiam as freiras, aquele convento seria a sua sepultura, que nem para esposa ou criada tinha salvação, nunca haveria de abalar dali, nem sentir o cheiro a lodo do rio, nem a sinfonia dos sapos, até se tornar freira servente, a freira cega dos despejos...
   Porque uma órfã que não se torna esposa ou mãe fica para toda a vida
   a órfã.
Ela e a irmã voltariam a trabalhar juntas no rio, com as outras mulheres, mostrar-lhes-ia como crescera, como já não era uma inútil, como já tinha força nos pulsos para torcer a roupa. E espancar as colchas com toda a impiedade contra as pedras até elas cederem e se despedirem das nódoas.
Sentia-se em paz, na antecipação do afago. Longe do incenso, dos castiçais, das talhas de anjos e serafins, dos santos supliciados que a seguiam com um olhar ímpio, do estrado de grãos-de-bico, dos dois dedos gélidos das freiras dentro dela, a investigar, diligentemente, nem ela sabia bem o quê...
O barulho da fechadura a desengatilhar-se, o seu coração a acelerar em solavancos descompassados, a porta a entreabrir-se, ela a levantar-se de um pulo na urgência do encontro. Depois não sabia bem como se passara, tentou explicar a Teresa, que mantinha os olhos à altura do mar. Não sabia precisar, se fora primeiro o riso escarninho, atrás da porta,
   de gata velha com cio,
se o vulto de homem que se aproximava dela na obscuridade das portadas o que a fizera primeiro aperceber-se da

cilada, ela metida dentro da toca do verme comprido e repelente, o monstro subterrâneo que atravessava o corredor por baixo do soalho encurralava-a ali, já tateada por todo o corpo, com tentáculo de mil ventosas húmidas, a levantar-lhe a saia, a emaranhar-lhe pelas pernas acima, os colchetes a descoserem-se porque os tentáculos já serpentavam por baixo da camisa, com movimentos ondulantes, como por baixo do soalho do corredor. E ela a ser manipulada, de trás para a frente, do avesso, como um frango já depenado e sem cabeça, segurada pelo pescoço, e uma ligeira pressão bastava para que sufocasse e desmobilizava qualquer intento de gritar, os seus cabelos desmanchados, quase tocavam o chão, dobrada sobre si mesma, galinha decapitada, revirada pelas tenazes, ela tão leve àquelas mãos, um pau de virar carne num lume que lhe secava a garganta, a cara em brasa, frango depenado de pescoço pendente, o sangue a afluir-lhe à cabeça empurrada para baixo, a assistir aos pés calçados do homem enorme a afastar-lhes as pernas, dobrada de bruços sobre a cama convulsa, barco em mar de tormentas, um barco bêbado, e uma dor aguda afiada, o meio das pernas, seco e ardido, ficou húmido de sangue, afluente de dor que viu a escorrer entre as pernas misturado com um líquido branco e viscoso, quando o vulto se afastou num urro final de verme subterrâneo. E, quando a porta se fechou, ela permaneceu estática, de bruços sobre a cama, pensando que, se se mexesse, outros vultos dariam pela sua presença, intrusa, na toca do lobo. E viriam de novo os tentáculos com espigões em brasa. Todos os assombros que as freiras lhe contavam e que, durante tantos anos, lhe atormentavam a noite tornavam-se realidade, queria rezar, mas a voz não lhe obedecia. Com o cuspo misturado com vómito, o estômago embrulhado, começou a erguer-se muito devagar, as pernas tremiam-lhe, agachou-se no chão e não reteve a urina, e aí entrou num pânico absurdo, se a mulher gorda entrasse e visse a sujeira em que ela deixara o quarto, todos aqueles fluidos misturados, queria lavar-se por baixo no rio, como via fazer a irmã, mas apressou-se a puxar o seu próprio xaile mal costurado e empapou toda aquela mistela, escondeu tudo debaixo da cama manca. Sentia-se uma trouxa, como o xaile empapado, tentava amanhar-se, separar os cabelos que se colavam à cara lambuzada de suor e saliva do homem, mas as mãos bambas não acertavam com os colchetes, alguns arrancados, apertou-os, mesmo desencontrados, com os dedos a tiritar, num frio absurdo dentro do quarto ardente, com os membros quase congelados e hirtos, paralisada e muda, mexia os olhos, reparava na porta, na maçaneta que agora tornava a rodar, e ela espojada a um canto, a fazer-se ela própria num trapo sujo largado no chão. E quem abria a porta era a irmã, e ela de boca bamba tentou sorrir-lhe, mas deve ter saído uma cara medonha, porque o pânico dos minutos atrás ainda não se tinha retirado do rosto.

O rosto é a última coisa a ser abandonada pelo pavor.
E a irmã certamente reparou-lhe na cara deformada, afogueada, a boca pendente, e puxou-a com brusquidão, a analisar-lhe as saias e a reparar no meio das pernas e no lastro de sangue que por elas abaixo escorria. E isto, contava Maria Clara a Teresa, fora muito pior. Porque onde ela pedia proteção, a irmã mostrava repulsa, onde ela esperava consolo, a irmã reagia com brusquidão, onde ela esperava alívio para as dores, ela agravou-as ainda mais. E bateu-lhe, sem cuidar onde acertava, tanto, tão raivosa, não com as palmas da mãos, mas com os punhos fechados, na cabeça, no nariz, nos ombros, no sobrolho, e ela agachada no chão a tentar proteger a cabeça dos golpes, a irmã fora de si, a arrepelar-

-lhe os cabelos, a sacudi-la, a gritar tanto com ela, coisas que ela não conseguiu ouvir, momentaneamente ensurdecida, só via através dos seus braços cruzados o rosto irado da irmã, que continuava a desferir golpes com desvairo e ódio. E, daí a nada, apareceram outras mulheres no quarto, a gorda também lá estava a observar a cena, tinha vendido a virgindade da menina, já que ela própria estava pouco prestável para o negócio, e fizera naqueles minutos o rendimento de um mês. As outras agarravam na irmã, mas esta, incessante, ainda se libertava e a insultava, e batia-lhe sem piedade, até se cansar. E foi num momento de alívio que Maria Clara se escapuliu e correu dali para fora, deixando o alarido de vozes de mulher cada vez mais distante, e sem saber como chegou ao rio da sua infância e, mesmo vestida, mergulhou nele, ficou algum tempo debaixo de água, rezou então, preparou-se para o fim, não tornaria mais à superfície, ficaria pegada ao fundo como a trouxa encharcada, repugnante e sem dono. Mas queria viver, o seu irremediável otimismo, o seu bem era o seu mal, porque sem dar por isso já a cabeça se levantava e sorvia o primeiro ar, não tinha forças sequer para se matar, mas deixou-se ficar imersa na água muito tempo, até a pele das mãos e dos pés ficar engelhada. Aos poucos, a serenidade do rio trazia-lhe placidez ao discernimento. O apelo familiar da sinfonia de sapos veio ao seu encontro. Recuperava, os movimentos respondiam-lhe suavemente sem o esforço que é necessário fora de água. Aliviava-se-lhe a ferida interior. A humilhação do verme com tentáculos foi tapada pelo ressentimento de ser tratada com desamor pela irmã.

Às vezes os infortúnios não acumulam, são soterrados por outros que se lhes sobrepõem,
refletiu, com a água a rasar-lhe o queixo. O que lhe acontecera devia ser tão grave que nunca a aceitariam de volta no

convento. Se as freiras voltassem a inspecioná-la por dentro, logo dariam pelo desastre. A irmã não lhe perdoaria nunca, tudo o que ela sacrificara,
    a si mesma, ao seu corpo, à sua vida
para lhe arranjar um sustento, um bocadinho de dignidade, um teto, desabou ali sobre a sua cama apodrecida e manca. Maria Clara saiu da água pingada, as outras mulheres, lavadeiras do rio, reparavam, mas ninguém troça de uma rapariga pingada que arrasta o peso das roupas alagadas e tem as unhas dos pés sujas de lodo. Vagueou por ali, a reconhecer o território, a calcar bem os pés no chão amolecido, a passar os dedos pelo musgo do granito. Em pouco menos de uma hora envelheceu dez anos. Quando entrara no corredor torto era uma menina, tão novinha que ainda nem lhe tinham vindo os sangues. Quando fez o percurso inverso, vinha já com rugas de pavor grudadas à cara. E essas nem a água do rio conseguiu desvanecer.
    Um corpo de rapariga com uma cara de velha rondava pelas margens do rio.
Nem sabia dizer quanto caminhou, quantas vezes atravessou o rio debaixo da ponte, quantas vezes o cruzou acocorada no canto da barcaça, o barqueiro nem lhe cobrava o dinheiro que ela não tinha,
    ninguém perturba com coisas de superfície uma rapariga que vai com olhos tão mergulhados nas profundezas,
pensou tanto, fez tantas contas, tantos cálculos, refez tudo, tantos discernimentos, anoiteceu e nem deu conta. Adormeceu, enrolada num dos degraus de granito, almofadado com o musgo húmido. De manhã, o rio subiu até à sua mão, o braço abandonado durante o sono. Esta evocação infantil fê-la sentir-se tão grata, era benevolente por vocação,
    ávida de vida,

incapaz de guardar rancores, às freiras e às vergastadas, ao vulto, verme subterrâneo, que a dilacerara por dentro e lambuzara por fora, à mulher gorda que lhe vendera a virgindade, à mãe que a abandonara, à irmã que não a consolara. Até a Deus, que não a protegera. E apesar do seu pecado, uma menina ajoelhada à cama de moribunda a rezar pela aceleração da sua morte. Não acreditava num Deus vingativo, antes num Deus distraído.

Deus distraíra-se dela, não podia levar a mal.

Pela primeira vez, atentou em si, na enorme nódoa roxa que se formava entre as pernas, uma borboleta enxameada de pequenas pintas negras. Nos hematomas espalhados pelos braços, que se permitiam saltar, como de pedra em pedra, para lhe atravessarem o corpo de uma ponta a outra. Sorriu com esta ideia.

O seu corpo-rio dava passagem.

Concluiu que gostava demasiado de estar viva. Arrancou um bocado de musgo e deixou-o ir, a flutuar, arrastado pela corrente. Era assim que a sua existência seria levada, à deriva, pelas correntezas da vida. E os anos correram-lhe por um rio abaixo. Primeiro juntou-se às lavadeiras, os seus pulsos muito mais capazes de torcer roupa, só não havia trabalho que sobejasse para tantas mãos de mulher, a esfregar e a branquear a roupa das senhoras. Não muito tempo depois, a sua correnteza desembocou num desses becos sombrios, cheio de gemidos e de vermes subterrâneos de ventosas nas polpas dos dedos. Os vultos já não lhe metiam medo. Eram apenas homens, afinal. Homens violentos, homens imaturos, homens que pediam licença, homens assustados, homens que só se satisfaziam se a fizessem gritar de dor, homens que tinham medo de mulheres, homens que tinham medo das mães, homens impotentes, homens fracos, homens brutos, homens transitórios, homens pesados, homens quebradiços, homens velhos ainda que novos, homens velhos mesmo velhos, homens ricos que só no cheiro da pobreza se excitavam, homens insignificantes no ato, entravam altivos e saíam curvados, homens sem coragem, homens decadentes, homens precários, homens que cheiravam mal da boca. Nunca lhes decorava a cara,

    no seu quarto de escombros eram vultos todos os homens, mas fixava-lhes o hálito. O hálito a maçã podre dos homens gordos, o hálito a vinho dos homens violentos, o hálito a brócolos, o hálito a esterco dos campos lavrados, o hálito a azeitonas antigas, o hálito a jejum prolongado, o hálito a vómito seco, o hálito a escorbuto, o hálito a suor azedo, o hálito a urina velha, o hálito a outras mulheres, o hálito a sangue, o hálito a menstruação, o hálito a lodo do rio... Era o de um rapazinho, pouco mais velho do que ela,

    não a reconheceu, não trocaram palavra, que as urgências não eram de conversas,

mas, sim, talvez um daqueles que formavam, outrora, o bando dos meninos do rio, a sobreviverem da pesca e da caridade, a engolirem girinos sem mastigar e a imaginarem-nos vivos dentro das suas barrigas. Gostava de pensar que este seria o pai,

    chamava-se Henrique o moço sardento da sua infância, do primeiro menino que entregou na roda, apesar de o rapaz ser louro e o bebé saído com cabelo cor de carvão, que ela mesma foi levar ao convento, à roda dos enjeitados, e tocou a sineta, escondida, para ver o cilindro giratório voltar para dentro, puxado por uma freira. Mas tantas histórias cruéis lhe contaram dos maus-tratos a que votavam os pequeninos que não levassem alguma pulseirinha de ouro ou uma cinta de seda a comprimir-lhes o umbigo, pequenas medalhas com monogramas, a denunciarem-lhes mais distintas origens,

imaginava-os despidos de frio num estrado e os grãos-de-
-bico seco a perfurarem-lhes a carne tenra e a moleirinha,
que preferia entregar os seus pequeninos ao rio, dentro de
um saco de pano, se alguém a interrogava sobre o que levava, e o que se movia e gemia dentro da trouxa, Maria Clara
não se atrapalhava, dizia que eram gatos que ia afogar ao
rio, e ninguém tratava de indagar, mesmo que não acreditas-
sem. As mulheres aconselhavam-na, chás e infusões de ervas sabinas e arruda, diuréticos, iodo e plantas tóxicas, aloés
misturado com centeio para provocar abortos, que a gravidez baixava muito o valor de mercado de uma prostituta. E
ela assim fazia, e tinha a sensação de vomitar por baixo, em
contrações contrariadas, os girinos vivos que engolia na infância. Se nem assim resultava, vinha o suplício da tecedeira
de anjos, uma prostituta velha,
    só na reforma conseguira este posto com o nome mais
bonito do mundo,
e que se especializara em introduzir o polegar e o indicador
o mais profundo que conseguia e, com as suas unhas recurvas e afiadas, puxava e trilhava as membranas até as romper,
numa hemorragia que alagava tudo à volta, como um dique
que se desfaz, assim que a mulher retirava a mão. Por mais
de uma vez se cruzou com a irmã, não operavam no mesmo
bairro, mas às vezes a polícia fazia uma rusga por Coimbra e
levava todas para identificação e desinfecção. Rapavam-lhes
o cabelo e davam-lhes uma carga de pancada ou duches de
água gelada,
    ou ambos.
Nessa altura, estavam demasiado assustadas para se aproxi-
marem uma da outra, não encontravam o que dizer.
Outra vez, numa das suas raras saídas, reparou na irmã ao
longe, entre a neblina do rio, a trazer consigo uma figuri-

nha embrulhada sobre si mesma, com passos titubeantes, e a irmã com muito carinho a incentivá-la a andar, mas ela hesitava e tremia, as mãos apoiadas num varapau, a sondar a profundidade da lama, provavelmente não ouvia.

E, na neblina, a surdez é uma forma de cegueira.

Maria Clara reconheceu-a, a idade trazia-lhe aviso e sagacidade. Via melhor agora, sobretudo na neblina, tinha vantagens sobre os outros, o rio e seus vapores jamais lhe turvariam a vista. E lembrou-se então da mulherzinha de olhar esquivo que vinha espreitá-los, em miúdos, quando tomavam banhos no rio e faziam os maiores destrambelhos, eufóricos com a água e a sua energia. E de quando a viam a espreitar entre a vegetação, aquela figura de cara amarelada e sempre com uma ferida que não sarava no canto da boca, cabelo tão ralo que toda ela parecia folha roída meticulosamente por bichos-da-seda. A miudagem rejubilava com a descoberta, a mulherzinha entre os arbustos, cuidavam que os queria ver nus e zombavam dela, chamavam-lhe cabra, mestiça, rameira e corriam-na à pedrada. E ela esgueirava-se escorregadia como um réptil para longe da miudagem. Ela própria a xingara e lhe atirara pedras. A irmã nunca teve coragem de lhe dizer que a mulher alvo da chacota, que só as vinha contemplar, e nunca ajudar ou saber como estavam, era a sua mãe. A tal que, inventara ela, orgulhosa, estava presa por roubar leite a uma cabra.

Com a idade, a irmã deve ter-se apiedado da mendiga, já com o sistema nervoso atacado pela sífilis, sem saber quem era, quanto mais quem eram as filhas, e guiava-a por entre os locais das suas infâncias. Era uma imagem inóspita, triste como pedras sem humidade nem limos, só a aridez do sol.

Numa das rusgas, os guardas não eram os mesmos, nem falavam da mesma maneira. Meteram as mulheres numa carroça e seguiram para Lisboa. As outras, em pânico, baliam, ovelhas a caminho do matadouro, arrepelavam-se, arranhavam-se, desfiguravam-se, gritavam pelos filhinhos, que não os tornariam a ver. Maria Clara, determinada no indeterminismo, a seguir como o tufo de musgo nas correntezas do rio, deixou-se ir, com uma placidez que impacientava as vizinhas de infortúnio. Iriam embarcá-las, teriam de prestar serviço aos homens do mar, e depois aos praças sediados numa fortaleza, interposto de escravos em África. Maria Clara até se animou, nada a prendia, também nada a soltava, tudo continuava na mesma, ensinaram-lhe no convento que o paraíso fica sempre do outro lado do deserto, fosse este feito de areia ou de água. E talvez os homens do mar fossem diferentes.

Engano seu, os marinheiros eram iguais aos da terra, só o suor era mais salgado, e a saliva empastava-se-lhes na boca. Em terras africanas ficou muitos anos, muitos mais do que os que viveu em Portugal. A vida não era tão dura, tinham sempre comida sobre a mesa,

Deem-lhes pão, vinho e candeia,

E cama, tudo de graça,

determinou um oficial.

Nem se esforçavam para se mostrar bonitas, ali ser branca bastava para atrair o macho. Nos tempos livres, ajudavam algumas escravas a seguir o seu mister, Maria Clara aprendeu alguns dialetos, achou que o seu rio tinha desaguado ali para sempre, a servir o regimento. E não era pior do que supunha, só passavam um mau bocado quando vinham as caravanas de escravos do interior, seres de olhos atónitos, vergados pelo temor, assarapantados pelos equívocos, todos achando que iriam ser devorados. Aí, ela e as outras mal tinham tempo de lhes acudir, os capitães portugueses chegavam diretamente dos sertões até às suas pernas abertas com espuma

na boca, ainda com o ódio e a violência mal estancada nas suas línguas que não beijavam, arrancavam. E tratavam-nas como se fossem um buraco na terra, enfiavam-se nelas até as deixarem derreadas, esmagadas, consumidas pelas suas fúrias. Um após outro e outro e outro. Quando finalmente se saciavam, ou se embebedavam, elas saíam condoídas das tarimbas e iam aliviar as dores umas das outras e começavam falando, logo outra cantando, e as mágoas silenciavam-se. Foi para não correr o risco de engravidar destes demónios que Maria Clara fez uso de um hábito local, introduziu um tubérculo no útero para impedir a fecundação. Por azar, a batata grelou e os seus interiores ficaram de tal maneira infectados que perdeu os sentidos, mesmo com um homem, desses, muito espasmódico, em cima dela. Só dias depois a febre amainou e ela deu algum acordo de si, parecia melhorar, exigiam que voltasse ao trabalho, alegavam que se tratava de uma crise de paludismo que, mais cedo ou mais tarde, chegaria a todos, mas ela era repudiada pelos homens que viam escorrer-lhe entre as pernas aquele líquido fétido. Já sem saber o que fazer, as outras mulheres deram-na como perdida. Foram largá-la numa palhota, abrigo de caçadores, afastada da fortificação, de vez em quando iam deixar lá água e um pouco de leite de coco. Maria Clara nem tinha forças para se endireitar e lhes chegar. Deixou-se ir no seu rio, nos seus sonhos, naquela mulher esquiva e escorraçada por bandos de miúdos selvagens, nos bracinhos que ainda se moviam debaixo de água, dentro dos sacos de pano, e jaziam no fundo, como jardins de sargaços. A cabeça pesava-lhe, todas as suas veias escorriam nesse sentido,
    apagava-se, e aceitava morrer sem protesto,
para um mar onde o seu rio se diluía. Morria naturalmente sozinha, sem ninguém à cabeceira. Contam que o capataz

veio dar com ela coberta de insetos, que já faziam carreiro por cima e por dentro. A pele era picotagem, de gordas babas, crateras. Agora tornara-se ela a mulher roída, herança da mãe. O homem levou-a em braços para a povoação que parasitava as imediações do forte, ele mesmo se encarregou de lhe extrair a batata de dentro dela, e com ela vieram atrás os ovários e o útero, numa amálgama de pus, sangue e grelos de tubérculo apodrecido. Dizem que ele a regou com óleo de dendê e lhe desfiou os cabelos, um por um, para lhe arrancar os piolhos e as lêndeas. Forçava-a a ingerir caldos, renovava-lhe um pano de água na testa, encarregava-se da sua higiene. Nos raros momentos de lucidez, Maria Clara vinha a si, e não via um vulto, mas um homem que lhe apaziguava os tormentos, mas logo tornava a entorpecer-se-lhe o cérebro, ardente de febre. Aos poucos, de pernas que fraquejavam como os juncos do rio, lá se levantava e ia até à porta, apanhava ar, mas tudo lhe dava náuseas e tonturas, tinha de regressar de gatas à esteira. Conhecia-o, ao homem, não por ele recorrer aos seus serviços e aos das companheiras, temia-o, sim, sabia o ódio que repousava atrás dos dentes dos escravos que ele maltratava, nos das mulheres a quem ele arrancava os filhos, nos flagelados, nos trucidados, sem dó nem piedade, até lhes retalhar os músculos das costas e aspergir tudo de sangue. Era chamado para os trabalhos sujos. E fazia-o com olhos raiados de vermelho. Maria Clara temia-o, sim, e não muitas vezes fingia dormir quando ele se aproximava para averiguar da sua febre. Ela semicerrava os olhos, espreitava-lhe os braços tensos, reparava nas estranhas tatuagens cujo significado não entendia, no direito braço uma chave negra, no esquerdo o contorno de uma fechadura, tão diferentes dos desenhos que encontrava marcados nos corpos dos homens, mulheres nuas, bailarinas com saltos altos e meias pelo joelho, cristos e sereias.

Maria Clara foi-se tornando presença silenciosa na cabana, arranjava tudo na sua ausência, preparava alguma comida, cerzia-lhe a roupa. E ele, ainda mais silencioso do que ela, entrava na cabana sem nunca abandonar o chicote avermelhado a descer-lhe pela cintura como marabunta e deixava na bacia de água de lavar as mãos cheias de sangue de preto. Ela sabia retirar-se para o seu canto assim que o capataz chegava, sem sonhar o que esperar. Pela noite fora, sentia passadas fugidias, pés de mulheres descalças que vinham deitar-se com aquele homem atroz que as atraía sem palavras nem rodeios, apenas com um olhar. Dizia-se que, se ele demorava o olhar nalguma, logo lhe dava o feitiço, e elas, mesmo cheias de pavor, vinham de noite, trémulas de desejo. Maria Clara escutava-lhes os gemidos, os ardores, não conhecia aquela outra forma de um homem entrar dentro de uma mulher. A si nunca lhe deitara aquele olhar, foi-se desinteressando pela sua saúde à medida que ela se fortalecia, fez dela mulher de casa, cozinheira e cúmplice das noitadas furtivas. Maria Clara recuperava, mas sabia que se perderia, irremediavelmente, se tivesse de levar com os homens demónios, naqueles transes epiléticos, a espumarem da boca em cima dela. E a primeira vez que saiu à rua foi vestida com as roupas velhas do capataz, e de cabelo tão curto que todos a julgaram homem.

 E a melhor maneira de escapar dos homens é tornar-se um deles.
O capataz dirigiu-se a ela, naqueles preparos de um ele, com a maior das indiferenças e foi o primeiro a chamar-lhe José. Também foi ele que lhe explicou que
  não são os deuses que dormem, os homens é que os sonham.
Abriu-se um afluente na vida de Maria Clara, por isso ela era uma otimista, quando tudo parecia perdido, o rio concedia--lhe um novo rumo, uma nova vida.

Era agora o criado, o ajudante do capataz, o que antecipava as suas vontades, as suas precisões, sem nunca pedir nada em troca. Seguia-o, acompanhava-o com a mercadoria nos navios negreiros e obedecia-lhe, surdo às súplicas dos escravos. Chegavam apavorados, agrilhoados e supliciados por uma viagem de semanas. Atónitos à vista do mar, o primeiro choque. Muitos nunca tinham avistado tamanha amplidão de água. E as ondas, paredes de água, que se faziam e desfaziam. Depois a construção inusitada de pedras, todos aqueles homens brancos,

    para eles a morte era branca, a cor dos espíritos,

    como excrementos de abutre secos,

com barbas, trajes absurdos, que berravam coisas incompreensíveis, com as suas bocas hidrófobas. E queriam fazê-los entrar para canoas gigantescas, com asas também elas horrendamente brancas. Muitos pensavam que era o fim, que os espíritos medonhos iriam tirar dos seus ossos a pólvora, e das carnes o azeite. Depois de os marcarem com o ferro em brasa, a cerimónia do batismo fazia-os uivar de pavor. E o capataz, que de argumentos só conhecia o da força e o da brutalidade, desferia golpes nos que se lançavam ao chão, desesperados à vista do padre, feiticeiro que de uma selha de madeira deitava água batismal nas cabeças dos negros dispostos em fila, sem cuidar se aquelas pingas penetravam ou não através do cabelo emaranhado, encrespado de gordura e imundície. Terminado o cerimonial, seguia-se a prédica do padre

    Atentai que já sois filhos de Deus. Ide para terras dos Portugueses onde aprendereis as coisas da Santa Fé. Não vos lembreis mais das vossas terras nem comais cães, nem ratazanas, nem cavalos. Ide de boa vontade.

José, com seus parcos conhecimentos de Kimbundu, traduzia. O que lhes dizia, quis saber Teresa, que se mostrava particularmente atenta às partes do relato em que entrava em cena o capataz. José fazia-lhes o mesmo discurso, o que lhe parecia realmente útil para aqueles desgraçados,

    Parentes, olhai para o que vos digo, abri vossos olhos. Aqui está água doce e ali a água do mar, que é salgada. Da água salgada não haveis de beber porque dá diarreia, desta doce bebereis, porque é água de brancos.

Teresa voltou-se distraída, novamente os olhos errantes numa manhã que se anunciava em tons arroxeados, fixou-se na santa, ou no que restava dela, lá num altar atulhado de pedras brancas e pretas,

    mais pretas do que brancas, notou.

Um busto de santa, careca, de pernas amputadas à pedrada, farpas aguçadas dos estilhaços. Maria Clara nua, já sem se tapar com os braços em cruz, olhava-a desconfiada, nesta súbita empreitada em que se metera, ao que parecia, com alguma urgência. Teresa trepou, despiu o vestido à santa, que ficou um lenho informe, expostos todos os buracos do caruncho,

    como uma santa paralítica e com varicela,

e passou a Maria Clara o vestido esfiapado, com os bordados tão desorganizados que pareciam teias de uma aranha enlouquecida. E com o mesmo ar autoritário com que ordenara

    Despe-te!

Firmava no seu corpo desarmado e mísero os olhos de paciência carbonizada e decretou,

    Veste-te!

Maria Clara envergou o vestido, que lhe ficava pendão, ridículo, grotesco. Havia tantos anos que não se vestia de mulher, que usava bragas em vez de saias, não se acostumava no andar, os folhos tolhiam-lhe os passos, embaraçavam-se os dedos dos pés nas rendas pendidas. Um moinho desastrado, de asas rotas e fendidas, ao vento. Temia que o menino, o

seu Henrique, a estranhasse quando a visse naqueles trajes, que o capataz reprovasse, que Emina rejeitasse a sua devoção de vassalo digno, que o padre a amaldiçoasse. Teresa não se compadeceu, estavam a ser observados, tinha a certeza, se não por Deus, entre as nuvens, pelo olho de baleia horizontal. Estas afrontas à moral, aos bons costumes, poderiam ser fatais. Admitia tudo naquela praia, tudo, menos aquilo, onde já se viu uma mulher vestida de homem, até poderia enfurecer o mar, amolecer a arriba e por causa de um só irem-se todos.
Maria Clara escutava-a, obediente, mas desolada. Sentia também que a sua versão feminina a declinava mais do que a masculina. Os seus dentes rasos da frente condenavam-na para sempre a um sorriso dissimulado, de mão a tapar, ou com a boca fechada. Como o sorriso da santa. E a ideia torceu-lhe o estômago de pavor. Viu as suas roupas desfeitas em tiras, tão imundas e engorduradas, com cheiro a sangue de cachalote apodrecido, que só para as tochas serviriam.
Maria Clara expectante aos primeiros movimentos de despertares na gruta. Era o padre que acordava e recolhia as suas redes para a pescaria daquele dia. Passou por ela, mirou-a, sim, de alto a baixo, com um esgar de estranheza, mas passou adiante, ia ter com Teresa que estava à beira-mar, tornozelos mergulhados, com o seu habitual olhar de perscrutar horizontes. Misérias, fomes, necessidades, agora o homenzinho virara mulher, tanto absurdo se passara já naquela praia que para mais um não sobrava espaço na cabeça do padre.
Trazia um aperto de se encontrar com Teresa, pela manhã recente, enquanto os outros dormiam, sabia que havia uma certa altura da maré-baixa em que, por detrás do penedo sentinela, se formava uma piscina natural entre as rochas, muito dócil, muito propícia ao que ele sonhava ser o mais

próximo de um encontro amoroso. Marcolino conduziu-a pela mão, como uma dama à alcova, era grave o seu amor, de obsequiosa adoração, sentaram-se na areia pouco remexida pelas ondas, queria que ela abrisse os olhos dentro de água e visse na reentrância das rochas aquilo que lhes fazia tanta falta há já tantas semanas,
    as cores.
Mergulhou-lhe a cabeça, e ele mesmo tapando-lhe a boca e o nariz, com a mão enorme, lhe direcionou o olhar submerso para uma espécie de portal onde não cabiam grandes corpos, nem de humano nem de peixe. Muitas vezes aí o padre enfiara a mão para estancar alguma fome inadiável, para apanhar pequenos caranguejos e moluscos. Dócil, como por vezes sabia ser para Marcolino, Teresa abandonou-se à sua vontade, de cabeça imersa a espreitar para um horto marinho, vibrante de cor e movimento, quando as águas amainavam e a luz incidia coada pela limpidez. O repentino brilho, anémonas roxas, anémonas castanhas com pequenos filamentos que se agitavam, estrelas-do-mar carnudas, a plácida transparência de uma medusa, pequenos peixes que passeavam as suas cores rápidas, as contorções inusitadas das conchas, com seus arcos e rosáceas, e as algas, veias daquele
    puro interior oculto e povoado
paraíso em que Marcolino reparara e lhe oferecia agora, aos seus olhos atónitos, e as bolhinhas de ar que largava da boca e do nariz, em suspenso a respiração, entre o cavo silêncio, rouco rugido das vagas distantes, e a ténue pressão que a sua mão lhe fazia sobre a cabeça.
Emaranhados cabelos roxos, que se abriam, espalhados na água, como as próprias anémonas, nos seus intocáveis labirintos, que se voltam a expandir, assim que um intruso se distanciava e já não era ameaça.

Ali, na mansidão das águas, podia ouvir-se a respiração do mar. E os seus batimentos cardíacos.

A cabeça de Teresa veio à tona, de olhos purificados de deslumbramento, a pensar se aquele mundo também se deslumbraria com ele próprio. E Marcolino nunca a achou tão perfeita, o cabelo escorrido chegava-lhe à cintura e ficava-lhe, ondulante, na superfície lisa da água como um vidro, em redor do corpo tisnado.

Marcolino seduzido consigo mesmo por lhe ter oferecido um momento de beleza intacta, sem o quotidiano conspurcado, a sujeira das pescarias, suas gorduras e excrescências. Homenzinhos grotescos que se transformam em mulheres. A desilusão de uma filha demasiado ténue para as suas ambições de mãe. A brutalidade de um capataz e de um escravo que só atentavam na crudelíssima sobrevivência. Um pretinho que a espremia, a sorvia. Um rapaz de cabelos de açúcar mascavado que não lhe desamparava a filha e só lhe dava cuidados cirúrgicos com as suas pústulas abertas... Era a única coisa bela que lhe podia dedicar, espreitar por aqueles abismos de encantamento. E, por momentos, Marcolino pareceu conseguir resgatar dos olhos de Teresa o seu olhar inicial, quando andava por telhados anoitecidos, a tomar a defesa dos pombos. Mostrava-se a si próprio, naquele tesouro íntimo, esperava que ela o visse com olhos de dantes,

    antes de tudo,
    antes do naufrágio,
    antes do seu casamento,
    antes dos seus partos,
    antes do seu ofício de engordadora de escravos.

Os seus corpos molhados tocavam-se, as duas respirações encontravam-se, tão próximas que era impossível distinguir de quem era qual, a mão dela no seu rosto, a reparar-lhe nos

contornos, ele sabia que não devia ser feio, tantas mulheres lhe sucumbiram, mas não tinha ideia por que estragos houvera passado. Teresa descia agora os seus dedos de inspeção, na boca, no queixo, nos lábios, nos dentes, nas gengivas. Foi o momento exato em que Marcolino percebeu que a tinha perdido,
    não se pode morar nos olhos de um gato.
Teresa reparava e preocupava-se com a sua boca coberta de aftas, e notava-lhe agora sinais de avitaminose no sarrabulho das unhas, e via desolada aquelas palmas das mãos retalhadas, que precisavam de algum descanso para poderem sarar. Marcolino sentia as chagas na boca, passava-lhes a língua e doía, imaginava o inchaço, a desfiguração... E depois Teresa, esquecida das grutas de espanto e de medusas, logo recomeçou a manhã a preocupar-se,
    com a pescaria, com as orientações para aquele dia, com a fogueira, com os peitos que se intumesciam de leite...
Logo se levantou e, ao agitar as águas, turvou-se o paraíso aquático de sedimentos e areias suspensas. Marcolino ficou só, ainda imerso, a pensar que o melhor da sua vida havia de se encontrar sempre na brecha entre duas fragas. E, quando tivera quase tudo, na verdade achava que nada tinha. Lembrava-se agora da cadeira. A cadeira meio bamba que estava sendo jogada fora pelo dono da lavoura e em que o pai pegara antes de virar lenha de fogão. O sorriso de poucos dentes tão bambos como a cadeira. As semanas que andara de volta dela, a remendar o tampo, a consertar as pernas, a pedir aos vizinhos um serrote ou um cinzel para enterrar na madeira pequenas lascas que fortaleciam o que já lá estava e colmatavam o que faltava. E, à precária luz da vela, continuava a aplacar, a ajeitar, a encaixar, a equilibrar... E um dia apresentou-se com o seu sorriso tão simplório quanto desarmante. Estava

pronta a cadeira. Queria que a experimentassem. A mãe, perdida de gargalhadas, faltava-lhe o jeito, temia desequilibrar-se, fazia-lhe tonturas, habituada a andar rasteira, acocorada, de pernas ajoelhadas no chão... Não se acostumava à posição, corpo demasiado moldado às linhas mais curvas do que retas, as ancas não se encaixavam, a coluna não se afeiçoava ao ângulo do respaldo...
    A reta é um desvio da natureza,
e a mãe estava demasiado engolida por ela.
Foi uma alegria breve, na casa-gruta, ele, que já tinha experimentado o conforto dos sofás da casa da senhora, a fingir-se extasiado com o brinquedo do pai. Uma cadeira. E o pai sentava-se e, na verdade, o velho engrandecia ali, as costas obrigadas a endireitarem-se, os joelhos irmanados, os pés paralelos, as mãos solenemente pousadas sobre as pernas, a cabeça altiva. O que não daria agora Marcolino, ali, naquela praia, para ter uma cadeira, poder voltar a sentar-se uns centímetros acima do solo, aquela posição impossivelmente perfeita de alinhar os ossos dos fémures e da anca, a dobra dos joelhos e, a partir daí, o desabar a pique, numa iludível providência.
    Como a da queda de um pardal.
Do tempo em que era feliz e nem o sabia, porque tinha uma cadeira, algo tão humano, tão conforme ao esqueleto, tão genial... Como tinha razão em deslumbrar-se o velho pai, a falta que ele lhe fazia. E ocorreu-lhe que quando voltara, anos depois, à casa-gruta, já morta a mãe, não encontrara o pai sentado na cadeira, e sim no velho toro a fazer de banco, provavelmente tinha-a vendido por meio pataco para as custas dos funerais,
    e o seu dinheiro continuava lá...
Qual daguerreótipo, qual telégrafo, qual iluminação a óleo, qual locomotiva, qual turbina a vapor, a invenção que maior

grandeza dava ao homem era a cadeira. Mesmo a um pobre velho de vértebras moídas, numa casa-gruta, concedia a imponência majestática. Nenhum animal, só o homem civilizado se consegue sentar assim. E era o que ele mais desejava naquela praia, sonhava, tinha desesperos por lhe faltar uma cadeira, por ter este poder de emancipação do solo e sentar-se, elevado, nem que fosse uns centímetros acima dele. Que isto de andarem rasteiros, acocorados, só lhes retirava, de dia para dia, a dignidade. Tivesse ele uma cadeira que chegasse por milagre improvável,
    como são quase todos,
pudesse ele sentar-se, endireitar as costas, recostar a nuca, alinhar as pernas e olhar em frente, e Teresa cederia por ele. Como ele compreendia agora o pai, e aquele seu capricho que não era senão um apelo de humanidade.
Depois de abrir a poça de água, e de formar os pequenos rebordos na areia, à imagem das margens da sua infância, como sempre fazia a cada dia, Maria Clara, agora mais pesada pelo vestido embebido de água e areia, trepou para a gruta com o enorme búzio cheio de água doce. Ao senti-la, o menino acordou e Maria Clara temeu a sua reação, vê-la agora vestida de fantasma do século XVIII. Mas Henrique esboçou o mesmo sorriso de manhã clara e lançou-lhe os bracinhos, numa total indiferença à indumentária, quanto mais ao sexo que ela indiciava. Maria Clara foi levá-lo, como de costume, à senhora, e ela mesma lhe desabotoou a camisa. Já Emina, que começava o dia nos preparos matinais da sua trança, sentada entre as pernas de um criado inofensivo, estacou atónita. O homenzinho que lhe empapava o cabelo docilmente, com o seu cuspo, era afinal uma mulher, como pudera não suspeitar, a ausência de pelos nos braços, nas pernas, o tom maternal da voz, o toque dócil das suas

mãos. Maria Clara sentiu toda a pressão daquele engano, era um logro, uma impostora, falsa, embusteira, indigna da sua afeição. Emina não herdou a severidade da mãe, deu-lhe um abraço, mas um abraço longo, muito apertado, muito amarradas as duas, uma à outra. Quando se largaram, Maria Clara ficou a saber mais de Emina do que Emina dela. E pensou que talvez fosse justo ser ela a envergar vestes de santa. Era a mais virgem das mulheres da praia, não no que tocasse a sexo, mas a amar, que era verbo que ela nunca se atrevera a conjugar.
Nunzio, apreensivo, pesava-lhe demasiado a ferida na perna para dar largas à sua desconfiança, ocupado com esforço dobrado a fazer a primeira fogueira do dia. Julien e o capataz, lá ao fundo, na pesca, sobre as rochas, aos quais se juntou o padre Marcolino, derrotado na sua última instância de conquista, também não comentaram nada, derreados, dispostos a admitirem todos os paradoxos deste mundo desde que pudessem comer. E, quando se sentaram em redor da fogueira, no parco repasto, sempre redistribuído por Teresa, comeram silenciosamente, prolongando o momento, como se aquela pudesse ser a última refeição das suas vidas... Emina, sempre voraz, nesse dia não conseguiu ingerir nada. E a mãe logo se apercebeu, e todos também notaram um nervosismo na voz, uma impaciência nos movimentos dos olhos, irrequietos os gestos. Raros em Emina. A Nunzio fez-lhe lembrar
 as andanças, indecisas, de trás para frente, numa inquietação tresvariada,
a cadela Anastácia, antes de encontrar o pouso certo para parir as suas ninhadas.
Nessa noite, Nunzio sobre aquele piso eriçado teve um sono intermitente. Não só porque as dores na perna não lhe da-

vam descanso, mas também porque a agitação das mulheres na gruta o acordava com cochichos, estridores, lamentações, a noite toda nisso. Mas o mar tudo cobria, apenas percebia que Teresa, como sempre de dedo espetado, dava instruções a Emina, repreendia-a, e Maria Clara alisava-lhe o cabelo de uma forma mais intensa, mais determinada, como se fosse absolutamente necessário que o cabelo dela estivesse impecavelmente cardado, o que lhe parecia um absurdo àquelas horas da noite, mas absurdo era uma das palavras que ele também tinha cada vez mais dificuldade em utilizar. Não por falta de ocasiões, mas por abundância delas.

Quando voltou a acordar, já a maré recolhida, duas nuvens destaparam o luar, as três mulheres a caminharem na praia em direção à poça de água, Maria Clara estava a abrir a fonte, sem o zelo habitual, mas à pressa, ao acaso, sem altear as margens com que se remata um bordado. O alvor do seu vestido era aquilo que mais se distinguia naquele breu, o seu ponto de referência. Nunzio reparou que também Julien as seguia e acabava de acender uma tocha. Devia ser caso importante, alarmou-se, aquele era um fundo do óleo que restava na carapaça da tartaruga.

Chegavam até ele fragmentos de vozes, e pelo tom vinham cheias de cuidados e nervosismo. Curiosamente, Julien era quem dirigia as operações, ao que lhe parecia, amparava Emina, afastava a rispidez de Teresa, que se precipitava para cima dela, dava instruções a Maria Clara, que se afadigava em redor do grupo a acudir a tudo, a assarapantar todo aquele molho incongruente de folhos e rendas. A silhueta de Emina, observou ao longe. Ora sentada na areia de pernas abertas, ou acocorada, sem se lhe ouvir um ruído que fosse, num silêncio longo como o tempo. E veio Maria Clara numa pressa até à gruta, subiu pelo chicote, escadas movediças, e arran-

cou a trouxa de roupa do fundo. Nunzio quis saber o que se passava, Maria Clara, de tão afogueada, não lhe respondeu, este prendeu-lhe o braço, a mulher, já atrapalhada com o vestido, deu-lhe um safanão, já semipendurada, meio dentro meio fora da gruta, sustentada por um só pé. Nunzio soltou um uivo com o impacto, a pele da cara numa lástima, com queimaduras solares acumuladas, bastava um toque para o derrotar. Continuou a seguir com o olhar as saias sobressaltadas da mulherzinha, que arrastava consigo a trouxa até junto do grupo, e só se ouvia a voz irada de Julien a discutir com Teresa, a interpor-se entre ela e Emina. A Nunzio tudo lhe parecia tão inusitado, não conseguia descodificar a situação, a violência de Maria Clara, sempre tão cordata e pacífica, o atrevimento autoritário do escravo perante Teresa, a quem sempre evitava, sempre baixava os olhos na sua presença, e agora o seu vulto fazia-se mais alto e crescia para ela, agressivo, como se estivesse a defender algo que lhe pertencia, e a trouxa com roupas miniaturais, sempre intocável, a coisa mais interdita daquela praia, agora resgatada de urgência... A Nunzio, a quem sempre foram negadas explicações, a quem ninguém nunca se detinha para ajudar, quando apontara um dedo a pedir para lhe decifrarem o mundo ninguém estivera lá, nem a amparar-lhe os primeiros passos nem a explicar-lhe o mistério dos dentes que caem. Tivera de aprender as coisas por si, juntar peça a peça, completar a obscura e intricada tela do mundo. Foi assim a juntar
    peça,
as roupas de bebé em que ninguém podia tocar, mesmo na maior das precisões de panos para ligar feridas e remendos,
    por peça,
Emina sempre enjoada na viagem, depois com o apetite voraz, como se tivesse um monstro dentro da barriga.

E pensou outra vez,
    um monstro dentro da barriga.
E, num sobressalto, desceu a arrastar a lentidão forçada, em desespero,
    Eu sou o monstro dentro da barriga.
Não lhe ocorreu primeiro a estranheza de a mais virginal das criaturas que conhecia estar grávida, agora a ajustar posições, ora deitada, ora de cócoras, a tentar dar à luz na areia escura, iluminada por uma luz tremeluzente, a descomunal barriga, de pele tão lisa e esticada, apoiada por Julien, e as duas mulheres a puxarem-na e a calcarem-na.
Não, primeiro veio-lhe à cabeça o monstro dentro da barriga, o escaravelho de sangue negro virado ao contrário, por onde se exauria a mãe no leito de morte, depois de a barriga se esvaziar e ele nascer.
    O monstro dentro da barriga,
e vieram-lhe à cabeça os latidos roucos de Anastácia, enforcada por cordel atado ao pescoço.
E chegou ao pé desta estranha composição humana, todos os três agarrados a Emina, ela como um escaravelho virado ao contrário, com a força do ventre pesado, e ele ofegava e dizia
    o pescoço,
    o pescoço...
O escravo largou por um momento Emina, que de olhos fechados dominava o seu próprio silêncio,
    longo como o tempo,
e empurrou-o violento, não quis saber do que ele dizia repetidamente,
    o pescoço,
    o pescoço...
Mandou-o acender a fogueira, que se tornasse útil, e lançou-lhe o facalhão do capataz para que o desinfectasse pelo fogo.

Às escuras, Nunzio tentava apalpar a areia, na esperança de lhe virem à mão galhos já secos, apanhou alguns, na barcaça de chumbo estava ainda um contingente, desatou a bater as pedras, mas desconcentrava-se, perdia a fagulha, tinha de recomeçar várias vezes e gritava-lhes, numa aflição soterrada pela sua fraqueza,

o pescoço,

o pescoço...

E o grupo estava todo ele concentrado naquele momento, o escravo com os seus métodos, quando rapaz havia visto muitas mulheres darem à luz nas senzalas, tinham de colocar Emina de cócoras e fazer-lhe carícias circulares na barriga para que o bebé não se assustasse e não resistisse a sair cá para fora, com os bracinhos agarrados às costelas da mãe, as unhas a trilharem-lhe o coração, a enroscarem--se nos pulmões, e as pernas apoiadas nas ancas por dentro, a desobedecer às contrações que o expulsavam. Sabia que isto acontecia, tinha a certeza, por terem medo do mundo, dos capatazes, do chicote, dos gritos, dos castigos, dos ferrolhos, as crianças recusavam-se a nascer e, pior do que isso, as mães, complacentes com o terror dos filhos, deixavam-se morrer com eles dentro. Por isso implorava a Emina que não gritasse para não assustar a criança, não permitia que Nunzio viesse naquela altercação desequilibrar o momento, e continuava a dizer, em murmúrios, rezas tranquilizadoras e a acariciar o ventre explosivo de Emina. Teresa achava tudo aquilo um disparate, a filha teria de gritar como todas as mulheres e a criança haveria de sair, quer quisesse quer não, e punha-se a pressionar-lhe o alto ventre, quase encavalitada em cima dela, havia de sair, sim, nem que Emina se rasgasse toda por baixo. Mas Julien tinha a favor de si a própria força, a confiança da rapariga, a doçura cúmplice de Maria Cla-

ra. E o parto haveria de se desenrolar sem precipitação, sem susto, sem desespero, e empurrava Teresa de cima da barriga da filha. Travavam lutas na areia, o escravo só com um braço dominava Teresa, que se debatia em vão.
Nunca até aí a senhora tinha percebido como eram grandes as mãos do escravo, mãos de alavanca, luvas de armadura medieval, desproporcionadas para o seu tamanho, também nunca até aí houvera sentido o peso dos seus dedos, o pulso puxado com rudeza, cercado apenas por dois dedos em forma de pulseira.
   Ou algemas.
A mãe impaciente de ser avó,
   e a impaciência sempre torna obesos os minutos,
ela que não suportava placitudes inúteis, sobretudo quando tinham o tempo de uma maré para fazer o bebé nascer, submetia-se rancorosa às indicações do escravo, Emina só a ele obedecia, olhava-o num desespero implorante, só queria que alguém a ajudasse a tirar o ser que se revolvia indeciso nas suas entranhas, a firmeza de Julien parecia-lhe mais avisada, cravava-lhe as pequenas mãos nas suas, agarradas aos seus dedos de armadura medieval, inteiriçava-se o corpo todo à passagem de cada contração, e amolecia numa exaustão desvalida nos intervalos. E, nesses momentos, todos os ruídos da praia se intrometiam nos seus ouvidos, os murmúrios apaziguantes de Julien, a voz infernal da mãe a dar ordens, a descompô-la, a fazer advertências, a misturar preces católicas com imprecações mágicas e demoníacas, a amenidade da Maria Clara, que afagava o seu ventre, tal como Julien lhe ia ensinando, e rezava à maneira das freiras de Coimbra, com a entoação que lhes conhecera, à beira da cama das moribundas,
   Olhai por ela, vossa serva,

que na aproximação da dor
sofre de angústias e incertezas.
Dai-lhe a graça de ter um parto pequeno e feliz,
e algum piado mais estridente de ave de rapina noturna que não se deixava subalternizar ao mar ronceiro, na sua eterna maldição de se deixar ir e vir,
como as contrações de Emina,
a Matinta Perera, atemorizava-se Teresa,
e por entre todas estas melodias, que se desencontravam e desafinavam, a voz avulsa de Nunzio,
o pescoço,
o pescoço.
Ninguém lhe dava atenção, nunca ninguém atenta ao que diz um desprezado da vida. Nunzio cansava-se agora com a mínima atividade, devia ser da febre, bater as pedras, fazer faísca deixava-o exausto e, no entanto, perseverava na ladainha, o pescoço, o pescoço...
Havia oferecido a Emina,
    como sinal do seu amor,
o rosário que herdara da mãe, nele o relicário de ervas secas. Emina recebera-o de mãos em concha, como quem recebe algo muito precioso. Para Nunzio era uma aliança que lhe entregava, e ela mesma o colocou em redor do pescoço, a esboçar um pálido sorriso, o máximo que conseguia dar. Um sorriso tão precário, tão contrastante com os olhos que continuavam a apregoar comiseração, que Nunzio tinha a sensação de que ela se poderia desfazer no momento seguinte, e passar do riso ao choro, sem nenhuma transição, sem sequer alterar a direção dos músculos da face. Foi sem dúvida um sorriso, breve e triste, mas ainda assim Nunzio alegrou-se, achou que tinham selado alguma coisa entre eles, ao passar-lhe a única lembrança de uma mãe desventurada. Agora

temia o mau agouro do colar de Annunziata, ao transitar para Emina,
    também assim do choro ao riso, sem intermédio,
e que o pior acontecesse, e também ela se deixasse escorrer por entre os seus interiores até dela restar uma marca na areia empapada de sangue negro.
O parto durou a noite toda, o tempo de o mar se recolher por completo e voltar até muito próximo deles. Demasiado. Com a primeira língua,
    batedora de água salgada,
já a passar-lhes bem rente. Teresa, inquieta, não sabia o que fazer, tinha tentado de tudo, rezas, preces, até acariciou o ventre da filha, como sugeria Julien, que de frente para o mar,
    como se o estivesse a enfrentar, hipnotizador de marés,
nunca perdera a compostura e o mesmo tom de voz, só o suor que se acumulava ao de Emina deixava transparecer a apreensão. Por mais de uma vez Maria Clara tivera a sensação de ter tocado a cabeça da criança, mas depois parecia que se revolvia lá dentro e invertia a posição. Julien assegurava que o necessário era que a criança não suspeitasse de algum nervosismo, que, se todos se acalmassem, o bebé voltaria a encaixar-se entre as estreitas ancas de Emina que, de tanta agonia, tão moída pelas dores, mandava vir o facalhão, que lhe abrissem um golpe do lado direito e lhe encontrassem o filho lá dentro. Teresa prostrou-se de desespero, já não lhe restavam expedientes, a filha era demasiado nova, o corpo demasiado delgado, não dava passagem à cabeça da criança. Que malogro, ao fim de tantos meses a ocultar a gravidez, o embarque repentino no primeiro navio negreiro do marido que levantava ferros, a ideia de tudo se recompor, de deixar a criança entregue a uma ama no Rio de Janeiro, com o seu enxoval, e regressar com Emina como nova, sem sinais do

parto, menina outra vez, intacta na aparência e casadoura. Custava-lhe aceitar situações irremediáveis. Não se dava bem com o insolúvel. Havia remédio para tudo nesta vida,
  já na morte não lhe competia saber. Tão-pouco lhe interessava.

Por isso, assim que a ama a avisou de que a menina não manchava panos havia cinco meses, partiu com ela, de súbito, arranjou uma desculpa para as amigas, iam de visita a uma familiar doente, nem dera tempo de se despedirem, arranjou o melhor que pôde um enxoval decente para a criança que havia de nascer longe de olhares inquisitivos, e obrigava Emina a andar com cilícios cravados nas coxas, enquanto não confessasse quem era o pai da criança. Emina baixava os olhos, encurvava-se ainda mais, cabelos sempre desarranjados, escorridos para a frente, a sua silhueta arqueada, a ocultar os seios e a barriga. Deixava-se armadilhar, de ferros e espetos, sem oferecer resistência, até parecia que aceitava merecer o martírio, ajustava a perna de forma a ser mais fácil à mãe agrilhoar-lhe as carnes translúcidas,
  dócil, como um cão que ajeita a cabeça para o dono lhe colocar a trela,
o que ainda exasperava mais Teresa, que a trazia pela casa puxada por um braço, deitava-a por terra, dava-lhe pontapés na barriga a ver se o bastardo saía por si, esbofeteava-a, desatava em gritarias desenfreadas, num choro forçado, ai dela, que fizera, deus meu, para merecer uma desgraçada destas, e de soslaio olhava para o marido, a buscar a sua cumplicidade, e reforço nos castigos, mas o homem limitava-se a recuar a cabeça como uma tartaruga, constrangido, e saía de casa, encabulado, fraco, o raio do homem, que já é azar a dobrar, o que havia de me calhar em rifa, estes dois, moles como fungos, mais tarde ou mais cedo havia de descobrir, nada se

perdia pela demora, que eles haviam de ver quem mandava ali, nada lhe escapava, a desavergonhada apanhara a sua distração com o irmão mais novo, menino dos seus olhos, mas a verdade vinha ao de cima, ai vinha, vinha, como o azeite, nem que tivesse de ser arrancada à força, e nisto dava-lhe uma fúria e apertava mais um furo no cilício.

Agora desesperava de angústia, o mar aproximava-se, o tom do céu violáceo anunciava mais uma manhã, e Emina já quase não dava acordo de si, já nem pedia que lhe abrissem a barriga com o facalhão do capataz, espapaçada, enorme, a vingança da baleia-mãe de cria sacrificada. Teresa abandonou a filha, desistia, o bebé não conseguia fazer o atravessamento, ao menos tivesse ela ali os ferros recurvos com que na casa dos pais desentranhavam os fetos das escravas, a bem ou a mal, por inteiro ou aos pedaços... Não aceitava factos irremediáveis, mas sentia uma culpa a cercear-lhe a respiração. E se tudo isto fosse uma conspiração contra ela? A sucessão de azares, a calmaria, o motim, o naufrágio, o seu menino que não voltaria a ver, nem a lembrar-lhe a cor dos olhos, o cachalote estralhaçado num cantar pungente à vista da mãe baleia, olho na horizontal, vigilante, a filha naqueles apertos e ela sem lhe saber acudir. Todos os males que ela fizera vinham-lhe agora ser cobrados. E um vento daninho emaranhava-lhe ainda mais os cabelos.

Não os tratos aplicados aos escravos, que isso não era pecado mas negócio, e Deus não contabiliza comércios.

Diz que, como o filho, também Ele não sabe nada de finanças.

Mas talvez Ele soubesse fazer a conta de todos os seus delitos, a carnificina do cachalote à vista da mãe baleia, os cilícios a triturarem as carnes de uma grávida, os vilipêndios que cometera contra a santa...

Ai, a santa...
E sentia o seu olhar descoberto, sem roupas, nem cabelos, nem pernas, a dar-lhe ferroadas nas costas, como a areia quando se levanta, irada, com o vento...
Se calhar, não devia ter desprezado aquele bocado de pau carunchoso. Mas ela era demasiado pragmática para persistir em pensamentos regressivos. Não se lhe afeiçoara, pronto, fora implicância à primeira vista. E algo lhe dizia que era mútua.
O pior de tudo, esta maldição que a acompanhava desde o dia em que desembocaram naquele pedaço intermitente de terra pouco firme, à mercê da servidão gravitacional dos astros,

    a circunstância de não se lembrar da cor dos olhos do filho. Que mãe tão desalmada, eis agora a punição, com todo o furor, toda a braveza, toda a ferocidade... Ela, que sempre mantivera o sentido prático das coisas, que dispensara o auxílio de intermediários, ela própria se entendia com o divino, em negociações privadas, tu cá tu lá, sem Lhe dar grandes confianças nem se sujeitar a severas privações. Talvez agora quisesse rezar, mas sumiam-se dentro dela as palavras. Sabia que algures naquele mar ainda não azul, magma escuro e revolto, havia de estar a

    baleia, e o seu olho,
    horizontal e gordo.
E assaltava-a agora a ideia, e se o mar fosse Deus, que tudo dava, tudo tirava, tudo tragava, tudo vomitava, e o olho da baleia o seu óculo de vigia. E se Ele tivesse armado todo este aparato só para a atormentar por coisas antigas e acumuladas, os ovos que salvava dos ratos dos telhados para se aborrecer deles logo a seguir, debaixo da almofada, das ninhadas que denunciava à mãe, com o seu ouvido tísico, a escarafunchar no estofo do canapé, dos meninos escravos que deixava

durante horas, hirtos, de braços no ar, da grávida, sua filha, que torturava para lhe arrancar um nome... E a tivesse atraído para aqui, com o pretexto de uma gravidez que nunca se concluiria, só para a fazer passar pela provação. Roubar-lhe o filho e a filha, com outra criança dentro. E se Ele tivesse uma agulha de crochet de fazer revirar os navios, e fosse caçando um por um, como aos ratinhos, cada qual pagava por seu pecado. E tivesse mandado entregar a trouxa do bebé que não chegaria a nascer só para troçar dela. E veio-lhe um desespero da culpa que nunca tinha sentido antes, a sua cara deve ter-se enchido de rugas, desvairada, porque naquele momento Maria Clara, nas suas vestes puras de santidade, lhe colocou a mão de consolo no ombro e respondeu à interrogação que ela não formulou,

os deuses não dormem, nós é que os sonhamos.
Nunzio mantinha as brasas, rasteiras mas consistentes, observava as reações do grupo sem ver as faces, o afastamento de Teresa, mergulhada até aos joelhos batidos pelo mar, Maria Clara que já não buscava a cabeça da criança, o escravo que se mantinha a apoiar Emina no colo, já ninguém lhe acariciava o ventre, tão dilatado, cada vez maior, uma deformidade medonha, um corcovado de baleia, uma corcunda ao contrário. Talvez Nunzio estivesse a assistir ao seu próprio parto, o tempo é circular, avança em espiral, além de ser possuído de um macabro sentido da ironia.
A cada vaga que se aproximava, o ladrar rouco de Anastácia, suspensa pelo pescoço. O que pode haver de mais devastador do que a imagem de um cão velho enforcado porque perdeu lentamente a força nas pernas.

Os deuses não dormem, nós é que os sonhamos.
A mancar, aproximou-se. O rosto de Emina estranhamente plácido. Dir-se-ia que dormia, não fossem aqueles revolveres

violentos no útero, que a convulsionavam como uma onda, dos ombros aos pés, e não contivesse em si uma tempestade interior. O seu rosto em serenidade, o resto em ebulição. A cabeça parecia que não pertencia àquele corpo. Maria Clara tentava acudir ao pouco que podia, depois de confortar Teresa, esfregava agora os pés e as pernas da parturiente, pareciam-lhe dramaticamente frias as extremidades, o escravo mantinha-se de olhos postos no mar que já os cercava. Nunzio espantou-se como poderia ter estado tão perto dela, ter-lhe tocado a pele por debaixo das várias camadas de trapos que a mãe lhe enfiava e nunca ter notado uma barriga tão pouco discreta. Passou-lhe os dedos pela face, sentiu que respirava, talvez deixá-la dormir, e ir-se assim, embalada num barco tempestuoso
   e bêbado,
que era o próprio corpo. Entre o peito, o rosário da mãe Annunziata, retirou-lho com cuidado, ajeitando o cabelo, trança desfeita que se espalhava pelo peito de Julien. Emina abriu os olhos, fez-lhe um sorriso impossível, a Nunzio pareceu o derradeiro, uma despedida. Depois, tudo se precipitou como num sonho, sem obstáculos nem lógica sequencial, Emina soltou um agudíssimo guincho, melodioso, o seu canto estridente de cetáceo, como sempre fazia em alturas de crise, e a ninguém admirava. A mãe detectou qualquer coisa a escorrer, ajoelhou-se à sua frente, e de entre as suas pernas, numa golfada, saiu um pedaço de carne que Maria Clara mal teve tempo de amparar, e um rio de sangue que deixou toda a poça de água doce avermelhada.
   É uma menina.
De repente, toda a máquina comunitária se colocou em ação. O padre e o capataz, entretanto despertos, erguiam uma muralha de areia para dar tempo a Emina e ao seu bebé

de se refazerem, Teresa e Maria Clara travavam-se de razões sobre o sítio exato onde se devia cortar o cordão umbilical. Maria Clara tinha visto muitas crianças morrerem de infecção por o cordão ser cortado demasiado rente. Lá chegaram a acordo, improvisaram um torniquete e o facalhão em brasa do capataz desfez de um golpe o que ligava a menina aos engulhos ensanguentados que se enchiam de areia e moscaria. Teresa depositou a placenta, que lhe gelatinava entre os dedos, nas mãos de Julien, ele deveria levá-la para o mar, o mais longe que conseguisse. Se não a podia enterrar, que fossem os peixes de mar profundo, aqueles que cegam para ver o escuro, eles que a degustassem. Fazia-lhe impressão, se depois lhe calhasse ter de comer os mesmos peixes que se alimentavam daquele pedaço dos interiores da sua filha, amargamente incestuoso.
Julien assim o fez, e nadou até muito longe, e já era seguido por um cardume voraz, atraído pelo lastro de sangue carregado de nutrientes. Quando regressou, ofegante, a menina toda enfaixada, com um carapuço, era erguida por todas as mãos e amparos, menina de cristal, de roupinhas brancas, imaculadas, a contrastar com os trapos encardidos dos outros. Todos observavam o pequenino ser no colo da mãe, de traços tão indefinidos como os dela, tão transparente como ela. Teresa lembrou-se de Emina em pequenina quando a parteira lha passara para os braços. Cabelo ralo e tão fino, mal distribuído, com peladas, pareceu-lhe uma cria de rato do telhado, com sarna, igual às que a mãe trespassava com a agulha. E, tal como ela, não chorava, não abria os pulmões ao ar, apenas vagia debilmente. O seu desagrado com a filha que lhe calhara começou logo ali. Com a neta um alívio sobreveio-lhe ao desagrado, temia que a menina viesse mestiça, infernizara todos os criados da casa e da vizinhança,

todos os garotos de rua das proximidades, mas o medo dissipou-se mal ela saiu de dentro de Emina, tão branca quanto ela, quase transparente, deixava ver os interiores,
 como as crias de rato.
Julien, regressado à gruta, era saudado como se fosse o pai. E vinha ufano, orgulhoso. A Nunzio parecia-lhe absurdo, afinal ninguém se apercebera, mas fora ele que produzira o milagre de que Teresa e Maria Clara falavam, uma menina que nascia de pés, saudável, contra todas as probabilidades. De uma só golfada. E só ele sabia do segredo, que repousava na sua mão,
 o rosário de Annunziata, que lhe estava ao pescoço,
 o baraço de Anastácia,
 corda de enforcar cães,
 a estrafegar-lhe o colo do útero.
Prova disso é que, mal ele o retirara, a menina nascia numa urgência de torrente. Havia de contar tudo isto a Emina, os dois, a sós, como um casal, agora estava demasiado cansado da noite inteira de tensão e daquela perna ferida que estralejava de dor.
Chamava-se Pancrácia, anunciou orgulhoso Julien, e Emina assentiu, e nesse momento esboçou o seu primeiro sorriso aberto, mas Nunzio já estava adormecido para lho notar. As horas em que a maré os aprisionava ali passaram-se menos mal do que se poderia esperar, estava um daqueles dias quentes, abafados, mas, como a poça se tinha avermelhado do sangue do parto, Maria Clara não conseguiu recolher nenhuma água clara no búzio do costume. Henrique era o único que recebia do leite de Teresa a hidratação. Os outros engoliam em seco, mas duma coisa o mar lhes dava garantia. Era religiosamente pontual. Tinham de aprender a respeitar os seus ritmos, que a maré-baixa sempre chegava, fizesse chuva,

sol, muito vento, ou se amealhassem as tempestades. O mar, imperturbável, no seu perpétuo devir. Carcereiro, sim, mas fiável. Nem todos se podiam orgulhar disto.
Maria Clara e Julien, excitados demais para poderem descansar e se atormentarem com a sede, não paravam de olhar para a menina, detectar pormenores, reparar, quando as duas fendas dos olhinhos se descortinaram por pouco tempo. Também Emina parecia revigorada, depois de um estado de quase morte, falava muito, comentava, deliciava-se quando a pequenita lhe procurou o bico do peito. Teresa estava pensativa, perscrutava o oceano, indagava do olho horizontal da baleia. Talvez Deus se tivesse distraído, talvez o olho tivesse piscado por uns segundos, talvez Deus também deixasse cair a cabeça de vez em quando num sono inesperado, irrefreável... Maria Clara repetia-lhe a sua confiança,
    não é Deus que dorme, nós é que o sonhamos.

Capítulo desenterrado

O céu dos pardais, estúpido!

Assim que o mar arredou, Marcolino sugeriu fazerem logo ali o batizado de Pancrácia. Tanta extrema-unção, tanto rogo para parar tempestade, tanto orai por nós, agora era de vida que se tratava, de alguma coisa que se inaugurava. Lamentava não ter ali o cabeção, para dar mais solenidade ao momento, aprontaram a menina no fatinho de batismo, cravaram os espetos da santa na areia e, em redor da poça, todos de cabeça baixa, ouviram um latinório comprido do padre. Maria Clara, por ter trajes mais conformes, foi escolhida para madrinha, e sorria com seus dentes rasos. Algum alento nasceu naquela praia, junto com Pancrácia, Emina parecia outra, já falava, tomava decisões, fazia pedidos todo o tempo a Julien, que precisava de mais água, que tinha fome, que sentia calor, exigia, mandava, punha a praia inteira a seu mando. Até Nunzio se sentia mais reanimado, a perna dava-lhe tréguas. Num fim de tarde, encontrando-se a sós com Julien, confessou-lhe tudo, os seus planos para quando fossem salvos daquela praia. Iria casar-se com Emina, assumiria a paternidade da criança, não queria saber do passado, todos os infortúnios seriam sarados, como o mar lhes ensinara a dar sempre uma segunda oportunidade ao dia. Esta era a sua segunda oportunidade, e a de Emina também. Ele tinha posses, poderia garantir-lhe, e à menina, um futuro digno, estabelecer-se-iam numa linda casa no Rio de Janeiro, de onde não se ouvisse o rugido do mar. Claro que, pela dedicação que Julien mostrava à sua futura esposa, podia contar com ele para o apoiar nos primeiros tempos, pelo menos até ele tomar um rumo na vida. Se ele concordasse, teriam muito gosto, decerto que Emina teria tanto quanto ele, que Julien aceitasse um trabalho de criado na nova família, a seguir deste filho viriam outros, e ambos estavam tão impressionados pela forma como Julien se lhes tinha afeiçoado, e ele bem percebia o carinho que nutria pela pequena Pancrácia. Julien deixava-o falar, ouvia tudo com a cara de paisagem que todos os escravos aprendem a fazer e que muito agrada aos brancos. E não lhe disse nada. Não lhe contou que sabia desde o início da gravidez de Emina, não lhe contou sequer que ele era a única pessoa a quem Emina acedera a fazer confidências. Nem lhe contou as noites em que ela, sozinha no escuro, ouvia a maçaneta a rodar, e já meio perdida no sono se sobressaltava, pensava que era bicho, ladrão ou outra danação, e muito se animava quando reconhecia o pai. Que lhe fazia tantos carinhos, que a achava bonita e lhe alisava o cabelo, dizendo palavras mansas ao seu ouvido. E ela lhe pedia para ele ficar só mais um pouquinho, que a mãe sempre lhe recusara um afago, nem uma festa, olhava para ela com olhos de reparar, nas feições que não se tornavam mais atraentes, na cor da pele amarelada, no porte encolhido e tímido, metida para dentro, e sempre fazia um esgar de desagrado, como é que ela sempre tão cobiçada fora ter a filha mais desengraçada que não ficava bem a seu lado, nem nos chás das amigas nem nos salões? E o pai salvava-a deste desgosto, desta malquerença, com ele sentia-se bonita todas as noites, apreciada a cada gesto, ele nunca mostrava vergonha ou embaraço dela. E apertava-a com o corpo todo. Julien também não contou a Nunzio que o pai de Emina vinha às noites, às escondidas, quando toda a casa adormecia, e ela esperava ansiosa que a maçaneta rodasse, e sentia as suas passadas hesitantes pela casa, às vezes paravam à frente da porta do seu quarto e ficavam, indecisas, muito tempo antes de entrar, ouvia-lhe a respiração do outro lado e o seu coração batia de expectativa, e, quando a maçaneta não rodava, quando as passadas não atravessavam a ombreira, desfazia-se em infelicidade, sentia-se repudiada também pelo pai, feia e desengraçada outra vez, e no dia seguinte a mãe repreendia-a por estar olheirenta e mal-encarada. Mas, quando o pai vinha, também no dia seguinte a mãe a repreendia por estar anémica e sempre ensonada. Só a ama do menino sabia destes encontros furtivos, muitas vezes ia buscá-lo adormecido e bêbado à cama da filha, e Emina zangava-se com ela, zaragatas mudas, querelas de besouro, por lhe levar o pai, viciara-se naquele cheiro a cachaça, era cheiro do amor que o pai lhe tinha, mais forte do que a dor, o ardor, o pudor. Por isso andavam as duas desavindas pela casa, a ama sempre a lançar-lhe olhares censuradores porque sabia, Emina a ruminar a sua raiva, a ser implicativa e desagradável porque sabia que a ama sabia. E lhe subtraía o único ser que lhe dava atenção. E nisto aparecia Teresa, a mandar, a criticar, a averiguar, a sua atenção virada para minudências, envolvida em mil contendas, a postura de Emina, os vestidos que nunca lhe caíam bem e a culpa não era das costureiras, a sua total falta de vocação para os bordados, para o piano e para o francês em que tanto investira com aquele professor afectado, que lhe invadia a casa de colónia e exibia sem decoro o desagrado pela deselegância e mau gosto daquela filha, daquela mãe, daquela casa. E a patroa o tempo todo a questionar a ama, se o menino estava ou não a engordar, se ela engolia as mezinhas feitas de cana-de-açúcar e jacuraba para lhe engrossar o leite, e a arreliar-se com aquele riso escancarado da preta que ela não conseguia exatamente decifrar.

Teresa cheia de vanglória das suas ignorâncias.
E depois era o falatório das amigas, o soalho que não estava bem encerado, a criadagem que lhe atacava a despensa, como roedores daninhos, dava conta da falta de nacos no pão, fazia um traço no frasco do xarope de papaia, deixava marcas na saca de farinha de jacuticaba, inspecionava por dentro as galinhas poedeiras da chácara para garantir que não lhe subtraíam nem um ovo. E clamava contra todos, e mais ainda contra aquele marido, que acordava já com os pés virados para a porta de saída e só chegava pela madrugada, quando ela já dormia. Antes bêbado que se arrastasse,
    e lhe deixasse o dinheiro para o governo da casa, que ela bem se arranjaria,
do que lúcido e prepotente que a derrubasse,
    e tomasse as rédeas da família.
E quem só dá conta de pequenos males, enche-se tanto deles que acaba por não sobejar espaço para o mal grande.
A ama sentia até desprezo por esta mulher que tanta argúcia mostrava para coisas pequenininhas. Sem cuidar do que toda a gente sabe ou adivinha.

Que o carneiro come sempre perto de onde está amarrado. E chegou o dia em que Emina menstruou, não teria mais de doze anos, e a ama encostou o patrão à parede. Ela própria contaria à patroa se aquela infâmia continuasse. Que ela podia ter sido escrava, mulher sempre subjugada e sem conhecimento, mas era crente, sabia que, mais cedo ou mais tarde, a desgraça se abateria sobre aquela família e não quereria estar sob os escombros. Mal sabia ela quão proféticos eram os seus ameaços, os seus temores... Havia de estar em cima dos escombros, sim, lançada junto com eles ao fundo, muito fundo. Afundar-se-ia pelos pecados alheios, mas não iria só. Era a única certeza e consolo a que se conseguiria agarrar. E, uma noite, o pai veio menos bêbado do que o costume, o cheiro a álcool, esse, estava-lhe entranhado nos poros. A maçaneta rodou, mas o pai não se deitou com Emina. Entregou-lhe a chave do quarto. A partir desse momento, se ela quisesse fechar a porta, ele aceitava e compreendia. E foi uma noite de muito choro e muita saliva, e lá foi a ama acudir a acordar o homem adormecido na cama da filha, para o deitar na cama nupcial. Tinha de acudir ao sono do patrão, ao sono do menino e finalmente zelar para que, no meio de tudo isso, Teresa mantivesse o seu intacto. Quantas vezes, sentia ela rumores e chamava pelo marido, e a ama lhe respondia que ele não tinha chegado, ou vinha abrir a porta da rua, para simular uma entrada tardia, e fazia-o caminhar pelo corredor para sossegar Teresa, que adormecia a tartamudear insultos contra aquele marido inútil e ausente. Sentia o linho fino dos lençóis, as almofadas de penugem, e reconfortava-se por seus pais lhe terem segurado tão pródigo partido. Já com Emina se desconsolava. Como iria uma criatura tão insípida e baça algum dia arranjar um marido em condições?... Mas para ela não havia males sem solução, qualquer coisa se arranjaria, entre as aulas de francês e os vestidos de modelos importados... Amanhã logo se via,

e era da maneira que dormia melhor.

Emina guardou a chave debaixo do colchão, mas nunca a rodou na fechadura. E a maçaneta havia de girar muitas e muitas vezes, debaixo da fúria muda da ama, que ameaçava contar tudo, fazer um escândalo, falar com o padre e com as

vizinhas, e mais intimações ferozes que ela própria sabia que nunca iria cumprir. Quando o inevitável sucedeu,
    sucede sempre, na vida e nas histórias irreais,
a ama não se compadeceu do martírio daqueles dois condenados, o pai com uma repulsa da filha, dos seus seios, outrora tenros de menina, e agora duros e embotados, quase obscenos, a barriga empinada parecia apontar a sua culpa, e ia afogar as mágoas,
    a sua repugnância,
noutras cachaças e noutras mulheres. E foi aí que Emina se estatelou no chão, não com aparato ou estrondo, aconteceu sem alarde, tal como a folha que se desprende e vai vogando, vogando, ainda com esperança de que o vento a sustente durante uns instantes, depois, sempre em ritmo descendente, até não mais se levantar do chão e ficar aí apodrecida, roída por vermes, sorvida a sua seiva, em todas as suas nervuras, até estalar de secura debaixo do pé de quem passa. Porque a ama não lhe jogou a mão, cansada que estava de a avisar, e com a mãe Emina não podia contar.

    Com o pai, que nunca mais rodou a maçaneta, que não conseguia sequer sentir a presença da filha na mesma divisão da casa, vinham-lhe náuseas, um nojo irreprimível, Emina sempre manteve uma dolorosa e ressentida lealdade. Nunca o denunciou, mesmo quando a mãe a espancava, a supliciava com o cinto de arames à frente do marido, sem que este metesse um dedo para a deter. Pelo contrário, o pai esgueirava-se assim que podia, e foi com um enorme alívio, e uma diligência que até espantou Teresa pela prontidão, com que ele preparou, quase de um dia para o outro, a partida das duas, mais o filhinho e a ama, e a conveniência de não fazer perguntas nem interrogações, aceitando delas sem mais os propósitos súbitos da viagem num navio negreiro

clandestino da sua frota. Talvez até com a secreta esperança de que fosse tudo por água abaixo, aquela carga purulenta de escravos, a ama abelhuda, aquela mulher adunca de quem se desgostara logo no dia a seguir ao casamento, a filha com seu monstro dentro, aquele segredo medonho, e ainda aquele empregado capitão, inglês empertigado, que desprezava os brasileiros e seu tráfico da liberdade e suor alheios, apesar de fazer fortuna à conta deles.
Nada disto Julien contou a Nunzio. Nem que era ao pai que Emina rabiscava, febril, súplicas de amor, nos papéis que lançava à água no navio, ou com penas de gaivota, na areia molhada, até a espuma das ondas apagar tudo.
Nem lhe contou porque tivera aquele gesto súbito e inusitado quando a menina nascera, ainda de cordão amarrado, de lhe contar os dedos dos pés e das mãos, a ver se estavam separados, e de lhe enfiar o dedo para verificar o céu da boca. Só então sugara Julien os líquidos presos no nariz da menina e assim, desimpedida, a fizera chorar. Sabia que, quando os sangues já previamente misturados se voltavam a misturar, embaralhava-se também o arbítrio da natureza, e as crianças nasciam com defeito.
Também, por sua vez, não lhe contou Nunzio que fora ele quem salvara Emina e Pancrácia, desbloqueara o parto quando já tudo lhes parecia perdido ao retirar o rosário, que estrangulava o útero e não deixava a bebé passar. Queria encontrar a altura propícia para o contar a Emina, e pedi-la em casamento na mesma ocasião. Teria de reunir a mãe e o padre para formalizar o noivado, ali mesmo naquela praia.
E continuava a não contar a Julien, mas retinha na sua cabeça, a ideia de que todas as histórias do mundo avançam, de facto, em espiral, e a redenção que perdera ao não tirar o cordão de enforcado à cadela Anastácia viera ganhá-la aqui,

quando cumprira o ato que tanto lhe carcomia a consciência. As contas acertavam-se agora, são caminhos circulares, sobretudo conduzem sempre ao mesmo lugar.
Nunzio tagarelava insignificâncias e Julien consentia. Imaginava-se quando o pesadelo do naufrágio terminasse, porque, explicava-lhe Nunzio, o naufrágio ainda estava em curso, a tragédia ainda só ia no adro, mas, quando se vissem a salvo, ele tomaria conta de todos.
Julien continuava a ouvi-lo falar e continuava a não lhe contar. Que jamais voltaria a albergar-se dentro de pele largada de cobra. Também não lhe contou da abjeção que sentia pelas famílias de brancos, sacos de jararacas malévolas, tóxicos lares onde vira acontecer atrocidades cruéis, bem piores do que nas senzalas. Porque, pensava, os brancos não magoavam apenas aqueles que eram da mesma cor, mas aqueles que eram do mesmo sangue, da mesma família. Também não lhe contou da repulsa que sentia por brancos,
    Emina era a exceção,
que ele iria, se tudo corresse bem, resgatar dessa escória de gente selvagem, de hábitos crus e capazes até de se comerem uns aos outros. Não, não lhe ia contar o nojo que sentia dos brancos e de toda a pestilência que desde pequeno os vira fazendo. Às vezes até atentando contra si próprios, sem prestar contas ao Criador. Não lhe contou dos anos de escravatura num engenho de açúcar. Não lhe contou, porque não se lembrava, da travessia que fizera, primeiro através da savana, de colo em colo, numa coluna que deixava atrás de si rastros de sangue e muita perplexidade, atados os escravos uns aos outros, com gargantilhas de ferro no pescoço, trem macabro, e da outra travessia por barco, em cima de corpos já mortos. Também não lhe contou da fome, da desnutrição que era tanta que ele e os outros meninos lambiam o barro das paredes

no instinto de buscar o cálcio que o seu corpo exigia e eram castigados por isso. Da dúzia de meninos pretos que andavam lá pelo engenho, a fugir das vergastadas, a comer dos restos, a capinar no jardim da casa grande, sobraram três, os outros morreram de cólera, em dois dias, numa papa de diarreias. A velha senhora achou muita graça aos três sobreviventes, como sofria de melancolia trouxe-os para junto de si, na cozinha engordavam-nos, davam-lhes dormida nos cantos, acarinhados pelas criadas. Talvez tenha sido a fase mais feliz destes três meninos órfãos, tão pequenos e tão sabidos da ciência de sobreviver. Corriam os três pela casa, desabitada de crianças, que os filhos da família, já crescidos, tinham partido para estudar na cidade, faziam tropelias, e a senhora batizou-os com os nomes dos heróis dos romances franceses que lia: Julien, Sébastien e Aurélien. O dono da fazenda, sempre que chegava da cidade, de seis em seis meses, não gostava de ver aqueles moços ociosos, já de olhar insolente e sem temor, queria-os dali para fora, mas a mulher desatava em prantos e recriminações, que era a única alegria da vida dela, para ali naquela terra de selvagens, esquecida de filhos e marido, porque é que ele a castigava, retirando-lhe tudo o que lhe dava prazer, não lhe bastava a humilhação de botar casa para outra mulher, não?, e aparecer só para cumprir a obrigação duas vezes por ano, colocar em ordem as contas da fazenda? E o homem, já com ensejos de se ir no dia seguinte, lá consentia na permanência daqueles três, não sem antes lhes dar uns bons pontapés de raiva, sempre que a mulher se retirava ou se ocultava na capelinha da casa, em lamentações. Era o que mais irritava o dono da fazenda, os moços não ganiam de dor como os outros, não baixavam os olhos, não se acocoravam, não protegiam a cara das suas botas esporeadas. A forma de o enfrentar — e de o enervar ainda mais — consistia em permanecerem pas-

sivos e manterem, assim, alguma altivez. O dono da fazenda mandava refazer as malas ainda mais depressa, com ânsias de abandonar a fazenda, não eram só os nervos da mulher que o punham fora de si. Os três meninos negros davam-lhe uma sensação de desconforto, medo, até. Como dava medo, dantes, a toda a família, na senzala, noite escurecida, a batucada. E lhes parecia que a noite toda conspirava contra eles, que a qualquer momento rebentava a ventania, levantavam-se areias, derrubavam-se as árvores por cima dos telhados, saíam em estardalhaço os bandos de araras, voava rente a morcegada, rugiam as onças no mato e as cobras deslizavam por baixo das portas. A mulher e os meninos gelavam, o marido fazia que não tinha os pelos por baixo da roupa todos arrepiados, mandava o capataz estalar o chicote para ver se se conseguia dormir em paz naquela casa...
Que a superioridade numérica é esmagadora.
E debaixo dos dedos do patriarca da família dobravam-se os talheres às refeições. Havia qualquer coisa que ele precisava de esmagar, e os dentes iam ficando oscilantes de estarem sempre os maxilares apertados. E a tensão era tal que acordava quase todas as noites a sufocar, com uma tarântula que descia da parede da cabeceira da cama e vinha instalar-se na sua garganta a apertar-lhe lentamente a glote com as suas patas, como dedos de ferro.
Luvas de ferro da armadura medieval.
Era a mulher quem o despertava, e massajava-lhe o pescoço arquejante com colónia, garantindo-lhe, carinhosa, como se fala a um menino, que não estava ali nenhuma viúva negra, a aranha que se aproveita do cadáver do amante para repor a energia gasta na cópula. Foi a conselho médico para a cidade de Diamantina, onde tinha familiares, numa casa de altitude, banhada pelo rio Jequitinhonha. Abriu filial, montou negócio

de escritório e, a cada viagem à fazenda, ia trazendo um filho de ao pé da esposa, para um lugar mais aliviado da pretalhada.
A mulher sempre se recusou a abandonar a casa de família, e a fazenda no meio da mata que, a tanto custo, desbravaram.
Mas, enquanto estivessem os escravos vergados aos castigos e ao medo, podiam folgar os patrões, mesmo tendo trezentos maxilares rangendo de raiva contra eles. E muita batucada pela noite fora. Julien, Aurélien e Sébastien formavam uma tríade indomável
   e inexpugnável.
Agiam em bloco. Aurélien era o mais ardiloso, conspirava, manipulava, usava da astúcia para conceber os planos, as partidas, os assaltos às roças, à cozinha, as ciladas às meninas e, para congeminar as fugas, as retiradas, abrindo caminho ao retrocesso.
E todas as manhas e malícias para obter o perdão da senhora. Era o seu preferido. Ela desvanecia-se com os seus olhos de ciganinho preto e dissimulado.
Julien e Sébastien acatavam o programa de cada dia, que havia de ter muito risco e muito gozo, e seguiam Aurélien, cheios de sedução e da exaltação do poder.
Protegiam-se mutuamente, dominavam os outros criados, influenciavam a patroa, faziam-se de sonsos, cínicos, quebravam xícaras de propósito só para testarem aquela indulgência maternal, roçavam as suas saias, chorosos, e ela apiedava-se, transbordante da ternura que não tinha por quem distribuir a não ser por aqueles pobres incréus, Julien até as marcas tribais trazia na cara,
   Deus lhes valesse.
E mandou vir um padre para lhes dar catequese, mas eles trocavam-lhe as voltas, o catequista acabou saindo a correr lá de casa, com as saias a arder pelas velas do altar, o diabo dos moços,

  sanguessugas pretas e insidiosas,
enchiam o ouvido da sua protetora de mentiras, de queixumes, cheios de manhas e falsidades, domavam o seu nervo já de si amolecido, e não tardou tornaram-se os donos do império. Julien, Aurélien e Sébastien dominavam no seu castelo, dentro da casa grande mandavam, impunham castigos aos outros escravos, praticavam crueldades sem remorsos, escorraçavam quem lhes fazia frente, escolhiam as escravinhas mais bonitas, as mães vinham rogar que lhas devolvessem, e eles faziam pouco, exigiam resgate a quem apenas podia apresentar uma palma vazia, delinquentes dentro de um palácio, crueldade infantil de rédea solta e com poder, fazendo-se de meninos dóceis e submissos na presença da senhora, escondiam-lhe os gatos para depois os irem entregar e gozar das recompensas, e ela, reconhecida, descarregava neles todas as suas carências. Mantinham-se discretos sempre que o patrão vinha a casa, mas assim que ele partia, sempre apressado, de desconforto e desconfiança, a pressentir uma presença que crescia como trepadeira infestante das paredes e lhe deixava os pelos eriçados como dantes a batucada, os três moços mais do que travessos tomavam novamente os seus postos e engendravam esquemas, comiam até abarrotar, retaliavam, extorquiam, faziam guerras e aliados. E a senhora alheada, sempre com o sentido nos seus afagos, nas suas caras de anjinhos negros.
Enfiada na sua capela, onde se reconfortava com a santa,
  Nossa Senhora de Todas as Angústias,
que ganhara de herança de uma tia-avó,
  beleza de santa, com vestes nupciais,
uns lindos cabelos, escorridos e negros de escalpe de índia, que ela mesma se encarregava de pentear e olear com unguentos cheirosos, e um vestido cheio de pedraria preciosa.

Os seus três meninos não gostavam de lá entrar,
a santa fitava-os e adivinhava-lhes os desaires do dia, pensavam,
e a senhora compreendia e tolerava aos pretinhos o que nunca admitira aos filhos. E eles colhiam com esmero as flores mais extravagantes para colocar no altar, e ela mostrava-se tão grata que se lhe humedeciam os olhos e dava-lhes beijos arrebatados de devoção. Aurélien, o seu preferido, por isso tão acariciado pela mulher, os seus lábios cheios de saliva morna permaneciam mais tempo sobre a sua testa.
Não durou muito este domínio. O patrão quando chegou certa vez, ouvidos cheios das queixas dos feitores e dos fazendeiros vizinhos, trouxe reforços. Os cinco filhos, três rapazes e duas raparigas, e elas logo se agarraram à mãe, como se esta fosse refém daqueles demónios. A mãe ficou perdida, gritou desvairada que não lhe levassem os pretinhos, que a partir daqui não os deixaria sair da copa e da cozinha e dos pátios das traseiras. Que tivessem dó, que ainda eram meninos, a alegria dos seus dias de desterro e solidão. Que fossem para as cavalariças, assentiu, em estado muito lacrimoso, e as pernas a falharem-lhe,
 mas para o engenho é que não.
Aurélien e os outros dois já se escapuliam pelo telhado, mas os três filhos fizeram-lhes uma caçada e deram-lhes uma valente coça, de biqueiradas dos sapatos, eles a contorcerem-se no chão, e até o padre veio ajudar nos safanões, que quando o feitor os levou já iam com várias costelas partidas e os lábios tão desfigurados do pânico e dos socos que pareciam bocas de sapos grotescos, soltando sangue e cuspo. Estiraram-nos, aos três, no cepo, amarrados pelos pulsos, esquartejaram-lhes a pele das costas, rasgões em todos os sentidos, até ficarem numa lástima, só não podiam desmaiar e perder a força nas

pernas, porque rompiam os tendões dos braços, que não aguentavam suspender tanto tempo o corpo todo. E foi nesses dias no cepo que os três aprenderam a dormir, encaixando a coluna nas ancas. A senhora ouvia o chicote a cortar o ar, o ruído das peles a rasgarem-se, os gritos dos seus meninos, em pele viva da cintura até ao pescoço, e partia-se-lhe o coração, ajoelhada aos pés da santa, que continuava impávida,

no seu eterno sorriso de beatitude.

Impedida de sair pelas filhas, que não a largavam um momento, sempre de roda dela, a chamá-la à razão, o que seria delas, dos seus futuros maridos se soubessem da loucura daquela progenitora, dê-nos amparo, nossa mãe, e a senhora desviava os rostos de falsos apertos das filhas e implorava, antes, às escravas da casa que lhes fossem dar água, tratar das feridas, afastar os insetos, aliviá-los daquele suplício... Elas diziam que sim, mas, por todas as travessuras cruéis, os restantes escravos ripostavam apenas com desprezo e esquecimento.

Em tempos de atrocidade, todos estavam secos de perdão. E o patrão avisou, só de duas maneiras os rapazes saíam do cepo,

ou por estarem tão apodrecidos e o cheiro da pestilência começar a entrar pela janela,

ou a mulher parava com aquele pranto, mostrava alguma decência, tento naquela cabeça perdida, punha-se no lugar e deixava de envergonhar a família. As filhas lastimavam-se, ai se os noivos sonhassem que a mãe, na fazenda, se prestava a tamanho vexame, onde já se viu tratar pretos como se fossem humanos de verdade? Ia arrastar o nome da família pela lama até várias gerações, em engulhos de vergonha, rastos de desonra que ficariam grudados a elas e aos filhinhos por nascer a vida inteira.

À senhora também foram secando as lágrimas com o correr dos dias. Também ela impunha condições. Que os seus três escravos tivessem tarefa leve no engenho e ração redobrada, que lhe levassem a santa dali para muito longe, que a desiludira nas suas preces,

uma santa a quem votara tanta devoção, tanto incenso, tanta parafina gasta noite e dia para nunca permanecer nas trevas, tanto que abrilhantara o seu cabelo, lavara e passajara suas vestes de noiva de pedraria preciosa, e agora, quando necessitada, respondia-lhe com silêncio e ingratidão.

Se os deuses vendem o que dão, esta não devolvera o troco. Ah, e também exigia, por último,

e não era pedir demais, um coração descoroçoado como o dela,

que a deixassem ir ao cepo despedir-se dos flagelados.

E os filhos e o marido, maçados de tanto desvario, e já no afogo de se porem dali para fora, que tinham assuntos bem mais civilizados a tratar na Diamantina, consentiram. A senhora aproximou-se dos seus três pretinhos, que eram agora corpos dependurados num fiozinho de vida, de pele da cara encarquilhada de tanto sol, tanta picada, tanta sequidão... Já não eram os seus meninos, eram homens velhos, de olhos opacos, e a senhora, mesmo sem querer, sentiu repulsa daqueles seres imundos, desfigurados, que se mantinham de pernas bambas em cima das próprias fezes, pasto de varejeiras. Com um lencinho tapou o nariz, mas Aurélien quis falar-lhe, tinha uma palavra que não conseguia soltar da garganta, e a senhora, um pouco contrafeita, aproximou-se dele mais do que na realidade desejava. E ele, como sempre, tinha um plano, pensaram os outros dois, que depositavam na sua inteligência a salvação dos três. E Aurélien disse-lhe apenas um nome, o de uma escrava alforriada que tinha uma casa na propriedade, com uma horta e um rancho de filhos mulatos. A senhora não teve de pensar muito para lá chegar. A amante que o marido mantinha e a que, a cada visita à fazenda, fazia um filho. O plano não saiu direito a Aurélien, porque, em vez de reconquistar a cumplicidade da patroa, só fez fermentar uma raiva que cozinhava havia mais de duas décadas dentro dela. E ali mesmo no terreiro a senhora amaldiçoou o marido, que a sua fama até era repetida por escravo moribundo no tronco. Aurélien teve o destino de todos os escravos delatores, o feitor mandou cortar-lhe as pálpebras, já que era tão coscuvilheiro havia de ficar para sempre de olho escancarado. E lá partiu a família toda, enojada com aquele espetáculo bárbaro, mas com o alívio de missão cumprida, e a carregar a santa embalada,

e esta seria a primeira das suas muitas viagens.
Aurélien apanhou uma febre, uma infecção, diziam que não se salvava, a senhora acolheu-o na cavalariça, para morrer devagarzinho, os outros dois foram parar à senzala, intrusos, com uma má fama que se faziam valas de silêncio,

não muros, porque o silêncio afunda-se debaixo dos pés, em redor deles quando passavam. Tinham de se revezar e dormir por turnos, para que um protegesse o que ficava à mercê de vinganças, ódios, rancores e feitiçarias.
Era a primeira vez que os três amigos ficavam separados. Gostavam de se pensar irmãos, mas depois eram tão diferentes, cada um com o seu tom de pele, Julien tão escuro e com marcas tribais tatuadas na cara, Sébastien de uma cor dourada, e Aurélien com os olhos muito puxadinhos. Este foi ficando pelas redondezas da senhora, morre não morre, escravo de casa, ela achava-o sempre fraco demais, formoso demais, mesmo dormindo de olhos que não fechariam nunca, para se sujeitar às danações do chicote e à dureza da colheita. Os outros dois andavam, como os adultos, sem expressão no rosto, pareciam todos iguais debaixo do sol escaldante e do

vergalho do capataz. Ao fim do dia, engoliam o que lhes davam sem mastigar, o corpo exigia tanto que não os deixava esperar. Emagreceram e iam-se tornando vultos como os outros escravos, a devorar feijão seco e abóbora cozida ao fim do dia. Quase se esqueciam de que tinham nome. A senhora passava por eles e nem os distinguia, mas Aurélien, que se tornara rapaz delicado demais, apegado demais à patroa, reconhecia-os, mesmo ao longe, nos campos, consumidos, e o seu negro viçoso era amarelo, enquanto até os gatos,

os tais a que eles davam sumiço para depois receberem o resgate,

andavam pançudos e luzidios. Intercedeu por eles, com os seus olhos trucidados, a caridosa senhora ordenou ao feitor, um português de maus instintos, que lhes desse a comprometida ração reforçada e trabalho leve, e virou-lhe as costas, num suspiro também caridoso. Ficaram calumbás, a sua função era despejar continuamente água entre os dois rolos cilíndricos de pedra que, puxados por mulas, trucidavam a cana, reduzindo-lhe o atrito, e ajudando na caldeação. Os escravos de veias estouradas e andar cambaio viam com maus olhos aquele privilégio. E aqueles dois rapazes forasteiros a vingarem, as costas já não sujeitas aos estiranço e aos rasgões de cana, a sararem em cicatrizes gordas, enquanto os seus próprios filhos morriam de tétano, de varíola e disenteria. O feitor acirrava os ódios, sabia que dividir para reinar era sábia política, e dava-lhes comida do panelão até se fartarem e comerem com desfastio, enquanto aos outros entregava migalhas e sobras. E, um dia, quando um escravo, ao colocar a cana entre os dois cilindros, deixou prender o dedo, que, esmagado, puxava o braço todo, enrolado,

gritava tanto que as mulas assustadas ainda andavam mais depressa,

foi Sébastien quem cravou um martelo e uma barra para fazer parar os cilindros trituradores, e Julien quem pegou no facão afiadíssimo para separar o braço do corpo. Salvou-se o escravo, que não durou mais de dois dias,
 que não quis o feitor investir muitos cuidados num escravo mutilado,
mas, se os outros escravos já transbordavam de ódio, daquela vez ele borbulhava de rancor adiado contra aqueles dois,
 já que não podiam cobrar no sistema que os barbarizava, nem no feitor que os vergastava, nem nos cilindros que os trucidavam, tomaram os dois rapazes de ponta.
Escorraçados, já dormiam na senzala das mulheres, tamanha humilhação, elas não se tapavam nem se intimidavam com as suas presenças, simplesmente ignoravam, faziam tudo à sua frente, até parto, de pernas abertas na sua direção, a verter os líquidos, como se aqueles dois já não existissem,
 e quem se lembra de ter pudor de fantasmas?
Mais cedo ou mais tarde, apareceriam afogados no fundo de um poço. Era uma questão de tempo. Julien e Sébastien arranjaram maneira de se escapar entre os guardas da senzala, pés ligeiros, sabiam como calcar o terreno sem serem ouvidos, primeiro a ponta dos dedos, só então o calcanhar, foram até à casa grande, os cães não deram alerta, reconheceram-lhes o cheiro, sabiam como entrar,
 assim como Aurélien sabia que a casa estava sendo invadida. Vinham buscá-lo e estavam com urgência, quase o empurrando janela fora,
 ela se deixando empurrar sem tomar iniciativa.
E foi este o primeiro choque no reencontro com o amigo, não foi a deformação nos olhos, os balbucios vãos, mas a passividade, o não tomar logo a dianteira, como sempre fazia quando ainda eram os três intactos.

Aurélien era um rapaz mole, tinha agora um olhar de peixe morto, mas morto há tempo demais, sem brilho, sem lágrimas, já não era o mesmo, se queriam fugir teriam de partir sem aquele ser vencido e apático.
Mais tarde, um escravo da mesma fazenda encontrado pelos caminhos contou-lhes que ele vivia amantizado com a velha. Sentiram nojo,
    imaginá-lo assim, rojado nas bainhas das suas saias, enquanto os anéis dela se entrosavam na sua carapinha mansa, da mesma forma que fazia com os gatos,
    mas nunca souberam se era verdade ou calúnia. Em todo o caso, a raiva escapou-lhes dos dedos e deram sumiço no homem, mensageiro de más novas.
Passaram por muito, muita fome, muita pancada, muita perseguição, muito capitão do mato, caçador de recompensa no encalço. Mantiveram o velho hábito de nunca dormirem os dois ao mesmo tempo, um ficava sempre de atalaia. Depois de tanto penarem, de serem presos, escaparem, chicoteados em cima das cicatrizes,
    longas e fartas como vermes debaixo da pele,
de carimbados com ferrete por novos donos pouco escrupulosos sobre as marcas de anteriores proprietários, eles faziam-se de tontos, lentos, lerdos, pirados, retardados, mas mantinham incólume a antiga soberba soterrada na sua bolha imaginária que ninguém conseguiria jamais penetrar.
    E a bolha, quando é imaginária, torna-se muito mais difícil de rebentar.
Presos, experimentaram várias grilhetas, vários modelos que ainda levavam restos de carne e cabelos agarrados, em estado de alerta intermitente, feras enjauladas que passam, incessantes, entre as grades para não perderem, a cada passada, a imagem da liberdade.

Foram fugindo, fugindo sempre, escapando por uma unha negra, chupando muita raiz, tragando muito pó das estradas, animando muitos urubus com o seu estado decrépito e deixando muita paisagem para trás. Quando veio a lei do ventre livre, ninguém lhes deu conta, quando veio a abolição, ninguém os informou, trabalhavam numa mina, horas a fio debaixo de terra, vendo outros escravos soterrados pelas detonações e outros tão exaustos que morriam, como quem descansa, nas pausas para sentar. Os patrões continuavam agindo como se estivesse tudo como dantes, muito mau trato e pouco rancho. Uma manhã saíram da senzala e não havia capataz, mas já estavam feitos mulas e cumpriram, em fila silenciosa, o caminho até à mina, desceram e estouraram-se de trabalho, dando falta, porém, dos gritos e dos xingamentos do costume. Quando subiram, já de noite, também não havia água nem comida. Estavam entregues a si próprios.
Caminharam e duvidaram, mas pelo menos puderam voltar a chamar-se pelos seus nomes, Julien e Sébastien, e foi um escravo da cidade que lhes contou da abolição, da república, do Brasil, último país ocidental a acabar com a prática, e deste trabalho para negros libertos. Acender com óleo de baleia a iluminação pública da grande cidade de Salvador da Baía. Se algum candeeiro se apagasse eram castigados mas tinham folga nas noites de luar. Julien e Sébastien trabalharam muito tempo nos despejos das casas dos brancos, sempre no fito de aprenderem o ofício, na esperança de que algum dos negros perdesse o posto. Mas nada, todos eram profissionais cumpridores, e foi preciso que dois empregados,
    logo dois,
aparecessem mortos em misteriosas circunstâncias para Julien e Sébastien se tornarem vultos do crepúsculo, só se le-

vantavam ao entardecer e passavam a noite a zelar para que nenhuma lamparina se apagasse. E foi também de noite que lhes apareceu Emerenciana. E era a preta mais feia que tinham visto nas suas vidas. Tudo nela era imperfeição e assimetria, deselegância e desprimor. Os dentes atravancavam-se com descaramento, sempre de fora, o que dava à boca um aspecto de provocação constante. Em cima do lábio uma penugem petulante e umas sobrancelhas inquisitivas que se uniam em cima do nariz. Eles apaixonaram-se por ela sem remédio. Não sabiam ao certo o que ela fazia, de onde vinha, porque mentia descaradamente e parecia divertir-se com isso. Dizia e contradizia-se na mesma frase. E isso era parte do seu encanto. Durante meses, Julien e Sébastien partilharam aquela mulher que os deixava desorientados no serviço, sempre pensando no amanhecer e naquele momento em que a iam encontrar dormindo. E ela admitia, notando o efeito que produzia neles, deixando-os em pendências e ciúmes, quando outro homem se engraçava com a sua falta de graça, porque ela fazia questão de contar, misturando as ocorrências verdadeiras com as inventadas, que é a melhor maneira de contar uma mentira. E confiando os dois amantes à dúvida, num estado de permanente suspeita e tumulto. Às vezes, aparecia-lhes de surpresa, recostada nos postes de eletricidade no dobrar da esquina. Outras, eles chegavam ao barraco ao amanhecer e encontravam a cama vazia, ela sumida durante um dia ou uma semana, e reaparecida com os seus dentes insinuantes, boca escancarada numa gargalhada. Eles ameaçavam, conseguiam ser mesmo muito ferozes, e convincentes na represália. Emerenciana não se deixava intimidar, e os seus dentes salientes ainda se tornavam mais desafiadores. Prezava demasiado a sua liberdade. É no que dá a vida inteira em escravidão.

E este equilíbrio durou não mais do que um ano, já nada funcionava, iam transtornados para o trabalho, o patrão reclamava dos erros, se não fossem tão peritos e tão lestos na navalha em rixas de bêbado na noite de Salvador, não toleraria tanto atraso, tanta era a vez em que desapareciam das ruas para ir vigiar Emerenciana. Mas ela igualava-os em manha, superava-os em subtileza e manobrava-os na maliciosa arte da sugestão. Indiciando-os em pistas falsas, dizendo uma coisa, querendo dizer outra, insinuando simplesmente. Um dia veio com a conversa de que estava grávida e não sabia, naturalmente, de qual. Julien e Sébastien caíram num desnorteamento, se ao menos tivessem consigo Aurélien, este saberia decerto arranjar uma solução. E Emerenciana tirava proveito da situação, ora dizia que tinha a certeza de que era de Julien, ora começava a sentir dentro dela que o pai só podia ser Sébastien. Havia de chegar o dia em que, mais cedo ou mais tarde, as asas destes dois haviam de derreter de tanto rondar a Emerenciana,

a mulher sol, lamparina de óleo de baleia.

Estatelados no chão, viram com espanto que se estavam adequando a tudo o que na vida mais desprezavam, a vida de branco, a hipocrisia das famílias, as convenções que unem um homem a uma mulher. Um casamento, tomasse ele a forma que tomasse, teria de ser a dois, nunca a três. E Julien foi o primeiro a aperceber-se de que a alma de Sébastien se estava modificando, quando o castanho dos olhos virou azul. Uma fração de tempo, apenas um relance, mas aconteceu que Julien viu primeiro nos olhos do outro o que também se passava nos seus. Emerenciana ficou sem nenhum dos dois. O patrão também. Julien nunca mais foi avistado. Deixou de querer Emerenciana, no segundo seguinte a soltar o corpo de Sébastien, que se desprendia dos seus braços,

com a navalha espetada no ventre, e agonizava, em sangue e dor. Tentou falar, Julien escutou-lhe as últimas palavras,
   o filho é meu,
e deu-lhe o golpe de misericórdia, uma facada por baixo do braço direito que cravou bem fundo para atingir o coração. Saiu da cidade, venceu muitas brigas, perdeu outras tantas, violou muitas mulheres, algumas de marido defunto, outras de homem vivo, forçado a observar, ficou sem rumo, sem chama
   nem a das lamparinas de óleo de baleia.
Deixou-se cair, muito conscientemente, no embuste de um capataz que nunca ria, de rosto que parecia talhado com a catana que usara para decepar cana-de-açúcar. Este fazia-se acompanhar de um tosco homenzinho português e arrebanhava negros para trabalharem com remuneração. Não se admirou nem se sobressaltou quando, ao embarcar no navio, voltou a ouvir o som das correntes a correr nas argolas, e o empurraram para o porão, onde estavam olhos de pretos ignorantes, que não sabiam sequer falar e estúpidos que nem animais do mato. Muito mais se assustou, e isso, sim, torturava o seu pensamento naquela agonizante viagem de barco, ao deparar-se no convés com a santa,
   Nossa Senhora de Todas as Angústias,
a mesma, a da senhora que lhes dera nome e abrigo, em criança, na fazenda, quando eram três. Ao padre Marcolino desagradou-lhe ver aquele negro com marcas tribais na cara, esbugalhado, a olhar para a sua santa, o criado veio acudir, dar-lhe um empurrão, logo auxiliado pelo capataz com uma estocada na nuca que o fez cambalear e seguir o cortejo dos condenados, com a certeza de que aquela viagem não iria acabar. Pelo menos, não da forma como os brancos,
   também estúpidos como animais,
pensavam.

Nem dos encantos da feia Emerenciana, nem do destino infeliz de Aurélien, nem da morte em duas punhaladas de Sébastien, de nada disto Julien falou a Nunzio, que continuava a traçar mil planos, que curiosamente o envolviam a ele nesse enlace idílico, com Emina e a recém-nascida. Na verdade, para Julien, nesse tempo todo, Nunzio somente abria e fechava a boca, como se o som tivesse sido suprimido, a ensaiar expressões de felicidade futura. E Julien, tão enojado de ingenuidades, cansado de saber que as histórias a três nunca tinham final feliz.
Sobretudo teve o cuidado de calar tudo, mesmo tudo, o que dizia respeito à santa. Nem a Emina contou. Se os outros soubessem que aquele demónio de madeira e vestes nupciais o perseguira, desde a fazenda até ao navio, e agora ali naquela praia, já careca e desmembrado,
    a santa que continuava de olhos postos nele, mesmo quando pegava no sono.
O que mais lhe custava, enquanto dormia, era não ter ali o amigo a zelar por ele. Passou a fazer o mesmo por Emina, enquanto ela sonhava nos seus braços, ele de atalaia, com os seus pensamentos e a santa que nunca dormia,
    confirmando o que sempre repetia o homenzinho,
    os deuses não dormem, nós é que os sonhamos,
que afinal era mulher,
    queria ele lá saber, gente esquisita estes brancos, mas não o apanhariam nunca desprevenido,
e ao longo do dia dormia aos bocados, no cimo das rochas, enquanto o peixe não picava, na gruta sentado, mesmo de pé, era capaz de encaixar a coluna nas ancas e cochilar, memórias do cepo, que o corpo não esquece.

Capítulo último em jeito de iniciando

Falência geral dos órgãos

Na cavidade da rocha, concha da arriba, altar de santa amputada, já não havia uma correnteza de pedras brancas e pretas, mas um montículo em equilíbrio instável, ameaçando derrocada. Muito mais pedras pretas do que brancas. Ultimamente, Marcolino sentia Teresa distante. Uma sucessão de dias maus, a que ele perdera, havia muito, a conta. Tinha esta sensação, mas podia estar equivocado, podia ser da doença, da febre, da fome. Essa, sim, uma pedra negra a crescer no estômago, tão pesada, retumbava, convocava todos os demónios para a praia. E lembranças mal soterradas, vindas ao de cima, ao mínimo deslizamento de terra, ou a erosão do mar bastava, sempre que uma onda embatia, alguma coisa bulia dentro deles,
    que o passado é um chão de memórias calcadas apenas,
    não sepultadas.
Já todos demasiado extenuados,
    bando de náufragos inválidos.
Libertos do medo, com medo de já não sentir medo. E quando não se tem medo as ondas detectam, como o faro dos cães, e arrastam quem se esquece de as temer. E se deixa ir.
    Bando de náufragos inválidos e desistentes.

Teresa a perder a iniciativa, desolada com o leite que ia escasseando no seu peito para Henrique, que exigia sempre mais, ainda por cima tinham-se-lhe desencravado os dentes, demasiado tempo sepultados nas gengivas por falta de cálcio, e surgiam agora, afiados, e trilhavam furiosos o bico do seu peito.
Marcolino a mastigar aftas na parte interior dos lábios, comer tornava-se tormentoso, enfraquecia. Já só Julien e o capataz eram braços válidos de trabalho.
Nunzio passava muito tempo amodorrado de febres, Marcolino substituía-o na fogueira, de fraquezas acrescentadas, e as unhas dos pés começavam a desfazer-se. Sinal de avitaminose, calculava. Emina quase nunca abandonava a gruta, ainda mais voltada para dentro de si e para aquela cabecinha de cabelos ralos que, volta e meia, emergia entre os folhos do enxoval. Maria Clara na azáfama de acudir a todos, com o menino que já caminhava e só lhe dava ralações, de cair da gruta, de ser levado pelo mar, de apanhar alguma doença. Casa é onde existe um fogo aceso. Se calhar, toda esta gente sem pátria tinha chegado ao lar possível. Penavam pelos seus pecados. Não mereciam mais do que um pedaço de areia, duas vezes ao dia, duas vezes à noite, e o teto mínimo de uma gruta para se abrigarem. Em troca era-lhes concedido todo o céu do mundo e toda a abundância de mar. Abafados num claustro com tanto espaço dentro. Marcolino, enquanto ajeitava as brasas entre os pedregulhos, já não se recordava da última vez que sentira saudade. E veio-lhe a saudade de sentir saudades, saudades de comida, saudades do conforto, saudades de uma cadeira, saudades de ver paisagem através de uma vidraça, saudades de estar sozinho consigo, saudades da terra, saudades da mãe, saudades dos dois irmãos rastejantes, Viçoso e Celestino.

Era com eles que, em dias de muita fraqueza, se cruzava, gatinhando na praia, tremiam-lhe os joelhos, davam-lhe tonturas e andava a macerar as rótulas descarnadas na areia, a dar cara com cara com Henrique, que desde que aprendera este equilíbrio das duas pernas muito estranhava deixar de olhar os adultos, que se arrastavam agora muito mais do que ele, de baixo para cima, e quase se assustava com as suas faces esvaídas tão próximas da sua.
Aquela vida ia ser para sempre. E uma vida assim é ofício cansativo, precisavam de morrer para descansar. Mal Marcolino tentava formular este augúrio em voz alta, Teresa interrompia-o, severa. Onde existem duas crianças não se pode ficar no presente. Era no futuro, garantia, que elas iriam passar o resto das suas vidas. Por isso depositava no capataz a esperança de se salvarem, já não era só o olho gordo horizontal que temia na água, mas, por mais de uma noite, jurara escutar a coruja rasga-mortalha, e os pais bem lhe haviam explicado que podia ser a Matinta Perera. Para que ela sustivesse o sinistro piar, deviam oferecer algo em troca, e eles não tinham nada para oferecer àquela velha feiticeira disfarçada de ave negra. Ela havia de voltar numa noite para cobrar e levar a bebé ou Henrique. Fazia semanas que não chovia, a cascata, que por vezes arrastava alimento lá de cima, era apenas um fio que escorria descontínuo. Marcolino baixava a cabeça, mais uma vez desiludia quem mais amava, mas quase não podia andar, a cabeça pesava-lhe, e gatinhava pela areia, humilhado pelo seu próprio corpo.
Nunca convivera tão de perto com os irmãos desvalidos e rastejantes. Nunca os conhecera tão bem.
Viçoso e Celestino.
Da sua eclesiástica boca só lhe saía a prece da infância de afugentar a loba, para apaziguar Teresa, embora toda a gente

soubesse que ele se tentava apaziguar a si próprio, a embalar a morte para entrar nela como num sonho.
    Oxalá que cá não torne,
    Botemos-lhe maldição
    Ó corvos, picai-lhe os olhos
    E arrancai-lhe o coração.
Nas alturas mais dramáticas, o capataz jurava que iria tirá-los da situação, escapariam todos,
    ou nenhum.
Teresa olhava-o com o fervor da confiança com que se olha a relíquia de um santo, uma língua impoluta ou os ossos calcinados de um mártir,
    porque são a prova de que os santos nem sempre foram de pau.
O sinal irrefutável de que a morte lhes abria os braços, funestamente acolhedora, havia de lhes chegar do céu.
    Como quase tudo o que de importante lhes acontecia.
Quando um pardal lhes apareceu voando até à praia e, de tão enjoado com a maresia, o coração parou-se-lhe em pleno ar. Caiu a pique na areia.
    Ah, a iniludível providência na queda de um pardal.
Ninguém esboçou o menor gesto ou interesse. Ninguém sequer pensou em comê-lo. Não valia a pena, eram seres renunciantes aqueles. E Henrique andava com o pássaro morto de rojo, deleitado por o deixarem mexer naquele novo brinquedo que, ao contrário das coisas da praia, não era nem húmido nem viscoso.
    Ah, a iniludível providência na queda de um pardal.
Foi nessa ocasião que o capataz se decidiu, fez-se ao mar, arriscou tudo, como nunca houvera ousado, nadou muito para além das rochas de pescar e, mesmo depois, continuou até se tornar um pontinho negro na água, da praia angustiavam-

-se, e se ele não conseguisse regressar? A meio do caminho e muito mais lentamente, seguia-o Julien, poupando forças, o capataz sabia que só podia ir até onde lhe permitisse metade das suas capacidades,
    precisava da outra metade para voltar.
A ideia era ir tão longe que conseguisse abarcar com a vista toda a área dos rochedos e das praias anexas, de um lado ou do outro, e ver se haveria brecha no precipício por onde pudessem passar para terra. Moroso e muito imprudente processo. O capataz nadou até onde pôde, descansou, Julien alcançava-o, ficavam um pouco boiando e conversando, e o homem, pele, osso e o que restava de músculos, retomava forças para continuar mais além. Julien já invertia o curso, vinha na direção da praia. O capataz não voltava, derreado, os braços não lhe correspondiam, entorpecidos de frio. Da praia, Teresa e Maria Clara gritavam numa aflição, desesperaram quando a cabeça, pontinho preto, desapareceu por detrás de uma onda,
    também tinha sido assim com o filho de Teresa, quando a onda se desenrolara o menino e a ama já não estavam lá.
Julien não podia ajudar, padecia do mesmo cansaço, do mesmo osso, pele e pouco músculo, não sentia os pés, os braços cediam. Em cima das rochas, Teresa,
    a louca da praia,
    de cabelos emaranhados ao vento, figura tão esquálida e definhada,
fazia gestos, gritava por eles, tentava dar-lhes incitamento, Maria Clara, com Henrique ao colo, chorava, quanta tristeza
    morrer na praia.
Julien lançou um olhar, o capataz ainda se debatia, foi ao seu encontro, esgotou o derradeiro alento para mergulhar e puxá-lo até à superfície, o outro muito roxo, de faces amole-

cidas, cessantes, Julien despertou-o, berrou-lhe, esbofeteou-
-o, o outro reagiu a esta reanimação, mas estava demasiado
cansado, houvera calculado mal as forças,
   tinha ido além da metade,
e dizia-lhe que nadasse ele, Julien, para a areia de encontro às mulheres, que assim se perderiam os dois. Que Julien
agora sabia, deveriam seguir para o lado direito, havia que
vencer muitas rochas, contornar o declive a nado, durante
uns vinte metros, aguentando a fúria do mar, indo e vindo,
   como chicote de capataz,
depois encontrariam praia igual àquela. A estreita faixa de
areia estendia-se até onde ele conseguira vislumbrar verde, e
o fim dos rochedos. Era aí a passagem. Que ele fosse e guias-
se o grupo, que Julien não era bom homem, era um sobrevivente, e isso é que interessa nestas ocasiões. Julien escutou-
-lhe as indicações. E deixou-o sem se despedir, a considerar
no que ele lhe dissera,
   não era um bom homem, era um sobrevivente,
pareceu-lhe justa a apreciação,
   a bondade seria virtude em que não possuía merecimento,
e havia de alcançar a areia, ele que conseguira tanto nesta
vida, perdera ainda mais, mas no cômputo final talvez as duas
parcelas nem permanecessem assim tão desequilibradas.
Algo há de pôr sempre um porém nestas decisões definitivas.
Não os gritos desesperados de Maria Clara e Teresa, pouco
lhe importavam, mas a visão da santa desconjuntada, abandonada, maltratada como um escravo no porão, atravessada na
concavidade, nem se mantinha de pé. E, mesmo assim,
   cadela rafeira e pelada,
continuava a assistir de camarote à sua vil existência. Viera
descobri-lo naquele bojo de navio e nesta praia impossível.
Não havia de lhe dar essa satisfação. Quem pensas que és,

santa descabelada, pedaço de mau caminho, que vês a minha sina por detrás do cortinado e julgas que recordas as coisas antes de elas acontecerem? Pois, se estás de vigia, repara agora como te ensarilho os desígnios. Nossa Senhora de Todas as Angústias, resto de pau afrontado pelo caruncho, ressequido pelo sol, a quem ele próprio amputara de pernas, tosquiara de cabelos. Ela sempre estivera de olhos pregados nele desde a sua infância, no oratório da senhora, se o perseguira até aqui seria ele quem lhe infringiria as profecias impostoras, a santa haveria de assistir ao espetáculo improvável, nem que, para isso, Julien tivesse de contrariar a palavra de um moribundo,
    que, como se sabe, não gostam de ser contrariados.
    E apreciam muito ter a última
    palavra.
Tornou para agarrar-se ao corpo mole do capataz, puxou-lhe as goelas bem para cima. Avançavam em direção à praia, num enleio hesitante, tão devagar, valia-lhes um pouco a corrente da maré enchente a seu favor. O capataz, fardo inerte, não facilitava,
    já mais para lá do que para cá.
Julien puxava-o, uma braçada para frente e duas para trás, o capataz recuperou um pouco, deixou-se levar de feição, mas agora era a vez de o escravo se debilitar, andaram uns tempos no mesmo lugar, embrulhados um no outro no enxovalho da espuma, foi o capataz a tomar a dianteira, Julien deixava-se ir ao fundo, o pensamento na última estocada que dera a Sébastien, o seu melhor amigo, quase irmãos, ouvia distintamente as carnes moles a cederem ante o seu punhal em direção ao coração, irmão de carreiros turvos e errantes, o único amigo no mundo, e Julien a afundar-se no mar e nos seus remorsos,
    ambos infindos,

não fosse um braço que o segurou pelos cabelos. Nunzio também estava na água, ele e o capataz rebocavam Julien para a costa, lentamente, mas iam tocando com os pés na areia intermitente. As mulheres foram buscá-los à zona de rebentação. Teresa e Maria Clara abraçaram-se ao capataz com sofreguidão, como se fosse ele a tábua e elas as afogadas, as ondas passavam-lhes por cima, ele na apneia do engasgo, elas a resvalarem na areia. Emina precipitou-se sobre Julien e agarrou-se ao seu homem, fincando os pés, tornozelos quebradiços, a resistirem às correntes. Nunzio teve de se governar sozinho, e depois de tantos reviralhos o mar cuspiu-o de volta. Eram náufragos outra vez, a saírem, míseros despojos do mar, exaustos, a vomitarem água salgada. Marcolino assistia a tudo isto, com uma bebé num braço e um menino pela mão. A fogueira que fizera foi providencial para os homens tiritantes. Quando o mar os desalojou de terra firme, ainda não estavam restabelecidos. Teresa queria muito perguntar se havia passagem, se havia esperança, se havia vida, mas soube esperar que o capataz ou Julien conseguissem voltar a falar. Aliás, para sua impaciência, os homens pegaram no sono, apenas Marcolino tentava desvanecer a tensão entre as mulheres com as figuras que sempre via nas nuvens, mas nenhuma delas, nem Maria Clara, lhe prestava atenção. Que homem este que ainda buscava a salvação no céu, era pelo mar que iam, não restavam dúvidas, e troçavam dele, abespinhavam-no,

que os homens saem do sacerdócio, mas o sacerdócio nunca sai dos homens.

E torna-os pouco válidos. E ridículos.

Marcolino tentava argumentar com Teresa e Maria Clara, agora aliadas, que não era o céu, mas o céu dele, aquele que agora lhe interessava, porque era o único que poderia alguma vez suster. E falava-lhes de uma velha história que o pai

costumava contar na casa de pedra e que continha muito mais sabedoria do que toda a que ele encontrara nos livros de doutrinação evangélica.
Que era a história de um pardal que se deitou de costas no meio do caminho, de patas de aranhiço estendidas para o ar. E vem de lá um raposo e pergunta-lhe, porque estás tu nessas figuras tristes, pardal, feito parvo, de patas para cima? E ele responde-lhe, porque o céu pode cair. E pensas tu, irrisória e triste criatura, que se o céu caísse tu conseguirias, com essas patitas ridículas, aguentá-lo? Ao que o pardal responde:

O céu dos pardais, estúpido!

Mas a história, carregada de sapiência, não produzia o menor efeito nas duas mulheres, nem em Emina, como sempre metida no seu infinito particular, que agora continha uma criança.
Marcolino ainda estava muito no presente, e elas já de olhos postos no futuro, enojadas de tanta resignação.

O céu dos pardais, estúpido!

Não foi preciso mais de uma noite para Julien e o capataz retomarem os seus postos, na parca pescaria da subsistência. Desceram da gruta, equiparam-se dos deploráveis artefactos, mulas submissas, de palas nos olhos, que não conhecem outro caminho senão o já trilhado pelas próprias pegadas.
É triste terem de ganhar as graças do mar, pedir-lhe esmola e brandura, depois de tão vilipendiados por ele. Mas a vida é assim, dar a outra face, não fora sempre o que lhes ensinaram?

E, decididamente, eles não estavam em posição de guardar rancores.

Teresa tinha a resposta que queria. Era possível saírem dali. Pelo menos em teoria, a hipótese é uma formulação provisória mas admissível. Já era qualquer coisa. Só não faziam ideia de como. O capataz sugeriu que entrelaçassem uma corda,

suficientemente poderosa, para contornarem pela água a ravina de pedra, sustentando os seus corpos, a raiva das ondas, as arestas das rochas. Ele ou Julien fariam o primeiro atravessamento num dia de calmaria, um deles amarraria a corda numa saliência do outro lado e, assim que estivesse bem firme, todos passariam agarrando-se ao cabo, aguentado os embates, as crianças dentro da barcaça de chumbo.
Teresa e Maria Clara puseram-se a desfiar primeiro, e a tricotar, de seguida, tudo o que tinham à disposição, primeiro foram os lençóis do enxoval, depois as suas próprias roupas, ervas secas, retiravam a fibra possível de algas putrefactas, penas de gaivota, tudo o que servisse para entrelaçar. Passavam dias nisto, a reunir pedaços, a engrossar as partes em que o entrançado podia ceder, foi-se quase toda a roupa dos náufragos, até a de Teresa, de Emina, até o vestido da santa foi estriado para espessar mais uns nacos de cordame. Reduziram o vestuário ao essencial.

Indecência não é a nudez por baixo das roupas, indecência são os ossos por baixo da pele, o crustáceo ao contrário que todos revelavam no peito, o osso pontiagudo que exibiam na anca.
Para último reservariam o couro do chicote que fazia de escadas na gruta. Estenderam várias vezes a corda na praia, com passadas calculavam os metros, o capataz aprovou. Na gruta, alguns olhares trocados, muito fugidios, reparavam nos ângulos, nos relevos depauperados que o vizinho do lado exibia, não na nudez, que essa já conheciam de cor, mas na magreza, na esqualidez dos corpos alheios. Como se aquelas ossaturas tornadas visíveis não fossem espelho das suas próprias. E compadeciam-se do estado lastimável em que se encontravam, sem se darem conta de que cada um tinha sobre o outro o mesmo dó.

O cordame estava pronto, inspecionado a cada instante, a cada detalhe. De repente, aquele trambolho esguio, que serpenteava na areia, tornou-se prioritário, mais até que a própria subsistência. Henrique ressentia-se, ser preterido por aquelas duas mães, que se afadigavam em torno da correnteza de vidas, misturas inconjugáveis, agora reconciliadas,
    enleadas como a trança de Emina e o cuspo de Maria Clara a rematar,
em que ele não tinha autorização para mexer. Uma coisa era ser trocado por um só. Outra ser trocado por todos. Uma rivalidade demasiado robusta para um menino tão pequeno. E aprendeu a chorar.
Teresa e Maria Clara levavam o tricot das vidas de todos várias vezes a molhar, deixavam-no secar para detectar os pontos fracos, examinavam debilidades, discutiam e reforçavam os troços mais melindrosos com o que ainda podia servir. Testavam a sua resistência, todos puxavam, apontavam falhas, davam alvitres... Para já, a corda jazia enrolada, protegida do sol que tudo gretava e estilhaçava, a aguardar que Julien e o capataz determinassem o dia em que o mar estaria propício à travessia. Eles conheciam o mar, o vento, as correntes, as suas conjugações e conspirações, e as rotas das estrelas em conluios com a Lua. Aquele que transpusesse a parede de pedra regressaria pela mesma via, segurando o cabo como um corrimão, e ajudaria na transferência de toda a comunidade. Num fim de tarde, Teresa assistiu às congeminações de Julien e do capataz à beira-mar, debatiam sem se exaltarem, gesticulavam, abanavam a cabeça, discordavam, confluíam o olhar num ponto, as rochas lá do fundo, mas silenciavam-se à sua aproximação. Queriam encontrar o momento exato, sem pressões, sem opiniões externas. De todos os que ali estavam eram os dois que melhor

entendiam as manhas das marés, tinham-nas estudado intensamente nas horas de pescaria, precariamente instalados nos rochedos batidos. Talvez temessem que a influência que Teresa exercia em todo o grupo contaminasse aquela missão que, por envolver alto risco, teria de ser livre, objetiva e isenta.
Teresa não sabia ler o mar, tanta ocupação não lhe dera tempo para essa sabedoria, mas sabia ler as faces dos homens,
 chupadas e barbudas,
o modo como os vincos se crispavam entre os rebordos das bocas emudecidas. E o cheiro, conhecia-lhes o cheiro. Aquele que os homens deitam quando estremecem de algo, aprendera a conhecer o cheiro do medo nos pavilhões dos escravos recém-chegados. Era um suor diferente, mistura de urina de gato e peixe com muitos dias de pescado.
E era a isso que cheiravam os dois homens naquele momento à beira-mar, Teresa adivinhava que a evasão estava próxima, os dias mantinham-se serenos, isso ela sabia avaliar pela quietude dos seus cabelos. Que havia alturas em que eles se desgovernavam alvoroçados e outras em que pousavam, lânguidos, pelas costas abaixo. Num dia não muito distante desse entardecer em que os dois homens,
 unha com carne,
congeminavam, o capataz lançou a Teresa aquele olhar. Que ela não captou e muito menos interpretou de imediato. Já Maria Clara sabia bem o que significava. Durou um instante. Mas foi um instante inteiro. Depois daquele olhar, Teresa teria forçosamente de se deitar com ele. Não sabia por que leis este
 ter de ser
se regia, mas, na verdade, fora assim que Maria Clara, na sua vida com o capataz, sempre vira acontecer. Uma espécie de fatalidade, há quem lhe chame assim. Teresa, com toda a sua

autoridade e jurisdição naquela praia, sucumbiria, como se fosse uma mulherzinha perdida que, de súbito, se descobre muito carecida de ser gostada por homem. Não por um qualquer. Mas por aquele. O capataz.
A decisão da partida foi anunciada com solenidade,
   se é que se podia utilizar esta expressão no meio daquele bando de homens e mulheres esqueléticos, seminus, e cuja única coisa valiosa que possuíam parecia ser uma corda muito tosca, ensebada com gordura de peixe, irregular, com partes finas, outras grossas, como uma jiboia em dificuldades de deglutição porque se lembrou de devorar capivara.
A solenidade possível,
   que mais não se pode exigir.
E foi Julien quem falou.
Que estava chegando o dia de se despedirem daquela praia, que tantos malogros lhes trouxera, mas aí lembrou a pequena Pancrácia e acrescentou,
   e fortunas também.
Emina deitou-lhe um sorriso grato.
Nunzio sempre espantado ao ver em Emina uma expressão tão aberta e radiosa que ele, apesar de estudar todas as suas feições durante meses, ainda não conhecia.
De maneira que, continuou Julien, tudo teria de estar a postos, pois ele e o capataz se ocupariam de assegurar a transferência da corda para a outra praia, enquanto os restantes se manteriam na retaguarda, a tratar do fogo, das crianças, de mariscarem, de ganharem a vida. Todos fizeram por dormir, mas Julien estava apreensivo com a resistência da corda e remexia-se na gruta, tentando testar cada centímetro. E, entre o capataz e Teresa, ardia aquela fogueira invisível que Maria Clara pressagiara e temia. Roçavam-se um no outro, as suas respirações alteradas, impossível não notar, mesmo

com o mar a encobrir gemidos. Assim que a maré destapou a primeira faixa de areia, Teresa desceu, apoiou à cintura a casca de tartaruga e ainda um fundinho de óleo de baleia. Com a água pelos tornozelos, colocou-a sobre um montículo de areia, ateou fogo à última mexa de cabelos de santa, e deitou-se de costas, as ondas pequenas a revolverem-lhe o corpo, a desorganizarem-lhe as pernas. Com as mãos sobre o peito, aguardava-o. Ele demorou-se, ficou a observá-la, a bruxuleante luz a dourar-lhe a pele, de forma breve, aleatória. Visto de longe, o corpo de Teresa, campo de batalha acelerada, uma claridade lacónica a iluminá-lo, em surtos e recaídas, que ora se detinha no umbigo enterrado, ora no peito trilhado, nos ombros, nos contornos das ancas salientes.

Todos, na gruta, estavam atentos, aguardavam um fim para que algo começasse.
Maria Clara tinha este dom,
    raro,
de,
    às vezes,
sofrer com os outros.
E sofria por Marcolino, sentia por ele um sufoco que lhe estrangulava o estômago, uma dor funda na garganta. Que não era de ciúme, cirrose da alma,
    mas a dor de quem ama, por isso ainda confia, e, mesmo suspeitando, adora.
A dor que nega o que estava já acontecendo, em conflito com os seus próprios olhos, Maria Clara arrasada com a dor de Marcolino, o coração dele em derrocada e as pedras pretas do tamanho de punhos vinham estilhaçar-se na garganta embargada dela, e saíam-lhe em estado líquido, numa correnteza de lágrimas,
    como a cachoeira nos dias bons.

E às vezes as pedras eram tão duras, tão ásperas, tão difíceis de diluir, que à passagem arrastavam consigo as memórias de Maria Clara, mulher vivida, repassada, estriada por um rio longínquo e muito abandono. E, se a infância é um lugar distante, talvez ela e Marcolino tivessem um dia provado da mesma água, da mesma condensação, do mesmo vapor... Misturas inconjugáveis, agora reconciliadas.

E o capataz a debruçar-se sobre Teresa, a cobri-la com o seu corpo na areia molhada que se intrometia entre os dois amantes, que não podiam esperar, nem sequer que o mar lhes desse espaço. E nem parecia um ato de amor, mas de guerra, como se ajustassem contas através do sexo, e puxavam-se, empurravam-se, arranhavam-se, as peles esfregadas nas arestas das conchas e da areia ouriçada. Como se naquele momento decidissem quem mandava, afinal, na praia. Um louco e violento desejo de trespassar o outro. Cada um sedento, ávido, a procurar com a língua, em corpo alheio, as últimas gotas de água.

    Ou de sangue.

Foi o sexo mais estranho a que Julien jamais assistiu, mas dos brancos esperava tudo,
    seres excêntricos, imprevisíveis,
    como animais,
nem entendia tanta consternação que prostrava Marcolino, nem aquela absurda teoria dos vasos comunicantes,
    transbordantes.

O padre exibia um esgar de desespero mas as lágrimas saíam pelos olhos de Maria Clara.

    Os dois numa turbação, a enfiar a cabeça entre os ombros, como se o mundo estivesse perdido,
    e estava.

Sobretudo se eles não se focassem na missão que tinham pela frente, logo pela manhã, a travessia.

Pelo contrário, dispersavam-se como os ramos de árvores que não crescem, apenas se dividem em galhos cada vez mais frágeis e quebradiços, e no fim nem força têm para sustentar o peso de um pardal.

    O céu dos pardais, estúpidos!

Tanto dramatismo naquele grupo só porque dois deles se dedicavam àquilo que já tanto uso tinha desde o princípio dos tempos. Julien desprezava-os, ao rubor de Nunzio, ao desgosto de Marcolino, ao alvoroço de galinha de Maria Clara, todos à espera de que os dois terminassem de se ensarilhar um no outro em estremeções de prazer e finalmente recolhessem a si próprios para se reencontrarem com o idiota que vivia dentro deles.

    Os perus, quando fazem amor, pensam em cisnes, e aos dois amantes ocasionais tudo aquilo lhes pareceu adequado. Além de urgente. Os seus corpos entenderam-se, as almas era ainda caso para ver.

O capataz demorou-se mais do que o necessário dentro dela. Teresa empurrou-o com gentileza, rara nela. O homem ficou algum tempo de olhos postos no céu, no pontilhado de estrelas, evadido dali, daquela mulher cheia de ossos salientes e cabelos a cheirarem a peixe e a sol,

    fugitivo daquela praia.

Talvez tivesse o que merecia, talvez este inferno fosse a morada onde ele cabia mais completo, porque não era só ele. Era ele e toda a tralha de ofensas e culpas sem redenção que carregava. Artífice do próprio incêndio que o carbonizara até ficar seco por dentro. E da nuvem negra e pesada que pairava sobre a sua cabeça para onde quer que se deslocasse, a toldar-lhe o temperamento,

    havia quem lhe chamasse remorso.

Ali na praia encurralada, ao menos, estavam estanques os seus pecados, enterrados, incontamináveis, numa quarentena prudente, não podiam alastrar nem propagar-se mais, só podiam sair para cima.
O céu dos pardais, estúpido.
Teresa veio despertá-lo deste devaneio. Precisava de saber, tinha tanta coisa para lhe perguntar, o significado das misteriosas tatuagens, de onde vinha, como sabia poemas, queria saber tudo, as suas virtudes exclusivas, os seus defeitos impossíveis, as interrogações atropelavam-se, pediu-lhe, apenas, implorante, que ele lhe dissesse sem mentir,
a mesma dúvida de sempre,
era verdade que o seu menino tinha olhos castanhos?
O capataz reparou-lhe nas depressões do rosto, outrora perfeito, as covas, as maçãs salientes, o tisnado da pele, faziam-na mais velha e o nariz recurvo parecia agora maior. Teresa esboçou um sorriso de condolência pelo que outrora fora,
o mesmo pensamento de sempre,
ainda que desgrenhada e de corpo decrépito, produzia algum efeito nos homens.
O capataz sentia-se misericordioso, o inferno dos outros era o seu paraíso, portanto respondeu-lhe tão convictamente que não admitia réplicas,
Os olhos do menino eram castanhos.
Teresa ficou-lhe grata, desejou ter engravidado dele, ali mesmo, naquela ocasião. Planeou um carinho desajeitado, ficou o gesto suspenso, não fazia parte da sua índole, arrependeu-se, sentiu-se ridícula, e o capataz já se levantava e a deixava de joelhos na areia, a prometer a si mesma que, quando estivessem todos na praia do outro lado, ela havia de se apaixonar por este homem misterioso, e até podiam gerar descendência, deu-se conta de que já nada lhe impor-

tava, o estatuto, as festas, os bailes, as quadrilhas, as polcas, as valsas, arrastadas ou puladas, os vestidos, as amigas desdenhosas, a despensa aferrolhada, os reposteiros, as colchas de seda fina, os estiletes de prata, as tapeçarias de Gobelin herdadas dos pais, a corte de criadagem, o soalho encerado duas vezes ao dia...

Tal como o mar que dividia os dias e dava sempre uma segunda oportunidade, também o naufrágio lhe dividiria a existência em duas,

constrangeu-se com esta ideia, confrontar-se com a despedida de si própria era um choque, um forte abalo, e sentiu um arrepio que começou no útero e se foi propagando até ao peito que pingava. Estava na hora do Henrique,

sem se dar conta era o menino quem lhe impunha os ritmos diários, ele e as marés,

mais tarde alinharia ideias, não sabia o que isto era, porque estaria a passar, algo novo, certamente, e muito desconcertante,

havia quem lhe chamasse amor.

O capataz nem teve tempo de subir à gruta e descansar um pouco de uma noite em claro, Julien já descia, irritado com tamanha irresponsabilidade, onde já se viu, numa altura destas, dar-lhes para o romantismo, com seres tão lerdos tornava-se difícil levar um assunto para a frente. Viver é um negócio perigoso, viu, seu capataz? E mandou toda a gente descer, resgatou as últimas tiras de couro que os amparavam na descida,

tratava-se de uma ida sem regresso,

o que restou do chicote seria atado nas extremidades da corda, e depois preso às rochas, a aguentar o roçagar constante nas arestas e cracas. Ainda o dia não tinha mostrado os primeiros alvores e já Julien e o capataz davam por encetado o processo. Tiraram à sorte quem seria o primeiro a ir com a corda atada na cintura e quem ficaria, junto ao rochedo, a

fazê-la desenrolar, de modo a não encalhar em alguma proeminência da ravina. Usaram o método do pauzinho, Marcolino agarrou, calhou o mais pequeno ao capataz. Teresa suspeitou de que Julien fizera batota,
 como não?
 Todos os escravos fazem.
O capataz estava tão decidido que ela resolveu não interferir, Marcolino já o amarrava, mas o homem desenvencilhou-se dos nós, tinha esquecido alguma coisa na praia e dirigiu-se ao grupo que permanecia junto ao lume acabado de acender. Teresa teve uma leve arritmia, ainda bem que a névoa do alvorecer era conivente com ela, pois sentiu-se ruborescer, pensou que o capataz vinha por ela, despedir-se, talvez até dar-lhe um beijo,
 e cogitou que isto de estar apaixonada não lhe parecia grande coisa,
 agora que a lucidez da manhã sempre varria os pensamentos da véspera,
 reação de mulherzinha fraca e desmiolada,
que embaraçoso,
 mas o capataz nem deteve os olhos nela,
nem em ninguém.
Cruzou a praia numa urgência de fim de mundo,
 e era,
em direção ao altar da santa careca e de pernas desfeitas em farpas aguçadas. Iria levá-la consigo, poderia servir-lhe de apoio se se cansasse, se uma corrente o arrastasse, um pedaço de madeira dava-lhe muita serventia, disse. Ninguém acreditou. Na verdade, o capataz temia que, na sua ausência, os outros se servissem da santa como lenha,
 o que não só era uma suspeita, como uma hipótese que se revestia de fortes probabilidades de se revelar real.

E lá se foi o capataz, de santa debaixo do braço, fazer-se ao mar. O escravo aguentou-se no posto até a maré subir, a cada avanço dava um grito e do lado de lá o capataz respondia. Ânimo na praia, até houve risos, Teresa beijou pela primeira vez Henrique, que estranhou muito, mas gostou. Talvez fosse o beijo que ficara devido ao capataz e que teria de esperar outro momento e definitivamente outro lugar. De quando em quando, Julien e Marcolino nadavam até à rocha onde estava atado o couro, reparavam alguns danos, confirmavam os nós, verificavam a tensão da corda. A tirania temperamental da maré-cheia e a distância tornavam vãos os gritos de cá e de lá, mas enquanto o cabo se mantivesse retesado era bom sinal, queria dizer que o capataz progredia. Pelos seus cálculos, ele apenas teria tempo para descansar um pouco, atar a outra extremidade e regressar antes que a maré enchesse por completo. Previam que na vinda, usando aquele cordame a que se agarrar, fosse mais lesto. Maré-cheia, o grupo recolheu-se na gruta, usando o caixote de chumbo virado para baixo como socalco, e depois puxaram-se, empoleiraram-se uns nos outros e instalaram-se sob um silêncio pesado, remexiam-se inquietos, o corpo reclamava de todos os desconfortos, do calor, das arestas, da areia entranhada. Até Henrique captou o espírito do momento e chorou de goela aberta. E Maria Clara, tão aflita e constrangida perante o desagrado dos outros, que tinham uma tolerância muito escassa para com aquele menino. Pancrácia chorava noite e dia e a ninguém parecia incomodar, ela que era uma espécie de filha de todos. Maria Clara não sabia o que fazer, nem como consolar Henrique, se não era fome, nem dor, seria desgosto...
Esperavam ver, a qualquer momento, a cabeça do capataz na encruzilhada da ravina, por duas vezes Marcolino e Julien

se atiraram ao mar, nadaram até ao fundo, na esquina das rochas, para ver se o viam ou se precisava de alguma ajuda. Regressaram, a custo, magoados, arranhados, sem notícias, sem explicações. O grupo mantinha-se naquela mudez que ampliava a tensão. Só o fungar de Henrique,
    soluços molhados, repenicados, irritantes, réplicas de um grande desabar de lágrimas cuja magnitude não diminuía de intensidade,
que entretanto também ele se tinha esquecido de porque estava a chorar.
Maria Clara aventou a hipótese de o capataz ter encontrado uma reentrância onde se abrigar na outra praia, igual àquela onde eles permaneciam, e ficara à espera de que a maré vazasse. A conjetura agradou moderadamente aos restantes. Aguardassem, pois.
Maré-vaza, e nem sinal do capataz. Julien chegou a ir até meio da corda e regressou. Nunzio foi o primeiro a dizer o que todos pensavam mas nenhum se autorizava a proferir em voz alta. O homem tinha fugido,
    de que é que estavam à espera por parte de uma criatura de má rês?
A esta altura já estava a comer batatas e um bom frango em alguma povoação, e eles ali, feitos tansos, esfolados de fome e cansaço,
    assim que tivera oportunidade, aquele miserável sumira--se, ainda por cima, servindo-se de uma corda para a qual todos haviam contribuído.
Marcolino concordou e ainda esfolou mais a reputação do capataz, olhando Teresa de soslaio, ela desorientada, o homem por quem estava disposta a abdicar de tudo era um vil cobarde. E Maria Clara adivinhou-lhe o pensamento, nada que não tivesse visto antes, mulheres usadas e largadas na

manhã seguinte, tão perdidas, tão atónitas, porque ele as fizera acreditar profundamente. Não ousou defendê-lo,
 embora não fosse costume dele deixá-la, a ela, para trás, Maria Clara nunca fora mulher seduzida, mas sua cúmplice, não era prudente alvitrar dúvidas e desculpas, o grupo estava assanhado, ainda se lhes voltavam de ira, contra ela e Henrique, que dera agora em chorar, sem se conseguir fazer nada para que parasse. Pegava no choro e seguia como se por um túnel, sem escutar ninguém, sem acudir a rogos nem reprimendas,
 assim que caía no buraco do choro, tinha de avançar até ao fim daquela galeria subterrânea dos seus secretos desgostos, até que se extinguisse por si ou adormecesse, entre estremeções soluçantes, resquícios do longo pranto que ainda lhe sobressaltava o corpo.
Provavelmente, justificava para si própria Maria Clara, chorava agora tudo o que não tinha podido chorar na sua vida precedente,
ou chegavam-lhe à cabeça memórias terríveis que ainda não sabia traduzir em palavras. Mágoas imensas de que só agora se apercebia.
 Ele não chora por fome, chora porque é pequenino.
Julien, cansado da ladainha do miúdo e da complacência das mulheres,
 Maria Clara embalava-o, com movimentos repetitivos, e Teresa estava apática, a pensar no homem que a abandonara depois de estar dentro dela.
E o escravo, num impulso, arremessou Henrique, que engrenava noutro choro longo e inconsolável, da gruta para o mar.
 Pronto, agora vai pensar duas vezes antes de chorar.
A raiva saía de dentro do escravo. Ou a má índole, que é algo muito mais difícil de expurgar.

Três corpos atiraram-se ato contínuo para a água, o mar revolto sempre em confronto feroz com a rocha, Maria Clara, Marcolino e Teresa, esses nem pensaram uma vez, quanto mais duas, agarram-se ao menino, já a sua cabeça submergia no mergulho, e conseguiram elevá-lo. Novamente transportado por braços oscilantes, como naquele dia no porão. Depois, foram Emina e Nunzio que ajudaram os três a treparem para a reentrância, ainda com o susto pregado nos olhos. Teresa ensaiou levantar a mão ao escravo,
 achou que tinha essa obrigação,
mas ou o fez sem grande convencimento ou denunciou fraqueza. Julien aparou-lhe o golpe,
 mãos de luva de armadura medieval,
e, numa torção de braço, forçou-a a sentar-se. Estava furioso, queria lá saber se o capataz tinha fugido ou não,
 não era da sua conta,
o plano de fuga mantinha-se, não podia um só empatar todos, até porque a corda não aguentaria, com a fricção de mais marés começaria a desfazer-se. Marcolino e Nunzio mais ocupados em arguir o fugitivo, esgrimindo factos e fundamentos. Que não era apenas manter-se capataz em tempos de abolição, era ter gosto em espancar e em humilhar, dizia um. Ao que o outro lembrava a forma bárbara como esquartejara as costas de Julien quando este era um destroço humano a dar à praia, em cima de cavalo moribundo. Maria Clara não dizia nada, tudo aquilo era verdade, não sabia se o capataz chicoteava com prazer, mas nunca lhe esfriava o suor. Talvez não fosse maldade, apenas uma indiferença total pelo sofrimento alheio, isso, sim. E no entanto, fora ele quem a salvara, quem a acarretara a apodrecer por dentro de vermes e inquinações. E lembrava-se também, fora ele quem levara Nunzio, esquecido de todos, que se afo-

gava, sem sentidos, na praia. E se voluntariara para nadar até sufocar de cansaço para descobrir a brecha na muralha. Não disse a Nunzio nem a Marcolino o que eles não queriam ouvir, até porque o banho forçado de Henrique não fizera com que o menino se calasse, pelo contrário, agora berrava de fúria, engasgo e indignação. Julien determinou que não queria nem saber de mais conversa,
    para trás não há paz,
    é bom que botem nisso vosso entendimento,
    e encerraram as palestras, avisou,
no dia seguinte, na primeira maré-baixa, abandonariam aquela praia sem mais delongas, tal como estava estipulado. Ao crepúsculo, Julien assentou a ordem da evasão, Nunzio à frente, Teresa em seguida, Marcolino no meio, responsável por segurar a barcaça de chumbo, onde ia a menina enfaixada, aconchegada na carapaça da tartaruga, Henrique sentado, manifestando todo o seu desagrado em altos berros e mau feitio, e os parcos pertences que lhes restavam, uns instrumentos de conchas e pedaços de osso, o enorme búzio que na vacilação vazava a água doce, o punhal fabricado por Julien, os seixos de fazer fogo.

Outra vez, pensou o capelão, o destino que não o largava. Barcaça de chumbo, caixão, manjedoura de meninos entrevados. Outra vez o cerco das pedras, os modos que lhe eram familiares dos tempos de menino, a forma como se desloca a alcateia nas serranias replicada naquela improvável transumância, primeiro os lobos fracos e doentes, que marcam o ritmo de progressão, no centro a riqueza da caravana, e a rematar, isolado dos restantes, o macho alfa, a controlar e proteger, a dar conta das ocorrências.

Julien pastoreou esta gente até perderem o pé e ficarem totalmente dependentes de um cordame precário. Iam teme-

rosos, ainda mais débeis, não só pela fome, pelas mazelas ou pelo cansaço, mas também pelo ressentimento contra o capataz.
 E o ressentimento é uma espécie de velhice.
 Tão entranhado e tão inexpurgável como a má índole, talvez.
O escravo também seguia inquieto, mas não deixava transparecer, um líder não pode exibir fraqueza. Sabia que um sinal de frouxidão da sua parte seria suficiente para derrotar a missão. E para frouxidão bastava a da corda, que amparava, e mal, as vidas de todos.
O percurso foi feito à custa de muitos
    uis!
    e
    ais!
Bastante mais complicado do que Julien supôs, o mar mudara, sempre imprevisível, não apresentava a mesma brandura de dois dias antes, saliências e armadilhas das rochas flagelavam-lhes os peitos, as testas, as ancas e as pernas,
    os ossos pontiagudos.
Nunzio perdia o nervo e todos tinham de aguardar que ele progredisse, Marcolino a cada onda servia de escudo humano de modo que a barcaça de chumbo não fosse contra a parede e fizesse um estrondo medonho que assustava as crianças. Sem conseguir tornear a força das correntes que se desgovernavam, apanhava com as esquinas da caixa. Eram muitas mãos, muita pressão naquela corda que ia ficando mais bamba, mais instável, mais desorganizada.
Julien encerrava aquele decrépito cortejo, que avançava penosamente, pequenas furnas nas rochas produziam rugidos, criavam contracorrentes tão fortes que impeliam os braços de Emina a soltarem-se da corda, a agarrar-se à barcaça-

-berço quando a julgava perdida por uma onda mais traiçoeira. Por várias vezes, o escravo teve de ir resgatá-la, ela débil como uma haste à deriva, pulsos quebradiços. Teresa ponderou desistir, não iriam conseguir, olhou em volta e encontrou os olhos do escravo, que lhe adivinhou os intentos e fez um gesto negativo com a cabeça. Iam a meio, já não podiam voltar, a única fuga era seguir em frente.
E o macho alfa daquela alcateia via de longe os companheiros padecentes a avançar, esfolados, cortados, cabeças semi-imersas, esticando os pescoços, dava ordens, incitava-os, ameaçava-os, não deixava ninguém ficar para trás. Preocupava-o Nunzio tão penoso, já meio desistente de si, a perna estraçalhada atrasava todo o cortejo. De repente, o homem estacou, engarrafou a passagem, ouviram-se gritos e afligimentos que Julien não conseguia entender, pensou num ataque de uma moreia, achou que desta vez Nunzio estava perdido, havia que lhe dar o golpe de misericórdia. Experimentava mentalmente o mesmo gesto de o atingir no coração, por debaixo de braço,
 como fizera com Sébastien,
com o seu punhal improvisado que jazia na barca de chumbo. Rápido e limpo, sem dar aos outros sequer tempo de se indignarem
 e de se insubordinarem.
 É assim que agem os sobreviventes, e não os homens bons. Isto pensava Julien enquanto se fazia ao largo e contornava todo o grupo que se enrodilhava, perigosamente, em torno do mesmo ponto da corda, ameaçando a estabilidade da expedição. Aproximou-se dos náufragos, em engasgos e alvoroço e
era o capataz,
 morto,

já em decomposição, as farpas aguçadas,
   madeira de lariço,
da santa tinham-se-lhe espetado no ventre na investida de uma onda. Estava de pálpebras semidevoradas pelos peixes, condenado a ter escancarados os olhos para a eternidade.
   Como Aurélien.
Teresa e Maria Clara toldadas. Tanto que todos o haviam amaldiçoado, afinal ele regressava para eles, e morria de amor por uma santa funesta e aleivosa. Levaram algum tempo a desencravá-lo das rochas, o corpo estava demasiado rijo quando finalmente o libertaram,
   o escravo teve de lhe quebrar as clavículas,
o capataz não foi ao fundo.
A santa de madeira impunha-lhe flutuar, num rodopiar frenético, com meio corpo fora de água, visão horripilante, condenado a ser devorado por dentro, lentamente, até as gaivotas darem conta dele mais depressa.
Ficaram por momentos a assistir ao vaivém daquela metade de homem, descaída, como se fosse um busto de barro meio derretido pelo sol, escultura de areia molhada a espapaçar-se ante os dedinhos inúteis de Henrique, tez cinzenta de cadáver, franqueadas as pálpebras, como se quisesse assistir à sua própria perplexidade, de ser morto à traição pela santa que salvara. Ele, que procurara poupar todos da morte por inanição e salvar a santa de instintos incendiários, era agora rasteirado de forma infame pelas suas partes baixas e aguçadas.
   Teresa pensou que nem o nome lhe tinha perguntado.
Quase nada lhe havia perguntado, e só Marcolino sabia como isso favorecia a memória do capataz. A vida, essa sequência de equívocos, era tão mais benéfica para os que nunca exprimem e assim nunca são mal-entendidos.

Teresa sentia a memória rendilhada e porosa como os ossos dos velhos. Não sabia os olhos do filho. Não sabia o nome do homem que amara. Porventura era ela quem merecia ser trespassada por uma santa afiada.
Como dantes a mãe trespassava crias de rato com agulhas, ou ela mesma, na praia, o filhote de baleia.
Nem ficara a saber como o capataz viera parar a África, depois ao Brasil, como se tornara empregado do marido, naquelas empreitadas clandestinas de tráfico de escravos. Como sabia compor poemas. Donde lhe vinha aquela frieza de chumbo derramado nas veias. E o porquê aquelas tatuagens misteriosas nos antebraços?
A chave e a fechadura.
Mas era culpa dela, relegara as questões para depois, preferira interrogá-lo sobre a cor dos olhos do seu menino,
que eram castanhos, palavra de morto não se pode debater,
e não deixara o narrador prosseguir com a história dele.
O escravo talvez pensasse na mesma coisa. Que estranho morrer-se no regresso, com um mandato pela metade, uma incumbência coartada. Talvez se lembrasse de quando ele e os dois irmãos
Aurélien e Sébastien,
que nunca foram irmãos de verdade,
se divertiam a procurar casulos das indevidamente chamadas rainhas alexandras, borboletas gigantes, presas aos galhos das árvores, verdes, só aos olhos de menino se distinguiam das folhas, e com um golpe de navalhinha deixavam fora do abrigo a lagarta disforme, incompleta, obesa, ser que já não é e ainda não se tornou, a anelar-se de pasmo, embrião de si mesma, apanhada a meio do processo. E eles, perdidos de gozo, abriam-lhes golpes para deixar sair uma baba verde. Ou então espirravam-lhes água e punham-nas

a estourar na torreira. E eles gostavam de as grelhar ao sol, para as verem sucumbir, cegas, em contorcionismos burlescos, a pele ausente exposta ao escaldão, como numa enxurrada seca.
O corpo do capataz ficou ali, meio bambo, a flutuar, boia de sinalização,
    larva inacabada, disforme e sem pele,
as clavículas quebradas faziam-lhe perder qualquer réstia de dignidade, braços pendentes, já era só invólucro, roupa de pele, a vogar, amarfanhada, e ainda assim o dente de ouro refulgia, naquela indecisão de correntes, que iam e vinham e transportavam o destroço humano à tona de água, a dar alegria a peixes e moreias, que largavam as rochas para irem buscar mais um naco.
Julien teve o cuidado de lhe desamarrar o facalhão da cintura, e já quando convencia o grupo a avançar, reparou-lhe nos braços submersos, cuja palidez ainda destacava mais as tatuagens que tanto cobiçava.
    A chave e a fechadura.
Perante o assombro dos outros, não resistiu e retalhou-lhe os braços, escalpelizando-lhe a pele que se despegava facilmente da carne, e depositou-as no caixote de chumbo.
    A chave e a fechadura.
Teresa não suportou a profanação, jogou-se a ele, sem dizer nada, se não estivessem em pleno mar de certeza se notaria aquele intenso cheiro a metal que exalava quando se enfurecia. Marcolino pôs-se do seu lado. Dois contra um. Julien tinha o facalhão.
    A arma duplicava-o.
O turbilhão insano de três náufragos a baterem-se com um só braço,
    todos seres manetas, amputados,

ao outro braço mantinham-no enrolado no corrimão instável, e ainda um espanta-pardais tonto, que se atirava contra eles, à mercê das ondas, solta-se o facão, eles a verem-no descer e rebrilhar na profundidade. Teresa e Marcolino a julgarem-se vitoriosos, juntos impediam que o escravo empunhasse a arma. Foi um erro de cálculo, Julien deixou-os sentir ufanos do triunfo, talvez assim progredissem mais depressa pela corda. Na verdade, um olhar que a santa lhe lançou,
    mais uma vez,
presa ao cadáver, em ângulo de noventa graus, qualquer voltear de águas, uma revibração do sol, pareceu a Julien, por instantes, que ela rodava o pescoço e o fitava, com olhos de adivinhar o passado, todos os seus pecados
    o de furar lagartas no casulo, também,
e aquele sinistro sorriso de beatitude.
Fraquejaram-lhe os músculos por um instante, bastou para deixar ir o facão.
    Não se pode morar nos olhos de um gato.
O grupo prosseguiu mais silencioso. Até as crianças se calaram.
    A visão de um moribundo é sempre espelho da nossa própria morte.
Marcolino, de súbito, combalido,
    como é estranha a natureza humana, pensou Maria Clara. O mais certo era o padre alegrar-se com a morte do rival. Agora, poderia reconquistar Teresa.
Mas não, as razões dos homens são absurdas, e a verdade a coisa mais inverosímil,
    e depois ainda dizem que o Outro é que faz ínvios os caminhos.
Marcolino estava de facto derreado com a morte do capataz, não porque lamentasse a sua perda,
    nem nada que se parecesse, era até um alívio,

mas porque, aos olhos de Teresa, ele morria como um herói que regressava,
    ainda para mais carregando santa,
e não como um cobarde que fugia.
    Uma mulher pode esquecer um cobarde, mas nunca um herói morto.
    O capataz estaria para sempre entre eles.
O escravo a remoer a reação negativa de Teresa, ela que dormira com aquele homem, rejeitava a recordação de dois retalhos de pele tatuada. Sem saber,
    porque nunca ninguém o fizera aprender,
que guardar uma lembrança é admitir que se pode esquecer.
Emina emitia tons agudos, sempre o fazia em alturas em que ninguém lhe podia prestar atenção, naquela estridência de repenicar sinos.
    O caos é uma das ordens de Deus.
Novo grito de Nunzio, a parede curvava, da esquina avistava-se a praia. A partir daí teriam de nadar, sem o apoio da corda,
    mas há sempre um ânimo extra concedido ao náufrago, à vista de terra, que ele vai buscar sabe-se lá onde,
    a ciência não explica,
    há quem lhe chame esperança,
    outros apenas a iludível vontade de viver,
mesmo que depois se esgote tanto, se esfalfe tanto o corpo, que faça explodir o coração para
    morrer na praia.
Chegaram com custo, derreados, deitados na orla do mar que os empurrava impertinente porque a maré estava a subir. Haviam demorado tempo demais a atravessar a ravina. E agora não tinham onde se abrigar, nem a misericórdia de uma reentrância na rocha, nem sequer uma fonte de água doce. A todo o comprimento da praia, a visão radiosa de uma

mancha verde, um arvoredo, o caminho para a
 terra.
Julien percebeu que não podiam perder tempo. Tinham de largar a correr, mas as mulheres estavam ocupadas a amamentar os pequenos, e Nunzio agarrado à chaga da perna tão macerada pelas pancadas que mal conseguia andar. Mesmo assim Julien gritava, dava-lhes pontapés, obrigou os náufragos, exaustos e ensanguentados, a porem-se em pé, agarrou em Emina e na criança, abraçou-a pela cintura e disse aos outros que os seguissem em corrida.
Deixaram para trás, espalhado na areia, o que até aí consideravam precioso, o batelão de chumbo, o enorme búzio, a carapaça de tartaruga, as pedras de fazer lume, a pele tatuada do capataz...
 A chave e a fechadura.
Pela areia molhada e compacta caminha-se mais depressa. Marcolino puxou por Teresa e ela deixou-se conduzir, veloz, o padre já não pensava no capataz,
 busto flutuante,
que se interpunha entre eles, Marcolino pensava em terra, já lhe sentia o cheiro, chão fresco remexido por miniaturais criaturas, pensava em batatas, a boca cheia delas, ávido de comer terra se fosse preciso, com vermes e minhocas dentro. Imaginava-se já a trincar uma beterraba crua, as saudades que tinha de comer uma beterraba crua
 sentado numa cadeira.
E esta ideia fazia-o correr, e puxar ainda mais Teresa, de andar descompassado, ela parecia que perdera todo o sentido prático, insistia em travar, olhar para o mar, libertar-se das mãos do padre e estender os braços, palmas voltadas para cima, cabelos irados, naquela mesma posição que Marcolino nunca havia de compreender,

em que aguardara que a ama lhe entregasse o seu menino.
É muito mais fácil chorar um filho morto quando se lhe conhece a cor dos olhos.
Atrás, corria também Maria Clara, passos miúdos mas lestos, com Henrique ao colo. Nunzio implorava por ajuda. Ainda eram uns quantos quilómetros de areal até chegarem ao fim do penhasco, Nunzio ia ficando cada vez mais distante, Emina apercebeu-se de que o rapaz não estava entre eles naquela corrida desenfreada, as gargantas secas de ar e de sal, pediu a Julien para pararem, tinham de o ajudar. Julien acedeu, mas rogou-lhe que continuasse a caminhada com a menina nos braços e não olhasse para trás. Nunzio abriu um sorriso de alívio quando notou que alguém vinha ao seu encontro.
Ele era agora a cadela Anastácia a aguardar, estourada, no meio do caminho.
O bom Julien, escravo dedicado.
Julien, no entanto, não lhe sorriu. Estava com uma urgência no olhar,
aquela que às vezes se confunde com indiferença.
Chegou-se a Nunzio, que coxeava, trôpego, a lançar um rasto de sangue na areia, já perseguido por crustáceos miúdos. Este agradeceu muito a Julien, sabia que podia contar com ele. Com o braço engalfinhado no de Nunzio, o escravo forçava-o a uma marcha mais estugada, amparando-o na passada manca. Com os olhos inquietos, Julien buscava qualquer coisa na água, Nunzio, pálido e de aspecto deplorável, tentou manter o bom humor, quis saber o que procurava. Julien estacou de repente e dirigiu-se à beira-mar. Apanhou um pedregulho e quando se voltou vinha com olhos de urgência,
aquela que às vezes se confunde com inclemência.

Com ele desfez em três golpes a cabeça de Nunzio, derreado no chão, o seu sangue a formar uma poça em seu redor, tingindo os seus cabelos de açúcar mascavado,
    como um escaravelho morto voltado ao contrário.
Julien desatou a correr e apanhou o grupo, Emina perguntou se Nunzio estava bem. Que sim, respondeu-lhe Julien,
    se está morto, já nada podemos fazer por ele,
carregando com Emina e com a pequena Pancrácia cada vez mais depressa, sobre areia que ia amolecendo debaixo dos pés.
Nunzio, estirado na areia, ficou a ver o grupo afastar-se, a rodear-lhe o pescoço o rosário com o amuleto de ervas secas da mãe Annunziata. Só dispunha de um olho, o outro desfeito pela pancada. Não estava morto, não. E, se Emina olhasse para trás, iria perceber.
Como o seu coração batia, e as costelas arqueavam da respiração acelerada. Veio-lhe uma nostalgia de nunca ter tido infância, agora gostava de ter à disposição alguma boa recordação para se poder lembrar dela. Enquanto via o grupo, mais e mais distante, e, ainda assim, reconhecia a trança meio desfeita de Emina, focava nela toda a sua atenção, segurava nela o seu fio de vida, à espera de que ela se voltasse e o visse deitado na areia molhada, corpo inerte, mas ainda arquejante.
Olha para trás, Emina, olha que sou eu, que sempre te acudi nas tuas aflições, nas tuas inquietações, nas tuas agitações. Que franqueei as portas do teu útero para a menina nascer,
    dai-me agora, senhora, as vossas paciências.
Sempre te olhei, Emina, o tempo inteiro. E reparei.
    Falai baixo, se falais de amor.
Só precisas de olhar, Emina, verás que não estou morto, virás em meu auxílio, estou aqui à tua espera,

olha para trás, Emina,
   olha, repara, repara,
   há um nervo em mim que se animou.
Se sinto a dor na perna,
a carne a ser repuxada por milhares de tenazes,
é porque vivo, Emina. A dor é vida. Olha o fio do rosário de minha mãe, que continua no meu pescoço. A mancha de sangue na areia, outra vez,
   a mancha do escaravelho voltado ao contrário.
Podem pisá-lo à vontade, já não me assusta, Emina. É a força centrífuga da existência, dá volta e voltas sobre mim, resgata sempre um passado que nos segue para todo o lado como uma sombra, um cão cego e asmático, com um baraço ao pescoço. Ou um ancestral rosário, ainda com rosas ao invés das contas, tanto dá, Emina, sigo o teu vulto, tão longe, já mal te distingo dos restantes no vapor da distância, todos em caminhada acelerada na direção da mata verde, rasgão na arriba, sem olhar para trás. Sabes que morrer é mais difícil do que parece. Certamente julgaste-me morto, daí o teu desapego, bastava um olhar teu para reparares como me arrasto na areia, me afasto da água que tenta chegar rasteira à minha boca, sorvida de silêncios. A sufocar-me como ao meu sobrinho bebé num charco de dois ou três centímetros. Como posso estar a morrer se o mar continua no seu devir contínuo, a água que não se aquieta,
   nunca se aquieta,
o sol não para de me queimar as faces, tudo acontece como de costume, numa impassibilidade inverosímil. A rotina miniatural de sempre na beira-mar, os caranguejos de olhos salientes borbulhantes, as algas enxotadas pelas águas que se deixam ressequir, as conchas vazias habitadas por moluscos que tentam enterrar-se, antes das bicadas das gaivotas.

Tudo como dantes.
Tudo no seu devido lugar.
Que a natureza, além de ilógica, é imoral.
Que sentido faz morrer à beira de um novo começo? Se era para morrer porque fiz com sucesso a travessia, aguentei os embates das feridas nas rochas, a visão do capataz, busto flutuante, da santa, também ela busto, atrelada nas entranhas, estraçalhei as mãos na corda, saí da água, pisei terra firme, duas vezes náufrago? Só tu, Emina, me dás forças, só tu és o meu começo. Se morrer é como não haver nunca nascido, porque me fez Ele nascer com tanto dano, tanto remorso, tanta culpa? Sem conhecer colo de mãe. Só alguém em quem Tu depositas tantas esperanças trazes à vida à custa de morte de mãe. Querias tanto que eu nascesse, aqui estou vivo, à espera de um regresso, e de uma mão que puxe pela minha, de um braço que me ampare... Apenas isso. Já morri tantas vezes, comecei logo a morrer no nascimento, casulo de larva, túmulo de borboleta, não ia agora ficar-me por causa de uma perna maldita, e um crânio despedaçado. Para que a nossa memória seja por outros lembrada é preciso tempo, algum tempo,
    paz à minha memória,
senão serei sempre uma não existência, um passageiro clandestino que não devia viajar no vagão, e por isso o guarda--freio não lhe cobra passagem. Exijo pagar o meu bilhete. Quem morre precisa de deixar alguém para trás, para espalhar a infelicidade nos que ficam, a pena, o dó, nem que seja uma lágrima fingida... Morrer assim não faz sentido, ó deuses que não dormem, eu agora estou a sonhar-vos. Deixai-me morrer amanhã, hoje não, amanhã cumpriremos vossos intentos, tenho tanto acumulado para dizer a Emina, os planos, a casa, a criança, o Julien fiel que tomaremos de

criado. Deixai-me uma memória de futuro incumprido para ser lembrado. Deixai-me ir, sim, mas com os dedos gélidos entrelaçados nos dela, composto, arrumado, com os cabelos puxados para trás e os ossos ajeitados. Até na morte temos de proceder com dignidade, nunca assim desgrenhado, ensopado, não com os caranguejos a entrarem-me pelos ouvidos, como se eu já fosse concha, habitáculo das suas rotinas, inspecionados meus orifícios, descobertos novos trajetos nos meus interiores, exposto à curiosidade de bichos menores, insignificantes, em faina incessante de pesquisadores de canais, a procurarem em mim suas residências. Deixai que alguém morra também de amores por mim, sinta a minha falta, a pequenita que acabou de nascer, que nem tempo teve para se afeiçoar à minha voz, ao meu cheiro. Só até amanhã, Vos peço, o que são vinte e quatro horas, afinal, quatro marés, para quem tem todos os abismos do infinito pela frente? Não morro porque não me conformo, ainda não acabei o meu papel nesta vida,
    nem neste livro,
ainda só estava no primeiro ato. A efemeridade de um inseto noturno, que acaba em poucas horas a sua existência e não deixa história. Porque vos desinteressais do meu destino, se ele se fica incompleto? Que vitória tendes na inutilidade de uma existência, de uma promessa invalidada? Que ganhais com o Vosso próprio falhanço? Não padeço de excessivo amor à vida, não tomeis o meu pedido de prorrogação do prazo por ganância. Apenas uma forma de dar sentido à Vossa obra, agora que Vos estou sonhando com tanto vigor e propriedade. Para que a tragédia possa ser a minha morte, e não a minha vida. É assim que deve ser. Desde os princípios dos tempos, em todos os cantos do mundo.
E tu vieste, Emina, quando a esperança já me desamparava,

sem eu dar conta, como sempre, sem deixar pegada na areia, já me puxas pelos braços, me afastas do mar, como me apareces tão perto quando eu te julgo longe. E eu preciso de te dizer que
    quando comecei a botar sombra no mundo...
Não, não era nada disto, são os pensamentos que se atropelam, o sangue que coagula na minha cabeça, a alma que se desarruma como cabelos, longos emaranhados,
    cabelos de índia.
O professor e as composições da escola tomaram-me de assalto o entendimento. As mãos inchadas dos colegas sob a minha palmatória,
    mais força, mais força...
e uma ideia expele outra.
    Dai-me, senhora, as vossas paciências,
que só com o teu auxílio eu me ergo e furto à humilhação de ser pasto de criaturas ínfimas, ao enxovalho de um corpo submisso que se deixa esfregar, de cima a baixo, como na lixa do tanque, pelas mãos firmes da dona Benedita. Obrigado por me levantares, que me deixo levar tão fátuo nos teus braços finos, transparentes, pulsos quebradiços. Emina, no esboço do teu sorriso, refletido nos teus olhos cálidos, na tua palidez de espuma suja.

    Tudo é possível, Emina, desde que o absurdo passou a ser nome dos nossos quotidianos.
E gozava destes momentos tão exclusivos. Uma sensação valia-lhe mais do que muitos raciocínios. A sensação de colo de mãe. E uma esperança abotoou-se-lhe no horizonte. Só que Emina, opacas pupilas, teimava em encaminhá-lo para dentro do mar, e ele sem a querer contrariar, que também ela estaria confusa, desorientada, pobre pequena,
    não, não é esse o nosso caminho, mas para diante, lá

onde a mancha verde embarga o mar e desdenha da areia.
Vamos ter com a pequena Pancrácia, o bom Julien ampara-
-me no caminho,
e ela numa passividade de sonâmbula, a seguir em direção
ao mar, empurrada por uma multidão de pequenos pretinhos, magríssimos, só com olhos, aos pinchos, aparições
súbitas, a brotarem numa sucessão inquebrantável, já eram
inúmeros, surgidos de todos os lados, de trás de cada pedra,
de cada concha, a desenterrarem-se da areia,
 abrem covas debaixo dos nossos pés, sempre aqui estive-
ram e nós não o sabíamos, envolvem-nos os tornozelos, com
dedos de tentáculos de polvo, e espezinham o escaravelho de
sangue negro.
 Já tinha passado por isto antes.
Aliás, já passara por tudo antes.
 E afinal, não é Emina que me leva ao fundo, mas a santa, Nossa Senhora de Todas as Angústias, que nunca olhaste
pela minha, e sem dentes, sem cabelos, sem pernas, sem vestido, ainda assim se sustenta, na sua cavalgada das águas, ela
há de restar sempre, desde que ainda haja mais lenha para
arder. Ouço cantar, tudo passa, sem razão, a cadela Anastácia leva o rosário ao pescoço, já não late desesperada, já
não se descobre morta num arrabalde soturno, não é a santa,
não, já reconheço,
   colo de mãe,
   Annunziata,
Erínia grega, cabelos de serpente,
   a-defunta-mãe-escaravelho-negro,
tínhamos encontro marcado, mãe, nunca pensei que fosse
tão cedo, neste torvelinho de espuma. De repente, tudo faz
sentido.
 O caos é uma das ordens de Deus.

Não me apagaste, então, mãe, se, no recurvo de cada vaga, ouço agora o meu nome como ensinava o padre Marcolino. Os nomes dos mortos soprados no desabar da rebentação.
Josefo,
o velho beberrão não lhe havia sobrevivido,
a bela e supliciada Anastácia, que se juntava neste mar ao seu amado.
Nomes de mortos que nem eram seus nem lhes podia saber a existência.
Ou a inexistência.
Aurélien, Sébastien, a feia Emerenciana, morta de um sopapo desastrado, quando um polícia chegou ao barraco na pista de Julien e não gostou dos seus modos insolentes,
preta descarada.
Serei o teu filho preferido, o único desejado, cabelos de açúcar mascavado, mãe, como os do primo do cemitério.
Do profundo abismo, clamo por vós, meu pai.
Conheço bem essa cara, esse fundo de barriga negro, escuro que me suga agora, joia de vidro fosco, ventre insepulto, assim não morro nunca, desnasço, mãe, no antecedente tempo, acolhe-me no teu útero outra vez, finalmente se abre clareira no tumulto, a minha vida sempre foi o avesso do avesso de um sonho, mar que desagua no teu rio, aguardemos a sétima onda, ela sempre vem, mãe, a falência geral dos órgãos, junto com todas as horas que não viveste, e de repente uma espécie de vertigem feliz, um aroma tão familiar, tão enjoativo,
o teu jardim, mãe.
E Nunzio sentiu o cheiro de rosas secas.

Agradecimento: Ao realizador José Barahona
por me ter oferecido, ainda que involuntariamente,
um *leitmotiv* e *décor* de filme.

Copyright © 2016 Ana Margarida de Carvalho e LeYa, Teorema

Revisado segundo o Novo Acordo Ortográfico da Língua Portuguesa.
Nos casos de dupla grafia, foi mantida a original.

CONSELHO EDITORIAL
Eduardo Krause, Gustavo Faraon, Nicolle
Garcia Ortiz, Rodrigo Rosp e Samla Borges
PREPARAÇÃO E REVISÃO
Rodrigo Rosp e Samla Borges
CAPA E PROJETO GRÁFICO
Humberto Nunes
FOTO DA AUTORA
Adriana Morais

DADOS INTERNACIONAIS DE
CATALOGAÇÃO NA PUBLICAÇÃO (CIP)

C331n Carvalho, Ana Margarida de.
Não se pode morar nos olhos de um gato /
Ana Margarida de Carvalho.
— Porto Alegre : Dublinense, 2018.
376 p. ; 19 cm.

ISBN: 978-85-8318-103-3

1. Literatura Portuguesa. 2. Romance
Português. I. Título.

CDD 869.39 • CDU 869.0-31

Catalogação na fonte:
Ginamara de Oliveira Lima (CRB 10/1204)

Todos os direitos desta edição
reservados à Editora Dublinense Ltda.
Porto Alegre • RS
contato@dublinense.com.br

Descubra a sua próxima
leitura na nossa loja online

dublinense .COM.BR

Composto em MINION PRO e impresso na PRINTSTORE,
em AVENA 80g/m², no INVERNO de 2024.